脚 印 工 作 室

古编

今编

自 序

中国作家理应讲好中国故事。我在做的是：展现家国情怀，彰显乾坤正气。

"文学是人学"。人是故事的主体。在这涵盖了古代、近代、现代、当代的人物群像中，矗立着四千年前"拼命硬干"、圣德巍巍的苦工皇帝，"高山仰止，景行行止"的万世师表，泽流千古的哲学家、思想家、文学家，"生建奇功谋百世，殁存型范耿千秋"的贤太守兼工程师，"舍身求法"的方外僧侣，"为民请命"的台阁清官，举凡诗坛圣哲、士林翘楚、人中麟凤、女界英豪，都赫然在列。迨至"光景百年"，民族"追梦"，更是群星熠耀，英才辈出。人民总理、革命烈士、千古功臣、盖世文豪，自是名垂青史；德艺双馨的艺术家，献身"绝学"研究的学者，"万里归心"的他乡游子，无私奉献、留下片片绿荫的退休技师，农村改革的先行者，育人垂范的大学教授，同样是齐张胜帜，竞展芳华。

他们都属于鲁迅先生所称颂的"民族的脊梁"。"有确信，不自欺"，或显或隐地在各自拥有的历史舞台上做出应有的奉献。

家国天下，既属于信念追求，也体现了精神境界。这些"民族的脊梁"，志存高远，"先天下之忧而忧，后天下之乐而乐"。而这一博大情怀，又与家国同构，"家是最小国，国是千万家"，视家庭为国家发展、民族进步、社会和谐之基石，将家庭融入民族梦之中。

既云家国同构，自无忽视"半边天"之理。"国民的命运，与其说是操在掌权者手中，倒不如说是握在母亲手中"（德国教育家福禄培尔语）。群像中巾帼名流占比超三分之一，那些教子有方、垂范百代的贤母，勇闯封建藩篱、寻求理想伴侣的"爱神"，坚守自性、藐视皇权的王妃，辞亲远嫁、万里孤征、建构民族和睦关系的公主，不让须眉的艺术全才，横刀跃马的临阵将军，"虽是等于为帝王将相作家谱的所谓'正史'，也往往掩不住他们的光耀"（鲁迅语）。

在这里，功业与人格，交相辉映；瑰伟与平凡，和谐统一。伟大始于平凡，平凡中显现伟大。而立德、立功、立言，同垂不朽，又以德为先。"评价人物首重德行，这可以说是中国文化的一个伟大之处"（钱穆语）。

这样，那些所谓的"小人物"，诸如具民族自尊心、爱国敬业、困居乡里的私塾先生，挣脱奴隶枷锁、勇于抗争的地主的长工，人不传名姓、事不出里巷而美在心灵的普通劳动妇女，便理所当然地和那些名标青史的英雄豪杰一道，在弘扬民族正气的语境中，同样碑传众口，风范留存。由此不妨设想：迅翁地下有知，如果翻检此编，当可免于叹息"他们在前仆后继的战斗，不过一面总在被摧残，被抹杀，消灭于黑暗中，不能为大家所知道"，而聊感慰藉了。

自古迄今，这些仁人志士，在神州大地上串串留下串串足迹，书写了鲜活历史，演绎着中国故事。此刻，又凭借作家凿通今古、超迈时空的感奋情怀，现形于万千读者面前，彰显着历史的闪光点，弘扬了社会的正能量。林林总总，纷呈异彩，各有千秋，而有一点是共同的——由于其独特的精神魅力，在人间的心灵圣殿里，他们的身影是永不消逝的。

是为序。

王充闾

2020 年 7 月

古 编

苦工皇帝

一

我们作家采风团离开四川省都江堰市的第十二天，便突发了汶川大地震。这场惊天浩劫所带来的深悲剧痛，令我几天时间里惶悚不安。那天，偶翻旧籍，得知大禹的故里在现今的四川省绵阳市北川羌族自治县。于是，在伤恸之余又增添了一层牵挂——北川属于灾区的重中之重，那么，"禹王故里"这处重要的文化遗迹，肯定也深埋废墟之下了。

大禹，在后世人民心目中，其崇高地位可以媲美于他的高祖父、中华民族的"人文初祖"黄帝。南宋著名词人辛弃疾那首《生查子》词，道出了人们的共同心声：

> 悠悠万世功，矻矻当年苦。鱼自入深渊，人自居平土。
> 红日又西沉，白浪长东去。不是望金山，我自思量禹。

"我自思量禹"，旨哉斯言！我觉得，在这位民族英雄身上，足资后世缅怀、景仰的献身精神、人格魄力与事业修为，实难一一缕述。不无遗憾的是，作为历史话题，当代学人关于大禹的言说，较之古代却相对很少。也许是认为，茫茫禹迹在当时就已如轻烟淡霭，玄渺无凭，而随着世代暌隔，更是前尘淹忽，难寻鳞爪。可是，作为全民族的文化传统与精神财富，其典范性和传世意义，重在人文价值。禹王以解倒悬、纾民困为己任，身先士卒，栉风沐雨，十三年如一日，奔波于山川、田野之间，"三过家门而不入"，"鞠躬尽瘁，死而后已"的献身精神，足资彪炳千秋，垂范万世，在当今尤其具有直接的现实意义。

大禹的身世与功业，距今已四千余年，可谓悠哉邈矣。但他自始就不是以神话传说中的虚幻形象现身，更不像后来某些疑古学家所说的只是一条虫，而是作为一位真实的有血有肉的人物，生活在现实之中。经夏商周断代工程研究确定，禹在位十年，葬于会稽时，为公元前2062年。先秦文献中，最早记叙大禹行迹的是《尚书》，继而有《诗经》《左传》《国语》《论语》《墨子》《孟子》《庄子》《荀子》《韩非子》《吕氏春秋》等，不仅述其言行，而且于其盖世勋劳尽皆交口称赞。许多文献中在"禹"字前冠以"大"字，译成现代文字，便是"伟大的禹"。

古代有"六合之外，圣人存而不论"之说。儒家向来以出言有据、执事严谨自持，孔夫子是"不语怪力乱神"的，可是，关于大禹的德业，却是反复多次地引述，并且予以高度赞扬："巍巍乎，舜禹之有天下也而不与焉！"贵为天子，富有四海，却长年累月地为百姓勤劳，一点也不为自己。这真是崇高得很啊！儒家另一位代表人物孟轲有言：

> 当尧之时，水逆行，泛滥于中国，蛇龙居之，民无所定，下者为巢，上者为营窟。
>
> ……使禹治之，禹掘地而注之海，驱蛇龙而放之菹，水由地中行，江淮河汉是也，险阻既远，鸟兽之害人者消，然后人

得平土而居之。

在《孟子》一书中，像这样谈论大禹，多达三十处。

《庄子·天下篇》引述墨子的话：从前，禹堵塞洪水、疏导江河而沟通四夷九州，大山三百，支流三千，小溪无数。禹亲自拿着盛土器和锄头，骤雨淋身，强风梳发。禹是大圣人，而为了天下，竟这般地劳苦。

"悠悠万世功，矻矻当年苦"。前一句歌颂大禹劈山浚河，治平水土，教民稼穑，划分九州，使百姓安居乐业的丰功伟绩；后一句状写他的奉献精神。二者合在一起，完整地概括了大禹一生的德业。

二

关于大洪水的传说，在古代神话系列中，带有极大的普遍性。除了非洲、北欧与东亚外，几乎遍布于整个世界。这当是由于洪水所带来的巨大灾难，留给世人历久不磨的伤痛记忆。这种记忆又是群体性的，经过一代代的流传、丰富、夸大、加工，遂逐渐积淀而进入群体创造的神话。在这里，宗教信仰起着积极促进的作用，以致把它归因于神对于人间充满罪恶十分不满，要用大洪水消灭掉他的全部创造物——而这些创造物，正是上帝用泥土造出的人类始祖亚当、夏娃，犯了原罪，被逐出伊甸园而一路发展来的。

但是，在中国，华夏民族关于大禹治水的传说，却没有洪水毁灭人类和惩罚原罪、人类再造的主题。大禹的后面没有宗教和神的存在。在关于洪水成因的阐释上，也与世界其他地方迥然不同。从中国古文献记载看，主要是当时中原地区比现在要温和得多，加之，森林草原茂密，雨量充沛，导致雨季江河泛滥，洪水横流，成为威胁人民生命安全的一大祸患。因而，治水的大禹便更多地具有现实中英雄人物的形象，其艰苦奋斗精神也就更具现实意义与人文价值。这一类论断，已为近代气象学、地质学所证明：中国从五千年前的仰韶时代到三千年前的殷商时代，黄河流域的气候比现在温暖、潮湿得多，河水的径流量和洼地的蓄水面积剧烈增加。亚热带的雨水偏多，造成了这一地区洪涝灾害的频发，加之海侵的影响，便有了尧舜禹时期"汤汤洪水方割""浩浩滔天"的记载。

从中华体系的神话传说中可以看出，华夏民族的神化英雄，既不像古希腊超人赫拉克勒斯那样，从天神那里派生出来，最后又回归到天神那里去，也不像由上帝派遣，像耶稣那样，始终遵循和体现上帝的意志，而是凭借自身的聪明才智、道德表率力量和悲天悯人的情怀，以牺牲与奉献精神造福世人。他们主观能动地应合于"天命"，竭尽一己之力，而不做一切听命于天神的消极被动角色。大禹属于这一类英雄人物的典型。

古籍中记述的大禹，是一个智者的形象。他不仅身体力行，勤于劳作，而且充满了人生智慧。他并非光凭一腔热情，只知挽起裤腿带头苦干，而是首先通过调查研究，制订符合实际的治水方案。接受乃父鲧阻障洪水导致失败的教训，根据"水流就下"的特性，确定了"以疏为主、疏堵结合"的治水方略。《淮南子》说："禹之决渎也，因以水为师。"以水为师，就是按照水流运动的客观规律，因势利导，疏河导川。他把很大精力用于实地查勘，为的是准确掌握河道流经地域的地形地貌情况。《禹贡》中记载，禹在查勘水情时，"左准绳，右规矩"，"行山表木，定高山大川"。就是使用类似今天的垂线、角尺、圆规之类的测量工具，随地以堆石或刻记树木的方式作为测量的记号。看来，当时已经掌握了原始的数学与勘测知识。

说到大禹的智慧，古籍《战国策》中记载了这样一桩轶事：臣工仪狄酿造出了美酒，把它进献给夏禹。禹王饮后，认为十分甘甜，但从此就疏远了仪狄，也不再饮酒了。他说：我们应该切记，"后世必有以酒亡其国者"。讵料，此言竟然一语成谶。大禹去世后，由他的儿子启继位，晚年的夏启，"淫溢康乐"，饮酒无度，导致了国运衰颓；他的儿子太康尤其荒淫，饮酒、打猎，最后失位；待到末代皇帝夏桀，竟然构筑酒池、糟丘，宴饮时，最多达到三千人，像牛群饮水一样，在鼓声中一齐从岸上向酒池伸下脖子，狂吸痛饮。针对他的淫靡无度，民众们诅咒说：太阳啊，你快点亡吧！我们情愿跟你一起亡呀！夏代饮酒之风颇盛。这从二里头出土的陶器中各种酒器占有相当的比重，可以得到证实。

殷商得国之后，便流传下来一句铿锵作响的话："殷鉴不远，在夏后之世。"可是，酒色财气，这些关系到基本人性的东西，世上是谁都无法禁绝的。结果，说归说，落到实际上，嗜酒、群饮之风照样炽烈，到了最后，殷纣王把它推向极点，以致其庶兄微子悲叹："沉酗于酒""殷其沦丧"！周初，接受夏、商纵酒败亡的严重教训，立国伊始，便发布《酒诰》，把戒酒同成败兴亡联系起来，下令严厉禁酒，彻底制止"群饮""崇饮"，违者处以死刑。

夏商周三代以及秦汉以降，历朝历代层出不穷的"以酒而亡其国"的惨痛教训，都一齐验证了大禹的见微知著的惊人的洞察力与预见性。

三

如果说，关于大禹存在的真实性及其巍巍之德、赫赫之功，在历代典籍中迄无异议的话，那么，对于他是如何得天下的，亦即继位途径与方式，则各异其辞。大别之，有三类：

禅让说。相信舜之于禹同尧之于舜一样，都是通过禅让，亦即由各部落首领推举并经过考核，认为可以胜任才正式就位的。

攘夺说。认为在实现所谓"禅让"之前，曾经历过剧烈的权力争斗。禹之所以能继承帝位，是"臣逼君"的结果。"禅""擅"同音，"让""攘"通借。"禅让"其名，而"擅攘"其实。

虚构说。认为史无其事，只是一种虚言、传说。全然否定禅让的存在。

细检古代文献，发现其中关于禅让的记载，从《尚书》到《史记》至少在十五处以上。而且，近年出土的文献《郭店楚墓竹简》也进一步予以证实。可见，禅让之事，为晚周人的共识。因此，虚构一说当可排除。问题在于，先秦诸子对于禅让一事何以如此大张旗鼓地宣扬？这不能不引起我们设问与深思。

以公元前 2062 年大禹辞世，而东周始于公元前 770 年来计算，对于先秦诸子来说，舜禹禅让故事当是一千三百年以前的往事了。当历史成其为历史，它作为"曾在"，即意味着不复存在，包括特定的环境、当事人及历史情事在整体上已经永远消逝了。在这种情况下，"不在场"的后人在选择、整理史料亦即文本化过程中，必然存在着深度的主观性介入。我们发现，关于禅让一事的叙述，先秦诸子的主观性因素同样十分明显，表现为自行取舍，各执一词。

其实，今天看来，当时禅让的"庐山真面"，不过是以和平方式完成权力的交接而已。舜禹禅让，反映的原是部落联盟之民主选举制度。其中的"禅"字，最初也许是有关礼仪的术语，或者本指任期届满后的一种权力交接仪式。这种禅让既不同于世袭制的"家天下"，也不同于"汤武革命"的"打天下"，是一种以不流血方式完成权力和平过渡的理想化制度，然而，在儒、墨、道、法、杂家、纵横家那里，却弄得云笼雾罩，烟雨迷蒙，各自以其思想本体为依据去推演其内容。儒家主张仁政，所以，他们解读禅让的本质在于实施仁政，将尧舜禅让描述成儒家仁政的典范。墨家以尚贤为宗旨，主张贤人执政，不仅是三公，就是天子，也可选天下贤者而立之。墨子出身于下层社会，其思想集中体现平民的要求，奉行节俭，提倡生产，特别强调大禹的亲身参加水利农事劳动、为天下先这些方面。概言之，孔孟侧重于尚德，墨子侧重于传贤。

而别开生面、生动有趣的是法家韩非的说法，译成现代口语：

尧称王天下的时候，茅屋顶盖不加修剪，栎木屋椽不加砍斫；吃粗米饭食和野菜豆叶的菜羹；冬日穿兽皮，夏天着麻衣，即使是看门人的衣服和给养，也不会比这还差。禹称王天下的时候，亲自拿着耒、臿等农具，做干活的带头人，以致大腿上没有完好的肌肤，小腿上磨光了汗毛，即使是奴隶的劳作，也不会比这更苦了。由此说来，古时辞让皇帝之位的人，他是抛弃了看门人的境遇而脱离了奴隶的劳苦了。现在的县令，一旦本人死了，子孙世代还能乘他的车子，因此被人们看重。人们之所以轻易地辞去古时的帝位，而贪恋现在的县令，道理在于实际利益厚薄不同也。

与此说桴鼓相应，明代文学家陈眉公也曾发表一通议论。尧让天下于许由，许由不受，天下后世皆以为高，赞颂有加。陈眉公却说：

当尧之时，尽大地是洪水，尽大地是兽蹄鸟迹；禹荒度八年，水乘舟，陆乘车，泥乘橇，山乘樏，方得水土渐平，教民稼穑，此时百姓甚苦，换鲜食、艰食、粒食三番境界，略有生理。盖洪荒天地，只好尽力生几个圣人，不及铺张装点，粗具得一片乾坤草稿而已。何曾有受用处！茅茨不剪，朴角不斫，素题不枅，大路不画，越席不缘，太羹不和。铏簋之食，聊以充饥；鹿裘之衣，

聊以御寒。不惟无享天下之乐，而且有丛天下之忧。尧黧舜黑，
固其宜耳。许由亦何所艳羡而受之哉！

不能"享天下之乐"，却丛集"天下之忧"，所以，很少有人愿意
干这般蠢事。那么，许由视帝位为畏途，力辞不受，你能说他"高"吗？

四

不管怎么说吧，大禹无疑算得上一位"风范大国民"，一位德配
天地、功标青史的真命天子，当然，他也是中国历史上仅此一见的
名副其实的苦工皇帝。

就此，我忽然联想到那年在绍兴禹庙所看见的大禹塑像。像高六
米，法相庄严，身着华衮，手捧玉圭，头戴冕旒，一副标准的龙凤之姿。
尽管听说是根据著名学者章太炎的考证而设计的，但我还是不免心生
疑窦。想来，也许像孔老夫子在论述大禹时所说的，"恶衣服，而致
美于黻冕；卑宫室，而尽力乎沟洫"，就是说，禹王平常劳动穿粗糙
的衣服，上朝、祭祀则着华美的衣冠，因为他毕竟是君临天下的帝王。
太炎先生设计的塑像，当是取其朝会时的装束。

但我觉得，雕塑人物的衣冠形貌，总应反映其本质特征。如果
能以劳工者的形象示人，肯定会更加拉近与普通民众的距离，平添
一种亲切感。而且，既然是"卑宫室"，大禹生前的住所就会像帝尧
一样，"茅茨土阶"，绝不可能像后代的秦始皇那样，征集万千民伕
为其兴修宫殿、营造陵寝。至于现在的禹庙、禹陵如此之巍峨、华赡，
无非是后世人民用以寄托崇仰之情思而已。

孔子，在我心中

一

作为一个巨大的思想存在，孔子堪称人类社会的重大精神坐标。说到他在我的心中，那么，话可就长了——

六岁上私塾，我就开始叩拜他，那是一张高一米六七的画像。私塾先生知道偏远的农村根本买不到，便把他在省城担任督学时收藏的一幅珍贵的圣像带了过来。在我也算是大开了眼界。从此，便天天同他老人家见面。早晨一进门，便向他鞠躬致敬；背书时要面对他；如果迟到早退了，罚站，也要向他行注目礼。八年时间里，三千次日升月落，天天与他相伴。有时，还会在梦境中相遇。

说起画像上的形貌，大约同曲阜孔庙里的《先师行教像》相似：面容苍老，满髯齐胸；阔袖大领，宽衣博带；腰佩长剑，叉手肃立，看去很是威严可怖。后来，读到鲁迅先生《在现代中国的孔夫子》这篇文章，觉得先生说得更有趣，也更合乎我的心理实际：

"是一位很瘦的老头子，身穿大袖口的长袍子，腰带上插着一把剑，或者腋下挟着一支杖，然而从来不笑，非常威风凛凛的。假使在他的旁边侍坐，那就一定得把腰骨挺得笔直，经过两三个小时，就骨节酸痛，倘是平常人，大约总不免急于逃走的了。"

看来，成天见面，形象谙熟，也并不等于思想上就能接近，这叫作貌合神离。作为一个十岁上下的小孩子，除了能够背诵一些格言、警语，记得几件"食不言，寝不语"，"子于是日哭，则不歌"之类的生活细事，在心灵境域，对这个高高在上的老夫子，虽然恭谨，却不亲密，总是觉得他与我们普通人离得太远，就像诗仙李白笔下的高天冷月一样："永结无情游，相期邈云汉。"用现在的话说，就是已经被"圣化"或者"神化"了。童年时，一到腊月二十三，过"小年"了，祖母都要用灶糖把灶王爷的嘴糊上，说是怕他回到天庭说东道西，"打小报告"；我也是，即便塾师不在现场，因为先师站在那里盯着，我也丝毫不敢放肆。他老人家不是说了"祭如在，祭神如神在"吗？

这样过去了三十年，赶上"文化大革命"的"批林批孔"运动。当时我供职于市级直属机关，一位同事的女儿邮来一本某高校哲学系编写的《论语批注》，看了颇感震惊，也甚为诧异：两千五百年前的幽灵，竟然借尸还魂，和野心家、阴谋家林彪勾搭在一起了；儿时顶礼膜拜的至圣先师居然成了复辟狂、大恶霸、吸血鬼、刽子手；许多烂熟于心、一直奉为圭臬的"圣训"，完全成了反动话语。诸如"岁寒，然后知松柏之后凋也"，宣扬的是"反革命骨气"；"欲速则不达，见小利则大事不成"，传授的是反革命策略；"躬自厚而薄责于人"，过去把这种宽以待人、严以责己的做法奉为美德，现在却成了"孔老二"的"礼之用，和为贵"的反动观点的具体应用——维护奴隶主贵族内部团结，让革新派放弃原则、斗争……

实际情况是，任我"再思""三思"，却怎么也看不出个"所以然"来，只好怪罪自己"觉悟"太低，政治上迟钝。反正不管怎么说，由于牵强附会的痕迹过于明显了，因而，这种"妖魔化"的做法，反倒不能奏效。

"逝者如斯夫，不舍昼夜。"一晃儿，又过去了三四十年，当年的朱颜青鬓，已经华发盈巅，垂垂老矣。风霜历尽，读书渐多，思辨益明，心中的孔子又复庄严地站起，并且走下了神坛，还其渊博的学者、出色的导师、伟大的思想家、教育家的本来面目。

认识到，他的思想具有强大的统摄力与穿透力，既博大精深，又紧贴实际，他从自身的人生取向出发，寻求家庭、国家以至天下的发展出路。也正是着眼于这个宏伟的目标，他遂以满腔的热情创办教育。这里说一个细节：孔子到卫国去，弟子冉有为他驾车。一进城，孔子就惊讶地说："卫国人口好多呀！"冉有随口问了一句："人多了，又该怎么办呢？"孔子说："让他们富起来。"冉有再问："已经富了，又该怎么办呢？"孔子说："教育他们。"——在座的都有志于献身祖国的教育事业，我也当过教师，为此想要多说两句：孔夫子是中华民族历史上第一位伟大的教育家，是他首创平民办学，从"学在官府"延伸到学在民间；他是一位循循善诱、诲人不倦、因材施教的优秀导师；他所倡导的教育思想、教学方法、治学态度以及师生关系，至今仍然值得我们学习、借鉴。

他老人家以其毕生的思想、实践，帮助我们现代人完善了一条观照人生、反思自我、修身立德的传统思路。他所开展的精神活动，创造的文化成果，特别是许多优秀的传统理念，反映了中华民族的精神追求，为我们今天构建社会主义核心价值观提供了宝贵的思想文化资源。我们应该感念他，敬重他。

二

接着这番两代学人轻松的问答，下面开始转入一个颇显沉重的话题。

长期以来，孔子在我心中一直纠结着一个很大的问号：一位出色的学者、导师，伟大的思想家、教育家，怎么竟会沦为政治舞台上的演员、闹剧里的变形金刚——得意时高踞"大成至圣文宣王"的神坛，倒霉时被打翻在地，成为备受侮辱、惨遭毁弃的"孔老二"？

这里经历了一个漫长的发展、演变过程，存在着诸多方面的复杂因素。

应该说，孔子成为"圣人"，原是呼应了当时社会的召唤与时代的需要。现代著名学者顾颉刚先生指出："春秋末期人民的苦痛固然没有像战国时那样厉害，但仪封人已说：'天下之无道也久矣，天将以夫子为木铎。'可见那时苦于天下无道，大家希望有一个杰出的人来收拾时局。孔子是一个有才干的人，有宗旨的人，有热诚的人，所以众望所归，大家希望他成为一个圣人，好施行他的教化来救济天下。"

这里的"大家"代表了众人的合力；其主力军为孔门弟子，其中尤以颜回、子贡等为最力。他们说："他人之贤者，丘陵也，犹可逾也；仲尼，日月也，无得而逾焉！""仰之弥高，钻之弥坚，瞻之在前，忽焉在后""虽欲从之，末由也已。""固天纵之将圣，又多能也。"

迨至战国时期，儒家的两位继承人孟轲与荀卿，又分别给孔子戴上"集圣人之大成"和"德与周公齐，名与三王并"的超级圣人与无冕之王的桂冠。

不过，孔子本人却从来没有以"圣人"自居过，充其量承认自己是个"君子"。当太宰与子贡尊奉孔子为"圣者"和"天纵之圣"，称赞他"多能"时，他明确地说："我少也贱，故多能鄙事。君子多乎哉？不多也。"

在另外一些场合，他都反复申明："我非生而知之者，好古，敏以求之者也。""圣人，吾不得而见之矣，得见君子者斯可矣。""若圣与仁，则吾岂敢？""圣则吾不能，我学不厌而教不倦也。"

今天研索一下：孔子之所以断然逃名避圣，固然与其一贯的实事求是精神和谦虚自抑的品德有直接关联，但是，作为"既明且哲"的思想家，他是不是已经预见到了后世盗名欺世者招摇、博弈的风险，所谓"名之所至，祸亦随之"呢？

孔子殁后，孔门弟子便开始出现分化。韩非子有"儒分为八"之说，各方皆标榜独得孔圣之真诠，而自立门户。尔后，形势更趋复杂，"学随术变""以术导学"，一些人自谓承袭先师"圣教"，但在现实生活中与时俱变，"为我所用"，从而导致儒学的异化与圣人的变型。

西汉时期，董仲舒提出"孔子之术"，以儒学为基础，以阴阳五行为框架，兼采诸子百家，建立起新儒学。接下来，又出现了把儒学宗教化的谶纬神学，附会圣人神道设教。这样，作为儒学的创始人，孔子自然也就成了教主。

宋明以还，程朱理学与陆王心学代起，一是主张格物致知，存天理；一是主张心外无物，致良知。它们虽然在一定程度上恢复了儒学在伦理道德、身心修养层面的社会功能，但与孔学宗旨终究是判然有异。

而就先师孔子本人来说，造成毁灭性的伤害，还是遭到皇权体制的牢牢绑架，成了维护封建王朝统治的政治工具。如同鲁迅先生所说的，"种种的权势者便用种种的白粉给他来化妆，一直抬到吓人的高度"。

既然"孔夫子之在中国，是权势者们捧起来的"，那么，他老人家也便像面团一样，被权势者任意揉来揉去。于是，他的命运，便时而"鹰击长空"，时而"鱼翔浅底"；时而被捧杀，时而被扼杀；时而是圣人，时而是罪人；时而是"王者师"，时而是"刽子手"，成了最可怜的悲剧人物。

诚然，以孔子的初心，对于政治权势并不见得怎么热衷。"我们读《论语》，便可知道他修养的意味极重，政治的意味很少。不像孟子，他终日汲汲要行王政，要救民于水火之中"（顾颉刚语）。是的，孟子之有异于孔子，最显眼的是胸中蓄有那么一股豪气，或曰"浩气"，一贯地高自期许。他曾毫不掩饰地说：上天若是不想让天下治平，那就罢了；"如欲平治天下，当今之世，舍我其谁？"

但是，事物是错综复杂的。如果单从客观上分析，现当代一些学者指出，孔子学说中确实存在着一些可以被历代统治者利用的所谓"先天性"的因素。

从内容看，孔学体系博大而庞杂，举凡政治、经济、哲学、历史、教育、伦理、文学艺术，几乎无所不包。这就为阐释的多样性与理解的差异性提供了理论支撑；特别是融汇其间的所谓"治术"，更容易为不同当政者的不同需求所利用。现代著名学者王亚南指出："在中国长达两千年的封建社会中，占据统治地位的思想就是儒家思想"。而孔子学说中的"天道观念、大一统观念和纲常教义，对于维护专制官僚统治是缺一不可的儒家思想要素"。

从表现形式看，与这种庞杂、博大的内容形成强烈反差的，是语录体的疏略简约，可然可否，却又缺乏背景、语境的必要交代，而作为载体的语言文字，其模糊性、多义性也导致了歧义丛生，莫衷一是。

人们认识对象的过程，原本就是创造对象的过程，何况，其间还夹杂着那么多的学术歧见与政治考量呢！从这个意义上说，孔子的学说异化，原质性消失于渺茫的时间黑洞之中，形象迭变，饱尝命运的残酷与处境的悲凉，就成为不可避免的了。

孔子渴望弘道，却"一生怀抱未曾开"，赍志而殁；孔子渴望理解，可是，莫说骂他的，即便是捧他的人，真正理解他的又有多少？难怪他生前曾反复悲叹："莫我知也夫！""知我者其天乎！"

三

理解孔子，谈何容易；但从感性上，却是觉得越来越接近了。在我心中，他是一位情感丰富、近人情、讲人性、很有人格魅力的长者。

现代著名作家林语堂说过："事实上，在孔子的所言所行上有好多趣事呢。孔子过的日子里，那充实的欢乐，完全是合乎人性，合乎人的感情，完全充满艺术的高雅。因为，孔子具有深厚的情感，锐敏的感性，高度的优美。"他的这一说法是建立在事实基础之上的，一部《论语》中，此类的记述很多：

——孔子认为，依礼尽孝，乃是仁德的自我实现，是建立各种美德的起点。在一般人看来，孝父母，最基本的是奉养，保证父母的吃和穿。可是，孔子却觉得这个标准太低了。在回答弟子子游问孝时，他说："今之孝者，是谓能养。至于犬马，皆能有养；不敬，何以别乎？"在回答子夏问孝时，他又进一步指出："色难。有事弟子服其劳，有酒食先生馔，曾是以为孝乎？"

前者强调一个"敬"字。如果只是养活父母，保证温饱，而对父母缺乏敬重之心，那同饲养犬马又有什么区别？后者强调，要从心里热爱父母，体贴入微，时刻做到和颜悦色，从来不给"小脸子"看。相由心生，《礼记》中说："孝子之有深爱者必有和气，有和气者必有愉色，有愉色者必有婉容。"孔子也认为，子于父母，能够一贯和颜悦色，原非易事，所以才说"色难"；但这又是最关紧要的，否则，即便是遇事由年轻人去做，有酒食让父母先享用，也不能算是尽了孝道。

——礼，是孔子思想中的重要内容，孔子希望能建立一个理想的礼治社会，提倡"克己复礼"。但孔子讲礼，能够从实际出发，并不像后世理学家那样，拘泥固执。

古时行成人礼（叫"冠礼"），要戴麻冕。按照传统规定，这种冠冕，要用两千四百缕经线，绩麻做成礼帽；而麻质较粗，要能织得特别细密，极为费工费力。为了省时省工，人们都喜欢用丝料来代替。对于这么改良，孔子予以肯定，说："俭，吾从众。"

——互乡这地方的人，难于交谈，招人厌弃。那里几个年轻人却得到了孔子的接见。弟子们有些不理解。孔子说："我们赞成他们的进步，不赞成他们退步。既然如此，那又何必做得太过分呢？人家把自己弄得干干净净而来，就应该肯定这一面，不要死记着人家过去的不是。"

——颜渊死了，孔子哭得极其悲痛。跟随孔子的人说："您悲痛过度了！"孔子说："是太悲伤过度了吗？我不为这个人悲伤过度，又为谁呢？"

为此，林语堂说："夫孔子一多情人也，有笑、有怒、有喜、有憎、好乐、好歌，甚至好哭，皆是一位活灵活现之人的表记。"孔子身边的弟子们，也都赞扬他："温而厉，威而不猛，恭而安。"

上面这些记述，反映出孔老夫子是讲究人性，与人为善，善于体贴人情的。

再来看孔子的志趣、孔子的为人。他说："幼年时不能勤奋地学习，年老了又没有知识可以传授别人，我认为是可耻的。离开故乡，事君，而身居高位，卒然与过去的老朋友相遇，却没有谈叙旧谊，我认为是可鄙的。与品质恶劣的小人相处在一起，我认为是可怕的。"孔子在另一场合，也曾引证《诗经》"忧心忡忡，愠于群小"之句，认为小人成群结党，是最令人担忧的。

他有一颗平常心、一副真性情。他的兴趣、爱好广泛，尤其对欣赏音乐甚为痴迷。"乐者，天地之和也"，本质在于调和人心。《史记·孔子世家》记载："三百五篇，孔子皆弦歌之，以求合《韶》《武》《雅》《颂》之音。"即便是在奔走道途、席不暇暖的行色倥偬中，他也不放弃这种审美追求。那次在齐国欣赏《韶》乐，他沉浸于醺然忘我的审美境界，竟然吃肉不知其味。他同别人在一起唱歌，听到有谁唱得好，一定要请他再唱一遍，然后自己与之应和。

孔子到武城去，一进城门，弦歌之声就不绝于耳，孔子高兴极了，脸上现出喜悦的神色，于是，对在这里担任县令的弟子子游开起了玩笑，说："杀鸡焉用牛刀？"意思是说他小题大做。而子游是个十分较真的人，他没理解老师的兴奋心情，以为是批评他搞形式主义，当即用老师平时的教导来予以反驳。孔子也觉得自己一时高兴说走了嘴，于是，向同来的弟子们说："子游是正确无误的。我刚才那句话，不过是同他开个玩笑。"

你看，孔子就这么饶有风趣！绝非整天板着面孔，道貌岸然，架子十足。

一次，孔子同子路、冉有、公西华等四个弟子在一起闲坐。他说："由于我年纪比你们大一些，你们不要因此而感到拘束，不敢说心里话。你们平时老说'没有人了解我啊！'那么，如果有人了解你们（给你们提供施展才能的机会），你们将怎么办呢？"

老师的话亲切、体贴，场面也非常宽松、随便。当其他弟子在老师面前"各言尔志"的时候，曾点却一直神情专注地弹瑟，直到老师发问："点，尔何如？"他才"铿"的一声把瑟放下，然后站了起来，答道："莫（暮）春者，春服既成，冠者五六人，童子六七人，浴乎沂，风乎舞雩，咏而归。"曾点没有像其他三位那样，陈述治国安邦、礼乐、宗庙之类的大事，而是谈他对闲适自在、充满情趣的生活的向往。他说，暮春三月，穿上春天的服装，陪同五六个成年人，带上六七个儿童，在沂水河中戏水沐浴，到舞雩坛上呼号舞蹈祈求上苍，然后歌以咏志，一路走回家。

孔子听后，慨然地说："我赞同曾点的想法啊！"

周游列国至郑国时，孔子与弟子走散了，他便自己在城东门等候。当子贡四出寻找老师时，有一位郑人告诉他："东门有个人，其额头像唐尧，脖子像皋陶，肩膀像子产，可是，从腰部以下，比大禹短了三寸。疲惫不堪的样子，像一只丧家狗。"按照这个指点，子贡很快就找到了老师，并将郑人的原话说给他听，孔子听了，高兴地笑说："形状像谁像谁，那倒未必；而说我似丧家之狗，很对呀！很对呀！"既诚恳，又有趣，颇富幽默感。

这样，孔子在我心中，就由童年时的森然可怕，后来的凄然可怜，转而为现在的蔼然可亲、欣然可爱了。

话说庄子

本色人生

在中国古代四大文化名人孔、孟、老、庄中，庄子是唯一的平民。他是宋国公族的后裔，自然曾经接受过系统的教育，成为满腹经纶、精神生活极度充实的大学者，但他却自甘清贫，安之若素。他瘦成了"槁项黄馘"，穿着打了补丁的"大布之衣"，靠编织草鞋来维持生计，住在"穷闾陋巷"之中。可是，在精神上却绝对富有，超凡脱俗，挺身特立，自信自觉，不忮不求，令人联想到"高鸣向月"的丹顶鹤。

现代著名学者钱宾四先生说过："在中国人的观念中，往往有并无事业表现，而其人实是十分重要的"，因为"无论如何，这些人都是文化传统中的大人物，他们承前启后，从文化传统来讲，各有他们不可磨灭的意义和价值"。战国时期伟大的思想家、哲学家、文学家庄子正是如此。

作为一位具有草根性质的知识分子，他和周秦之际的其他思想家、哲学家最显著的分野，是他完全脱离统治阶级的利益，和那些"治人者"严格划分界限，他的思想倾向、所持立场，许多都是站在平民百姓一边。他富有人情味，渴望普通人的快乐，有一颗平常心，令人于尊崇之外还感到几分亲切。

由于他身居草野，远离上流社会，长期同底层民众在一起，因而始终存有浓重的平民情结。他不仅同那些贫贱的农民、勤劳的手工业者有着相同的身份、境遇，而且，常常出入市廛，置身于百工居肆，同那些铁匠、木匠、漆工、织工、首饰匠、洗染工、琢玉工、皮革工、制陶工、砖瓦工、缝纫工等各种工匠师傅，唠唠家常。他们也都把庄子看作是自家人，愿意同他说一些心里话。也正是因为庄子具备这样得天独厚的条件，他才能在书中那么逼真传神地描绘各种各样的能工巧匠，诸如善于粘蝉的驼背人、操舟若神的船夫、捶制钩带的工匠、神乎其技的庖丁、为齐王训练斗鸡的纪渻子，等等。

他游踪不定，一会儿进到屠户棚中，唠起宰牛的闲嗑儿；一会儿，又蹲在河边上，擎起鱼竿，屏息注视钓丝的摆动；一会儿，同那些畸人隐者道出一段尖刻无比的寓言，充当一个世路人生的解剖师；一会儿，又漫步在黄沙古道上，负手低吟："迷阳迷阳，无伤吾行"，成为一个道地的诗人。他还乐于同那些残疾人打交道，神情凝重地听他们诉说惨淡的人生、曲折的经历。

他很善于讲故事，是一个想象力超群、表情丰富、善于模拟的"故事大王"。举凡飞禽、走兽、游鱼、草蛇、蝴蝶、鸣蝉、蚊虫、蚂蚁，到了他的口中、笔下，都活灵活现，生动传神，而且被人格化、情感化、形象化了。对于一些动物的生活习性，有很真切的观察和表述。你看他写马"喜则交颈相靡（摩），怒则分背相踶（踢）"，写鸟"随行列而止，委蛇而处（宽舒自得之态）"，写鸱鸺（猫头鹰）"夜撮蚤（捉跳蚤），察毫末，昼出瞋目（瞪大眼睛），而不见丘山"。

庄子的生命体验、生活经验十分丰富，对于物性，有着极其精细的体察。我们可以肯定，他没有喂养猛虎的实际体验，由于家境贫穷，大概连骡马之类的大牲畜也没有豢养过。可是，他对这些动物却观察得非常细致。你看，他在《人间世》篇讲道：饲养老虎的人，不敢拿活物给它吃，因为担心它在扑杀活物时，会怒气勃发，激起其凶残、暴戾的天性；也不敢用完整的动物去喂虎，必须切成碎块，否则，老虎在用牙齿撕裂动物的时候，会激发怒气，恢复其残酷的本能。他还说过这样一件有趣的事：喜欢马的人，用精致的竹筐去接马粪，提着珍贵的器皿给马接尿，当发现蚊虻叮在马身上，出于感同身受地由衷怜惜，"啪"地一拍，没想到马竟然受到惊吓，咬断口勒，毁掉笼头，挣碎胸络，狂奔起来。本意出于爱惜，结果却适得其反。庄子还注意到了生活中"螳臂当车"的悲剧现象：螳螂不知道自己力不胜任，凭着一股狂妄的心性，奋力举起臂膀去阻挡车轮，最后闹到粉身碎骨的下场，而车轮照常前进。

当然，我们的哲学大师，并非像一般动物学家那样停留在物情、物象的观察上，他在体察物性的背后，还有深刻的寄寓在。庄子的人生，带有强烈的主观感应色彩，感性体验至为丰富，对于浮生百态、世故人情，更是体察入微，洞若观火。这在先秦诸子中，绝对能够拔得头筹。对于人情世故，庄子确有实际而深入的体会。《天运》篇讲："忘亲易，使亲忘我难"。这里包括双层寓意：一层意思，父母舐犊情深，不论子女年龄多大，也总当作孩子，而子女就不一样了，所谓"儿行千里母担忧，母行千里儿不愁"；另一层意思，作为子女，若要做到不使父母牵挂累心，得以顺情适志，实非易事。庄子还说："有弟而兄啼"——兄弟同母，母亲必须等到断奶之后才有可能孕育弟弟。这样，哥哥就会认为，父母舍长而育幼，已经失爱于双亲，因而啼哭不止。《天地》篇讲："厉之人，夜半生其子，遽取火而视之，汲汲然惟恐其似己也。"说一个相貌丑陋的人，妻子在半夜生下小孩，他就急忙取火照亮，心情忐忑地观看孩子的长相，唯恐他会长得像自己一样丑陋。寥寥数语，曲尽人生百态。诚如清代学者林云铭所评论的：庄子是个"最近情"的人，"世间里巷，家室之常，工技屠宰之末，离合悲欢之态，笔笔写出，心细如许"。

《外物》篇讲环境对人的影响，说："婴儿生无硕师而能言，与能言者处也。"婴儿生下来，不靠师匠调教便会说话，这是和会说话的人在一起的缘故。讲得更为深刻的是："室无空虚，则妇姑勃豀"。意思是，生活中应该留有空间以容其私。室内如果没有一点空隙，私人生活空间非常狭小，时刻都好像处于被人监视之下，一点回旋余地也没有，即所谓"牢狱文化"。这样下去，姑嫂间就免不了要互相吵架、争斗。如果延伸一步，放大到一般的人与人之间的关系，理想境界似乎是"亲密无间"。但这样就好吗？恐也未必。两人若是过于亲密，一点距离、一点空隙、一点差异都没有了，彼此间的一切都是公开的、同一的，私人空间完全丧失，其结果是物极必反，反而会使亲情、友情化为乌有，最后会导致疏离与破裂。很难设想，如果没有深厚的生活基础做后盾，会能体察得如此细腻，如此深刻。

普通人，平常心，家常话，俗世情，说得丝丝入扣，撄攫人心。这是庄子哲学的一道亮色，一定意义上，也映照出了庄子的本色人生。

自由心性

庄子把身心自由看得高于一切。一次，庄子正在濮水边上悠闲地钓鱼，忽然，身旁来了两位楚王的使者。他们毕恭毕敬地对庄子说："我们国王想要烦劳先生执掌国家大事，特意派遣我们前来请您。"庄子听了，依旧手把钓竿，连看他们都没有看一眼，说出的话也好像答非所问："我听说，你们楚国保存着一只神龟，它已经死去三千年了。你们的国王无比地珍视它，用丝巾包裹着，盛放在精美的竹器里，供养于庙堂之上。现在，你们帮我分析一下：从这只神龟的角度来看，它是情愿死了以后被人把骨头珍藏起来，供奉于庙堂之上呢？还是更愿意像普通的龟那样，在泥塘里快快活活地摇头摆尾地随便爬呢？"

两位使者不假思索地同声答道："它当然愿意活着在泥塘里拖着尾巴爬了。"

庄子说："那么，两位就请回吧。我还是要好好地活着，继续在泥塘里拖着尾巴爬的。"

在苦涩的"人间世"，作超越的"逍遥游"，他在为后世创辟了一条回归生命本体的路径，开启了一扇走出生命"围城"的门户之后，便像清风、白云一般飘然而去，而在身后却矗立起一座座丰碑。

他为后世树立了一种以自由精神、人格独立为旨归的价值取向。庄子具有高远的精神境界和开阔的胸襟、视野。孔子说："君子有三畏，畏天命，畏大人，畏圣人之言。"庄子不是这样，什么先王的遗范、现世的礼制，在他的心目中，都缺乏应有的权威；而人身的偶像、神鬼的灵明，他更是不予理睬。至于那些受空间、时间限制，束缚于仁义、礼教等外在的框限和内在的束缚，对于普通人来说，都是缠夹不清，甚至无法摆脱的，而在他那里尽数都得到了化解。

庄子以其极度的清醒，本着超越世俗的价值标准，揭示了招致遮蔽的生命真实，尖锐地指出：自从夏、商、周三代以来，举世的人沉溺于世俗奔逐，都为身外之物而改变本性，为某种目的而牺牲自己，无论其为伯夷式的"君子"，还是盗跖之类的"小人"，尽管所追索的目标不同，亮出的名堂各异，但就其损蚀本性、戕残生命来说，其间并没有本质差别。

面对世界的荒谬、社会的黑暗、民生的疾苦，庄子并非脱离现实，不问世事，也不是"丧己于物"，同流合污，而是在与众生同游共处之中，坚持自我的价值取向，"游于世而不僻，顺人而不失己"，实现精神对现实的超越。他既非真正的入世，也不是纯然的出世，而是介乎二者之间的"游世"。逍遥尘垢外，"乘物以游心"。他所追求的目标或曰理想境界，不过是做一只全靠自力、无恃无待的草泽里的野雉，走十步才啄到一口食物，走百步才能饮到一口水，尽管生计艰难，但它绝不冀求被畜养在笼子里。

作为首倡人的自由解放的伟大思想家，庄子视自由精神、独立人格、自然天性、逍遥境界为人生的终极价值。在人类思想史上，庄子是以追求个体生命自由为宗旨的第一人，是全面批判文明进程中人性"异化"的第一人，是关注生死和精神营卫，力图揭示生命意义以及演化规律的第一人，是深入考察精神现象、揭示美的本质和内在规律的第一人。

庄子践行了一条超越功利、远离政治、浮云富贵、粪土王侯的人生道路。向往自由的人生追求与价值取向，决定了他在封建统治者面前，不肯屈身做吏，觍颜事人，他完全没有飞黄腾达、荣宗耀祖、立功立德的期望。他并不看重人在社会中的实用价值，对现实功利不屑一顾，更无意践行儒家那一套"修齐治平"、经邦济世的方略；也不认同老子的政治道德，奉行所谓"君人南面之术"。他拒绝参与政治活动，同统治者保持严格的距离。

作为博古通今的大学者，他熟知各国的史事，特别是那些在学术界具有代表性的历史人物。孔丘恓恓惶惶，席不暇暖，历经十四载，奔走于各诸侯国之间，一路上饱受讥评，甚至被嘲为"累累若丧家之狗"，但其所推行的以仁政为核心的政治主张，却始终找不到买主。到了战国时期，商鞅以刑名、法术之学取悦于秦孝公，变法图强，卒成霸业，但他自己最后的下场，却是"作法自毙"，惨遭"车裂"，分尸示众。如果说，这场惨剧远在西陲的秦国，那么，发生在宋国都城的两场宫廷血腥政变，他是亲眼目睹的了。因此，决意远离政治这个是非坑。

其实，即使不存在这类杀身之祸，就庄子的天性来说，他也确实不是一块做官的材料。拉他从政，无异于套骆驼耕田，不仅官当不好，自己也会跟着吃苦遭罪。无分中外古今，基本上可以肯定，哲学家成就不了出色的政治家。哲学家所拥有的，是一颗整天都在思索问题的无比沉重的大脑、一颗时刻都在滴血的敏感的心灵，他们把灵魂受难看成是精神享受。他们可以有洞见，有卓识，有妙赏，有深情，却缺乏政治家所断不可少的运筹帷幄、指挥若定的魄力，更不具备杀伐决断的手段、覆雨翻云的权谋。难怪古希腊大哲学家赫拉克利特执意要把王位继承权让给兄弟，并且说："宁愿跟小孩子一道掷骰子，也不去摆弄政治。"

庄子以极度的清醒和超凡的远见，洁身自好，特立独行，逍遥于政治泥淖之外，"苟全性命于乱世，不求闻达于诸侯"。这同其他的先秦诸子，在观念上存在着本质的差异。在那种社会昏暗、政治污浊的环境中，绝大部分读书人，都迷失了自我，摒弃了生命价值，莫不"危身弃生以殉物"。对此，著名学者陈鼓应有个解析："先秦时代，士人群起而出，然而大多是依违于仕隐之间。庄子则超越了仕与隐的冲突与两难，既'独与天地精神往来'，又'不谴是非，以与世俗处'，在板荡的时代中，做一位清醒者、殊异者。"

为了在政治上傲然独立，绝不苟活以媚世，他在生活上选择极度简单的方式，坚持自食其力，靠着编草鞋、钓鱼虾来勤俭度日，维持低标准的生存状态。这样，在人格上，就可以保持自我的尊严与高贵，不受任何政治派别、社会集团的控制与影响；精神上，潇洒、超拔，营造一种从容、宁静、宽松、澹定的心态。正由于他终身奉行"不为有国者所羁"的价值观，成为"官本位文化"坚定的反叛者，从而获得一种与天地自然同在的精神超脱，与宇宙万物融为一体的陶醉感、轻松感，"悠哉游哉，聊以卒岁"。

诗人哲学家

天才，注定要为其超越于时代、超越于世俗付出应有的代价，甚至献出宝贵的生命。比如中国的嵇康、李贽，西方的布鲁诺、伽利略，弯起指头来可以数出许多人。可是，作为天才中的天才，庄子却能养性全生，获得八十四岁遐龄的高寿。应该说，这得力于他的超凡的生命智慧。

庄子的哲学思想，为解脱人生困境、医治心灵创伤，提供一种开阔、多元、超拔的认知视角，启示人们以超越的眼光、豁达的心胸、高远的境界来观察和处理客观事物。形象地说，就是善于应用减法。所谓"应用减法"，是指凡事看得开，放得下。"放下"不是放弃、任何东西都不要，而是要有所选择，放弃多余之物，卸掉背上沉重的负担。《庄子·盗跖》篇有言："平为福，有余为害者，物莫不然，而财其甚者也。"说的是，物质财富超过了生活的需要，就会成为祸害，每种事物都是这样，财物更是如此。"放下"，既是一种解脱的心态，豁达的修为，更是一种人生境界。

庄子哲学是艰难时世的产物，体现了应对乱世的生命智慧。庄子无意逃避现实，但也不取凌厉进击、战胜攻取的强者姿态，唯以坚守本性、维护自由为无上律令。用他的话说："游于世而不僻，顺人而不失己。"他所探究的中心课题，是如何在乱世、浊世、衰世中养性全生、摆脱困境，其中涵括了也饱蕴着一代哲人对其所遭遇的种种痛苦的独特生命体验。庄子指出，名是人们相互倾轧的原因，智是人们相互斗争的工具，二者皆为凶器，不可以将它们推行于世。

最有代表性的是他的"散木情结"。庄子曾经列出两组鲜活的事例进行对比：一组是，"直木先伐，甘井先竭""山木自寇，膏火自煎""桂可食，故伐之"；另一组是，栎社之树、商丘之木，因"不材"而得以免遭砍伐，白颡之牛、亢鼻之豚、患痔之人因不宜祭神而终其天年。前者表明：有用则自戕，有用是灾难；后者揭示：无用则无患，无用实有大用，不材可以自存，无为、无求能够免除祸患。两相对照，得失立见，道理至为警策。

庄子为后世提供一种登高望远、以道观天下、摆脱重重束缚、破除井蛙式的"拘墟之见"的全新视角与思维方式。

唐代诗人白居易有诗云："临高始见人寰小，对远方知色界空。"它的真理性已经获得了太空归来的宇航员的证实。世界首个登上月球的美国航天员阿姆斯特朗回到地球之后，写了一篇回忆录，说："当我们踏上月球之路的时候，眼看着地球越来越小，第一天的时候，看着地球还像圆桌面那么大，第二天的时候，地球像篮球那么大，第三天站在月球上看地球，只有乒乓球那么大。"其实，这类景况，中国的古人也早就注意到了：所谓"登东山而小鲁，登泰山而小天下"。

这里说的是眼界、视野与视角、视点的问题。庄子谈到，秋水时至，百川灌河，泾流之大，使两岸和沙洲之间，远远望去，分不清是牛是马。于是，黄河之神河伯欣然自喜，以为天下之美尽在于己。顺流而东行，至于北海，却看不到水的尽头。这时，河伯才改变了原先得意的脸色，望着海洋，面对北海之神海若感叹地说："现在，我总算目睹了你的难以穷尽的广大。"北海若曰："井蛙不可以谈海，因为它受到空间拘束；夏虫不可以语冰，因为它受到时间限制；浅薄之士不可以同他论道，因为他受到礼俗的束缚。现在你出乎河流，观于大海，终于认识到自己的鄙陋，这才可以同你谈谈大道的条理。"这段对话说明了：眼界、视野越是开阔，所见到的客观事物的范围，便会越加宽广；而随着视点、视角的变化，客观对象则会因应地发生变化，人们的认识也会有新的领悟，新的提高。

哲学研索本身，就有一个视角或曰立足点的选择问题，视角与立足点不同，阐释出来的道理就判然有异。庄子的视角，广博开阔，既不拘限于人类，更不拘限于自我，而是推及宇宙、自然。这样，许多认识都会随之而变化，不要说各种社会事物、文化现象，就连自然界也是如此。比如，我们通常说的益鸟、害鸟，益虫、害虫，什么东西有营养，什么东西对身体有害处，这些都是基于人类主观意志的认识。就自然来说，从天道来说，各种生物的生存价值都应该是平等的，不存在此高彼低、此益彼害、此是彼非的差别，所谓"以道观之，物无贵贱"。庄子正是基于道的立场，建立了他的"齐物"思想，从而获致了一种超拔境界与恢宏气象。宇宙千般，人间万象，在庄子的视线内，物我限界一体泯除，时空阻滞化为乌有，大小不拘，久暂无碍，通天入地，变幻无穷。

面对这样一部具有世界性意义的文化元典，宛如置身一座光华四射的幽邈迷宫，玄妙的哲理，雄辩的逻辑，超凡的意境，奇姿壮采的语言，令人颠倒迷离，眼花缭乱，意荡神摇，流连忘返，不禁叹为观止，可是，要升阶入室，尽窥堂奥，又谈何容易！在这座思想、艺术宝库里，有永远挖掘不尽的宝藏，值得人们千秋万世开发下去。借用大家都熟悉的"愚公移山"寓言中的一句话："子子孙孙，无穷匮也"。

作为"天下第一奇书"，《庄子》处于超凡轶群、无与伦比的文学地位。清初文学批评家金圣叹把《庄子》同《离骚》《史记》、杜诗、《水浒传》《西厢记》，并列为"六大才子书"。现当代中国数一数二的两位文学巨擘对于庄子的文学成就，也都给予极高的评价。鲁迅先生说："其文则汪洋辟阖，仪态万方，晚周诸子之作，莫能先也"，重点放在当时，而郭沫若先生则着眼于后世，他说："不仅晚周诸子莫能先，秦汉以来一部文学史，差不多大半是在他的影响之下发展的""他那思想的超脱精微，文辞的清拔恣肆，实在是古今无两"。

就此，闻一多先生做了详尽而周赡的论述。他说："古来谈哲学以老、庄并称，谈文学以庄、屈并称。《南华》的文辞是千真万真的文学，人人都承认；可是《庄子》的文学价值还不只在文辞上。实在连他的哲学都不像寻常那一种矜严的、峻刻的、料峭的一味皱眉头、绞脑子的东西，他的思想本身便是一首绝妙的诗"。闻一多同样认为，庄子堪称先秦第一位文学家，他说："战国时纵横家及孟轲、荀卿、韩非、李斯等人的文章也够好了，但充其量只算是辞令的极致、一种纯熟的工具，工具的本身难得有独立的价值。庄子可不然，到他手里，辞令正式蜕化成文学了。"

《庄子》一书实现了哲思与诗性的完美融合，达到了文章的极致。美国学者雷·韦勒克和奥·沃伦在其《文学理论》一书中指出："历史上确曾有过哲学与诗之间真正合作的情形，但这种合作只有在既是诗人又是思想家的人那里才可以找到。"庄子就正是这样的诗人哲学家，他的作品达致了诗性与哲思完美结合的文学化境。

闻一多先生有言："读《庄子》，本分不出那（哪）是思想的美，那（哪）是文字的美。那思想和文字，外型和本质的极端的调和，那种不可捉摸的浑圆的机体，便是文章家的极致；只那一点，便足注定庄子在文学中的地位。"庄子善于运用离奇的形象、夸张的言辞、荒诞的情节，来绘制五彩缤纷、光怪陆离的言"道"画卷，里面散发着浓郁的诗性、诗情，闪烁着缜密的理性光彩，产生了常读常新的艺术感染力。

台湾学者施章认为，对于《庄子》一书，"与其用哲学的眼光读他，不如以文学的眼光读他，较为得当。因为庄子的人生，他看宇宙是充满了生命，一草一木，以至一架骷髅，庄子对之都发生同情，而幻想他的生命来，这完全是艺术家的态度。庄子也常常用文学的技术来表现他的高超的意境"。

通过哲与诗的联姻，使文学的青春笑靥给冷峻、庄严的哲思老人插上飞翔的翅膀，带来欢愉、生机与美感，灌注想象力与激情；而穿透时空、阅尽沧桑的哲学慧眼，又能使文学倩女获取晨钟暮鼓般的启示，在美学价值之上平添一种巨大的心灵撞击力，引发人们把对世事的流连变成深沉的追寻，通过凝重而略带几许苍凉的反思与叩问，加深对人生的认识和理解。

贤 母 颂

一

山东友人发来邮件，邀我著文支持其以孟母诞辰为"中华母亲节"的提案。提案略云：

> 我们理应有自己的充溢中华民族优秀文化内涵和民族精神的中华母亲节，而不是外来的母亲节，这是中华民族伟大复兴的需要。回眸中华民族的历史，孟子母亲仉氏是最突出的中华贤母形象，……从孩子成长的外部环境到学习的内部规律，她都注意到了，终于使孩子成了大器，她自己成为教育子女的贤母典范，被誉为"母教一人"，至今仍传为懿范，孟母堪可作为中华母亲节的形象代表，用以彰显母亲的伟大和伟大的母爱，激励一代代母亲，激发作为人子的爱心、孝德。

提案所述，实获我心。从小读《三字经》，就记诵了"昔孟母，择邻处；子不学，断机杼"的词句。后来，读西汉两位学者所写的《烈女传》和《韩诗外传》，细致地了解到这位古代贤母"三迁择邻""断织励学"和"买肉立信"等故事内容——

孟子名轲，字子舆，是战国中期著名的思想家、政治家、教育家。

父亲早丧，母亲仉氏守节。童年时期的小孟轲，跟随母亲，先是住在一处墓地旁边。孟轲就和邻居的孩子一起学着大人的样子，办理丧事，做跪拜、哭号的游戏。孟母看到了，皱起了眉头，心想："这怎么行呢！看来，孩子住在这里不合适！"于是，就带着孟轲搬到一处市集旁边。小孩善于模仿大人的行为，由于靠近市集，旁边又有杀猪宰羊的屠户，这样，小孟轲便又和邻居的小孩一道，学起做生意和杀猪宰羊的事。孟母发现后，又犯了合计："这个地方也不适合我的孩子居住！"于是，便再次搬家。新居紧邻一所教育场所，也就是文庙。每到初一这天，官员们都到文庙行礼跪拜，互相揖让，彬彬有礼。小孟轲看在眼里，一一都记在心里。这次，孟母很满意，点点头说："这才是我儿子应该住的地方呢！"

孟轲放学回家，母亲正在织布，关心地问："学习怎么样了？"孟轲说："跟过去一样，没什么好学的。"母亲见他那份无所用心的样子，十分恼火，便用剪刀剪断了织好的布。孟轲大为惊讶，忙着问母亲为什么要断织，孟母说："你荒废学业，如同我剪断这丝缕一样。女人如果荒废了家务劳动，不去生产全家需要的生活必需品，男人如果放松了自己的修养和德行，那么，一家人纵使不做强盗、小偷，也就只能从事奴隶劳役了！"孟子听了，悚然惊悟，自此，从早到晚，勤奋学习不辍，拜孔子的嫡孙子思的门人为老师，终于成了有大学问的圣贤。

一次，小孟轲碰上了东邻杀猪，他便问母亲："邻居为什么杀猪？"孟母逗他说："为了给你吃肉。"话说过之后，她就后悔了，心想："为了进行胎教，我在怀着这个孩子时，席不正不坐，肉割得不正不吃。现在他刚刚懂事，而我却欺哄他，这不是教他不讲信用吗？"当即，拿出钱来，买了东邻的猪肉给儿子吃，用以证明她没有说假话。

三则教子故事，内容并不复杂，里面却饱含着深刻的哲思理蕴。

首先，它阐明了主观与客观、内因与外因、环境与主体的辩证关系。作为伟大的母亲，孟母不仅富有深厚的责任感、使命感，而且，深谙教子成才的规律和方法。按照一般的认识，往往只是把注意力放在孩子自身的管教上，而忽视环境、条件在儿童的成长过程中的重要作用；而她却敏锐地发现了客观环境对于人的影响，一而再、再而三地调整环境，为孩子的健康成长创造良好的条件。不仅此也，尤其可贵的是，她并没有满足于获得理想的环境，认为从此万事大吉；而是，特别重视主观的努力。在她看来，即使环境再好，如果主观努力跟不上去，仍然是无法成才的。为此，她借助"断机杼"来给予儿子以极大的刺激，使他刻苦努力，勤奋向学。

其次，孟母用织布来比喻学习，用断织来比喻废学，说明学习必须全神贯注、专心致志，决不能半途而废。形象生动，比喻恰当，即事寓理，极富说服力与感染力。

再次，以身作则，诚信不欺。从小就教育孩子立诚重信，不搞欺诈、哄骗。

最后，孟母教子，方法得当。言传身教，循循善诱，而不是采取粗鲁、野蛮的方式，痛快一时，乱打一顿。

作为子思学派的传人，孟子继承并发扬了孔子的思想，成为仅次于孔子的一代儒家宗师，素有"亚圣"之称。在这方面，这位两千多年前的伟大母亲是做出了突出贡献的，不愧是一位出色的教育家。

二

中华民族有着悠久的母教优良传统，历朝历代都流传着许许多多贤母教子的动人故事，载录史籍的数不胜数。其中最有名的是"四大贤母"。除了战国时期孟子的母亲仉氏，还有晋代名将陶侃的母亲湛氏，宋代大文学家欧阳修的母亲郑氏，宋代著名军事家、抗金名将、民族英雄岳飞的母亲姚氏。她们以其高超的识见、卓越的品格和动人心弦的事迹，垂范百世，光照千秋。

陶侃生当两晋之交，遭逢乱世，而他能以优异的战功和政绩博得世人称颂。史载"自南陵迄于白帝数千里中"，在他的治理下，"百姓勤于农殖，家给人足""路不拾遗"。他具有高尚的品格，《晋书》本传中，说他"性聪敏，勤于吏职，恭而近礼，爱好人伦"。平时凡有馈赠，他必定问明来源，如果是通过自己劳作所得，他收下之后，要加倍地补偿、回赠；如果是贪污官家所得，则立即退还，而且还要给予严厉批评。终日正襟危坐，办事极度认真。当时正在造船，他以高度的责任心，管理公共财物，竹头、碎屑、断木等，他都收拢起来，以备不时之需。大雪过后，天晴融化，官府厅前道路泥泞，便把木屑铺上，方便大家进出。他分外珍惜光阴，对部下饮酒赌博严加管束，参佐僚属有以谈戏荒废职事者，严加训斥之外，还"命取其酒器、蒲博之具，悉投于江"。东晋时期吏治腐败，不可收拾。陶侃这种严谨、清肃的作风，实属少见。

他以身作则，终日勤于吏职，常对人讲："大禹圣者，乃惜寸阴，至于众人，当惜分阴，岂可逸游荒醉，生无益于时，死无闻于后，是自弃也！"他曾在边远的广州任职十年，这里受战乱影响较小，境内较为安定，衙署闲居，他便早早起来，把一百块砖从室内搬到院中，晚上再把这些砖一一搬回屋里。对他的做法，多人不解，他说："吾方致力中原，过尔优逸，恐不堪事。"原来，他怕生活过于安逸，养成怠惰习惯，从而丧失斗志，难以担承重任。人们听了，无不感佩。

陶侃之所以能够达到这种精神境界，完全得力于优良的母教。他家境贫寒，父亲早世，母亲湛氏悉心教导他。史书上记载了她的三个动人故事：

一是"截发筵宾",事见南朝刘义庆的《世说新语·贤媛》。同郡好友范逵等数人,途经陶侃的家乡新淦,正赶上冰雪封道,而且天色将晚,便到陶侃家里来投宿。可是,家中贫困至极,空空如也,着实没有招待客人的条件。正在陶侃为难之际,母亲过来说:"你且出外留客,由我来想办法。家中虽然贫寒,但做人不可失礼。"无钱买米,母亲便趁客人们闲坐交谈之际,毫不犹豫地拿出剪刀将长发剪下,出门卖与邻人,换回了粮米酒菜;没有烧柴,劈了屋角的边柱,聊供薪火;又把垫在床上的草席扯出、切碎,权作客人的马草。整个接待非常周到。范逵等一行感其厚意,至洛阳,相与传为美谈。人们都说:"没有这样的好母亲,不可能教育出来陶侃这样的优秀人才!"陶侃为官以后,始终保持着"恭而好礼"、热诚待客的优良作风。

二是用三件土物饯行。陶侃博览群书,精通兵法,后来由太守范逵举荐当了县令。赴任之际,母亲把儿子叫到跟前,语重心长地说:"为娘拿不出什么东西为你饯行,就送你三件土物吧。"到了官府之后,陶侃打开包袱一看,里面包着一块坯土、一只土碗和一方白色土布。他先是一怔,过了一会儿,才慢慢领悟到母亲的用意。原来一块坯土是教导儿子永记家乡故土,一只土碗,是教导儿子不要贪恋荣华富贵,要保持自家本色,一方白色土布,则是教导儿子为官要尽心恤民,廉洁自奉,清清白白,永不变色。母亲的箴告,深深打动了陶侃的心。后来,陶侃在仕途上果如母亲所望,正直为人,清白做官。

三是退回腌鱼。陶侃在海阳做县吏的时候,恰好监管渔业。生性孝顺的他,念及一生贫居乡间的慈母,心中总觉歉然不安。有一次,趁下属出差顺路之便,嘱托他带了一坛腌鱼送交母亲。谁知几天过后,母亲却将这一坛鱼原封不动地退了回来,并在信中写道:"尔为吏,以官物遗我,非惟不能益吾,乃以增吾忧矣。"陶侃收到母亲退回的鱼和回信，大为震动，愧疚万分。他决心遵循母亲的教导，清贞自守，廉洁为官。

后人赞曰："世之为母者，如湛氏之能教其子，则国何患无人材之用？而天下之用恶有不理哉？"

三

古代"四大贤母"中，宋代占了两位：著名文学家欧阳修的母亲郑氏和著名军事家岳飞的母亲姚氏。两位贤母为中华民族培养出一文一武盖世英才，功莫大焉。

欧母的事迹见于欧阳修写的《泷冈阡表》，里面说（大意）：

> 我四岁就失去父亲，母亲立誓守节，家境贫苦，在生活上自食其力；边抚养边教育，使我能健康成长。母亲经常告诫我说："汝父为官清廉，而且爱好施舍，喜欢结交朋友。他的俸禄虽少，但常不使有余，说，不要因此成为我的牵累！所以到他死时，没有留下一间屋、一垄地，供我们赖以为生。那么，我凭恃什么能够苦守呢？……汝父岁时祭祀，必定流泪，说，'死后祭祀再丰厚，也不及生前菲薄的奉养。'有时喝点酒，吃点肉，也要落泪，说，'从前生活困苦，现在多有盈余，可惜来不及奉养双亲了。'你父亲做官时，夜里披阅公文，一再停笔叹气。我问他为什么？他说，'这是一桩死刑案件，我想为他寻找一线生机，可是没找到。'他进一步解释：'经过找，没找到，这样，被判死刑的人和我就都没有遗憾了。即使是这么找，有时还会出现错判呢！'你父亲还嘱咐我，要把这番话告诉你。他真是心地仁厚之人。这就是我确信汝父必有好的后代的依据。你好

好努力吧！奉养父母不一定要丰厚，主要在于孝顺；做好事虽然不能及于万物，但只要能够心存仁道就行了。"

母亲为人，恭敬、节俭、仁慈，而且，坚守礼法。从家庭贫穷的时候起，她就以俭约治家，以后家境丰裕了，也总是不让开支超过原先的用度。她说："我儿子不能苟合于世，不可能大富大贵，这样做，是为了他日后能够度过患难啊！"

后来，我曾被降职到夷陵县，她老人家照例有说有笑，像往常一样，还对我说："你家本来就穷苦，我处在这种环境已经习以为常了。你能够安于这种处境，我也就放心了。"

史载，欧阳修的母亲病逝，清江知县李观曾写祭文一篇，全文仅二十字，堪称古代祭文简短之最："昔孟轲亚圣，母之教也。今有子如轲，虽死何憾。尚飨！"祭文指出，欧阳修一生的成就，得自母教，并把欧阳修比作孟子，而把欧母比作孟母，这真是最高最美的赞誉。

岳母的事迹传播极广，她的声望等同于孟母。其中最著名的就是在儿子背部刺上"精忠报国"四字，在国家危亡之际，励子从戎，尽忠报国。故事始见于清乾隆年间《说岳全传》；此前，岳飞背上刺字一事，在元人所编的《宋史》本传中也有记述，但未载明究是何人所刺："初命何铸鞠之，（岳）飞裂裳，以背示铸，有'尽忠报国'四字深入肤理。"明成化年间成书的《精忠记》，嘉靖年间的《武穆精忠传》，明朝末年的《精忠旗传奇》，也都有关于岳飞背部刺字的记载。

岳母姚太夫人出身乡野，识字不多，但为人刚直，极有主见。她对岳飞自小就施以严格的家教，教育儿子要刚直不阿，勇于任事，克服各种苦难，做一个忠心报国的男子汉。故乡汤阴沦陷后，岳母跟随着儿子，颠沛流离，辗转南北，后病逝于湖北鄂州。高宗赐葬于江州（今九江县）株岭山。出于对岳母的敬爱，其墓地，历经八百七十余年，至今保存完好。现为江西省爱国主义教育基地。岳母祠上方横匾为"一代贤母"，两边对联是：

鞠育劬劳　励子从戎　尊懿范
躬行慈教　尽忠报国　仰干城

祠门两边的楹联：

精忠报国惊寰宇　点点背花　依稀宋史纵横　斑斑犹渍英雄血
贤母义方树懿模　煌煌彤管　弈叶江州形胜　赫赫长留姓氏香

四

在满怀敬意地叙述了古代贤母的感人事迹之后，我们可以从中领悟到许多带有规律性的认识：

——"母德在教"是我们中华民族大家庭中极为珍贵的优良传统。叩其源流，可以追溯到太古时期的母系氏族社会。当时儿女出生后，只知有母，教养责任自然也就落到母亲头上；加之母氏当政，较之其他任务，教育后代必然被列为头等重要地位，而且，母亲不会把这一重任委之他人，肯定要亲自承担。即使后来转入父族当权，出于母爱的天性，母亲作为人生的第一位教师，仍然会把教育子女一事主动担承起来，特别是父亲或做工，或入仕，或从军，或经商，长年在外，家教重担不能不落在守护着子女的母亲肩上。

——这几位贤母，都是平凡而又不平凡的。她们的出身与个人境况惊人的相似——都是丈夫早丧，家境贫寒，艰苦持家，抚孤自立。

她们并非出身名门望族，也没有受过特殊的培养教育，不过是普通的女性，而其远大的眼光、超人的识见、坚强的意志和高度的社会责任感，又远远超出一般的女性。

——在母教内容上，四位贤母也大体上一致，体现了一定的规律性。她们教育儿子，有两个共同的重点：一是，都强调敦品励行，以德为先，着重于砥砺品格、立身做人；二是，读书向上，通经达史，增长才干。其实，这两个方面是相辅相成的，后者为前者打下良好的基础；前者又为后者提供了思想保证、精神支持。

——其教育方式方法，为后世提供了成熟、有效的经验。一是晓之以理，动之以情，把孩子的品格修养、智能成长、行为模式纳入真正的关切、深厚的情感之中，使之入脑入心，乐于接受；二是以身作则，垂范立式，给孩子做出榜样，增强说服力、信仰力；三是摆事实讲道理，看得见，摸得着，力戒空泛说教。

——母教带有终身性质。在中国古代，有所谓"胎教"的说法。古人认为，胎儿在母体中能够感受孕妇情绪、言行的感化，所以孕妇必须谨守礼仪，遵循道德行为规范，给胎儿以良好的影响。子女出生以后至十岁之前，从吃饭的基本仪节，到男女相处之道，都由母亲亲自训诲；并在读书向学的基础上，母教配合进行忠、孝、信、义、廉、勤等品性方面的培养；待到子女长大成人，为人父母、为民官长之后，母亲也往往长相伴随，教子为善，诫子清廉，终生不放弃言传身教的责任。

尽管"往事越千年"了，但这些贤母的懿言嘉行，至今不仅没有过时，而且，无论从青少年教育角度讲，还是从弘扬母教文化、优化母亲意识的角度讲，都有其直接的现实意义。特别是面对当代女性和母教事业的现状，这个问题尤其不容忽视。概括来说，当前面临着三个方面的问题：

一是从事各项建设事业、参与社会生活同担负教育子女重任的矛盾。现代女性走向社会，走出家庭，有的还是高学历、高职位、高收入，都有很强的追求实现个人价值的愿望，压力大，负担重，任务多，逼使她们更多地关注职业角色，而忽视甚至放弃母亲角色，这和古代的母亲有很大的差异。关于这个问题，我们不妨听听一些专家、学者的意见。苏联时期有一位名叫苏霍姆林斯基的教育家，他的话发人深省："无论您在工作岗位的责任多么重大，无论您的工作多么复杂，多么富于创造性，您都要记住：在您家里，还有更重要、更复杂、更细致的工作在等着您，这就是教育孩子。"

二是即使担负起母亲角色，投入很大精力于子女的抚养，但往往更多地关注身体发育成长、生活照料，满足子女的物质需求，而在培养教育方面下功夫不够。

三是关注智能发展，应对考试、进级，而对教育子女崇德尚贤，培养他们树立高尚的人格、良好的德行，缺乏足够的重视。

这使我们想到高尔基的一段话。他说："爱孩子是老母鸡都会做的事情，可是要善于教育他们，这是国家的一桩大事了，需要才能和全部的生活知识。"

于今，左一个系列，右一个丛书，上至皇帝、名臣、奸相，下至阉宦、军阀、妓女，充斥于影视片、出版物，唯独没有一部关于中华贤母的书画、影视作品。真是令人感慨无限。难道是那些贤母不重要吗？当然不是。德国教育家福禄培尔说得最深刻不过了："国民的命运，与其说是操在掌权者手中，倒不如说是握在母亲手中。"母教一事，真可以说是"悠悠万事，唯此为大"了。

为此，我已经致信山东友人，表示愿以此文支持他们关于以孟母诞辰为"中华母亲节"的倡议。

人难再得始为佳

一

龚自珍《己亥杂诗》中有这样一个警句："人难再得始为佳"，强调了存在的唯一性和独特性。此语导源于"佳人难再得"，故实引自《汉书》：武帝时，著名音乐家、歌唱家李延年"起舞歌曰：'北方有佳人，绝世而独立。一顾倾人城，再顾倾人国。宁不知倾城与倾国？佳人难再得！'上叹息曰：'善！世岂有此人乎？'平阳主（武帝胞姐）因言：延年有女弟。上乃召见之，实妙丽善舞，由是得幸"。一般都把这个典故用于佳姝美女，龚自珍的诗"拊心消息过江淮，红泪淋浪避客揩。千古知言汉武帝，人难再得始为佳"也是用于女性的，诗人前面有个交代："杭州有所追悼而作"。有的学者考证，此诗是为悼念他的表妹而作的。

其实，也不一定都要用于女性。1961 年，冰心女士就曾以《人难再得始为佳》为题，悼念梅兰芳先生。她在文章中追忆早年欣赏梅先生演出《汾河湾》的情景："流水般的踱步，送出一个光彩夺目的人儿，端严的妙目，左右一扫，霎时间四座无声。也许是童年的印象最为深刻吧，这几十年来许许多多男女演员之中，我还没有看见过像梅先生在那时那地所给我的端庄流丽、仪态万方的体态与风神！"这也可以称作"人难再得"吧。

看来，"人难再得"，既可用于女郎，也可用于男士；既可用于今人，也可用于古人。关键在于它的唯一性。

我写《庄子传》时，曾经说过："庄子就是庄子，他是天才中的天才，只能有一，不能有二。就是说，庄子在世间已经成了绝版——从他辞世那天起，原版就毁掉了，永远也无法复制。"其实，何止庄子本人，包括他笔下的一些典型人物，比如《让王》篇所记的那个以宰羊为业的楚国高人屠羊说（悦），也莫不如此。

当日伍子胥为了报杀父之仇，帮助吴国攻打楚国，楚国一败涂地，昭王弃国奔逃，到了随国。屠羊说便也跟随着楚昭王出走，并在逃亡途中，帮助昭王解决了好多实际困难。待到楚国复国，昭王论功行赏时，想到了他，便派大臣去问他希望做个什么官。可是，屠羊说却说："皇上丧失了国土，我失去了屠羊的活计；皇上回国复位了，我也跟着回来，继续干着屠羊的活。我的爵位利禄已经收回来了，还有什么可奖赏的！"可是，昭王还是坚持要给他以报偿。屠羊说坚持不接受，说："皇上失去国家，不是我的罪过，所以，我不必承受惩罚；皇上回国复位，也并非我的功劳，所以，我也不能接受奖赏。"

昭王听了汇报，便要亲自接见他。屠羊说仍是予以拒绝，说："楚国的法令规定，一定要是受过重赏、立过大功的人，才能受到皇上接见。现在，我的智力不足以保存国家，勇敢不足以消灭敌人，当时吴国军队攻入郢都，我害怕危险而逃避敌人，并不是有心追随皇上、护卫皇上的。现在，皇上却要废法毁约，破例来接见我，这可不是我所愿意传闻天下的事。"

闻听此言，昭王认为，屠羊说守本分，重实际，不贪功，不邀赏，而且，虽然身处卑贱，却能陈述高明的道理，越发觉得人才难得，便让大臣司马子綦亲自出面奉劝，一定要他接受三公之位。屠羊说坚决推辞，说："三公的职位，我知道它比屠羊的铺子尊贵得多；万钟的俸禄，我知道它比屠羊的收入豪富得多。但是，我怎么可以贪图爵位利禄，而让国君背上滥行封赏的恶名呢！我不敢接受，只希望回到自己屠羊的铺子。"最后，还是没有接受。

一个普通的体力劳动者，能够有这样的见识、这样的觉悟、这样的操守，确属难得。

屠羊说，作为一个典型人物，历史上可能确有其人。当然，也不排除原是庄子思想的化身，是其价值取向、人生追求、精神境界、处世准则的形象体现。为了达到以自我为主体的逍遥境界，庄子强调，必须超越"人为物役""以身殉物"的"异化"现实。他自甘清苦，不慕荣利，摒弃世间种种浮华虚誉，尤其拒绝参与政治活动，不同达官显宦交往，即便偶涉官场，也要尽早抽身，辞官却聘；他强调知足知止，对于不属于自己的东西，对于身外之物，决不贪求，以免让名缰利锁盘踞在心头，遮蔽了双眼，导致身败名裂的悲剧下场。像屠羊说这种类型，莫说当时是唯一的，后世恐怕也难以再现。

二

如果硬要寻找一个类同的历史人物，我倒觉得，此后四百年左右，汉代的卜式有点类似。《史记·平准书》中记载，河南郡人卜式，在山中牧羊十多年，后来羊群发展到一千多头，他就买了田宅。那时，朝廷屡次征讨匈奴，卜式上书，说愿将家产一半捐赠给政府，以助边防。武帝听说后，就派使者前去询问："你这么做，是不是想当官？"卜式回答说："我从小只知放羊，不懂得做官规矩，所以，不愿当官。"使者又问："那你是不是家有沉冤，要向皇上申诉？"卜式说："我生来跟别人都是和平相处，没有闹过纠纷。贫苦人家，我接济他们；

为非作歹的人，我耐心教育他们。乡里人民都尊重我的意见，谁会来冤枉我？没有什么话要禀告皇上。"

使者问他："那么，你捐赠那么多财产，究竟是为了什么？"卜式说："国家跟匈奴作战，是一种保卫国家、抵抗侵略的义举。我认为，贤能的人应该战死边疆，有钱的人应该捐输粮食。这样，才能将匈奴消灭。"使者将他的话原原本本地奏报给皇帝，皇帝听了很感兴趣，便把这事说给了丞相公孙弘。不料，公孙弘却说："这不是人情之常。恐怕他另有所图，不可以因为权变而乱了法纪。"

应该说，这是"以小人之心度君子之腹"。和前面提到的楚国大臣司马子綦比较起来，这个丞相可就差了一等。公孙弘这个人口碑很差，史书上说他"曲学阿世"，又说他工于毒计、工于谄媚。不管丞相怎么说，后来，卜式还是当了大官。武帝从大局出发，认为他既贤且能，想要尊崇他、表彰他、重用他，用以激励全国人民。

当然，从表面上看，卜式与屠羊说有其相似之处，但是，实际上还是存在着本质的差异。屠羊说匿身草泽，远离魏阙，像《周易》中所讲的："不事王侯，高尚其事。"而卜式所走的却是另一条道路。开始时，皇帝让他当郎官，卜式不愿意干。皇帝说："皇家的羊都在上林，那你就去管理它们吧。"这样，卜式就穿着麻衣和草鞋去牧羊。过了一年多，羊群肥壮，又加速繁殖，皇帝颇为赞赏。卜式说："不只是牧羊，对老百姓的治理也是这样。按时让他们休息，有不良分子就赶开，别让他妨害了大家。"

这个说法，倒是与老子的思想有暗合之处。从前的读书士子，"穷则独善其身，达则兼济天下"，有隐于市者，有隐于野者，卜式应该算作隐于牧者。他是属于"内儒外道"者流。武帝觉得他说得很深刻，就任命他为缑氏县令，结果四境大治，百姓安居乐业，又改任他做成皋县令，同样是考绩优良。皇帝就提拔他为齐王太傅。时值南越反叛，他上书说："主忧臣辱，我希望父子和齐国习船者一道，共同前往死战。"皇帝许之以忠义，赐爵关内侯，并黄金六十斤，田十顷。后来又做了御史大夫，由于反对盐铁官营，又兼不善文辞，贬为太子太傅，以寿终。

"伴君如伴虎"啊！"以寿终"，应该说，这在封建时代就是很好的结局了。宋人孔平仲《珩璜新论》中有一段话，大意是：宰相，是人人都想当的。汉武帝接连诛杀了几位宰相以后，又命令公孙贺去当宰相。闻讯后，公孙贺哭了，他实在是不想赴任，因为他想到了前几位的悲惨下场。但是，君命不可违呀！后来还是被迫当上了宰相。结果呢，不只自己送上了一条老命，还闹个满门抄斩。

两个人的高下，这么一比较，就再清楚不过了。屠羊说算是彻底的超脱，因而也不会遇到这类风险。不过，像他那种逍遥游世、既明且哲的人生道路抉择和价值取向，在儒家学说占统治地位的旧时中国社会，实在是凤毛麟角，少之又少了。绝大多数读书士子，都是"学成文武艺，货与帝王家"，因为要实现"三不朽"，受名缰利锁的束缚，必然是"明知山有虎，偏向虎山行"。

三

所以，精明盖世的晚清名臣曾国藩对屠羊说给予激赏，在给他的胞弟曾国荃的生日赠诗中，写道：

> 左列钟鸣右谤书，人间随处有乘除。
> 低头一拜屠羊说，万事浮云过太虚。

晚清同治三年（1864年）六月，湘军在曾国藩统领下，曾国荃率师攻下天京城，从而结束了与太平天国历时十余年的战争。扑灭太平天国，兵克金陵，原是曾氏兄弟梦寐以求的盛业，也是曾国藩一生成就的辉煌顶点，一时间，声望、权位如日中天，达于极盛。按说，这时候应该一释愁怀，快然于心了。可是，曾国藩反而"郁郁不自得，愁肠九回"，城破之日，竟然终夜无眠。原来，他在花团锦簇的后面，看到了重重的陷阱、不测的深渊。情况已经非常清楚了，尽管他竭忠尽智，立下了汗马功劳，但因其用兵过久，兵权太重，地盘式大，朝廷从长远利益考虑，不能不视之为致命威胁。过去所以委之以重任，乃因东南半壁江山危如累卵，对付太平军非他莫属。而今，席卷江南、飙飞电举的太平军已经灰飞烟灭，代之而起的、随时都能问鼎京师的，是以湘军为核心的精强剽悍的汉族地主政治、军事力量。因而，朝中传出一句可怕的流言："打下一个洪秀全，上来一个曾国藩。"在历史老人的拨弄下，他和洪秀全翻了一个烧饼，从现在开始，湘军和太平军互换位置，成为最高统治者的心腹大患。

在这首七绝中，他首先提醒，不要耽于胜利的欢腾而忽视形势的严峻，须知，与左侧的钟鸣鼎列相对应的，是右边的诋毁、告状的信件（"谤书"）错叠罗列。"钟鸣"，击钟列鼎而食，形容侯门贵族的豪华排场。有的版本作"钟铭"，解为朝廷的褒奖凭证。次句说，人间万事，盈虚消长，变化多端，安危莫测，盛衰无常，一切都没有定数。所以，陆游说："寄语莺花休入梦，世间万事有乘除。"接下来，作者又请出屠羊说这位两千多年前的远古先民来帮他说教，叮嘱他的胞弟：我们应该低头跪拜屠羊说为师，学习他的高明的见识和过人的智慧。须知，荣誉也罢，诽谤也罢，都不过是蓝天上的一片浮云，很快都会被风吹散，一切都将成为过去。

这首诗的后面，隐含着曾国藩的卓识远见与深重忧心。他在提醒曾国荃，睁开眼睛看清楚：值此大功告成、夙愿得偿之际，既是鲜花着锦、烈火烹油、无以复加的鼎盛时期，也是他们弟兄最招朝廷疑忌、最受朝野上下忌恨的艰难时刻，因此，必须居安思危，切记"功高震主""兔死狗烹"的古训。他说："处大位大权而震享大名，自古能有几人能善其末路者？总须设法将权位二字推让少许，灭去几成，则晚节渐可以收场耳。"

万古丰碑

"都江堰"，是一座美丽的城市，也是一项历史悠久、名震中外的水利工程，更是一位伟大历史人物的万古丰碑。

是的，国内外都有一些这样的所在，它们往往同某位政治家、军事家、科学家、文学家紧密地联结在一起。像但丁之于意大利佛罗伦萨、马克思之于德国特里尔城、孔夫子之于山东曲阜、蔡元培之于北京大学，等等，都像蜀郡太守李冰之于都江堰那样。只要你置身其间，就会感受到他们的不朽的存在。就是说，他们的一生功业，行藏休咎，都同这些地方有着紧密的联系。

前年我去江苏南通市参加一项文化活动，遍游市区，足迹所至之处，时刻都感到，仿佛爱国实业家张謇至今仍然健在，而且就在身旁。可以说，整个城市，就是他的一座丰碑。当时，我就联想到了李冰——他在都江堰不也是如此吗？当然，两人也不尽相同，他们分踞于中国封建社会的首尾两端，一者启其先，一者断其后；一个作报晓的鸡鸣，一个奏黄昏的挽歌。而论其影响所及、流风泽被，两千年前的李冰也要大大超出后辈的张謇。

翻开卷帙浩繁的《二十四史》，纵览一番画影图形、名标青史的凌烟阁，以及彰表公侯将相的纪功碑，在整个封建时代，所谓建功立业，不外乎以下种种：或为卫青、霍去病那样的名将，开疆辟土，攻城夺寨，斩将搴旗，血流漂杵，结果是"凭君莫话封侯事，一将功成万骨枯"；或为张良、陈平那样的运筹帷幄之中，绝胜千里之外的谋臣；或为张巡、许远之类誓死不降的铁杆忠臣；或为"英风犹想入关初，相国功勋世莫如"的萧何之类富有政治远见的名相；或为"百度修明诸弊革"，治绩炳然的张居正那样的改革家；还有一种特殊的功勋建立者，像王昭君那样"能为君王罢征戍，甘心玉骨葬胡尘"的和亲美女……他们都是功垂简册，广为后世文人讴歌咏叹的。

而李冰所创下的功业，则属于另一种类型。史载，上古之时，封闭于层峦叠嶂间的古蜀国，内则水旱相接，外无舟车之利，绝少对外交流，属于蛮荒之地。秦蜀郡太守李冰率领当地民众，凿离堆，修都江堰，穿内、外江，旱则水涌入内江灌溉，涝则水浸过飞沙堰排入外江，引溉郡田，沃润千里，水旱从人，不知饥馑。把西夷荆榛荒芜之地化为锦绣繁华之区，沃野千里，号称"天府"。此外，他还在成都建七座桥、修石犀溪，疏通乐山、宜宾、什邡、崇庆等地河道，治洪防涝，引水灌田，发展水运交通，以济舟楫之利。并建冶铁基地于临邛，凿盐井于广都，"蜀于是盛有养生之饶"，使水利灌溉、航运交通和盐铁事业得到长足发展，以其巨大的科学价值与经济效益，在人类史上书写了灿烂的篇章。

二

我们把李冰所做的贡献同上述列举的种种功业相比较，就会发现它有三个方面的鲜明特点：

其一，具有超越性。超越时间、地域、国度、集团、阶级范围，它的成果与效益能够经受住时间的考验，不受政治历史条件和意识形态的限制，因而更加具有普适性与持久性。

其二，是第一点的延伸，即功业的纯粹性。众所公认，不会有任何不同的争议。比如，建功绝域，拓土开疆，自古以来，就屡屡受到人们的质疑，有的诗人写道："自古边功缘底事？只因嬖幸欲封侯。不如直与黄金印，惜取沙场万骷髅！"对于改革、和亲等政治行为，也往往是言人人殊。当然，这么说，也并非意味着只要从事征服自然的事业，就一定能够立功立德，名扬后世。隋炀帝开凿运河，"水殿龙舟"之事，招致天怒人怨，自不必说；就是那个元代的"总治河防使"，不也是有"贾鲁治黄河，功多怨亦多"之说吗？何况，治水本身还有个是否遵循规律的问题，否则，筑坝堵截洪水的鲧伯也就不至于丢官受戮了。

其三，李冰不仅以其骄人、盖世的丰功伟业名留青史，而且，作为一名官员，在品德、人格、作风方面，也为后世树立了楷模。他是一位把立功与立德完美结合在一起的典范。"生建奇功谋百世，殁存型范耿千秋"，此之谓不朽。作为出色的教育家，孔夫子是当之无愧的"万世师表"；那么，蜀郡太守李冰，应该说是"千古官模"了。

他是一位难得的既体恤民情、心系百姓，以民为本的贤太守，又是精通专业知识，富有丰富实践经验的杰出的水利工程师。他"专利国家而不为身谋"，切实做到"献了青春献终身，献了终身献子孙"。本来，身为郡守，完全有条件为儿子谋求一个官职，像后世一些官员那样，"一人得势，鸡犬升天"，依势横行，敛财致富。而他的儿子二郎，却始终跟着父亲干活吃苦。他勤政敬业，身体力行，且工作讲究科学性、创造性，注重调查研究，善于集中群众智慧，尊重自然规律，从而规划、修建了选点正确、布局合理、造价低廉、施工简便而又功能持久、效益卓著的大型水利工程。他在两千二百多年前，为中国官场开创了一个踏着官阶从事科学技术实践的先例，而不是像后来那样把一批批颇有造就的学者磨炼成只知夤缘求进的巧宦、官僚。政治在他眼里，是弭患消灾，而不是钩心斗角，是奉献，而不是索取。南宋年间，诗人陆游参观都江堰，见到李冰的画像，在盛赞其奇勋伟绩之余，慨然兴叹："寥寥后世岂乏人，尺寸未施谗已众。要官无责空赋禄，轩盖传呼真一哄。"可谓语重心长，洞穿要害了。

遗憾的是，这样出色的一位贤臣，留在历史上的文字记载实在太少了。他大约出生于秦昭王五年（前302年），卒于秦始皇十二年（前235年），原籍在楚，后迁居秦地陇西，秦昭王三十年被委任为蜀郡郡守。司马迁《史记·河渠书》上说："蜀守冰凿离堆，辟沫水之害，穿二江成都之中。此渠皆可行舟，有余则用溉浸；百姓享其利。至于所过，往往引其水益用溉田畴之渠，以万亿计，然莫足数也。"《华阳国志》记载："冰乃壅江作堋，穿郫江、检江，别支流，双过郡下，以行舟船。岷山多梓柏、大竹，颓随水流，坐致材木，功省用饶。又灌溉三郡，开稻田。于是蜀沃野千里，号为陆海。"

三

有关李冰的形象，倒是种种色色，代有更迭。三十年前，出土于都江堰外江河床的东汉石质塑像，李冰身着官服，手置胸前，意态雍容，风格质朴，为汉代郡守的官员形象；宋代始封为王，上面所述陆游的诗，就是观"英惠王"李冰画像而作，画像中的他峨冠高耸，俨然王者之尊；明代以降，尊为"川主"，奉若神明，甚至传说为护佑都江堰的水神，从而在敬仰之上又涂抹上了神秘色彩；而现代的李冰像，则显现出深思静虑，富有书卷气，这当是考量他的水利工程师的身份，以之作为智慧的象征。从不同朝代对于他的形象设计的变化，充分反映出时代特征与价值观念。

　　而在民间，则广泛流布着神化李冰父子的神话传说。说他有天赋的神力，仿佛掌握"四两拨千斤"的太极奇功，指腕运转之间，高山大川全都听从调遣，轰隆隆，哗啦啦，开出了天彭门，凿通了玉垒山、宝瓶口，让江水的灵性和大地的丰饶滋养"天府"四川，润泽千秋万代。除了神化他通渠治水，还有降伏孽龙、通灵显圣，以及最后升天成仙等传奇。而流传最广的是"斗江神"的故事：

　　岷江江神极为凶恶，每年都要向人间索取两名少女作为妻子。稍有怠慢以至违抗，则掀风鼓浪，造作各种灾祸。郡守李冰得知其事，就说这一年他要把自己的女儿献出去。到了嫁女之日，他先给江神敬上一杯酒，然后自己也斟上，一饮而尽，而江神的那一杯却没有动。他大声斥责其无礼。霎时，李冰消失了踪影，只见江岸上有二牛在搏斗。有顷，李冰气喘吁吁地对下属说："我已疲惫至极，你们应合力相助。要记住，头朝南、腰系白带的是我。"一转眼，两头牛又斗了起来。于是，众人齐上，帮他把那条兴妖作孽的牛刺死。自此以后，水害遂息。此项传闻，亦见于东汉古籍《风俗通》。

　　至于有关李二郎的神话更是连篇累牍：他以"二郎神"的神化形象出现在小说《西游记》《封神演义》和戏剧《宝莲灯》里。在《西游记》中，二郎神是玉帝的外甥，现居灌江口，享受下方香火。他的法力无边，统领一千二百草头神兵，斧劈姚山；武功更是了得，连齐天大圣与他斗法，最后都败下阵来。只是没有说清楚，这样一位大罗神仙，怎么竟成了郡守李冰的儿子。

　　神化也好，历史也好，作为一个物质载体，李冰早已化作埃尘，杳无踪迹；而他所创造的人间奇迹，却历两千余年而不泯。"呜呼秦守信豪杰，千年遗迹人犹诵"。于今，站在都江堰这一世界级的伟大工程面前，那"披云激电从天来""江流蹴山山为动"的气势，使我惊骇，使我振奋；而他所留给后人的精神财富，必将泽流万古，沾溉无极，尤其令人引为骄傲、感到自豪。

历史的灵魂，是人。一座城市，一处名胜，也是如此。有了相应的名人作支撑，那么，它的真正魅力就得以充分展现。"赖有岳（飞）于（谦）双少保，人间始觉重西湖。"同样，都江堰也因为有了李冰父子，他们让人鼓舞奋发，让人激扬踔厉，让人说起来口角生香，看上去流连忘返，走了之后永难忘怀，在人们的心灵深处，永远占据崇高的位置。正是从这个意义上，我们说李冰是都江堰市以至整个神州大地的一座万古丰碑。

勇闯藩篱

一

古代说到勇士，总要提到战国时的孟贲、夏育、卞庄子，他们都是男性。那么，女性中有没有呢？当然有，最早的当属汉代的卓文君。不同的是，贲育之勇在于膂力，所谓"生拔牛角，力举千斤"；而文君之勇则在于心志，对于她所深爱的人，不顾封建礼教的束缚，勇闯世俗藩篱，黉夜私奔，成为女性中的一位"爱神"。

史载，蜀郡临邛县开发铁矿致富的大财主卓王孙，膝下一女，名叫文君。古书上形容她：眉色如望远山，脸际常若芙蓉，肌肤柔滑如脂；特别是才气纵横，琴棋书画样样精通，尤善鼓琴，通音律。可惜，年轻轻的就守了寡，住在娘家。当地许多门当户对的官宦人家、豪富子弟纷纷向她求婚，她却不肯俯就，一一予以拒绝。

这天，卓翁请客，宴请名士司马相如，县令王吉要亲自出面作陪。只见屋内院外，宾客云集，车马喧阗。上百名陪客已经到齐，酒席也都摆好了，唯独要请的主客司马相如还没有到场。过了一会儿，捎来信息，说是"身子不太舒服，只好心领了"。这下可急坏了卓大富豪，觉得没有面子。于是，王县令忙着带领几个随从，亲自登门去劝驾。在这种情况下，司马先生也不便继续矜持，便整装出场了。

人们也许要问：这位司马先生究竟是个什么角色，架子有这么大？

原来此公乃成都人氏，自幼酷爱诗书，也曾学剑，并精通音律。由于深慕战国时代蔺相如之为人，便也名为"相如"，表字"长卿"。其时，正值蜀郡太守文翁大兴文教，设立学校，司马相如应聘做了教师。不久，太守病故，他便决意前往京城长安，谋官任事。由于心志甚高，离开成都时，曾在升仙桥柱上题写了"不乘高车驷马，不过此桥"十个大字。由此，这座桥便有了新的名字："驷马桥"。到了长安，开始时并不得志，后来遇到了梁王刘武，被收为门客。这期间，他撰写了一篇长长的文赋，叫《子虚赋》，颇受一辈文士热捧，从此，便名动京师，声闻遐迩。后来，梁王死了，他也无心长住下去，便回到了故里成都。这里说的是，他文才出众，名动京城。

再者，临邛县令王吉是他的挚友，名成归里后，他便投靠到县里。王吉为了帮他抬高身价，就请他住进都亭一间公房里，自己每天都毕恭毕敬地去拜访他。全城人一看，这人来头可真不小，便也都另眼相待。包括卓家这场宴请，也是王县令一手策划的。

还有第三个因素：司马相如确实是一表人才，长得很帅，《史记》描述为"甚都"。这天一出场，他那潇洒的仪容便立刻引起在座的人一阵惊讶。待到酒酣耳热之际，王县令谦恭地捧琴至前，对司马相如说："闻君雅擅琴操，请弹一曲，如何？"司马相如略做推辞，而后便弹了一支曲子，边弹边唱，声动四座。这就是著名的琴曲《凤求凰》：

> 凤兮凤兮归故乡，遨游四海求其皇（凰）。
> 时未遇兮无所将，何悟今兮升斯堂！
> 有艳淑女在闺房，室迩人遐毒我肠。
> 何缘交颈为鸳鸯，胡颉颃兮共翱翔！
> 皇兮皇兮从我栖，得托孳尾永为妃。

交情通意心和谐，中夜相从知者谁？
双翼俱起翻高飞，无感我思使余悲。

　　世上知音者稀，但不能说没有。这天，司马相如终于遇到了知音，那就是卓王孙之女文君。原来，她早已听说司马相如的文名，今天父亲请客，恰恰请的是这位文豪，心中早已抑制不住欢愉之情，便躲在屏风后面，偷偷观看。这种情事，早被玲珑剔透的司马相如发现了。于是，他便有意作了"琴挑"，把那含蕴着满腔柔情蜜意的琴曲，声声都弹在文君的心弦上。而在文君那里，早已芳心暗许，她被司马相如高华的气度、出色的才情和隽美的丰姿所深深打动。这一曲《凤求凰》示爱的情歌，更令她心旌摇荡，如醉如痴。后世的女诗人潘素心有句云："一曲琴声两意投"，说的正是这种情景。

　　宴会结束之后，相如又在王县令的帮助下，通过文君的侍婢向她转达了"心焉慕之，愿结百年之好"的意愿。卓文君知道父亲不会同意这桩婚事，就痛下决心，私自跑到司马相如的都亭，决心跟他患难与共，生死相依。这样，两人便连夜逃往成都。待到老父发觉，他们已经"生米做成了熟饭"。直气得卓翁三阳起火，七窍生烟，暴跳如雷，却又不便公开声张，因为"家丑不能外扬"。一口气出不去，狠了狠心，就跟女儿断绝了父女关系。

二

　　且说文君跟着相如来到成都家里，发现家徒四壁，空空如也；而她出走时慌张，更没有带上金银财物，眼下衣食无着，困难丛集。但她丝毫没有翻悔之意，当即把随身的首饰变卖了，勉强对付着过上一两个月。这样，他们又返回临邛，再谋生计。终于想出了办法，卖掉了代表身份的车马、宝剑，在临邛街头租了一间房子，开设个小酒店，卖酒为生。相如穿上一条短裤，洗涤杯盘瓦器；文君则站在柜台前，招呼主顾，掌管酒店业务。一个风流倜傥的文人，相如能够这样做，亦自不易；而文君，作为当日的富家小姐，如今沦落到这种仆役生涯，抛头露面不说，还要充当贱役，不怕人讥笑，不为世俗偏见所拘缚，更是需要有足够的勇气。

文君、相如在临邛当垆卖酒、抚琴自娱，留下了许多遗迹。杜甫有咏《琴台》诗：

> 茂陵多病后，尚爱卓文君。
> 酒肆人间世，琴台日暮云。
> 野花留宝靥，蔓草见罗裙。
> 归凤求皇意，寥寥不复闻。

首联说，司马相如闲居茂陵后，患有消渴症（糖尿病），但夫妻尚恩爱如初。颔联写历史，"酒肆""琴台"都是当年遗迹。颈联写诗人所见，野花艳丽，蔓草缤纷，令人想象文君的俊美的脸庞和铺展的罗裙。尾联是怀古，于今，物是人非，斯人已杳，诗人寄慨遥深。

陆游《文君井》诗云：

> 落魄西州泥酒杯，酒酣几度上琴台。
> 青鞋自笑无羁束，又向文君井畔来。

这些都是后话。单说当日夫妻二人来到临邛，过起了艰难日子。无论多么苦累，一对美满夫妻为了实现爱情的理想，总还安之若素，真正难堪的倒是文君的老爸。他觉得这两个冤家，是有意让他在人前丢人现眼、抬不起头来，多少天藏在屋里，不好意思露面。朋友、兄弟们都劝他："长卿毕竟做过官，虽然贫困一些，他的人才还是靠得住的，将来总有出头之日。女儿既然愿意嫁给他，也就算了吧。与其这么僵持下去，莫如分给他们一份财产，让他们出去好好过日子。"卓翁心想，这样做虽非所愿，但事出无奈，也只好走这一步了。于是，就分给了女儿、女婿一百个奴仆，一百万钱财，又把女儿穿的用的衣物用车送了过去。这样，小两口也就关闭了酒铺，心满意足地回到成都，买房屋、置田产，开始过上富裕的生活。

俗话说："时来天地皆同力，运去英雄不自由。"司马相如当日困穷至极，走投无路，"一个大钱也能够别倒英雄汉"，而在成了富翁之后，立刻运转时来，官运亨通。不久，即由同乡杨得意介绍，前往京城做了大官。

原来，司马相如当日离开长安后，《子虚赋》一直喧腾众口，被人传赞。汉武帝听说了也找来披阅，随后对身旁随侍的杨得意说："这篇东西写得真好。不知道写赋的是哪朝哪代的人。如果和我们生在同时代，我真想见一见他。"杨得意听了，万分得意地说："陛下，他是我的同乡啊！现在正在家里闲居哩。"于是，司马相如被召到朝廷，汉武帝接见了他，问他道："《子虚赋》是你写的吗？"司马相如回答说："陛下，《子虚赋》正是为臣的笔墨。不过，那是写诸侯的事，没有什么可看的。听说陛下喜欢游猎，那么，为臣可以随侍，然后写出一篇天子游猎赋，献给陛下。"

汉武帝听了，喜之不尽，很快就对这个才华横溢的文士做出了妥善安排，不仅给予优厚的待遇，还带着他到上林苑参加游猎。几天过去，司马相如的《上林赋》就脱稿了，当即呈献给汉武帝。武帝看了，非常满意，于是，封司马相如为皇帝的侍从官，那时称作"郎"。

作为《子虚赋》的姊妹篇，《上林赋》"以玮奇之意，饰以绮丽之辞"（鲁迅语），描写了上林苑的恢宏壮丽和天子游猎的盛大规模，歌颂了统一王朝的声威和气势，堪称是司马相如的代表作，也是中国文学史上第一篇全面体现汉赋特色的大赋。

后来，司马相如还曾作为皇帝的专使，招抚夜郎归顺了汉朝。当时，对于"沟通西南夷"是否必要，朝中一班人的看法并不一致，武帝首先征询了司马相如的意见。相如胸有成竹地回答说：邛、筰等地和蜀郡相去不远，道路也不难打通。那里，秦代曾置为郡县，到本朝建国时才罢除。现在，若能再度与之沟通，进而设郡置县，其价值是远胜"南夷"诸国的。武帝听了，深以为然，便拜封司马相如为中郎将，委之以全权处理有关"西南夷"事务的使节重任。后来，有人上书汉武帝，告发司马相如出使时曾接受过很多金钱贿赂，武帝信以为真，就罢免了司马相如的官职。

三

司马相如家中富有，也乐得清闲自在，就把家搬到茂陵，与卓文君过着悠闲舒适的生活。不过，后来也出现了一些波折。据汉晋之际的《西京杂记》记载："相如将聘茂陵人女为妾，卓文君作《白头吟》以自绝，相如乃止。"

《白头吟》共十六句，四句为一节，层层递进，展示女主人公思想、性格以及感情变化的过程：

> 皑如山上雪，皎若云间月。闻君有两意，故来相决绝。
> 今日斗酒会，明旦沟水头。蹀躞御沟止，沟水东西流。
> 凄凄复凄凄，嫁娶不须啼。愿得一心人，白头不相离。
> 竹竿何袅袅，鱼尾何簁簁。男儿重意气，何用钱刀为。

　　开头四句，以比兴起，先用高山积雪、云间皓月之洁白，象征爱情的纯洁无瑕，烘托出自己当日对理想爱情的追求。可是，结局却是男人的移情别恋，这该是何等意外，何等痛苦，何等沉重打击，何等无法接受！于是，采取断然决绝的态度。真是力重千钧，咄咄逼人。第二段四句，写分手的场景：今日斗酒相会，实际是告别的宴饮，明日将各奔东西，像御沟里的水东西分流一样。第三段四句，通过反思昔日爱恋的过程，发出震撼心弦的呼喊："愿得一心人，白头不相离。"最后一段，揭示文君的爱情观与深刻领悟。簁簁（shāi shāi），形容鱼尾像沾湿的羽毛，鱼儿欢快地跃动，形象地描写爱情的欢悦。那么，这种爱情必须建立在情志相通、意气相重的基础之上，而不能受金钱势利所左右。

　　传说，在《白头吟》诗后面，卓文君还附有一封信："春华竞芳，五色凌素，琴尚在御，而新声代故！锦水有鸳，汉宫有水，彼物而新，嗟世之人兮，瞀于淫而不悟！朱弦断，明镜缺，朝露晞，芳时歇，白头吟，伤离别。努力加餐勿念妾。锦水汤汤，与君长诀！""琴尚在御"，说明时间并没有过去多久，可是，已经"彼物而新"，喜新厌旧了。朱弦、明镜，朝露、芳时，全都成了过眼烟云，只剩下"白头吟，伤离别"了。锦江水长流，与君永决绝。既有缠绵悱恻的感伤，又有断然决绝的警诫。

　　相如览后，愧悔交加，纳妾之意遂绝。一场险些断裂的恋情，就这样在文君的凛然正气感召下，获得了成功的挽救。

　　说来，司马相如也真是太令人失望，太辜负卓文君的万种真情、一片芳心了。好在"知迷途之未远，觉今是而昨非"，也算是善于改过者。

　　在处理这个问题上，卓文君的应对举措和坚决态度，是值得赞佩的。面对丈夫的"移情别恋"，一般的女性有三种选择：一是泼妇似的狂吼乱叫，闹得沸反盈天；二是隐忍不发，逆来顺受，屈辱地当待罪的绵羊；三是为了勉强维持虚假的爱情，把希望完全寄托在负心人的"偶发善心"上，一味地哀哀求告，乞怜丈夫回心转意，不敢进行针锋相对的斗争。结果是，或者造成一个烂摊子，局面最终无法收拾；或者助长负心人的"无行"，等于"与虎谋皮"，于事无补。卓文君不是这样，面对深重的精神创伤和被抛弃的悲惨命运，她既不是悲悲切切、懦怯无力，也不是张牙舞爪、仓皇失措；而是以理智、镇静的态度，痛苦中追思昔日的温馨与情分，冷峻中显现出果断与决绝。这里有一个大前提，就是司马相如毕竟走得还不算太远，存在着挽救的可能。为此，晓之以理，动之以情，申之以义，断绝其幻想，最后终于收到理想的效果。

当然，卓文君最为后人佩服与欣赏的，还是她惊人的勇气和超凡的胆识。为了争取婚姻自由，她敢作敢为，勇于做挑战封建礼教的闯关猛士、开路先锋。我们不妨设身处地，站在她的位置上想一想：一个不足二十岁的小女子，生于豪富之家，长在闺阁之内，未曾经过人世间的种种历练，竟然敢于同世俗挑战，向封建礼教冲杀，这该有多么高远的见识、坚强的意志呀！在中国封建社会，私奔一向被视为奇耻大辱甚至大逆不道。而她居然敢于冒天下之大不韪，跟着心爱的人毅然逃出家门，大胆冲破封建礼教的藩篱，不惜抛弃优裕的家庭环境，去过当垆卖酒的贫贱生活。做到这一点十分不易，那要终生承受着周围舆论的巨大压力，不具备足够的勇气是下不了这个决心的。好在武帝时"独尊儒术"还只限于上层，纲常伦理的枷锁尚未普遍捆缚民间阵地，市民心理也还没有被"男女之大防"所占领，因而文君所受到的社会舆论压力还不那么强烈。

卓文君对于封建礼教的大胆挑战，对自己婚恋的勇敢抉择，不仅为两千年来无数华夏情侣提供了榜样的力量，而且在后代文学艺术天地里产生了深远的影响。后世一些话本、小说、戏曲，有的就是以它为题材，踵事增华，宣扬颂赞，如戏曲作家——朱元璋第十七子朱权的《卓文君私奔相如》、明人孙梅锡的《琴心记》、清人舒位的《卓女当垆》，都是直接把卓文君的故事搬上舞台；有的在演绎爱情故事过程中引述了文君的事迹。元人杂剧《墙头马上》中的李千金，把婚姻自主看作是人生的应有权益，认为像卓文君那样私奔是合情合理的事。因此，当她爱上了裴少俊，便学着卓文君的榜样，义无反顾地离家出走，并且在公爹面前，摆出文君私奔相如的"千秋义举"，为自己的行为辩护。这倒应了那句话："榜样的力量是无穷的。"

忍把浮名换钓丝

一

严光，字子陵，会稽郡余姚县人，早年曾同南阳郡的刘秀一起四出游学，彼此结下了很深的交谊。刘秀起兵之后，他帮助拿过一些主意，因而深得这位杰出的政治家的器重。可是，当刘秀夺得了天下，登上皇帝宝座之后，文官武勇，风虎云龙，从四面八方聚集而来，唯有严光却躲得远远的，改名变姓，高隐不出。

光武帝刘秀深深仰慕他的才情、人品，很想请他出来协助治理天下，便凭着往日的记忆，着人图写严光的形貌，下令各个郡县按图察访。后来，有人上书报告，在富春山下，发现一个身披羊裘、渔钓泽中的男子，形迹颇似其人。光武帝当即派人访查，果然是那个严光。于是，备下车辆和璧帛前往延聘，但是，严光却推辞至再，拒绝出山，使者往返三次，才勉强登车来到京城洛阳。

官居司徒的侯霸，与严光也是老朋友，听说他已到京，便遣人送信，邀他晚上在相府会面。严光问来人道：我的老朋友侯霸一向傻乎乎的，现在可好一些了？

来人答说：他已经位至三公，没有看出来怎么傻呀。

严光紧着摇头说：我看他和过去没有什么变化。

使者忙问其故，严光笑道：你说他不傻，那他为什么不想想，我连天子都不肯见，难道还能见他这个臣子吗？

最后，应使者苦苦请求，严光口授了一封短简给侯霸。大意是，位至鼎足而立的三公高位，很好。以仁义辅佐君王，天下人都欢迎；如果一味阿谀顺旨，可要当心送掉自己的脑袋。

侯霸看过，便把短简呈送给光武帝，光武帝笑说：我这个狂妄的伙伴啊，还是那个老样子！说着，便马上登车来到了严光住所。

当时，严光正在躺着休息，皇帝来了也不肯起来。光武帝无奈，只好走进他的卧室，拍着他的肚子叫道："喂，子陵！难道你就不能协助我治理天下吗？"

严光仍是佯作睡去，闭目不应，过了好一会儿，才睁开眼睛熟视，说：从前唐尧以盛德著称，但仍有巢父隐居不仕。人各有志，何必相逼呢？

光武帝无可奈何地说：我贵为天子，富有四海，可是，竟不能屈你为臣呀！说罢，叹息登车而去。

过了几天，光武帝再次亲自前来敦请。两个老朋友在宫中忆叙了旧日的友情，讨论了治国之道，相对累日。谈得困倦了，便同卧在一张床上，严光竟"以足加帝腹上"，于帝王之尊，视之蔑如。第二天，太史慌忙奏报：有客星犯帝座，情况十分紧急。光武帝笑着告诉他：不必大惊小怪，是我与故人严子陵共卧一床啊。

光武帝任命严光为谏议大夫，严光坚决不肯接受，执意回去隐居，皇帝不便勉强，只好听其自便。这样，严光就回到了富春山下七里泷中，钓他的野鱼去了。

十二年后，光武帝再次聘他入朝辅政，他仍然不出，最后寿登耄耋，安然故去。后人就把他隐居之地称为严陵濑，指认江边两座拔地而起的突兀石台为严子陵钓台，并在钓台旁边修了一座严先生祠，历代奉祀不衰。

二

历代吟咏钓台的诗文，各自的着眼点不同，见解也常有歧异，集中到一块来展读，颇似参加一次别开生面的研讨会。对于严子陵的品格风范和价值取向，多数诗人、学者是持肯定态度的。宋人黄庭坚的诗，可说具有代表性：

> 平生久要刘文叔，不肯为渠作三公。
> 能令汉家重九鼎，桐江波上一丝风。

他的意思是，虽然子陵与光武是故知，却不肯入朝享受三公之贵。那么，是否就没有支持光武帝呢？当然不是。严光以其桐江垂钓的一丝清风，令汉家天子的身价重于九鼎。

有的诗以二者相比，结论是："世祖（刘秀）升遐夫子（严光）死，原陵（光武帝墓园）不及钓台高"。有的诗说，"汉家世业成秋草，江月年年上钓台"。在久暂、存亡的对比之中，显现出二者价值的高下。当代诗人聂绀弩的《钓台》诗中有句云："昔时朋友今时帝，你占朝廷我占山。"则是别开生面，另有寄托。还有些诗文借高士严光来讥讽那班热衷荣名、奔趋利禄之人，如道光年间进士李佐贤的诗句："经过热客知多少，尝被先生冷眼看。"

宋室南渡后，女诗人李清照只身漂泊于浙中一带，船经钓台时咏《夜发严滩》七绝一首，也很有意思：

> 巨舰只缘因利往，扁舟亦是为名来。
> 往来有愧先生德，特地深宵过钓台。

也有一些诗人善作反面文字，读来饶有情趣。元人贡师泰有诗云：

> 百战关河血未干，汉家宗社要重安。
> 当时尽着羊裘去，谁向云台画里看？

可说是责问得有理，抓住了要害。是呀，如果都像严光那样披着羊裘钓鱼去，汉家江山还要不要了？那样，云台麟阁的功臣就再也没有了。

还有一首诗是这样写的：

> 一着羊裘便有心，虚名传诵到如今。
> 当时若着蓑衣去，烟水茫茫何处寻？

讥刺严子陵虽以渔钓避官，却也有沽名钓誉的一面。不然，为什么偏偏要披羊裘以立异呢？想来即使起子陵于地下，恐怕也难于置辩。而且，自古以来，一提到"钓鱼"，人们便会联想到磻溪钓叟姜太公"直钩钓王侯"的传说。直到今天，人们还把以小取大的投机行为称作"钓鱼"。但是，平心而论，综观严子陵屡征不就、决意归隐的全部经过，又确实觉得这种"诛心之论"有些过于挑剔，不免为严老先生叫一声"冤哉枉也"。明代诗人汪九龄有一首七律，劈头就讲："竟日垂纶江上头，先生原不为名钓！"接着，摆事实讲道理，进行有力的辩白，好像是专门为此而作的。围绕着"羊裘"问题展开一番讨论，这也算得是骚坛上的一重公案吧？

参观过钓台与祠堂之后，我也曾即兴题了两首七绝：

忍把浮名换钓丝，逃名翻被世人知。

云台麟阁今何在？渔隐无为却有祠！

江风谡谡钓丝扬，泊淡无心事帝王。

多少往来名利客，筋枯血尽慕严光！

三

这里就接触到问题的核心了："严陵不从万乘游，归卧空山钓碧流"（李白诗），那样透彻、决绝、义无反顾地避官遁世，究竟出于何种考虑？

有一点，大概是人们的共识：同所有的真正隐士一样，严光是要以痛苦的磨砺为代价来换取一己之高洁。为的是获得一种超然世外的心里宁帖，"逍遥一世之上，睥睨天地之间，不受当时之责，永保性命之期"（仲长统语）。

一个人在其生命与人格进入成熟期后，都会有面对人生的自我设计。在那"方今之时，仅免刑焉"，各种社会力量互相搏斗、人际关系异常复杂的封建时代，人生总是难以安顿的。从他呱呱坠地、步入滚滚红尘伊始，便被命定地抛向了随时制约他的外部世界，周旋于各种社会角色之间，即使耗尽毕生精力，也难以肆应自如。

严光受儒家"天下有道则见，无道则隐"和老庄哲学的影响，面对风波险恶的世路和污浊、腐朽的官场，设想通过避官遁世、归隐山林，挣脱这个锦绣牢笼，给自己营造一个心理上的避风港，进而寻回自我的本根，实现其人格的自我完善。应该说，这并不是什么过高的期求，但对一个封建时代的士人来说，却须以终身的安贫处贱为代价。

当然，严光的毅然决然高飞远引，还有全身远祸的考虑，所谓"贤者避世，明哲保身"。西汉初年屠戮功臣的血影刀光，彰彰犹在眼目。正像后来的诗人所咏叹的："遂令后代登坛者，每一思量怕立功！"光武帝在历代帝王中虽为少见的未杀功臣者，但他的废黜发妻郭后和太子疆，难免时人的腹诽心谤，后代的诗人就更不客气了。明初的学者方孝孺写过这样一首诗，算是窥见了严子陵的深心：

> 敬贤当远色，治国须齐家。
> 如何废郭后，宠此阴丽华？
> 糟糠之妻尚如此，贫贱之交奚足倚！
> 羊裘老子早见几，独向桐江钓烟水。

这首诗显然是批评光武帝的，诗人却偏偏标为《题严子陵》，也透露了个中消息。

其实，杀戮功臣这类举措和封建制度相关，原不宜以君王的个人品质、性格作简单的诠释。封建君主要维护其万世一系的"家天下"，就必然要对那些可能造成威胁的佐命立功之臣和封疆大吏严加防范，因而"鸟尽弓藏""兔死狗烹"的结局是难以避免的。君臣本身就是一对矛盾，它的性质与利害关系决定了最后必然导致冲突的爆发。而且，封建君主的独裁专制也容不得臣子的人格独立与个性自由。严光要摆脱王权的羁縻，把握一己的命运，维护其人格独立，就唯有逃开"伴君如伴虎"的官场之一途。

严光是很有政治远见的。果然，在他死后四年，就发生了伏波将军马援蒙冤遭谴的事件。马援戎马终生，功高盖世，北征朔漠，南渡江海，"受尽蛮烟与瘴雨，不知溪上有闲云"（袁宏道诗），立志为国家战死疆场，马革裹尸。最后，竟因从交趾载回一车薏苡粒，被诬陷为私运明珠、文犀，在"海内不知其过，众庶未闻其毁"的情况下，光武帝勃然震怒，削官收印，严加治罪。其时马援已死，妻孥惊恐万状，连棺材都不敢归葬祖茔。成为历史上有名的一大冤案。唐代诗人胡曾深为马援鸣不平，有句云："功成自合分茅土，何事翻衔薏苡冤！"

劳苦功高如马伏波者，尚遭遇如此惨痛下场，等而下之的就更被君王玩于股掌之上，操纵其生杀予夺之权了。严光尽管隐身渔钓，对于朝中故人的情况想必也有所知闻：侯霸只是因为举荐了一个为光武帝所不喜欢的人，险些招致杀身之祸。而他的继任者韩歆，因为直言亟谏，触怒了光武帝，最后，被逼自杀。

四

这里要提到两部书：一部是《古文观止》，里面选了范仲淹的《严先生祠堂记》；另一部是《留青日札》，载有朱元璋的《严光论》。前者是人们所熟知的，在历代赞颂严子陵的诗文中，可说是调子最高昂的。"云山苍苍，江水泱泱。先生之风，山高水长。"真是至矣，尽矣，无以复加矣。后者就较为生僻了，恐怕多数人都未必知道朱元璋还能够撰写史论，而且，着眼的居然是隐士严光！文章劈头就讲，严光的行迹，"古今以为奇哉，在朕则不然"。接着阐述理由：严光"之所以获钓者，君恩也""假使赤眉、王郎、刘盆子等混淆未定之时，则光钓于何处"？最后得出结论："朕观当时之罪人，大者莫过严光、周党之徒，不仕忘恩，终无补报，可不恨欤！"斩钉截铁，切齿之声可闻。

而在站在统治者立场上，专门为帝王提供对付士人权术的战国时的韩非看来，许由、务光、伯夷、叔齐之辈，都是些不听命令、不能使令的"不令之民"。他们"赏之誉之不劝（不能受到鼓舞），罚之毁之不畏，四者加焉不变，则除之！"恩威并用，软硬兼施，都无动于衷，那还怎么办？干脆杀掉。韩非首创以思想罪、独立罪除杀隐士，后世付诸实践的代不乏人，朱元璋乃其尤者。

其实，尊隐也好，反隐也好，对于封建统治者来说，无非是维护统治、巩固政权、治民驭下的两种相反相成的手段。不管推行哪一手，都是为了适应当时政治的需要。历史上，一般是把光武帝刘秀划为尊隐一派的。他有一封《与子陵书》，是古代小品中的名篇，后人评说："两汉诏令，当以此为第一"。全文只有五句话："古大有为之君，必有不召之臣。朕何敢臣子陵哉！"但是，"惟此鸿业，若涉春冰；譬之疮痏，须杖而行"。我实在离不开你。——可谓情辞恳切，语语动人。

光武帝还下过一个《以范升奏示公卿诏》。起因是这样：太原隐士周党被征召，面见光武帝时，自陈"愿守所志"，拒绝行臣下拜君之礼。博士范升启奏，要求以"大不敬"罪惩治周党。光武帝在诏令中说，"伯夷、叔齐不食周粟，太原周党不受朕禄，亦各有志焉。"结果，不但没有加罪，还赐帛四十匹，遣归田里。朱元璋的文章，直接针对着严光和周党这两个人，实际上，对于光武此举，也是大不以为然的。

看来，朱皇帝毕竟是个粗人。他没有看清楚，东汉开国当时是很需要这类高士的。当王莽篡汉之际，绝大多数公卿、士大夫都非常看重仕途、地位，而并不重视名节。因此，进表、献符、俯首称臣者实繁有徒。对此，光武帝深为戒虑。所以，开国之初，尽管百端待举，万事缠身，他还是拿出很大精力，去一一访求那些不事二姓、避官归隐者。为了提倡名节，对于那些"德行高妙，志节清白"的隐士，不但厚予赏赐，旌表嘉奖，而且，调整了西汉末年的取士标准，把这类人列为四科取士之首。严光、周党这些名士，正是这方面的代表人物，是他所要树立的标杆。

　　这里有一点必须指出，就是这些名士有个共同的特点，他们完全脱离政治的漩涡，绝不会给朝廷带来任何麻烦。这恐怕是光武帝尊隐的一个大前提。非徒无害，而且有益，这桩生意，光武帝当然乐得做了。

　　一篇《严先生祠堂记》，曲折道尽了光武帝和严子陵互为表里、相得益彰的妙谛。一方面是"握赤符，乘六龙，得圣人之时，臣妾亿兆，天下孰加焉，惟先生以节高之"；一方面，归卧江湖，"泥涂轩冕，惟光武以礼下之。""盖先生之心，出乎日月之上，光武之量，包乎天地之外。"没有严光，不能成光武之大；没有光武，也难以遂先生之高，而使贪夫廉，懦夫立。"是大有功于名教也"。

　　说开来，尽管隐逸之徒极力摆脱政治的羁绊，但是，常常不免自觉不自觉地充当着统治者的工具。由于隐逸的实质是远离政治纷争，不介入社会矛盾，以极度冷漠完全消解其入世之心，进入一种无是无非的超然状态，"万事无心一钓竿"，因此，尊隐必然能够收到缓解社会矛盾、减轻朝廷压力的消释作用。这叫作无用之为大用。

　　尊隐的另一种考虑，是隐士的"滤毒效应"。"今人之于爵禄，得之若其生，失之若其死"。因此，"莫不攘袂而议进取，怒目而争权利，悦愚谄暗，苟得忘廉"。封建统治者清醒地看到，提倡隐逸的高风，有助于激励士风、荡涤时浊。唐明皇之所以特意颁发一个《赐隐士卢鸿一还山制》，目的就是要借助嵩山隐士卢鸿一的"固辞荣宠"，以敦士品，以厚风俗。既然鼓励一大批士人遁迹山林，有助于树立廉让不争的良好士风，进而可以减轻士人争相入仕、"粥少僧多"的压力，那又何乐而不为呢？

　　我以为，严子陵的高风，经范仲淹提倡之后，在北宋初年得以大行其时，其根本原因在于它恰好适应了当时天下底定，四海承平，释兵权、削相权、集皇权的政治气候的需要。

唐僧玄奘的四种形象

一

　　打开关于"唐僧玄奘"的网页，实在惊诧不已。绝对没有想到，人们对于这位亦人亦神的古代和尚，竟然如此感兴趣。当然，许多人是沿着"戏说"的路数，拿他当"话耍子"来搞笑的，什么"唐僧办教育""唐僧的隐私""唐僧评先进""唐僧评球""唐僧的网恋""唐僧引进股份制"等等；光是杜撰唐僧的著作，就有《家书》《日记》《回忆录》《密信》《遗言》《自述》《报告》《废话》等多种。应该说，作为举世闻名的翻译家、佛学家、思想家、旅行家、中外文化交流的杰出使者，唐代高僧玄奘原本是有很多话题可供言说、研讨的，只是一些人对此并不那么感兴趣罢了。而我，在这种情势下，偏要一本正经地从文学作品、历史真实、域外寻踪、民间传说等多重视角，来研索唐僧玄奘的多种形象，也算得上情有独钟、"痴情可哂"了。

　　说到形象，这是一个有趣的话题。心理学告诉我们，形象属于知觉范畴。作为一种意识，形象是人们通过各种感觉器官在大脑中形成的关于某种事物的整体印象。而人物形象，则是人们对于某一实实在在的人物整体印象的感知。这种感知，往往因人而异；也可以翻过来说，同是这一感知对象，在不同情况下，人们的感知也是不尽相同的。这说明了：其一，既然感知属于知觉、意识，那么，它就必然会受到感知者主观能动性的影响，亦即意识、观念与认知过程的规定与制约；其二，形象并非事物（包括人物）本身，因而如若准确把握其真实性、准确性，就须精察之、慎思之、明辨之，以透过形象，探其本原，去伪存真。

也正是为此吧，面对长期以来所形成的关于唐僧玄奘令人眼花缭乱的多种形象，才确有精研苦索的必要。

二

幼年读《西游记》，唐僧留给我的印象是很不好的。他不仅软弱怯懦，进退失据，在困难面前动辄惊慌流泪，而且昏庸迂腐，耳软心活，常常误信谗言，是非不分，敌我不辨。看上去，白面书生一般，斯文得很，说话细声细气，手无缚鸡之力，可是，折磨起大弟子孙悟空来，却蛮有本事，所谓"人妖颠倒是非淆，对敌慈悲对友刁"。正是由于对坚持正义、以不屈不挠的斗争精神和大无畏的英雄气概、横扫一切妖魔鬼怪、为取经事业立下汗马功劳的"美猴王"，怀有无比崇敬的心情，因而，每当看到唐僧残忍地惩治、处罚他的时候，我都遏制不住心头的愤慨，有时竟至两三天内，"于心有戚戚焉"。

及长，读书渐多，通过阅览唐代史书、《大唐西域记》和关于玄奘法师的几部传记，我才了解到这位唐代高僧舍身求法的感人事迹和高尚的人格风范、伟大的精神追求，方知文学形象与历史真实并不是一码事，过去完全是错怪了他。

看来，文学形象本是作家头脑的创造性产物，表现为文本中具有艺术概括性的、体现着作家审美理想的人生画卷。如果把整个文本所揭橥的社会内容比作一台人生戏剧，那么，这些文学形象便是作家用以寄托情感、表达爱憎、宣示价值取向的不同角色。它们是客观性与主观性的统一，既具有模拟、描绘现实中的对象（比如唐僧玄奘）的客观性一面，也反映出作家思想感情的主观性因素。由于其高度的艺术概括性、典型性，因而强化了文学形象的感染力与震撼力。

从《西游记》中的唐僧，我又联想到另一部文学名著中的武大郎与潘金莲。据说，武大郎的原型，原本昂藏七尺之躯，相貌堂堂，文武兼擅；而其妻潘金莲，也是大家闺秀，知书达理，属于贤妻良母类型。可是，到了《水浒传》里，却成了龌龊不堪的两个悲剧人物。在广泛流传于冀东南、鲁西北一带的民间传说中，这对"倒霉"的夫妻有着一段曲折的经历。武大郎家贫时，曾受过一位好友的接济。后来，这位友人遭受火灾，房屋片瓦无存，无奈之下便投靠到已经当了县令的武大郎，当时心想，发迹了的武大郎，一定会重重地予以酬报。可是，公务缠身又兼赋性木讷、寡言少语的武大郎，虽也好酒好菜地招待着，却绝口不提赞助的事。他便心里憋着一口怨气，索性抬腿离开，另谋出路。如果只是一走了之，也就不会发生后来的事。岂料，"怨毒之于人，大矣哉！"当时，他气愤不过，想要给这个忘恩负义之人以猛烈的报复，便极尽造谣抹黑之能事，编造了武氏夫妇的大量"丑闻"。光是"逞口舌之快"还觉得不解恨，于是又写成文字，随处张贴。这么一来，武家伉俪的丑恶形象，可就在冀东南、鲁西北广大地区传播开了。而武大郎本人却还蒙在鼓里，公务之暇，便全力张罗着给友人重建新房。几个月后，友人回到家里一看，可就傻眼了。悔愧之情，如黄河决堤，在心里上下翻腾，便捶胸顿足，发疯了一般，重循旧路，进行辟谣、更正。但是，"一言既出，驷马难追"，"一入人耳，有力难拔"，再也无法挽回了。当然，关键还在于进入了谁的耳朵。由于谣言一传十，十传百，最后传到了大文豪施耐庵的耳朵里，这下可就麻烦了。出生于苏北兴化、喜欢走南闯北的小说家，正在构思《水浒传》的情节，酝酿着给英雄武松找个"陪衬人"，刚好听到了这个传说，而且两人同姓，结果一拍即合。这样，武氏夫妇这两个"冤大头"，可就背上了"黑锅"，永世不得翻身了！

三

回过头来，再说神话小说《西游记》。

它虽然取材于唐僧玄奘西天取经故事，但书中所描述的那位三藏法师已经被神化变形了，取经故事情节也都是小说家通过想象加以虚构的。大约从南宋年间《大唐三藏取经诗话》开始，经过金代院本《唐三藏》《蟠桃会》、元人杂剧《唐三藏西天取经》等，踵事增华，敷陈演绎，唐僧玄奘就已脱离了原型。再经过明代正德、万历年间的著名小说家吴承恩，在这些话本、戏曲、民间传说的基础上，发挥高超的想象力，进行艰苦卓绝的艺术再创造，最后完成了文学名著《西游记》的创作。就是说，小说中的唐僧玄奘形象，并非历史的真实。

历史上的唐僧，俗姓陈，本名祎，河南偃师县缑氏乡陈河村人。他出生于隋开皇二十年（也有说出生于隋仁寿二年，延后两年），五岁丧母，十岁慈父见背，十三岁随次兄在洛阳净土寺出家，法名玄奘。他自幼聪敏好学，接受传统文化，悟性极高。在净土寺，从师研读《涅槃经》《摄大乘论》，达六年之久。后值战乱，又前往四川，四五年间师从多位法师，研习大小乘经论及南北地论学派、摄论学派各家学说，学业大进，造诣日深，而且，掌握了梵文。他特别钦慕东晋高僧法显以"耳顺"之年，历时十五年，前往印度西行求法的宏谟伟志。加之，熟读各种佛经，发现各名师所讲的经论互有歧异，各种经典也疑伪杂陈，真假难辨，于是，立志要亲赴天竺（印度），取经求法。

尔后的人生，大体上可以分作两段，前一段是取经。唐太宗贞观元年（627年），玄奘和尚混在"随丰就食"的逃荒民众中离开京城长安，沿着河西走廊，西行游学求法。当时，他是偷越国境出去的，并不像《西游记》中所讲的，受到皇帝的礼遇，"备下御酒，发放通关文牒，送至关外"。取经路上，玄奘"乘危远迈，策杖孤征"，历尽艰难险阻，经过古代中亚和南亚地区大小一百多个国家，最后到达了印度。这段行程将近三年。在中印度的那烂陀寺学习五年之后，又相继访问了东印度、南印度、西印度，最后重新回到那烂陀寺。历时十九年（也有说是十七年，缘于对走出国境时计算上的差异），行程五万里，返回长安，共带回六百五十七部佛经、一百五十粒佛舍利、七尊金银佛像，还有许多果菜种子，为加强我国同中亚、南亚诸国的友好往来和开展文化交流，做出了杰出贡献。后于玄奘四十年、同样西行取经的义净法师写过一首《求法诗》，在佛门中广泛流传。诗云："晋宋齐梁唐代间，高僧求法离长安，去人成百归无十，后者安知前者难？路远碧天唯冷结，沙河遮日力疲殚，后贤如未谙斯旨，往往将经容易看。"

后一段也是十九年，主要是译经、著书。回到长安后，他悉心翻译佛学经典，共译出《大般若经》《心经》《解深密经》《瑜伽师地论》《成唯识论》等重要经典七十五部，计一千三百三十五卷，占唐代翻译佛经总量的一半以上。其间，他还把《道德经》《大乘起信论》译成梵文，把中华传统文化介绍给了印度等国。

根据唐太宗"佛国遐远，灵迹法教，前史不能委详，师（指玄奘）既亲睹，宜修一传，以示未闻"的指示，玄奘法师于回国后第二年，亲自口述，由弟子辩机辑录出《大唐西域记》十二卷。书中记录了西游中亲身经历的一百一十个国家及传闻的二十八个国家的所见所闻，内容涉及印度等国的政治、经济、宗教、文艺和山川、风物等诸多内容，具有颇高的史料价值。他还直接继承了烦琐深奥的印度瑜伽派理论，与其弟子窥基一道创立了"法相宗"（又称"唯识宗"）。

唐高宗麟德元年（664年），玄奘法师于玉华宫（在今陕西铜川市，当时是皇帝行宫）圆寂，享年六十五岁。高宗闻讯痛哭，说："朕失国宝矣！"罢朝三日，以示哀悼。

鲁迅先生赞颂中华民族的"脊梁"，其中"舍命求法"者，玄奘是主要人物之一。这位唐代高僧不仅在国内备受尊崇，影响深远，而且，世界各国尤其是印度，对于他都有很高的评价。

四

1999年12月，我曾率领中国作家代表团访问印度。行前，认真研读了《大唐西域记》和由玄奘法师两位及门弟子撰写的《大慈恩寺三藏法师传》，以及时贤往哲的有关著述，结合访问期间的大量见闻，逐渐形成了这位高僧的域外形象。

我们刚一踏上这片神奇的土地，印度学者就说："欢迎来自玄奘的国度的客人。"交谈中，他们说："印度"这个译名，就是由玄奘厘定的。对此，《大唐西域记》亦有记述："详夫天竺之称，异议纠纷，旧云身毒，或曰贤豆，今从正音，宜云印度。"

为了探秘一千三百多年前唐僧玄奘的游踪，亲炙他的遗泽，我们按照当年法师走过的路线，首先去了恒河岸边的瓦拉纳西的鹿野苑，寻访了"区界八分，连垣周堵，层轩重阁，丽穷规矩"的遗迹，看了唐僧玄奘的朝圣地。而后，重点访问了比哈尔邦的那烂陀寺，这玄奘当日求学问道的世界上最辉煌的佛教研究中心。玄奘到达的当时，这里僧徒万有余人，居住庭院达五十余所，每天有一百多个讲坛同时开讲，学术氛围十分浓厚。今天，大自然似乎并未发生多少变化，依旧是淡月游天，闲云似水，可是，人世间的一切已经彻底改观，即便是地面的砖石建筑也都荡然无存了。没有改变的是唐僧玄奘的光辉形象，关于他的取经求法、讲学问道的动人事迹仍然世代相传。

传说，当玄奘法师一行在旁遮普一带穿行时，碰上一伙强盗，当即被抢劫一空，还险些丧命，随行者都为蒙受损失、担惊受怕而失声痛哭，玄奘法师却朗声笑着，安慰大家说："诸宝之中，生命最重。我等既生，何苦之有！"还有这样一个传说，玄奘取经途中，经过一个小国，住定之后，玄奘宣讲人天因果，赞扬佛法功德，原本不信佛教的国王，听了很受感动，便予以热情接待。夜间，法师两个随从人员遭到不明真相的土人刁难、驱逐，国王得知后，十分气愤，要予以剁去双手的严厉处罚。法师出面营救，劝说："众生平等，不要毁其肢体。"国王接受了劝谏，将其痛打一顿，逐出都外。法师的仁慈、恻隐，使当地民众备受感动。上述传闻基本属实，在《大慈恩寺三藏法师传》中都有类似记载。

印度学者指出："如果说，征服者通过战争征服给许多国家和人民带来了灾难的话，那么，和平的使者不顾个人安危得失，远涉千山万水，传播和平的声音。中国著名的佛教徒玄奘，就是这样一位和平的使者。他是中印文化交流的象征。"

北京大学东方文学研究中心王邦维教授在其学术论文中谈到，玄奘来到那烂陀寺，便受到了热烈的欢迎。当时已经逾百高龄的"校长"戒贤法师收他为亲传弟子，亲自教授他《瑜伽师地论》的大乘佛典。玄奘勤学好问，每天认真研读经书，梵文说得比当地人还好。在那烂陀寺，玄奘和多名学者切磋辩论。当时寺内通解二十部经论的有一千多人，三十部的有五百多人，五十部的只有十人，其中就包括玄奘法师。也就是说，玄奘的水平，在当时的那烂陀寺几千名资深学者之中，位列前十名。因为成绩优异，玄奘还获得了"留校任教"的资格，升任那烂陀寺主讲，其他僧人则成为他的听众。一位名叫师子光的印度僧人，在佛学理论上与玄奘的看法不一样，两人进行辩论，数次往复，最后师子光"不能酬答"，原来同意他的观点的"学徒渐散"，而转为跟随玄奘。由此，玄奘用梵文撰写了论文《会宗论》。论文发表，戒贤大师及大众无不称善。在那烂陀寺，他有很高的学术地位，出门可以享受乘坐大象的待遇。王先生说，"在那烂陀寺的岁月，可以说是玄奘一生中最精彩、最风光的时光。"

但后来，这处佛教圣地，毁于突厥入侵者的战火，逐渐变为废墟，那烂陀寺之重见天日，要归功于玄奘。王先生介绍说，十九世纪中期，英国人统治印度，发现了那烂陀寺遗址。起初他们并不知道这是什么地方，这处遗址面积巨大，像是一座小城，又像一个大学校园。后来，考古学者拿它和玄奘的《大唐西域记》做对比，才确认这个地方就是书中记载的那烂陀寺。

已故著名学者季羡林先生有言：印度这个民族"不太重视历史的记述，对时间和空间这两方面，都难免幻想过多、夸张过甚的倾向。因此，马克思才有'印度没有历史'之叹"。这样，玄奘的精确记述，也就成为了解印度历史的重要资料。所以，玄奘成了印度人最崇拜的中国人。他们感激玄奘使今天的印度人知道了他们的过去是什么样子。

玄奘归国前，还经历了一场轰动"五印（东西南北中）"的讲学活动。当时，印度最大的摩揭陀国的君主戒日王，在曲女城召开佛学辩论大会，与会的有十八位国王，三千名大、小乘佛教学者，还有其他人士两千人。大会特邀玄奘法师为论主。玄奘升座后，先阐扬大乘宗旨，说明作论的本意，又由那烂陀寺沙门明贤法师宣读全论，另外抄写一本，悬放在会场门外，遍告大众，如果有人能指出其中一字错误加以驳斥，玄奘法师愿当众低头谢罪。可是，连续五天，竟无人发言问难，出面反驳。于是，全国敬服，同时被大乘尊为"大乘天"，被小乘尊为"解脱天"。戒日王益发敬重崇拜，再度供奉贵重金银衣物，其他各国国王见状也纷纷效仿，但法师都一一婉言谢绝。

旅居印度的青年学者伊洛，在一篇文章中谈到，今天，在印度无论是什么场合，无论是官方还是民间，只要提起中国，提起两国关系，都是"言必称玄奘"。在二十世纪五十年代，印中两国合作在那烂陀寺附近玄奘学习生活过的地方，修建起一座中国风格的玄奘纪念堂，用来永远纪念这位伟大的先行者，这也是中印两国人民之间源远流长的传统友谊的有力见证。不过，印度人对玄奘法师的尊崇，并非是近代才有的事。据义净记载，他在玄奘之后几十年再到印度时，当地佛教界就已经把玄奘当作神来供奉了。在寺庙的壁画里，已经有玄奘的形象，他从中国到天竺的万里行旅所穿着的草鞋，已经被作为圣物的象征，出现在壁画的云端。

五

除了唐僧玄奘在国内和域外的历史真实形象，我在寻访古代丝绸之路过程中，还意外地听到许多富有传奇色彩、把唐僧玄奘加以神化的民间传说，这可以看作是与文学形象相对应的第四种形象。

横亘吐鲁番盆地东北部、名闻遐迩的火焰山，《西游记》里说它有八百里火焰，四周寸草不生，唐僧师徒来到山下无法穿过，便由孙悟空三借芭蕉扇，连扇四十九扇，断绝火根，永不再发，取经队伍才得以通过，继续西行。可是，当地的传说却是这样的：若论唐僧的法术，原本可以顺利通行，无须在此耽搁时间。但他一向以仁爱惠民为本，当看到这里烈焰蒸腾，上无飞鸟，下无草木，人民生活极端困苦，便动了恻隐之心。于是，智擒牛魔王，取得纯阳宝扇，一扇熄火，二扇生风，三扇甘霖普降，从此这一带才广种棉花瓜果，人民赖以养生发展，世代康宁。至今，当地维吾尔族同胞还指认火焰山胜金口旁的峭石为唐僧当年的"拴马桩"，并热情地带领我们看了葡萄沟断崖上的"牛魔王洞"，和高昌古城中的唐僧讲经台。

说到葡萄，这里也有一个传说：唐僧西天取经归来，路过已经熄火多年的火焰山，把从域外带回来的葡萄种子交给当地七位贤人，并点地出泉，穿岩造井，传授葡萄栽植技术。经过当地人民世世代代的辛勤劳动，这一带成为世界闻名的"葡萄之乡"。这种说法显然是带有附会性质，因为《史记》载明，早在西汉年间张骞通西域时，这里即已普遍栽植葡萄。当地人民将这些善举一概归美于玄奘，反映出他们对这位高僧的无限仰慕之情。

后来，我又访问了洛阳、偃师及唐僧故里缑氏乡。如果说，西行取经沿途的传说，对于唐僧玄奘主要是神化，通天撼地，法力无边，那么，他的故乡所流传的虽然也有神化色彩，而更多的则是富有人情味，紧密贴近生活实际。当地人民对他怀有特殊深厚的感情，那里流传着许多关于他的童年生活故事和取经传说。

在《大慈恩寺三藏法师传》中，曾有这样一段故事：大师初生时，他的母亲梦见一位白衣法师向她辞行，法师说："为了求法，所以要西行。"这位白衣法师就是玄奘。当地也有类似的传闻，但添加了许多动人的细节。

"玄奘井"开凿于北齐年间，相传玄奘自幼饮此井水，智慧早开，颖异过人，因此被誉为"慧泉""神水"。"皂抱凤凰槐"是一棵能够扭颈的皂角树，传说玄奘西天取经时，树头向西，归国后，树头又扭向东边。因此，又称为"望子树"。西原墓地有玄奘父母的合葬墓。当地传说，玄奘西天取经，一去十几年杳无音信，母亲思子心切，日日燃香拜佛，为远在天边的儿子祈福。玄奘取经归来，得知母亲已经去世，却又找不到坟地，心里十分难过，便牵着白马，漫步郊原。忽然，白马长啸一声，前蹄在地上踏出一个大坑，涌出泉水，待大水退后，玄奘母亲的坟墓便清晰地展现出来。还有"晾经台"，传说玄奘取经归来，在少林寺遇水浸淋，他们便把洇湿的经卷放到高台上晾晒。恰值观音大士云游过此，在空中见此情景，便吹过一阵轻风，很快就把经卷吹干了。从此，这里香火兴旺，名闻遐迩。

前几年又欣喜地看到，由中央电视台等单位联合发起的《玄奘之路》大型文化考察活动。此举不仅充分揭示了"迢迢万里取经路"沿途各地在政治、经济、文化方面与中原内地，与古代中国的密切联系，同时，还大大补充了过去史料的不足，搜集到大量流传于民间的有关唐僧取经的故事、传说，从而进一步深化与丰富了唐僧玄奘的不朽形象。

雪域情缘

在广袤无垠的神州大地上，西藏高原最具特殊的魅力。它神奇的自然环境和特异的高原风光，它独树一帜的雪域文明，对于外部世界有着永恒的诱惑力。特别是传奇的史事，特殊的风习，以及浓烈而神秘的宗教文化氛围，随时随地都能引发人们雄奇的想象和缥缈的情思，自觉不自觉地沉酣在形上思维和梦幻意识里。

对于一个旅行家、探险家或者历史学家、民俗学家来说，如果他还未曾到过中国的西藏，那不管怎么说也是一桩憾事，一项重大缺课。而若考察西藏，自然要去那些摩天雪岭、峡谷冰川，要去看看神山圣湖，去跳一场"果谐"与"锅庄"。但是，无论如何不能忽略了雅隆河流域这雪域文明的摇篮。否则，他就无从认知西藏的文明史和吐蕃王朝的兴亡史。

位于雅隆河谷的琼结县城，一千三百多年前，曾是吐蕃王朝的都城。从第六代到第九代赞普，在半山腰上，先后兴建了六座宫殿，俗称"青瓦六王宫"，是古代藏王的第二大宫堡。现在，宫殿遗址仍清晰可见。不过，最引人注目的还是木惹山上的藏王墓——公元七世纪至九世纪的历代吐蕃赞普的墓葬群。在方圆三公里的山坡上分布着九座坟墓，有的如山如阜，高达几十米。除了因为风雨剥蚀，方形平顶已经渐渐变为圆形之外，内部基本保存完好，据说未经发掘过。其中最为显赫的是吐蕃王国的创建者、藏民族杰出的代表人物松赞干布和他的妻子文成公主的陵墓。墓顶平台上建有祠庙，正殿中供奉着两位墓主的画像。雅隆河流经山下，在斜阳的照射下，闪着金色光波的河水悠悠地平静地流淌着，似乎在向游人安详地诉说着千古兴亡的往事。

七世纪上半叶，同中原的大唐王朝相辉映，强盛的吐蕃王朝在祖国西南边陲鹊然兴起。如同唐王朝的繁荣总是和唐太宗李世民的名字联系在一起一样，吐蕃王朝的兴盛，也是和它的缔造者松赞干布分不开的。他们都是中华民族历史上的杰出人物，而且，生活在同一时期。

隋义宁元年（617年），松赞干布诞生于雅鲁藏布江南岸泽当雍布拉岗堡中的一个吐蕃贵族家中。这一年，李世民正随同他的父亲、太原留守李渊起兵反隋；次年三月隋亡，五月建立了唐王朝。松赞干布的父亲论赞弄囊，是一位很有作为的将领。他曾率万名精兵渡过雅鲁藏布江北征苏毗，兼并了吉曲河（今拉萨河）流域和苏毗王国其他许多地方，从而被各家贵族尊奉为如天之高、如山之坚的赞普，得到"朗日论赞"的尊号，从部分贵族的首领一跃而为雪域高原各部的共主。

正是在这样的环境里，松赞干布从小就在知识、智慧、谋略、武艺诸方面受到了良好的训练，养成雄豪果决、勇于进取的性格。在文化修养方面，他也是出类拔萃的，不仅熟悉古史，还特别喜欢吐蕃的民歌，能在宴会上即席赋诗，为吐蕃最早的文学作品的创作者。

在他十三岁这年，朗日论赞被叛臣进毒谋害，父王诸臣和母后家族纷纷举兵反叛，敌国苏毗的旧贵族也趁机从外部呼应。在这内忧外患交织的危急关头，松赞干布在叔父论科耳和大论（宰相）尚囊等亲信大臣的拥戴下登基继位，成为第三十二代赞普。第一着，便是拿阴谋投毒者和策划人开刀，断然将他们满门抄斩，以迅雷不及掩耳之势，扑灭了宫廷内部的反叛势力，从而稳定了王朝的根据地山南地区。然后，松赞干布北巡吉曲河谷，在逻些（今拉萨）一带受到了新兴贵族和平民的热烈欢迎，争取到了更多的兵源和钱饷。经过两年多的养精蓄锐，一举平定了吉曲河流域的旧贵族敌对势力。

632年，松赞干布以惊人的胆识，果断地决定迁都逻些。当时宣称，先祖是普贤菩萨的化身，早年曾在逻些的红山建功立业，后来隐居修行，所以，吐蕃历代子孙都尊崇此地为祈福降祥之圣地。现在，迁都到这里，正是顺天意而庇祖荫。当然，松赞干布还有着更深层的考虑。

山南地区本为先人庐墓所在，又是吐蕃王朝的兴王故地，离开那里，松赞干布自然不无留恋。但他深知，吐蕃旧贵族势力长期盘踞在那里，盘根错节，尾大不掉；这些人曾对他的父亲下过毒手，对他们不能不存有戒心。从战略意义上看，吐蕃北有吐谷浑，西有羊同，苏毗的残部也都在雅鲁藏布江以北地区。因此，统一西藏高原，必须以形势雄胜、交通发达的吉曲河流域为中心。逻些地处全藏中心，北依念青唐古拉山，南临吉曲河，可以视为两道天然屏障，位置十分重要。而且，经济文化发达，地域开阔，较之山南地区有更大的发展余地。

就这样，这只"出自幽谷，迁于乔木"的展翼雏鹰，开始了他的励精图治、西征北抚、经略四方、统一整个雪域高原的奋斗历程。经过一千多年的历史检验，证明这一迁都决策是非常英明的。

二

迁都之后，松赞干布首先进行内部政治改革。当时，王族称"论"，宦族称"尚",二者构成了吐蕃上层统治集团的核心。这些官吏都是部落、氏族的首领,他们世代承袭,各自治理所属地区的百姓。改革中,仍然按照贵族原来的地位高低给予领地,承认他们的领属关系。但是,氏族一律变为王臣,这样,两者的关系和性质便不同了。王臣,必须绝对忠于赞普,服从赞普指挥,这有利于强化中央集权,减少新旧贵族之间争权夺位,特别是大大削减了他们对王权的威胁。

整顿好了内部之后,松赞干布便率兵西征,武力征服了大、小羊同;北方用兵,由政治家、军事家尚囊统领,恩威并用,先后招抚了苏毗诸部及其以东的多弥、党项等部,从而恢复了朗日论赞时的"部落群从、外敌降顺"的局面,实现了西藏高原的统一,建立了强大的吐蕃王国。

此时的松赞干布,真是踌躇满志,雄心勃勃。他认为,当务之急是实现与大唐王朝的结好,以凭借大国之威伏制四方,从而进一步提高吐蕃在列国中的政治地位。尤其是后来听说突厥与吐谷浑的可汗都迎娶了唐朝公主,就更加强化了他与大唐王朝和亲的愿望。然而,事情进展得并不顺利,从提出请求到最终实现,前后迁延近七年之久。中间还发生了一场声势浩大的对唐战争,出现了类似后来戏曲中"穆桂英大破天门阵",以武力逼婚的戏剧性情节。

634年,唐王朝主动派人前往吐蕃持书通好,松赞干布予以热情接待,并派出使者带着大量金帛入唐回访,上表求婚。当时,唐太宗以为吐蕃僻处西陲,一向接触很少,又兼缔交伊始,实意未明,想要观察一段再作考虑。可是,这倒难为了吐蕃的使者,他们觉得回去后不好交代,如果实话实说,会大大伤害了年少气盛的赞普的自尊心。正在计无所出之时,恰好新继位的吐谷浑可汗诺曷钵也到长安来朝见,吐蕃使臣便把这个倒霉鬼抓住了,说是由于受到了他的挑拨,大唐王朝才没有允婚。松赞干布一怒之下,便发兵讨伐吐谷浑。大获全胜之后，又挥师东进，陈兵于唐属松州的西境。声言如果唐朝不嫁公主，便要提兵深入，大战一场。结果，招致了失败，不得不引兵退还。

败绩与挫折，使松赞干布头脑变得清醒了，也更加认识到大唐王朝的雄厚的实力。于是，遣使入长安谢罪，并再次诚恳地向唐王请婚。唐太宗不愧是豁达大度的英主，考虑到吐蕃确是西陲强国，在诸部中具有举足轻重地位，因此，决定答应他们的请求。松赞干布闻讯，自是喜不自胜，立即备下五千两黄金和数百件宝物珍玩，作为丰厚的聘礼，由宰相禄东赞率领使团，于640年10月，赴长安纳聘迎娶。

宰相禄东赞在拜见唐太宗时，首先代表松赞干布当面谢罪。说，我们的赞普年少气盛，眼见突厥、吐谷浑均蒙陛下恩准结亲，唯独吐蕃遭拒，心中难免不平，又加上误信使臣谎言，以为大唐小视我们，一时冲动，才铸成了弥天大错。松州一役之后，他已痛悔失策，立即罢兵回朝，并派出使臣登阶请罪。其中种种曲折，想陛下当能谅解。一番话，说得唐王龙颜大悦，当即应允派遣宗室女文成公主赴吐蕃和亲。唐代著名画家阎立本在《步辇图》中对这一场景做过生动的描绘。至今，这幅名画还珍藏在中国历史博物馆中。

为了等候公主起程，禄东赞在长安住了三个多月。在此期间，他曾受到唐太宗的多次召见。西藏民间流传了许多关于他为赞普求婚取得成功的传奇故事。我在拉萨期间，就曾听到过这样一件：

唐太宗想考验一下这位吐蕃宰相的聪明机智，故意严肃地对禄东赞说，按照大唐的规矩，凡来迎娶者都必须回答一系列难题。如果有一个题答不上，也休想把公主带走。接着，他就说出了五件难办的事：要把一根绵软的丝线从九曲明珠的细孔中穿过来；要把一百匹母马和一百匹马驹的母子关系分别辨认出来；要在一天之内喝完一百坛酒，吃完一百只羊，并鞣好一百张羊皮；迎亲者夜晚出入宫室不得迷路；把将去和亲的公主混杂在两千五百名美女中，要一眼就把她认出来。

列出五件事之后，太宗问他能否一一解决。禄东赞答道：为了能成功地迎娶公主，纵有千难万苦，臣下也在所不辞。唐太宗马上命宫女取来九曲明珠，交给禄东赞去穿线。他接过来宝珠，仔细端详一番，立刻有了主意。他叫手下人取来一条马尾鬃和一点点蜂蜜，又蹲下身去抓了一只蚂蚁。然后，在宝珠细孔的一端外面抹上一点点蜂蜜，并小心翼翼地将马尾鬃拴在蚂蚁的腰部，再把它从宝珠细孔的另一端放进去。只见蚂蚁闻到蜂蜜的甜味之后，便沿着弯弯曲曲的孔道一路向前寻找下去，不一会儿就从宝珠的另一端爬了出来。禄东赞松了一口气，忙把绵软的丝线接在作为引线的马尾鬃上，用手轻轻地一拉马尾鬃，丝线便顺利地穿过了九曲明珠。唐太宗高兴地称赞说："真聪明！"

接着，禄东赞又着手解决第二道难题。对于这个在草原上长大的智者来说，这也许算不得太难的事。他叫手下人先把两百匹小马驹和母马分开来圈养，并且断绝了马驹的草料和饮水供应。一天之后，再把母马和马驹同时放出，一个个又饥又渴的小马驹各自飞快地跑到母马的腹下找奶吃，母马也用嘴巴亲吻着小马驹的尾脊。这时，一百匹母马和一百匹马驹的母子关系已一目了然。

……

就这样，一般人绞尽脑汁也想不出来解决办法的五道难题，在禄东赞面前一一有了理想的答案。唐太宗爱才如命，赞赏不置，当即宣布一道圣旨：文成公主择日成行。自唐、蕃通聘以来，松赞干布先后四次遣使请婚，至此，愿望终于实现，一桩传颂千古的"雪域情缘"到底结成了。

三

文成公主生长在皇家，自幼受过良好的教育，熟读经史，多才多艺，而且胸怀远大的抱负，具有坚强的毅力。订婚之后，唐太宗曾经几次召见她，希望她以汉朝的王昭君为榜样，从唐蕃友好的大局出发，在吐蕃干一番事业。公主尽管对即将远离父母和家园感到情怀难舍，但她并没有整天沉浸在忧伤之中。通过与禄东赞详细交谈，她了解到许多情况，事先准备了吐蕃所缺少的物资和粮谷、蔬菜种子，以及佛经、儒学经典、史籍、诗文和农艺、医药、历法、工技等书籍，带上了一大批精于纺织、刺绣、农事、建筑等各类技艺的工匠。

641年1月，文成公主启程上路，唐太宗命族弟江夏王李道宗持节护送，并亲自赐宴，为吐蕃使臣和文成公主饯行。在吐蕃那面，松赞干布也按照约定的日期，亲率禁卫军在柏海（今青海扎陵湖、鄂陵湖）迎候。到达逻些时，文成公主受到了空前热烈的欢迎，万人空巷，群情若狂。她与松赞干布的婚礼，成为吐蕃人民最盛大的节日。

当日的逻些，虽然已经作为都城，但建筑物还不多，仍然给人以荒凉、萧疏的感觉。那里的发展与建设，多是在文成公主抵达以后展开的。为了迎娶大唐公主，松赞干布提出要专门修建一座城堡，以夸示子孙后代。据说，最早的布达拉宫就是为文成公主修建的，后来毁于雷火与兵燹。但是，当日结婚时的洞房遗迹和他们的塑像至今还都妥善地保存着，松赞干布神采奕奕，英姿焕发；文成公主则端庄沉静，健美丰腴。

松赞干布对文成公主一往情深，十分尊重。公主笃信佛教，她跋山涉水，万里迢迢，把一尊释迦牟尼的佛像带进西藏。为了供奉这尊佛像，松赞干布授意，由文成公主组织随行的工匠，完全依照唐朝格式，修建了一座寺庙，这就是著名的小昭寺。松赞干布极力拥护文成公主弘扬佛法的主张，觉得佛教的教义有利于巩固王权，维护统治。

雪域高原自然灾害很多，当时生产力低下，人们对于战胜这些灾害缺乏信心。过去人们信奉的苯教，宣传自然界有宁神、龙神、地神三大神魔，人类如果触犯了他们，就会招致疫疠、病苦和各种自然灾害的报复，除了禳祓、趋避，没有其他办法。松赞干布对于现实的敌人，包括那些暗杀他的父亲的内奸和境外入侵的强敌，他是无所畏惧的，也有办法对付；可是，对于这些给人类带来各种灾害的魔神，却感到无能为力。现在，寄希望于佛教，期望它能提供一种制伏灾祸的超自然的力量。

当地传说，文成公主入藏伊始，便显示了她的超人的智慧。就在小昭寺开光典礼上，一名歹徒为了破坏唐蕃友好关系，企图刺杀文成公主。由于发现及时，未能得逞，但凶手却被杀掉，显然是为了灭口。松赞干布明知凶手的幕后必有在场的内奸指挥，但苦于无法查出。当下，文成公主向赞普进言："我自大唐带来一口金钟，能够辨识忠奸邪正。方法十分简单，只要把它挂在一间暗室里，在场的每个人都去触摸一下，便知分晓：若是正直贤臣，抚摸之后，金钟寂无声响；如果有奸邪作乱者，手一碰到金钟，就会响振不停。在长安时，太宗曾多次试验过，灵验无比。我们也不妨一试。"

松赞干布点头称善。当即叫公主取来金钟，布置暗室。不大工夫，一切就绪。于是，全体王臣依次进入暗室摸钟。但是，自始至终，金钟也没有响过。难道，奸人根本就不存在，或者没有在场？还是确有奸邪，但因金钟失效，没有侦察出来？人们正在狐疑之中，公主突然下令"点灯照明"，并让每人都伸出双手给赞普查看。只见绝大多数人都是手染烟黑，唯有两人手上干干净净。公主厉声叫把他们拿下，经过审问，二人对谋划行刺的罪行一一供认不讳。

原来，公主事先布置，在钟上涂以厚厚的松烟，她料定奸人由于心中有鬼，必然不敢抚摸，这样，就会把自己暴露出来。经过公主一番解释，赞普和满朝文武，人人都惊赞与佩服她的机智。记得二十世纪六十年代初，内地上演过一部名为《文成公主》的昆曲，那里面也穿插了这个故事。

松赞干布在与文成公主朝夕相处，耳濡目染中，对中原的先进文化和技术工艺，由感到新奇而发展为极度的倾慕与向往，萌发了学习大唐文化，改变吐蕃某些落后习俗的强烈愿望。他率先换上了唐太宗赐予的华贵袍服，在他的带动下，有些大臣也都脱掉了笨重的毡袭，穿上了丝绸做成的中原服装。过去藏族上层贵族与普通民众，都是"以毡帐而居，无城郭屋舍"，汉族工匠便向他们传授了建筑房屋的技术。吐蕃旧俗，人们常以赭色土粉涂面，公主看了觉得不太文明，松赞干布即发出号召改变这种习惯。一时间，唐风所被，濡染了整个逻些。所以，晚唐诗人陈陶在《陇西行》中有句云："自从贵主和亲后，一半胡风似汉家。"

文成公主十分喜欢雅隆河谷的景色，认为这里地势平坦，气候温润，花木繁茂，水碧山青，与故都长安有些相似，遂定居于山南地区泽当的昌珠寺。松赞干布万机之暇，也经常到这里来居住。寺内至今还珍存着据说公主用过的酒壶、陶盆、炊灶和亲手刺绣的珍品；昌珠寺周围的柳林，传说也是松赞干布和文成公主留下来的。

公主在逻些和山南地区，亲自教授藏族妇女纺线、织布和挑花、刺绣。还发动来自内地的工匠，向当地民众传授平整土地、开挖沟畦、加筑田塍等耕作方法，以及安装水磨、制造农具、酿酒、制陶等多种技术。松赞干布非常赞赏中原工匠的工作，下令免除他们的差役。据藏族典籍《雅隆觉卧佛教史》记载，文成公主入藏，携来汉地各类医学著作和器械，并有治疗四百零八种病症的药物、一百种医疗处方、五种诊断方法、八种观察方法和六种被除法。后人根据这些经验、技术，编写过一部《汉公主大医典》，这是吐蕃医学史上一部重要的著作。

为了扩大汉、藏两族人民的亲密合作和经济文化交流，唐、蕃双方大力整修道路，增设驿站，实施保护商旅的政策，内地各种货物源源输入雪域高原，尤以锦缯制品特别为藏族人民所喜爱；西藏的麝香、牦牛尾等土特产以及一些手工艺品，也畅销于中原各地。

据统计，从贞观八年（634年）松赞干布第一次派遣使臣赴长安请婚开始，到会昌六年（846年）吐蕃王朝崩溃的二百一十二年间，唐、蕃双方使臣往来多达一百九十一次，形成了"金玉绮绣，问遗往来，道路相望，欢好不绝"的良好氛围。

四

继松赞干布之后，他的五世孙赤德祖赞又迎娶了大唐的金城公主，进一步加强了唐、蕃之间的亲密联系。在以后的一百多年间，双方先后会盟八次。最后一次是在唐穆宗长庆年间进行的，所以称为"长庆会盟"，盟文以汉、藏两种文字刻在石碑上。作为汉、藏两族人民友好关系的象征和历史见证，这块无比珍贵的唐蕃会盟碑，一千多年来一直矗立在古都拉萨的大昭寺前。

"和亲"一词，早在先秦的文献中就已出现。但那时是指一般的邻国修好活动，并没有姻亲关系。严格意义上的和亲，是指中原王朝与少数民族政权之间的高层次的婚姻关系。这种名实相符的和亲，始于西汉初年，中经隋、唐两代更趋盛行，后来，一直延续到清代，粗略统计，至少在一百五十次以上。和亲公主的身份，从皇妹、皇女、亲王女，到宗室女、宗室甥女，到功臣女、家人子，直到一般宫女、媵女，多种多样。目的也不完全相同，但总的都是服从于封建王朝的政治需要。

如果说，"对于骑士或男爵，以及对于王公本身，结婚是一种政治的行为，是一种借新的联姻来扩大自己势力的机会；起决定作用的是家世的利益，而决不是个人的意愿"（恩格斯语），那么，历史上中原王朝与少数民族政权之间的和亲，就更是一种道地的政治行为。而七世纪中叶松赞干布与文成公主的"雪域奇缘"，则是在政治行为之外，加上了一层发自真情的爱恋。不能不说，这是一种特殊现象。

松赞干布迎娶文成公主之后，对唐王朝一直以子婿自居，保持着极为友好的关系。唐太宗征高丽回朝，他即派宰相禄东赞奉表致贺。表文中说，圣天子平定四方，日月所照之地皆为臣妾。作为子婿，自然比其他臣民更加百倍地高兴。因此，他特制金鹅一只奉献皇上。鹅高七尺，黄金铸成，里面可盛酒三斛。后来，唐朝使臣王玄策出使印度，归国途中，带回的名贵财物被人劫掠一空，从骑五十人全部战死，玄策只身逃往吐蕃西境，发出檄文求救。松赞干布立即派出精锐部队前往救援。

649年5月，唐太宗病逝，高宗继位。授予松赞干布驸马都尉，封为西海郡王，松赞干布欣然接受，同时奉献金银珠宝十五种，请求祭奠于太宗灵座之前，表示他的深切哀悼与怀念之情。高宗非常赞赏他的忠诚友好态度，加封为宾王，并为他刊刻石像，列于昭陵（唐太宗陵墓）玄阙之下。这是当时朝廷的一种特殊礼遇。只有为唐王朝建立过丰功伟业的勋臣和吐谷浑、和田诸王才能享受到这种恩宠。

一年过后，藏族历史上的杰出政治家松赞干布病逝于逻些，年仅三十四岁。文成公主悲痛逾常，忆及夫妻将近十年时间政治上的精诚合作、生活上的亲密无间，日日潸然垂泣。但她决心继续留在雪域高原，要将余生全部奉献给佛祖，奉献给吐蕃人民。赞普英年早逝的消息传到长安，唐高宗震惊之余，痛悼不已。朝廷下令为之举哀，并派遣特使带着皇帝诏书前来参加祭吊仪式，给予松赞干布以异乎寻常的身后哀荣。

又过去了三十个年头，680年，文成公主也辞别了人世。但她虽死犹生，世世代代活在雪域高原广大藏族民众的心里。每年专设两个纪念节日：藏历十月十五日文成公主的诞辰和藏历四月十五日文成公主到达逻些的日子。一千三百多年来，藏族同胞一直深情地怀念着这位伟大的女性。

诗圣的悲哀

一

晚年的诗圣杜甫，孤凄无依，"漂泊西南天地间"，过着"天边老人归未得，日暮东临大江哭"、去留两难、备受煎熬的惨淡生活。十年间，先是流寓川渝大地，后因思归心切，扁舟出峡，转徙荆楚，浪迹湖湘。但由于时局动乱，生计艰难，北归无望，生命的最后两年，不得不以多病孱弱之躯，辗转于衡、岳之间，或为孤舟摇荡，或为鞍马劳顿，辛苦备尝，终日不堪其苦，最后病死在潭州驶向岳阳的一艘小船里。说来也是够凄惨的。

唐代宗大历四年（769年）春节一过，杜甫就开始了自岳阳经潭州（长沙）前往衡阳的行程，前一段走的是水路，趁着桃花汛发，从巴陵县起航，再经洞庭湖、青草湖，驶入湘江。船上，诗人写了一首五律，题曰《南征》：

> 春岸桃花水，云帆枫树林。
>
> 偷生长避地，适远更沾襟。
>
> 老病南征日，君恩北望心。
>
> 百年歌自苦，未见有知音。

首联交代起帆时节和沿途所见，以春色撩人的美妙景色作衬托，反衬南行的凄苦生涯与悲凉心境。颔联表现诗人"晚岁迫偷生"，颠沛流离、居无定所的艰辛境况。"避地"谓迁徙以谋生避祸。颈联讲他即使在抱病南行之日，也没有冷却报效朝廷的热忱。"君恩"句，是指他在成都时，经严武表荐，代宗曾诏授检校工部员外郎一事。尾联"卒章显其志"，为一篇之警策。一生悲剧尽在这十字上，凄怆、悲苦之情跃然纸上，令人不忍卒读。

"百年歌自苦，未见有知音"两句，可说是诗人对自己一生作为、当时心境及悲剧命运的总结，更是长期郁积胸中，无以自释，至死都此恨难平的痛苦悲鸣。这里饱含着血泪、浸满了酸辛、充盈着凄苦、渗透着不平，意蕴极为深厚，却以淡淡的十个字出之。

"百年"者，一生也。"歌"，吟咏，意为写作诗文。"苦"字，刻苦、劳苦、勤奋之意。杜甫之所以能够"笔落惊风雨，诗成泣鬼神"，被后代奉为"诗圣"，固然有其天纵之才，聪明早慧，"七龄思即壮，开口咏凤凰""往昔十四五，出游翰墨场"（《壮游》）；但他又是古代诗人中刻苦磨炼、镂肺雕肝、笔补造化的出色典范。正如他自己所说的"为人性僻耽佳句，语不惊人死不休""读书破万卷，下笔如有神"。连诗仙李白都说他："借问别来太瘦生，总为从前作诗苦"。

漂泊西南期间，他曾写作《解闷》组诗，其中有一首是自叙其作诗甘苦的："陶冶性灵存底物，新诗改罢自长吟。孰知二谢将能事，颇学阴何苦用心。"诗中提到了他曾师法的南朝四位著名诗人。全诗大意是：依靠什么来陶冶性情呢？就是在成诗之后，诵读长吟，反复修改、锤炼字句，从而达到理想的效果。既做到谙熟（古与"孰"通）、精读谢灵运和谢朓的绝妙诗篇，尽量得其能事；又认真学习阴铿和何逊刻苦用心、不懈钻研的精神。浦起龙在《读杜心解》中注释："自言攻苦如此。"翁方纲在《石洲诗话》中也说："欲以大、小谢之性灵而兼学阴、何之苦诣也。"在这两位清代评论家之前，东坡居士早就指出："老杜言'新诗改罢自长吟'，乃知此老用心最苦，后人不复见其剞劂（指雕辞琢句），但称其浑厚耳。"

正是由于"耽佳句""苦用心"，因而杜甫之诗被后世诗人无上推崇。现以宋人为例：王安石编唐宋四家诗，杜诗被列在首位，许之以"悲欢穷泰，发敛抑扬，疾徐纵横，无施不可，故其诗有平淡简易者，有绮丽精确者，有严重威武若三军之帅者，有奋迅驰骤若泛驾之马者，有淡泊闲静若山谷隐士者，有风流蕴藉若贵介公子者。盖其诗绪密而思深，观者苟不能臻其阃奥（深邃的内室，比喻学问、事理的精微深奥所在），未易识其妙处，夫岂浅近者所能窥哉？此甫所以光掩前人，而后来无继也"。在苏轼看来："古今诗人众矣，而子美独为首者"。秦观也说："子美者，穷高妙之格，极豪逸之气，包冲淡之趣，兼峻洁之姿，备藻丽之态，而诸家之所作不及焉。"

岂料，就是这样一位超凡拔俗的"诗圣"，在他的生前，却并未获得应有的重视。诗人歌自歌，苦自苦，竟然没有见到知音之人！

在唐代，唐诗即有选本，其中对后世影响最大的要算是《河岳英灵集》与《中兴间气集》了。它们分别选入二十四家的二百三十首诗和二十六家的一百三十二首诗，其共同之点，就是都没有入选杜诗。前者编选人为进士殷璠，据学者考证，时在玄宗天宝十二载（753 年），当时杜甫已四十二岁；后者编选人为高仲武，时在代宗大历十四年（779 年），其时杜甫已辞世九年。如果说，《河岳英灵集》成书较早，漏掉杜甫，还说得过去的话；那么，《中兴间气集》所选诗作正值肃宗朝至代宗大历年间，其时杜甫诗歌创作处于辉煌夺目阶段，仍未入选，可就难以理解了。唯一的缘由，应是杜甫在世之日甚至去世一段时间内，其诗歌价值并未引起时人的足够重视。

这里还有一件小事，就在《河岳英灵集》编成的前一年秋天，杜甫曾与高适、岑参、储光羲、薛据同登长安慈恩寺塔，五人皆有诗作。其中，同为著籍河南、小杜甫三岁的岑参，诗的标题为《与高适、薛据登慈恩寺浮图》。高适与作者岑参都是著名边塞诗人，题目中专门点出，亦属常情；可是，点出薛据（弟兄几人都是进士），却不及杜甫，这就有些奇怪了。那么，要论这次登塔诗作的质量呢？清人杨伦有言：杜甫之诗"视同时诸作，其气魄力量，自足压倒群贤，雄视千古"（《杜诗镜铨》）。

这种情况，到了中唐后期发生了改变。此前，是李白诗名高于杜甫；从元稹、白居易开始，颠倒了过来，他们首倡扬杜抑李之说。宪宗元和八年（813年），元稹在《唐故工部员外杜君墓系铭并序》说："诗人已来，未有如杜子美者""盖所谓上薄风骚，下该沈宋，言夺苏李，气吞曹刘。掩颜谢之孤高，杂徐庾之流丽，尽得古今之体势，而兼人人之所独专矣"。意思是，至于杜甫，大概可以称得上上可逼近《诗经》《楚辞》，下可包括沈佺期、宋之问，古朴近于苏武、李陵，气概超过曹氏父子和刘桢。盖过颜延之、谢灵运的孤高不群，糅合徐陵、庾信诗风的流美清丽。他完全掌握了古人诗歌的风格气势，并且兼备了当今各家的特长。白居易在《与元九书》中也说："李（白）之作，才矣、奇矣，索其风雅比兴，十无一焉。杜诗最多，可传者千余首，尽工尽善，又过于李"。与此同时或稍后，韩愈寄诗张籍，指出："李杜文章在，光焰万丈长。不知群儿愚，那用故谤伤。蚍蜉撼大树，可笑不自量！伊我生其后，举颈遥相望。夜梦多见之，昼思反微茫"。双星并耀，朗照骚坛，则不复为优劣矣。这应是中国诗史上最权威、最公正的评价。

二

"文章千古事，得失寸心知。"这是杜甫晚年的长诗《偶题》中的名句。上句是说，诗文流传久远，关系重大，不可率尔操觚；下句说，至于诗文的得失高下，作者本人是最清楚不过的。从这个角度看，他不会因为《河岳英灵集》的漏选、岑参诗题中没有提名而心灰气馁，失去足够的信心。

其实，更准确地说，他也未必在乎这些细事。就是说，"未见有知音"，主要的还不在这里。这样，问题就来了——那么，在他的心目中，究竟什么是大事呢？当然，还是登朝执政，大展宏图。尽管对于诗文的价值他也十分看重，并不像李白所说的："吟诗作赋北窗里，万言不值一杯水"；但其重视程度，较之从政，还是大有差异的。他严格地恪守着"太上有立德，其次有立功，其次有立言，虽久不废，此之谓不朽"的古训，把经邦济世，治国安民，创制垂法，惠泽无穷，作为"不朽"的首要目标，而要实现它，就必须拥有一定的社会地位与政治权势。

可是，事与愿违，他的仕途却是极为坎坷，从根本上讲，并没有走通。从他三十九岁时所写的《奉赠韦左丞丈二十二韵》中，可以得知当日他是何等自负："甫昔少年日，早充观国宾。读书破万卷，下笔如有神。赋料扬雄敌，诗看子建亲。李邕求识面，王翰愿卜邻。自谓颇挺出，立登要路津。致君尧舜上，再使风俗淳。"如同李白以大鹏自况，"大鹏一日同风起，扶摇直上九万里"；他则把凤凰作为伟大抱负的象征："坐看彩翮长，举意八极周。自天衔瑞图，飞下十二楼。图以奉至尊，凤以垂鸿猷。再光中兴业，一洗苍生忧。"依他原来的想法，可以像唐代立国之初出过许多"白衣卿相"那样，他也有朝一日，能够解褐入仕，脱颖挺出，"立登要路津"。

实际情况，远非如此。盛唐时期，科举考试竞争极为激烈，录取率很低；而且，即便是考取了进士，也只是得到一个资格，若要朝廷任职，还需通过吏部考试，如不合格，照样赋闲。杜甫二十四岁这年，曾参加东都洛阳进士科考试。当时处于开元全盛之日，朝政与社会风气尚好；主考官孙逖文思敏捷，衡文亦有眼力，颇为时流敬服。但是，由于杜甫文章颇嫌艰涩，不及其诗，结果未能中第。这对他本人来说，尽管自视甚高，由于年少气盛，对于考场得失，也并没有看得太重，尔后便开始了他的"放荡齐赵间，裘马颇清狂"的漫游生活。

杜甫少有壮志，受他的十三世祖杜预的影响很深，他对这位精通战略、博学多才、功勋卓著，有"杜武库"之称的西晋名将备极景仰。在他三十岁的时候，自齐鲁归洛阳，曾在首阳山下的杜预墓旁筑舍居留，表示不忘这位先祖的勋绩和要在政治上建功立业、光宗耀祖的雄心。接下来，便来到长安，开启了十年困守京城的生涯。他曾分别向朝中的许多权贵投诗干谒，请求汲引，却也同李白一样，都以失望而告终。

在他三十六岁这年，赶上了玄宗诏令天下通一艺以上的士人可以在京就选，中选者由皇帝亲试，这叫作"制举"。杜甫信心十足地前来应试，但最后却空欢喜一场，铩羽而归。四年后，又值玄宗举行祭祀老子庙、祭祀太庙（祖先）、祭祀天地三大盛典，杜甫献上《三大礼赋》，"帝奇之，使待制集贤院，命宰相试文章"。就是说，得到一个候补选官的资格。可是，宰相根本没把这个当回事，结果，他空自在帝都"候补"了一年左右，眼见希望已无，便暂时回洛阳探家去了。

沉寂一段之后，杜甫终究求进心切，便又向皇帝连续献《封西岳赋》《雕赋》《天狗赋》等。在《封西岳赋》进表上诉说："臣本杜陵诸生，年过四十，经术浅陋。进无补于明时，退尝困于衣食，盖长安一匹夫耳。顷岁，国家有事于郊庙，幸得奏赋，待罪于集贤，委学官试文章，再降恩泽。仍猥以臣名实相副，送隶有司，参列选序。

然臣之本分，甘弃置永休，望不及此。岂意头白之后，竟以短篇只字，遂曾闻彻宸极，一动人主。是臣无负于少小多病、贫穷好学者已。在臣光荣，虽死万足。至于仕进，非敢望也。日夜忧迫，复未知何以上答圣慈，明臣子之效。况臣常有肺气之疾，恐忽复先草露、涂粪土，而所怀冥寞，孤负皇恩。"

屡次献赋，终无结果。绝望之余，杜甫忽然接到授河西县尉的任命。就这位气吞河岳、志大心高的诗人臆想，即便得不到相位，起码五品、六品应该不在话下，而今到手的竟然是个从九品的县尉，心里觉得实在太委屈了，倔强的他，索性辞不赴任。后又改授右卫率府兵曹参军，官阶是从八品下。虽然从心里感到不快，但他还是勉强接受了，曾为诗以自嘲："不作河西尉，凄凉为折腰。老夫怕趋走，率府且逍遥。"时在天宝十四载十月，距安史之乱起，只有不到三十天。不久，安禄山即攻陷潼关，玄宗逃往四川；太子李亨即位，是为肃宗。第二年四月，杜甫逃出长安，潜往肃宗所在的凤翔，"麻鞋见天子，衣袖露两肘"，衣衫褴褛，狼狈不堪，被授为左拾遗。官阶为从八品，职司供奉谏诤。

其时，正值昔日的"布衣交"、宰相房琯因兵败陈陶斜和门客贪赃枉法受到牵累而遭贬，杜甫遂上疏营救，说"罪细，不宜免大臣"。言辞激烈，触怒了肃宗，要治以重刑，下到三司推问，后经御史大夫韦陟等说情，才得免于处分，但从此便"不甚省录"——对他很疏远了。

其实，廷诤忤旨被责，这不过是诗圣倒霉的开始，一年过后，真正的打击便落到头上了。原来，在肃宗眼中，杜甫同严武、刘秩等都是前朝重臣房琯的同党，因而形势稍见稳定，便开始动手清理。先是以结党营私、"潜为交结，轻肆言谈"的罪名，贬房琯为邠州刺史；接下来，严武被贬为巴州刺史，刘秩被贬为阆州刺史；与此同时，官卑职小的杜甫，也"小鱼串在大串上"，被贬为华州司功参军。

不久，诗人便从当日经此赴凤翔趋拜肃宗的金光门走出来，直奔华州上任，真是感慨重重，曾题诗写怀，有"无才日衰老，驻马望千门"之句。时在至德三载（758 年），他大概不会预料到，此去不仅终结了这场历尽波折、为时短暂的朝官春梦，而且，从此也再没有返回都城长安。在生命的最后十二年间，他寄迹秦州，浪游巴蜀，漂泊荆湘，除了在成都严武幕中任职参谋、检校尚书工部员外郎七个月以外，就算彻底摆脱了噩梦一般的仕宦生涯。

看得出来，杜甫的"百年歌自苦，未见有知音"，固然包括诗文在内，但更主要的还是慨叹识宝无人，怀才不遇，终身未能得偿以一介布衣直达卿相的夙愿——这才是未有知音的实质。

三

"物不得其平则鸣"（韩愈语）。杜甫无疑是满怀激愤，意有不平的。那么，作为诗圣，他的"以其所能鸣"，就是写诗。

杜甫对于马，情有独钟，平生写了大量关于马的诗作，通过这个忠实、温驯的可爱伙伴，寄心志，诉衷肠，托悲欢，抒愤懑，篇篇精彩，各极其致。

杜甫贬官华州之后，一次出游东郊，见到一匹原本饲养于内厩的骏马，因伤残瘦弱而被委弃道旁，不禁恻然心动，感慨生哀，遂写下了这首《瘦马行》，抒发内心的抑郁不平。诗人借马之昔用而今弃、昔贵而今贱，寄寓自己宦途的坎坷遭遇，以马之残躯瘦态比照自己的忧思愁苦：

东郊瘦马使我伤，骨骼硉兀如堵墙。

绊之欲动转欹侧，此岂有意仍腾骧。

细看六印带官字，众道三军遗路旁。

……

当时历块误一蹶，委弃非汝能周防。

见人惨淡若哀诉，失主错莫无晶光。

天寒远放雁为伴，日暮不收乌啄疮。

谁家且养愿终惠，更试明年春草长。

首句，"我伤"二字统贯全局。下面三句，写马的瘦骨嶙峋，疲弱不堪，"硉兀"，状写马形销骨立，突出如石；"绊之"，用马缰绊结马足。"细看"二句，交代马的来历，"官"字印说明原在官马坊。"当时"二句，讲马的见弃经过，"历块"言马行之速，只因"一蹶"之误，失足跌倒，遂被委弃。诗人借喻因疏救房琯，触怒肃宗，而一蹶不起。"周防"，犹提防，原谅马的无辜，也就是诉说自己的无罪。"见人"二句，写马错寞（落寞）其态、惨淡其容（六神无主，眼无晶光）的外形和似欲哀诉的内在心理，借喻自己疏救房琯，本意是要匡助君王，没料到忠而致尤，反遭错怪，像这匹瘦马那样，憔悴不堪，而被抛弃在郊外。"天寒"二句，写见弃之后的悲惨下场。最后，希望有人能把马收养起来，明年草长马肥，更试其材，必有可观。曲折地表达了诗人希冀重获重用、济世有为的愿望。

虽然也属不平之鸣，但格调低沉，情怀凄婉，这同诗人青年时代所写的《房兵曹胡马》五律，血性滂沛，意气风发，势凌万里，恰成鲜明的对比。

玄宗开元二十八九年间，诗人漫游齐鲁，兴之所至，当时写了这首以马为客观意象的咏物言志诗：

胡马大宛名，锋棱瘦骨成。

竹批双耳峻，风入四蹄轻。

所向无空阔，真堪托死生。

骁腾有如此，万里可横行。

"兵曹"，为掌管军防、驿传事务的基层小官。"胡马"，指产于西域大宛国的良马。二、三、四句，实写马的外在形象：筋骨精瘦，有如刀锋峻利，棱角突出，精悍遒劲；双耳斜竖，像斜削的竹筒一样短小尖锐；跑起来四蹄轻快，奔走如风。五、六句，虚写马的内在品格，精神气质，说这匹骏马奔驰起来，有着无限空阔的天地，腾沟跨涧，所向无阻，能够托生死，共患难，骑着它完全可以放心驰骋沙场。七、八句，总收一笔，说拥有如此骁腾矫健、快捷无比的良马，自然就可以横行万里之外，立功绝域了。

传神写意，妙笔生花，一副气宇轩昂的奔马形象，跃然纸上。这正是盛唐强国之音的余响。题曰"胡马"，实为自我写照——诗人抒写其胸怀壮志、满溢豪情、激昂向上的阳刚之气和渴望建功立业的内心追求。当时他不到三十岁，正过着一生中最快意的日子，生活优裕，阅世不深，对前途充满美好憧憬。一种大丈夫立身处世、舍我其谁的豪气和霸气，在诗中淋漓尽致地体现了出来。

继《瘦马行》之后，杜甫于第二年秋天，又写成一首马诗，为《秦州杂诗》二十首之五。诗人在短暂的华州司功参军任上，经过认真的反省与沉思，心绪渐渐地平和了下来，淡化了愤懑不平之气，也破除了对朝廷的不切实际的幻想，从而坚定了去志，于是弃官西行，浪迹秦州，开启了他的生命历程最后十年的漂泊之旅。

诗人在秦州郊野见到了庞大的马群，心有所感，遂借以咏怀寄慨，表达心迹：

> 南使宜天马，由来万匹强。
>
> 浮云连阵没，秋草遍山长。
>
> 闻说真龙种，仍残老骕骦。
>
> 哀鸣思战斗，迥立向苍苍。

五律开头，用汉使（亦称"南使"）张骞从西域引入天马途经此地领起；紧接着讲，如今这里万马齐奔，以浮云般的阵势，出没于遍山秋草之间。听说其中有很出色的龙媒异种，说不定还残余着"老骕骦"这样的龙马呢！令人伤怀的是，这些神马、良马，空自散荡逍遥着，未能发挥其立功绝域、骁腾万里的作用。且看那马，迥立荒野，哀鸣向天，意在期待和盼望着驰骋沙场，为国立功哩。

走笔至此，想起抗战期间的一桩逸事。1942 年年底，徐悲鸿先生寓居贵阳，适值因发动西安事变而被蒋介石囚禁的少帅张学良亦在贵州桐梓，当即画《立马》一幅以赠。画面上，良驹昂首振鬣，做嘶鸣状；旁边题了"哀鸣思战斗，迥立向苍苍"两句诗。落款是："汉卿先生教之，壬午岁尽。悲鸿贵阳客中写少陵诗"。徐公深谙少帅彼时渴望参加抗日战斗，却身陷囹圄、报国无门的愁苦心境，准确、恰当地引用了少陵诗句。回想当年诗圣把笔题诗时，所思所想的大概与此相似吧？空怀壮志，无路请缨，洵是可悲可叹。

诗人到了晚年，流寓湖北江陵、公安一带，曾写作五律《江汉》，以老马为喻，展现其虽然年老力衰，仍然壮心不已的可贵精神：

> 江汉思归客，乾坤一腐儒。
>
> 片云天共远，永夜月同孤。
>
> 落日心犹壮，秋风病欲苏。

古来存老马，不必取长途。

首联中"思归客"，说他久客他乡、思归长安而不得的凄苦心境；"腐儒"，意为迂阔不合时宜、不能为世所用的"老夫子"，含有自鄙而又自负的双重意蕴，真实意图是状写其怀才不遇、终生潦倒的辛酸际遇，而以谐谑语调出之。清人黄生说得好："身在草野，心忧社稷，乾坤之内，此腐儒能有几人？"（《杜诗说》）

颔联说自己犹如一片浮云，飘飞游荡，与天共远；又像永夜（长夜、终夜）高悬的孤月，伶仃萧索，无助无依。

颈联咏志抒怀。虽然也写落日，也写秋风，但只是衬托与借喻，而并非着意写景。作者是年虽只五十七岁，但身体状况很差，牙齿半落，耳朵重听，右臂偏枯，身倦气衰，故以落日为喻。但"心犹壮"，"病欲苏"，精神还是坚挺的。这和曹操"烈士暮年，壮心不已"的诗意完全一致。

尾联以识途"老马"为喻，说明自己虽然年已老迈，体弱多病，但智慧犹存，仍能为国效力，有所作为。《韩非子·说林》记载："管仲、隰朋从于桓公而伐孤竹，春往冬反（返），迷惑失道。管仲曰：'老马之智可用也。'乃放老马而随之，遂得道。"诗人指出，古人存养老马，不是取它的膂力，而是用他的智。言下之意是，虽说我是一个"腐儒"，但，此心犹壮，孤忠未泯，仍然能够发挥应有的作用。遗憾的是，诗人此诗作后，不到两年，就病逝于岳阳舟中，夙愿未偿，赍志以终。

四

诗圣去世四百年后，南宋的大诗人陆游写过一首《读杜诗》的古风，有句云：

> 看渠胸次临宇宙，惜哉千万不一施。
> 空回英概入笔墨，生民清庙非唐诗。
> 向令天开太宗业，马周遇合非公谁？
> 后世但作诗人看，使我抚几空嗟咨。

陆老诗翁悲慨地说，你看杜甫那比宇宙还要宽广的胸襟怀抱，可惜连千万分之一的才华都未能施展出来啊。结果，只能将英雄气概融入于笔墨之中，写出的都是忧国忧民的历史，而不是简单的唐诗呀！（《生民》《清庙》，《诗经·大雅》里的诗篇。在这里，可以理解为事关国脉民命，而非寻常吟咏。）这一切，都是因为生不逢时造成的，如果赶上唐太宗那时候，就会像马周那样，得以君臣遇合了。贞观五年，太宗下诏百官谈论朝政行失。武将常何素无学识，门客马周为他代拟条陈，全都切中时务。太宗感到奇怪，常何说了实话：这是门客马周教给我的。于是，太宗立刻召见马周，因为急于相见，马周晚到了一会儿，太宗连派使者催促四次。接谈之后，十分满意，当即下诏让他入值门下省，第二年又拜马周为监察御史，并赏赐常何三百匹丝帛。正是由于杜甫没有这样大展奇才的机遇，所以，后世只能把他当作诗人去看，这让我抚几兴叹，怅憾无穷。

杜甫继承了"奉儒守官"的家世传统，时刻想念着"致君尧舜上，再使风俗淳"，热切地期待着摄魏阙，据高位；可是，这宏伟的抱负竟百不一施，整个一生历尽了坎坷，充满着颠折，交织着生命的冲撞、挣扎，饱尝着成败翻覆的焦灼、痛苦。从这个角度看，他确是一个道道地地的悲剧人物，难怪陆老诗翁要为他"抚几嗟咨"。

不过，深一层看，杜甫的悲哀固然反映了他的自身坎坷多舛的遭际，但是，同时可以说，这也是旧时代整个知识分子的共同命运。皇权至上、"家天下"的封建专制制度，与天下为公、选贤任能，存在着根本性的矛盾，与中国传统知识分子对国家、对民族的使命感、责任感，也是不相容的；封建社会缺乏科学、合理的人才引进机制，往往只靠少数、个别的"伯乐"慧眼识英豪，而缺乏制度的保证。这样，如同韩愈所说的："千里马常有，而伯乐不常有。故虽有名马，祗辱于奴隶人之手，骈死于槽枥之间，不以千里称也。"结果，大量奇才异能之士，就难免没身草泽，潦倒终生。

即以天宝六载杜甫参加的那次"制举"试科为例。原来，当时科举考试分"常举"与"制举"两类：前者由礼部主持考试，以文学或经义为主要内容；后者以皇帝名义（实际是由权臣）主持，考试策问，"应诏而陈政"，结合实际需要，属于特科考试。主持天宝六载那次"制举"考试的，是受玄宗委托的宰相李林甫，其人"口蜜腹剑"，作恶多端，由于害怕"朝野之士对策，斥言其奸恶"，遂以"野无遗贤"为缘饰，上报皇帝，无有一人中第。这样，杜甫就又一次失去了入仕机会。

而献"三大礼赋"那次，"候补"一年无果，也是由于李林甫从中作梗。待到这个骗局揭开，已经几年过去了，他只有怃然哀叹："破胆遭前政，阴谋独秉钧。微生沾忌刻，万事益酸辛""生无所成头皓白，牙齿欲落真可惜"了。当然，从这里也完全看得出，"重色思倾国"的玄宗皇帝，根本没把心思放在选才、用才上。不然，面对这类明显的纰漏，怎么会不予过问、严加追究呢？什么"制举"，什么"候补选官"，无非是做做姿态，装点所谓"明君"的门面罢了。可见，悲剧的根子还是黑暗的皇权政治与社会机制。

杜甫的失意，诚然有个"生不逢时"问题，如果能够际会"圣君贤相"，处境可能会好一些。但是，也应该记得"初唐四杰"之首王勃的几句话：“冯唐易老，李广难封。屈贾谊于长沙，非无圣主；窜梁鸿于海曲，岂乏明时？”（《滕王阁序》）王勃出生、太宗去世，恰巧在同一年。按说，明君的流风余韵，总该未泯吧？那么，王勃的命运又是如何？且不说他被罪飘零，魂飞异域，单是玩味一下这几句酸辛之语，大致也就了然了。

客观地说，杜甫之未能登龙入仕，建不世之功，创回天伟业，除了时代环境、社会条件的限制，也有他个人的因素在。同李白一样，从根本上讲，他算不上一个合格的政治家，他们只是诗人，当然是伟大的天才诗人。虽然他胸怀壮志，高自期许，但他并不具备政治家应有的才能、经验与素质。他个性突出，刚正，率直，刻板，认真，动辄激昂慷慨，犯颜直谏；在云谲波诡的政治变局中，不善于审时度势、见机而作，缺乏应有的肆应能力。他在任谏官左拾遗这个从八品官时，曾频频上疏，痛陈时弊，以致上任不到半个月，就因抗疏营救房琯而触怒了肃宗皇帝。房琯为玄宗朝旧臣，原在伺机清洗之列。而杜甫却不明白个中底细，不懂得“一朝天子一朝臣”的事体，硬是坚持任人以贤、唯才是用的标准，书生气十足地和皇帝辩论什么“罪细，不宜免大臣”的道理，最后险遭灭顶之灾。

在挫折、失意面前，李白能够放浪形骸，轻世肆志，抛开那些政治伦理、道德规范、社会习惯，直到“长安市上酒家眠，天子呼来不上船，自称臣是酒家仙”，痛饮狂歌，飞扬无忌，从而使其内心的煎熬得到缓解。杜甫则异于是，他不屑于，也不能够做到这一点。他拳拳服膺于儒家的尊君、济世、安民宗旨，“颠沛必于是，造次必于是”，像孔子那样，“三月无君，则皇皇如也”；直至生命的最后，仍然是身在江湖，而心怀魏阙，口口声声叨念着“思归”，实际是还朝之想，是要最终圆他的破碎不堪的报国之梦——这是他的精神家园，生命寄托。可是，这样一来，他的绝望，他的痛苦，他的悲哀，自然也就加倍的严重了。

当然，也正是由于无缘从政与精神痛苦这两个方面，为时代造就、中华民族拥有一位国宝级的"诗圣"，提供了基础性条件与不竭的动力。不妨设想，如果杜甫得遂夙志，摄高位，登台阁，整日周旋于昏君奸相周围，而未能漂泊江湖，深入底层，接触不到"世上疮痍，民间疾苦"，缺乏这方面的切身体验，那么，即便他有天赋奇才，又怎么可能创作出伟大的"诗史"呢？清代诗人赵翼有"国家不幸诗家幸"之语，无疑属于真理性认识；我觉得，似也可以倒过来说："诗家不幸国家幸"——杜甫的出现，实乃国家之幸，中华民族之幸，世界诗坛之幸。

资料记载，西方早期著名画家鲁本斯，曾任荷兰驻西班牙大使，每天下午在御花园里作画。一位侍臣在园中走过，说道："哟，外交家有时也画几张画消遣呢！"鲁本斯答道："错了，艺术家有时为了消遣，也办点外交。"鲁本斯以他的高超画艺自豪，在他看来，绘画要比当那个大使高尚得多，重要得多。事实上也正是如此，鲁本斯之所以传世，完全是由于他的艺术，而与他的外交工作无关。

同样，杜甫之所以千秋不朽，是由于他的诗歌，而不是什么左拾遗、工部员外郎。且莫说奸相李林甫、杨国忠，早已被钉在历史的耻辱柱上，即便是并世的所谓"明君贤相"，又有谁能够与诗圣媲美呢！"尔曹身与名俱灭，不废江河万古流。"

从卞和说到赵普

相传春秋时，楚国人卞和在荆山得到一块璞玉，外表看去与普通的石头没有多大差别，但是，卞和却认出这是一块真正的美玉，于是，便把它郑重其事地献给了楚厉王。厉王找来玉工察看，玉工讪笑说："这哪里是什么玉，分明是一块顽石！"厉王以为卞和有意欺诳他，一怒之下，砍掉了他的左脚。

厉王死后，武王即位，卞和拄着拐杖又去向皇帝献璞。皇帝又把玉工找来，看了一通，结论还是石头。结果，武王又把卞和的右脚截去了。

待到楚文王即位，被砍去了双脚的卞和已经没办法再去京城献璞了。想到忠而获罪，识宝无人，便抱着璞玉痛哭于荆山之下，整整哭了三天三夜，最后到了泣血的程度。文王得知后，命令玉工把这块石头剖开，果然是一块稀世的美玉。文王非常高兴，下令把它制成玉璧，名之为"和氏璧"。对卞和这种不畏伤残、坚持真理的精神，楚文王称赞说：你真是个"扳不倒之翁也"。

后来，大诗人李白在一首诗里，满怀深情地写道：

> 玉不自言如桃李，鱼目笑之卞和耻。
> 楚国青蝇何太多，连城白璧遭残毁。
> 荆山长号泣血人，忠臣死为刖足鬼。

一面是对卞和的矢志不渝、坚持到底的精神，予以热情的赞颂；一面对于无知的"鱼目"者和恶意谗毁的"青蝇"，进行无情的嘲笑与鞭挞。卞和地下有知，亦当有以自慰了。

而清代诗人陆次云的《题荆山石壁》七绝，则表达了对卞和的悲惨遭遇的深切同情，并借着卞和怀宝不遇的故实，联系到人才不能遇合的时代悲剧，抒发其深沉的愤慨：

> 寄语山灵听啸歌，连城再刖叹如何。
> 人间碧眼应难遇，莫产琼瑶误卞和！

意思是：山灵啊，你可再不要出产琼瑶美玉了，人间已经遇不到青眼识宝之人，到头来，徒然使得卞和之类的"愚人"跟着遭灾受罪，又何必呢？下笔如刀，力透纸背。妙在暗藏机锋，意在言外。

当然，对于卞和的作为，历史上也有一些人持有不同的看法。其中比较典型的，是荆山抱玉岩下的卞和庙里，有这样一首诗：

> 一玉何须太认真，两遭刖足竟忘身。
> 至今遗庙伊谁仰，嗟煞当年抱玉人！

视角不同，秉持各异，见仁见智，固属常理。在我看来，卞和应予肯定的，恰恰正是这种"太认真"的精神。它反映了为真理而献身的坚定信念和不达目的誓不罢休的顽强意志。如果遭到一点挫折，遇到某种谗毁，就放弃坚定的信念，打退堂鼓，卷旗收兵，也就谈不上什么事业的成功、理想的实现了。

说起这种"太认真"的顽强精神，我倒想起另外一位古代人士，那就是北宋初期的宰相赵普。他像卞和不遗余力地举报美玉那样，反复多次、不避风险地推荐贤才，直到最后贤才得到承认为止。

《宋史》本传记载：

> 宋初，在相位者，多龊龊循默，（赵）普刚毅果断，未有其比。尝奏荐某人为某官，太祖不用。普明日复奏其人，亦不用。明日，普又以其人奏，太祖怒，碎裂奏牍掷地，普颜色不变，跪而拾之以归。他日补缀旧纸，复奏如初。太祖乃悟，卒用其人。
>
> 又有群臣当迁官，太祖素恶其人，不与。普坚以为请，太祖怒曰："朕固不为迁官，卿若之何？"普曰："刑以惩恶，赏以酬功，古今通道也。且刑赏，天下之刑赏，非陛下之刑赏，岂得以喜怒专之。"太祖怒甚，起，普亦随之。太祖入宫，普立于宫门，久之不去，竟得俞允。

看来，赵普真是算得上另一个卞和，又一个"扳不倒之翁也"。在封建专制时代，为了举荐一个优秀人才，竟然不惜冒犯"龙颜"，据理请命，一而再，再而三，那种执着、认真的劲头，实在是难能可贵的。

一场虚拟的叩访

一

您对我很陌生，先自我介绍两句——耍笔杆的，早年当过记者，从上世纪六十年代初开始，访问过许许多多文化名人。访问的形式多种多样，有的是对话，有的是问答，有的是纯粹的纪闻——他说我记；唯独这一次例外，变成了记者的独白。

作为访问对象，您原本应该坐在记者的对面，然而，此刻您却没有到场。我的身旁只有这本《断肠集》，封面上印着您的名字：朱淑真。这倒真的用得上老杜的两句诗了："怅望千秋一洒泪，萧条异代不同时！"

二十几年前，我第一次到杭州，正值梅子黄时。当时撑着一把布伞，漫步在丝丝细雨之中。这里靠近"绿水逶迤，芳草长堤"的西子湖，是古临安的著名街巷，据说当年您就曾居住在这一带。地面上的楼台、屋宇，不晓得已经是几番倾圮、几番矗起了。一般的景观我无心过问，只是关注着那些被您写进《断肠集》的"东园""西楼""桂堂""水阁""迎月馆""依绿亭"，想从中寻觅到诗人的哪怕是一丝一毫的心痕足迹。

您的诗集里有"东风作雨浅寒生，梅子传黄未肯晴"的锦句，今天看来，物候大致不差；只是，毕竟八百年过去了，一切一切，都已经满目皆非！由于多年来一直结记着您的旧游之地，现在得便身临其境，也就执着地向往着此间的一切。结果呢，除了失望，还是失望。

失望之余，更是愤懑不平，恨填胸臆。我们的现存古籍，号称十万种之多；单是南宋以降的史书、笔记，也足以"处则充栋宇，出则汗牛马"了。可是，翻检开来，看看那些连篇累牍、不厌其详地记载的究竟都是些什么物事？怎么就偏偏悭吝于这样一位传世诗词达三四百首的才女——这位了不起的文学精灵的兰因絮果，竟然片言只字不见于史册，一切都统付阙如。操纵在男性手中的史笔，那些专门为帝王编撰家谱的御用文人们，他们的心全都偏在腋下，竟把您的芳名，连同血肉、带着诗情，一股脑地轻轻抹掉了。

对于您，早在童稚时期，我就萌生了一种美好的印象。那是在读过蒙学课本《千家诗》之后。这部古书收了五七言律绝二百二十六首，除了两首偶然杂进的明人诗外，均为唐宋名家作品，其中您入选了两首，而大名鼎鼎的李清照竟然一首也无。小时候的我，由于记熟了您的《落花》《即景》两诗，便穿越时空，遥接百代，想望风采。特别是每当春困难挨之时，脑子里总会现出那句"谢却海棠飞尽絮，困人天气日初长"来。

有一次，我在雨中贪玩，捕鱼捉虾，竟然忘记了吃饭，耽搁了上课，老塾师带着愠色，让我背诵《千家诗》中咏雨的诗篇。当我吟过"天街小雨润如酥，草色遥看近却无""绿遍山原白满川，子规声里雨如烟"等令人赏心悦目的清丽诗章之后，塾师轻轻点了一句："朱淑真的诗，你可记得？"我猜想指的是那首《落花》："连理枝头花正开，妒花风雨便相催。愿教青帝常为主，莫遣纷纷点翠苔。"我当然记得，早已倒背如流了。但因觉得有些伤怀、痛心，便摇了摇头。老师也不勉强，只是轻叹一声："还是一片童真啊，待你到了我这个年纪，就会懂得人生多艰、世事无常了。"当晚回家，当我把这番话说给父亲时，父亲告诉我：老先生的爱侣，十年前在警察署长家充任家庭教师，因为遭到东家的奸污，不堪羞辱，便在一个漆黑的雨夜，含愤跳进了辽河。

那天，老先生专门讲了您的诗词风致之佳、用情之深、体悟之妙，说是"韵味与诗境可以概括为'凄美'两个字"，还扼要地介绍了您的凄凉身世。这样一来，您在我那小小的童心中，除了赢得喜欢，赢得仰慕，又平添了几分怜惜、几丝叹惋、几许同情。

后来，有幸通览了您的《断肠集》，更印证了老师的说法。

> 哭损双眸断尽肠，怕黄昏后到昏黄。
> 更堪细雨新秋夜，一点残灯伴夜长。

> 秋雨沉沉滴夜长，梦难成处转凄凉。
> 芭蕉叶上梧桐里，点点声声有断肠。

断肠，断肠，断尽愁肠，道尽了人世间椎心泣血的透骨寒凉。记得为《断肠集》作序的魏仲恭对您下过这样的断语：

> 一生抑郁不得志，故诗中多有忧愁怨恨之语。每临风对月，触目伤怀，皆寓于诗，以写其胸中不平之气。竟无知音，悒悒抱恨而终。自古佳人多命薄，岂止颜色如花命如叶耶！

您的生命结局，说来也是够凄怆惨痛的。一种说法是，辞世之后，"残躯归火"，其根据得之于"魏序"："其死也，不能葬骨于地下，如青冢之可吊；并其诗为父母一火焚之"；另有一说，"投身入水"，毕命于波光潋滟的西子湖，传说，您入水之前曾向着情人远去的方向大喊三声。不仅人死于非命，而且，诗词文稿又被父母付之一炬，因此，传诵而遗留者不过十之一。真乃"重不幸也。呜呼冤哉"！

二

按照学术界的考证，也包括您的诗词所透露的，大略可知，您的少女时代的闺中生活是无忧无虑的，并且有一个情志相通的如意情人。随着年龄的增长，封建道德文化加于女性的桎梏，同您的渴望爱情、张扬个性的矛盾，日益凸显，渐趋激烈。这在您的诗词作品中，得到充分的反映。在您刚刚步入豆蔻年华时，萌动的春心就高燃起爱情的火焰，虽是少女情怀，却也铭心刻骨。且看那首《秋日偶成》：

> 初合双鬟学画眉，未知心事属他谁。
> 待将满抱中秋月，分付萧郎万首诗。

"萧郎"，常见于唐诗，大概即是泛指情郎吧。看得出，在您出嫁之前，就已经意有所属了。未来情境，般般设想，诸如诗词唱和、一门风雅等等，您大概都想到了。正由于心中存贮着这样一位俊逸少年，一位难得的知音，因而点燃起您对未来生活的磅礴的热情和殷殷的向往。那首《清平乐》词，就把这种少年儿女的憨情痴态，描绘得惟妙惟肖：

> 恼烟撩露，留我须臾住。携手藕花湖上路，一霎黄梅细雨。
> 娇痴不怕人猜，和衣睡倒人怀。最是分携时候，归来懒傍妆台。

在含烟带露的黄梅季节，您来到湖上与恋人相见，一块游玩；淋着蒙蒙细雨，两人携手漫步，欣赏着湖中的荷花，后来觅得一处极其僻静的去处，坐下来，窃窃私语，相亲相爱，如胶似漆。娇柔妩媚的您，再也按捺不住内心的爱火撩拨，索性不顾一切地倒入恋人的怀里，任他拥抱着，爱抚着，旁若无人，无所顾忌；在默默不语中，如痴如醉地畅饮着人间美好恋情的甘浆蜜液。

可是，后来的结局却十分凄惨——由于"父母失审，不能择伉俪"，这场自由恋爱的情缘被生生地斩断了，硬把您嫁给了一个根本没有感情、在未来的岁月中也无法培植爱的种芽的庸俗不堪的官吏。

就一定意义来说，爱情同人生一样，也是一次性的。人的真诚的爱恋行为一旦发生，就是说，如果心中早已有了意中人，就会在心灵深处贮存下历久不磨的痕迹。这种唯一性的爱的破坏，很可能使尔后多次的爱恋相应地贬值。在这里，"一"大于"多"。对于这种现象，我们应该提到爱的哲学高度加以反思，而不应用封建伦理观念进行解释。

当然，开始时您也曾试图与丈夫加强沟通、培养感情，并且随同他出去一段时间，但是，"从宦东西不自由"，终因志趣不投，而裂痕日深。及至丈夫另觅新欢，您就更加难以忍受了，抗争过，努力过，据理力争过，都毫无效果，最后陷入极端的苦痛之中。于是，您以牙还牙，重新投入情人的怀抱。那般般情态与心境，都写进了七律《元宵》：

> 火烛银花触目红，揭天鼓吹闹春风。
> 新欢入手愁忙里，旧事惊心忆梦中。
> 但愿暂成人缱绻，不妨常任月朦胧。

赏灯那得工夫醉，未必明年此会同。

当时，南宋小朝廷偏安一隅，过着荒淫奢侈的腐朽生活，元宵节盛况不减北宋当年。您曾有诗记载："十里绮罗春富贵，千门灯火夜婵娟。"就在这歌舞升平的上元之夜，您和昔日的恋人别后重逢，互相倾诉着赤诚相爱的隐衷，重温初恋时的甘甜与温馨。正是由于珍惜这难得一遇的销魂时刻，也就顾不上赏灯、饮酒了。明年不知又会有什么情况，能不能同游共乐，尚未可知哩！似乎您在欢情中已经预感到一种隐忧。

一年过去，转眼间又到了元宵佳节。可是，风光依旧，而人事已非。对景伤怀，感而赋《生查子·元夕》词：

去年元夜时，花市灯如昼。月上柳梢头，人约黄昏后。今年元夜时，月与灯依旧。不见去年人，泪湿春衫袖！

这首词是很有名的，因为其中的感情是那样的真挚，让局外人也不由得不感慨伤情。此时的元夜，虽然依旧热闹，依旧繁华，但是"揭天鼓吹暖春风"的热意却不见了，留给您的只是泪痕湿透的春衫双袖。这种无望的煎熬，直叫人柔肠寸断。我们有理由推测，与您热恋过的那位青年，许是面对社会舆论的压力和家长的阻挠，由于软弱而退缩，此后再不敢或不愿露面了。从此，您从日日夜夜的热切企盼中，转向消沉，深感失望："欲寄相思满纸愁，鱼沉雁杳又还休。"

这样，忆昔追怀，便成了无可选择的唯一的方式了。旧梦重温——对于往日恋情和心上人的思念，无疑是疗治眼前伤痛的并无实效的药方。且看《江城子》词：

斜风细雨作春寒。对尊前，忆前欢。曾把梨花、寂寞泪阑干。芳草断烟南浦路，和别泪、看青山。　昨宵结得梦夤缘。云水间，悄无言。争奈醒来，愁恨又依然。展转衾裯空懊恼，天易见，见伊难。

"对尊前，忆前欢"。从眼前的孤苦忆及昔日与情人两情相悦、恩爱绸缪的情景，再写到离别时的悲伤；最后，因相思至极而夤缘相会，醒来却是南柯一梦，又由喜而悲，宛转缠绵，缱绻无尽。这样一来，结局必然是绝望，是怨恨：

鸥鹭鸳鸯作一池，须知羽翼不相宜。
东君不与花为主，何似休生连理枝。

将矛头直指不合理的婚姻制度，责问它为什么要把不相配的人强扭在一起？在《黄花》一诗中，您借菊花以言志，表达了自己绝不苟且求全的态度："宁可抱香枝上老，不随黄叶舞秋风"，说自己宁愿独守终身，也不再随便凑合。这在封建礼教森严的时代，同样是一种决不妥协的叛逆行为。您日益感到世事的无常和情感的空虚。那种情态，正如当时人所记载的："每到春时，下帏跌坐，人询之，则云：'我不忍见春光也。'盖断肠人也。"

您在《减字木兰花·春怨》中，也曾写道：

独行独坐，独唱独酬还独卧。伫立伤神，无奈春寒著摸人。此情谁见，泪洗残妆无一半。愁病相仍，剔尽寒灯梦不成。

三

文人的心，是相通的。在我由少而壮、世事渐明之后，我的感知又出现了变化，也可以说获致一种升华。由童年时对您的才情钦慕、无尽哀怜，转而为由衷地敬佩，激烈地赞赏。您可能会问：敬佩什么？赞赏什么？答复是：敬佩您的胆气、勇气、豪气，赞赏您的凛然无畏、冲决一切的叛逆精神。

如果说，男人生命中离不开爱情的滋润；那么，对于女人来说，爱情简直就是生命的存在方式。一位西方哲人说过，爱情在女子身上显得特别美。因为女子把全部精神生活和现实生活都集中在爱情里和推广为爱情。古代女子，尽管受着政权、族权、神权、夫权的压榨，脖子上套着封建礼教的重重枷锁，但她们从来也没有止息过对于爱情的向往、追求，只是表现形式有所不同。

在旧时代，当命运扳错了道岔儿，"所如非偶"，爱情的理想付诸东流的时节，大多数女性是把爱情的火种深深埋在心里，违心地听从父母之命，委屈窝囊地遣送流年，直到断尽残生。再进一层的，抱着抗争的态度，不甘心做单纯供人享乐的工具，更不认同"嫁鸡随鸡，嫁狗随狗"的混账逻辑，于是，偷偷地、默默地爱其所爱，"红杏"悄悄地探出"墙外"。更高的层次是勇敢地冲出藩篱，私奔出走，比如西汉年间的卓文君。

在几千年的中国封建社会里，私奔，一向是被视为奇耻大辱，甚至大逆不道的。而卓文君居然敢冒天下之大不韪，跟着心爱的人司马相如毅然逃出家门，大胆冲破封建礼教的约束，勇敢地追求自由、追求爱情的幸福，不惜抛弃优裕的家庭环境，去过当垆卖酒的贫贱生活。做到这一点十分不易，那要终生承受着周围舆论的巨大压力。不具备足够的勇气，是下不了这个决心的。当然，较之她的同类，卓文君属于幸运之辈。由于汉初的社会人文环境比较宽松，不像后世的礼教罗网般的阴森密布，她所遭遇的压力并不算大；再者，不同于其他女性，有幸投靠了一个著名的文人，结果不仅没有遭到鞭笞，反而留下一段千古风流佳话。

应该承认，从越轨的角度说，您同卓文君居于同等的层次，可说是登上了爱情圣殿的九重天。这里说的不是际遇，不是命运；而是风致、豪情和勇气。您，作为一位出色的诗人，不仅肆无忌惮地爱了，而且，还敢于把这神圣不可侵犯的权利张扬在飘展的旗帜上，写进诗词，形诸文字。这样，您的挑战对象就不仅是身边的、并世的亲人、仇人，或各种不相干者，而且要冲击森严的道统和礼教，面对千秋万世的口碑与历史。就这一点来说，您的勇气，您的叛逆精神，较之卓文君有过之而无不及。何况，您所处的时代条件的恶劣、社会环境的严酷，那要几倍于卓文君的。

爱情永远同人的本性融合在一起，它的源泉在于心灵，从来都不借助于外力，只从心灵深处获得滋养。这种崇高的感情，只有开始而没有结束。爱情消灭了时间、空间的限制，是永恒的。在这里，叛逆诗人以其豪迈的激情、悲壮的歌吟，向封建礼教勇敢地宣战，无论其为胜利，或者招致失败，都同样不朽。

有宋一代，理学昌行，"三从四德"的封建伦理，"饿死事小，失节事大"的残酷教条禁锢极深，社会舆论对于妇女思想生活的钳制越来越紧。当时，名门闺秀所受到的限制尤为严苛，"有女在堂，莫出闺庭。有客在户，莫出厅堂""莫窥外壁，莫出外庭。窥必掩面，出必藏形"。对于闺中女子来说，是一种完全封闭的状态。

令人难以理解的是，在那些无耻的男人身上，无论你把形形色色的淫猥秽乱描写得多么不堪入目，依然难以穷尽他们的丑恶，可是就算这样，也没有人去谴责，去唾骂；而完全属于人情之常的妇女再嫁，却会招人诅咒，更不要说"偷情""婚外恋"了。什么"桑间濮上""淫娃荡妇"，一切想得出来的恶词贬语，都会像一盆盆脏水全部泼在头上。

而您，那位儒家的大管家、宋代理学集大成者朱熹老夫子的族侄女，居然造反造到他老先生的头顶上。作为一个爱恨激烈、自由奔放、浪漫娇痴的奇女子，作为一个不满于封建婚姻、对抗传统道德、热烈追求个人情爱、自我觉醒的勇敢女性，全不把传统社会的一切规章礼法放在眼里，并以诗词形式进行大胆的描写，质疑妇女的传统生活方式，向往闺阁庭院以外的世界，再现了个人理想的挣扎，执着地追求生命中美好的情感、精神。由于您的思想、行为与世俗成规和周遭环境格格不入，所以长期以来被视为"另类"，牵累到您的诗词也长期受到不公平的评价。

那首《生查子·元夕》词，竟至聚讼纷纭，从南宋一直闹到晚清。有的把它作为"不贞"的罪证加以鞭挞，承认"词则佳矣"，但"岂良人家妇所宜邪"？有的则出于善意，为了维护您的"贞节"之名，说成是误收，于是把它栽到大文豪欧阳修头上。具有讽刺意味的是，在纳妾、嫖妓风行的男权社会中，尽管欧阳修以道德文章命世，却没有任何人加以责怪；偏偏在一个女子身上就成了大逆不道，岂非咄咄怪事！

其实，说到家，也无非是这么一点春心撩乱，根本谈不上什么"淫乱"。试问，那时节哪个文人没有这种出轨意识？所不同的只是您把它写进了诗词，却又写得十分娴雅、优美，完全不同于那些淫媟污秽、不堪入目的货色。但在那些道学先生眼中，却通通都成了罪证，他们一色的道貌岸然，却一肚子男盗女娼，"一见短袖子，立刻想到白胳膊，立刻想到裸体，立刻想到生殖器，立刻想到性交，立刻想到杂交，立刻想到了私生子。中国人的想象，惟在这一层能够如此跃进"

（鲁迅先生语）。大约也正是基于此吧，您才写了那首反讽的诗，以"自责"的形式，谴责道学对女性的束缚，抒发对封建礼教的愤慨之情：

女子弄文诚可罪，那堪咏月更吟风。
磨穿铁砚非吾事，绣折金针却有功。

"咏月吟风"的结果，是一个天真无邪的旷代才女，被活活地逼死了。

在您身后几百年，清代文人吴敬梓在《儒林外史》中塑造了"自古及今难得的一个奇男子"形象——杜少卿。他"奇"在哪里呢？一是鄙弃八股举业，粪土世俗功名，说"秀才未见得好似奴才"；二是敢于向封建权威大胆地提出挑战，在"文字狱"盛行之时，竟敢公然反驳钦定的理论标准——"四书"的朱注；三是敢于依据自己的人生哲学，说《诗经·溱洧》一章讲的只是夫妇同游，并非属于淫乱；四是他不仅是勇敢的言者，而且还能身体力行，在游览姚园时，竟坦然地携着娘子的手，当着两边看得目眩神摇的人，大笑着，情驰神纵，惊世骇俗地走了一里多路。那些真假道学先生为之痛心疾首，却又无可奈何。

那么，若是将这位"奇男子"同数百年前理学盛炽时期的这位"奇女子"比一比呢？就勇气、豪情，冲决一切、无所顾忌的叛逆精神来看，简直就是小丘见泰山了。

千秋名重女全才

上

五年前，我应浙江省湖州师范学院文学院邀请前往讲课，一个星期日，由颜、张两位教授陪同，我们一道游观了坐落于市区东南隅的莲花庄景区。

这里原是元代著名书画家赵孟頫、管道升夫妇的居所。"洲渚绿萦回，芙蓉面面开"的景色浮现在眼前，但是，除了一块高达三米八的太湖石为当年旧物，上有赵氏手书的"莲花峰"三个篆字，其他一切亭台馆榭都是后来的建筑。其中颇富纪念意义的，有题山楼、松雪斋、鸥波亭——赵、管夫妇的许多杰作都是在这里完成的。

我们在题山楼前停下了脚步。匾额为当代著名书法家沙孟海题写，字体雄浑，甚饶姿媚。由于它是纪念管道升夫人的，大家就从她的身上扯开了话题的线团。颜教授是一位美学家，他说，由于艺术门类之间是互通的，大凡具有艺术天赋和功力的人，往往兼备数长。最明显的就是文学艺术领域，自古就出现过诗书画"三绝"的现象。管道升就属于这种全才型的艺术家。

我接上说，但是，由于种种特定因素，"文名常被诗名掩"，或者"书名一例掩诗名"的情况，所在多有。前者如李白。其实，李白的文章写得非常好，像人们熟知的《春夜宴桃李园序》《与韩荆州书》，都是散文中的上品。可是，由于他的诗非常出色，被骚坛奉为"诗仙"，结果，他的文章就不被人们注意了。后者像管道升，她的诗堪称绝妙，但是一提起她来，就是女书家、女画家，反倒没有多少人去研究她的诗了。且看那首脍炙人口的《我侬词》：

> 尔侬我侬，忒煞情多。情多处，热似火，把一块泥，捻一个尔，塑一个我。将咱两个一齐打破，用水调和；再捻一个尔，再塑一个我。我泥中有尔，尔泥中有我：我与尔生同一个衾，死同一个椁。

经人考证，这一年赵孟頫刚好五十岁。他正在杭州出任江浙等处儒学提举，管道升时年四十二岁。杭州乃花柳繁华地、温柔富贵乡，赵孟頫也想要仿效那些江南名士，纳妾求欢，于是，便写了首小诗投石问路："我为学士，你做夫人。岂不闻陶学士有桃叶、桃根，苏学士有朝云、暮云。我便多娶几个吴姬、赵女有何过分！你年纪已过四旬，只管占住玉堂春。"在这面临婚姻危机的关键时刻，管夫人经过思考，决定沉着应付，冷静对待，便"以其人之道还治其人之身"，同样回复一首诗。据说，看过之后，赵孟頫深受感动，当即打消了纳妾的念头，夫妻和好如初。而这首诗（实际是一首元人小令）便流传开来，被现代诗人刘大白誉为自由诗的开山祖师。

赵、管成婚于元朝至元二十五年（1288年），其时，赵三十五岁，管二十七岁。他们何以迟至此时才谈婚论嫁，史书上没有记载。有资料提到，此前，赵孟頫曾在管道升所在的德清县生活过一段时间。当是出于相互倾慕，志同道合，才使两位旷世才人结为眷属；并在尔后的三十余年中，他们珠联璧合，相得益彰，又能自成格局，各有千秋，而同臻化境。元朝延祐六年（1319年）五月，管道升脚气病发作，由丈夫陪伴，自大都（今北京）南归，病逝于山东临清舟中，终年五十八岁。三年后，赵孟頫也驾鹤西归。两人合葬于湖州德清县东衡山南麓。

赵孟頫一生仕途，尚称顺畅。早年受元世祖忽必烈赏识，曾晋京任职；后来，先后放到济南、杭州；晚年再次仕于大都，晋升为翰林学士承旨、荣禄大夫，官居从一品。但他以宋室后裔而出仕元朝，并成为显宦，心理上承受着双重沉重的压力：一方面，受民族之偏见支配，对于汉员大臣，蒙元朝廷并不完全信任；另一方面，饱遭士林与乡里的讥刺，认为他丧失节操，致令他精神郁闷，情绪低沉。对此，夫人管道升看得一清二楚，而且是深知深解的，曾在所绘《渔父图》上填写《渔父词》四首，奉劝他辞官解职，归去来兮：

> 遥想山堂数树梅。凌寒玉蕊发南枝。
> 山月照，晓风吹。只为清香苦欲归。

> 南望吴兴路四千。几时闲去水云边。
> 名与利，付之天。笑把渔竿上画船。

> 身在燕山近帝居。归心日夜忆东吴。
> 斟美酒，脍新鱼，除却清闲总不如。

> 人生贵极是王侯，浮利浮名不自由。
> 争得似，一扁舟，弄月吟风归去休！

赵孟頫曾答词一首：

渺渺烟波一叶舟，西风木落五湖秋。

盟鸥鹭，傲王侯，管甚鲈鱼不上钩！

尽管夫人极有见地，所谈皆人生至理，而且，情辞恳切，晓理又兼动情；但是，对于这位末代王孙来说，已经跨上呼啸奔驰的仕途列车，中途卸载，谈何容易！何况，要实现个人价值，得遂"修齐治平"之平生夙愿，舍此便再无他途。这样，也就只好忍辱负重、勉力为之了。当然，公余之暇，潜心于书画以自遣，还是没有疑问的。

下

在中国古代历史上，管道升集姿容美、心灵美、艺术美于一身，堪称是一位"诗书画三绝"的艺术全才。她出身于书香门第，母亲擅长诗词；父亲任侠、倜傥、闻名乡里。她本人资质超群，具有极高的天赋，文献上说她"翰墨词章，不学而能""有才略，聪明过人，德姿言功，靡一不备"。加上后来嫁给了一位才华盖世、志同道合的丈夫，更是培植、发展了她的多方面的艺术才能。她的诗创辟新格，清新晓畅；绘画方面，于人物、佛像、花鸟无不精通，尤长于画竹；书法造诣和东晋著名女书家卫夫人齐名，被誉为"卫夫人后第一人"。

黄玉亭先生在《试论管道升书画艺术的审美特征》一文中指出，她的家乡湖州府本是东南竹乡，婀娜多姿的翠竹随处可见，道升从小被这些竹子所吸引，常常描摹写生，画出的竹子形神兼备，别具一格。她还首创了成竹和幼竹交织在一起的画法，富有新意，深受世人赞赏。她曾写墨竹和设色竹，呈献给皇宫。其竹画如同其书法，备受皇宫赏识。清代女画家廖云锦在《题管夫人墨竹》一诗中赞道：

清姿秀骨脱凡尘，柳絮才高莫与伦。

一抹近山数丛竹，绝无脂粉累风神。

管夫人存世的《水竹图》等卷，现藏北京故宫博物院；《竹石图》《烟雨丛竹图》等卷，藏于中国台北故宫博物院。

黄玉亭先生认为，管夫人书法成就的取得，除聪明过人和笃信佛教外，直接受赵孟頫的影响是一重要原因。艺术上他们互相切磋，相互影响，正如董其昌所说，"管夫人书牍行楷，与鸥波公（即赵孟頫）殆不可辨同异，卫夫人后无俦"。管道升工小楷与行草书。小楷写得凝重端庄，落笔不苟，行草写得清新俊逸，飞动美妙。

史载，元仁宗知道升之名，特命她书写《千字文》，并指派玉工磨制玉轴，装册收藏；同时，又命孟頫书写六体《千字文》，再让其子赵雍也书写一卷。孟頫题诗其上，其要义已被我国书画界奉为圭臬：

石如飞白木如籀，写竹还于八法通。

若也有人能会此，方知书画本来同。

仁宗说："今尽知我朝有善书妇人，且一家俱能书，亦奇事也。"

赵雍，字仲穆，出生于至元二十六年（1289年）。承家学，擅画人物、山水、鞍马。他的书画在元代影响很大，不但文人士子题诗盛赞，连皇帝也非常佩服。其成就的取得，除自身努力外，极得力于循循善诱、言传身教的慈母之栽培。管道升在一首《题画竹》诗中，借用森森竹笋的发芽、生长，表达母亲对儿子的殷殷属望：

春晴今日又逢晴，闲与儿曹竹下行。

春意近来浓几许，森森稚子日边生。

管道升兢兢业业，相夫教子，传承诗书画艺，培养后代传人。赵氏一门三代，出了七个大书画家。其子赵雍，孙赵麟、赵彦正，均成果斐然，名闻遐迩。外孙王蒙在道升抚育下，自小研习，得天独厚，所作画曲尽山林幽致，传世作品以水墨山水居多。代表作《青卞隐居图》，被明代著名书画家董其昌誉为"天下第一"。

在以男性为主流的中国封建时代书画艺术发展史上，像管道升这样的女性书画家，真是寥如晨星，甚至千百年不一见。她们面对纲常名教、封建伦理的束缚，受到诸如名节、身份的限制，艺术才能与情怀遭到普遍的扼杀自不必说，由于担心会被视同风尘女子，看作行为失检，即使偶有所成，也只能随手毁弃，不敢往外流传，有的只能归到父兄、丈夫名下，社会更不会给予关注。所以，就这一点来说，管道升实在是个历史上并不多见的幸运儿，因而，她的成就与事迹，就尤为可贵，尤堪重视。

"百世一人"

　　嘉庆、道光之际，林则徐曾两度在浙江杭州任职。他倡议集资整修明代著名政治家于谦的祠墓，并带头捐献自己的官俸。于谦祠竣工后，他亲撰楹联："公论久而后定，何处更得此人"，置于殿门两侧。这是一副集句联，均出自《明史·于谦传》。上一句是说历史老人毕竟是公正的，见传末《赞曰》："公论久而后定，信夫！"下一句讲的是公道自在人心。当有人说景帝宠爱于谦太过，太监兴安回答："即彼（指于谦）去，令朝廷何处更得此人？"殿门上面有四字匾额："百世一人"，可谓片言居要，一锤定音。

　　这一匾一联，从时空两个方面为于谦定位，确认了他在中国历史上的唯一性。虽然没有概述其高风亮节与卓越功勋，但于谦的地位、分量、价值却从中自可想见。

　　对于这个崇高的评价，我曾做过一番认真思考：作为近代杰出的民族英雄，伟大的爱国主义者，林则徐是不会轻易溢誉古人的。那么，他何所据而言于谦是"百世一人"呢？

　　我想，根据至少有三点：一曰忠臣；二曰能吏；三曰清官。

　　历史上，乱世也好，治世也好，效忠邦国，坚贞不渝的，何止百千！而能臣、干吏，无论是理政、惠民、弭乱、救灾，治绩彪炳千秋的，更是数不在少。再就是，廉洁自律、两袖清风的官员，同样是无代无之。那么，何以单单要说于谦是"百世一人"，慨叹"何处更得此人"呢？恐怕唯一的解释，在于不难其一，而难在三者齐备。

"忠"，是一种品质，一种德行，一种为官的底线，也是至高无上的要求；"能"，既是能力，也是才干。古时，"官能"并称，"官职"同义，因此，荀子有"能不称官，不祥莫大"之语。看得出来，"能"，是"官"之所以为"官"的根本标志。"廉"乃官之风骨，官之灵魂，官而不廉，如人之有肉无骨，有体无魂。只有三者兼备，才能胜任官职，称得上一个立德、立功、立言"三不朽"的完人。可是，说来容易，翻开一部《二十四史》，够格的又有几人？于谦是做到了。

他在担任兵部左侍郎期间，蒙古瓦剌部首领也先率兵入寇，明英宗在京郊西北土木堡被俘，京师大震，上下莫知所为。郕王监国，命群臣议战守之策，有人提议向南方迁都。于谦极力反对，认为京师一动则大势去矣，应该记取南宋的教训。可是，当时京师最有战斗力的部队、精锐的骑兵都已在土木堡失陷，剩下疲惫的士卒不到十万，民心不能不震惊惶恐。于谦建议郕王调集南北两京和河南的备操军，山东和南京沿海的备倭军，江北和北京所属各府的运粮军，尽快开赴京师，以应急需。当瓦剌兵逼京师时，于谦以兵部尚书身份分遣诸将，率师列阵九门外，并亲自督战，敌军终于退去。出于全局性考虑，于谦上言："南京重地，需要加以安抚稳定。中原有很多流民，假如遇上荒年，互相呼应聚集成群，这是很值得担心的。请敕令内外守备和各处巡抚用心整顿，防患于未然。"由于防守甚严，无隙可乘，终于迫使也先遣使议和，使太上皇得归。

于谦自值"土木之变"，誓不与敌人共生，夙兴夜寐，忧国忘身，经常住在值班处所，不回私第。而自奉简约，所居仅蔽风雨。朝廷在西华门赐给他一处宅第，他坚决辞退，说："国家多难，臣子何敢自安！"

本来，于谦在国脉颠危之际，挽狂澜于既倒，保卫京师、独撑危局,立下了卓绝的功勋;但后来由于朝廷政局发生变化,奸臣谗毁,反而以"谋逆"罪遭到冤杀。于谦生前曾写过一首《石灰吟》,可以看作是自况:

千锤万凿出深山,烈火焚烧若等闲。
粉骨碎身全不怕,要留清白在人间。

成化初年,获得平反。皇帝诰文有言:"当国家之多难,保社稷以无虞,惟公道之独持,为权奸所共嫉。在先帝已知其枉,而朕心实怜其忠。"《明史》本传中说,"谦忠心义烈,与日月争光","忧国忘家,身系安危,志存宗社,厥功伟矣。"

下面再说他的治才。实际上,前面已经讲得特别充分了,再补叙一些日常治绩。于谦在任期间,经常轻骑遍察各处,延访父老乡耆,探讨各项应兴应革、除害安良事宜,并立即上报朝廷,尽快部署落实。他曾建议:以河南、山西各积存的数百万石谷物,在每年的三月借给缺粮贫户,待秋收后收还;对因贫穷、疾病无力偿还者,可以予以豁免。凡州县官吏任满当迁者,如预备粮不足,不许离任。此事由风宪官员按时稽核巡查。得到了朝廷的批准,贫苦农民受益无穷。在巡抚河南时,他发现河堤经常溃决,对生产生活造成了巨大破坏,便组织民众筑堤治水,设置亭长,专门负责河堤修缮事项。在山西,他剥夺边镇军官私占土地,改作官府屯田,以资边防所需。

当然,于谦最值得称颂的,还是清正廉洁。他把保持高尚的节操看得重于一切。"但令名节不堕地,身外区区安用求!"这是他的名言。他还写过这样一首诗:

名节重泰山,利欲轻鸿毛。

　　所以古志士，终身甘缊袍。

　　胡椒八百斛，千载遗腥臊；

　　一钱付江水，死后有余褒。

　　苟图身富贵，朘剥民脂膏，

　　国法纵未及，公论安所逃！

　　作诗寄深意，感慨心忉忉。

　　诗的前四句，颂赞古代志士贤人重节操、轻利欲的嘉言懿行。"终身甘缊袍"，出自《论语·子罕》篇。孔子表扬弟子仲由：身穿破旧的丝绵袍，同穿狐貉皮衣的人站在一起，自甘清贫，面无愧色。中间四句，列举历史上正反两方面的实例，进一步阐述其为政务须清廉的观点。唐朝宰相元载贪得无厌，后被抄家籍没，仅胡椒就抄出八百斛（一斛为十斗，后改五斗），足见其受贿敛财之巨，结果遭人唾骂，遗臭万年；东汉时会稽太守刘宠，清正廉洁，离任时，郡中几个老年人送给他一百文钱，刘宠只接受了一枚，当即掷入水中，从而芳名流传百世。后面四句说明，如果贪图不义之财，剥削民脂民膏，即使暂时侥幸逃脱国法的制裁，也定会遭受公论的谴责。最后两句作结，说他写这首诗是忧心忡忡，寓意深远，寄慨遥深的。

　　于谦言行一致，怎样说就怎样做。史称，他任河南、山西巡抚十九年，每议事京师，皆空橐（口袋）以入，未尝持一物交结当路者。正统年间，宦官王振专权，作威作福，肆无忌惮地弄权索贿。百官大臣争相献金求媚。每逢朝会期间，进见王振者，必须献纳白银百两；若能献白银千两，始得款待酒食，醉饱而归。而于谦每次进京奏事，从来不带任何礼品。有人劝他说："您不肯送金银财宝，难道不能带点土特产去？"于谦朗声一笑，甩了甩他的两只袖子，说："只有清风。"并作诗《入京》以明志：

手帕蘑菇及线香，本资民用反为殃。

清风两袖朝天去，免得闾阎话短长。

结果，遭到了权倾朝野的宦官王振的忌恨，借故加以陷害，不仅受到降职处分，还坐了三个月的大牢。后来，由于山西、河南两省公众据理呼求，朝廷才恢复了他的两省巡抚的职务。

于谦不送礼，不行贿，更不受贿。因而无论是登朝执政，还是居家燕息，都感到问心无愧，心安理得。这在他的另一首诗里反映得很充分：

剩喜门前无贺客，绝胜厨傅有悬鱼。

清风一枕南窗卧，闲阅床头几卷书。

"悬鱼"是个典故。东汉庐江太守羊续拒绝收受各种贿物。一天，下属给他送来一些鲜鱼，他谢绝不成，便将那些鲜鱼高高地挂在屋檐之下，任它风吹日晒干瘪下去，送礼之风从此大为收敛。而于谦则更胜一筹，由于根本没人登门送礼，所以，连"悬鱼"的做法也免去了。

于谦蒙冤被杀之后，按例应该抄家，可是，当抄家的官员赶到一看，家中竟然空空如也，除了一些生活必需品，根本就没有多余的钱财，"萧然仅书籍耳"。唯独正室锁得很严，都以为是藏匿了金银财宝，打开一看，原来是皇帝赐予的蟒袍、剑器。在场的人无不为之感动。

如同读书、做学问有三种境界一样，我以为，在廉洁自律、拒绝接礼受贿问题上也有三种境界：

第一种境界，是防范在前，通过各种形式发出拒贿告示；遇有送礼者，加以严厉谴责，并对送礼的行为表示出明确的排拒态度，绝不含糊、暧昧。羊续"悬鱼"当属这种情况。

第二种境界，是清廉自守，有所不为，使人心存戒惧，不敢在他的身上做出越轨的事。就是说，由于拒贿的决心已为公众所知，使行贿者心生畏葸，见而却步。唐代贤臣李廙，律己极严，生活清苦，官至尚书左丞，官府厅堂里却挂着一条破旧门帘。他的妹夫、户部侍郎刘晏，托人编织一个新的门帘，想要送给他，但"三携至门，不敢发言而去"。

第三种境界，是不要说接礼受贿，人们根本就不去打他的主意。即使逢着本人寿诞、儿女婚嫁等类节庆吉日，也没有人想着要去给他送礼，于谦四十五岁生辰，"门前无贺客"，即属于这种更高层次的境界。

廉洁如此，贤能如此，忠贞如此，谓为"百世一人"，不亦宜乎！

汤显祖与澳门

汤显祖是明代的大戏剧家，而澳门乃一座近代开放城市，似乎风马牛不相及。那么，二者又是怎样连在一起的呢？

这话要从中国四大古典戏剧之一《牡丹亭》说起——

年轻时赏读汤显祖的这部传奇剧本，看到第二十一出《谒遇》处，僧人唱道："一领破袈裟，香山岙里巴。多生多宝多菩萨，多多照证光光乍。"接着道白："小僧广州府香山岙多宝寺一个住持。"觉得"香山岙里巴"五个字有些费解。后来，看了徐朔方、杨笑梅的《牡丹亭》校注，得知原来说的是香山岙耶稣会的教堂三巴寺。"巴"指寺庙，"这里当是为押韵而勉强用这个字。"后来，费成康在《读书》杂志上撰文指出，上述解释似是而非，"巴"系葡萄牙文音译，词义是"神父"。开头两句话是僧人上场"自报家门"——古代戏剧中人物首次登场时，例需进行自我介绍。这样，就更容易理解了。

那么，作为地名的"香山岙"又在哪里呢？此词在《牡丹亭》中凡三见，另两处分别在第六出《怅眺》和第二十二出《旅寄》。香山岙，旧注说在广东中山县境内，实即澳门。

澳门自古就是中国领土，旧称"濠镜（境）"，位于珠江口西岸，面临南海，与香港、广州鼎足而立，互成掎角之势。史志记载，明嘉靖三十二年（1553 年），葡萄牙殖民者初入其地，借口"舟触涛缝裂，水湿贡物，愿借地晾晒"，强行上岸租占澳门，"久之遂专为所据"。

后来，不断扩大范围，使之逐渐扩展成国际通航的港口。香港开埠前，一直是西方在东方贸易、传播宗教和文化艺术的中心，也是进入中国内陆的桥头堡。

现在的问题是，生长于内地的汤显祖何以在剧作中会写到澳门呢？这就要联系到他的一场特殊遭遇了。汤显祖，江西临川（今抚州市）人，生于明嘉靖二十九年（1550年），二十一岁以中举。由于朝政腐败，上层统治集团通过科举考试肥己营私；而他为人耿介拔俗，洁身自好，不肯屈服于权势，先后两次拒绝权臣的网罗、招致，致使几次投考进士都铩羽而归，直到三十四岁才勉强中了进士。在留都南京，先后任太常博士、詹事府主簿、礼部祠祭司主事。《明史》本传中，有"意气慷慨""蹭蹬穷老"之语，反映出他阳刚的个性与屯塞的命运。

万历十九年（1591年），他上了一道长达两千余言的《论辅臣科臣疏》，越职批评朝政的腐败，弹劾宰辅张居正、申时行和科臣杨文举等窃盗威柄，专权误国，势利小人营私舞弊，贿赂公行，而言官竟喋若寒蝉，唯唯诺诺；同时，对于皇帝本人登位二十年来的施政也予以批评。万历皇帝览奏之后，怒不可遏，当即以"假借国事攻击元辅"罪名，把他贬到广东雷州半岛南端的偏僻荒凉的徐闻县做典史。他在前往贬所时，途经广州，顺便乘船出珠江口，游览了澳门，其时大约在1591年圣诞节前后。

当时的澳门属广东香山（中山）县管辖，租借给葡萄牙殖民者已届四十年。在这座与中国内陆风格迥异的欧洲式的小城，大批葡萄牙等外国居民纷纷入住。这样，汤显祖平生所未曾寓目的"碧眼愁胡"的外国商人，"花面蛮姬"的葡萄牙女郎，还有市场上精美无比的宝石、香料、珍珠、象牙制品、丝织品等宝物，以及市声喧哗、人头攒动的展宝、赛宝、购宝场景，便一一闯入了他的眼帘；同时，他也亲眼看到了不同于内地的香山岙耶稣会的教堂三巴寺，以及身上披着袈裟、口中念念有词的"僧人"（神父）。这一切，都使他大开了眼界，增广了见闻，脑子里刻下深深的烙印。由于公事在身，汤显祖在澳门未能久留，而后便经由开平、阳江，登舟入海，再赶到徐闻县履职。

需要说明的是，汤显祖当日所见的"三巴寺"与后来人们常说的"三巴寺"并非一码事。现在，澳门的大三巴牌坊所在的"三巴寺"，奠基于1602年（万历三十年），全部完工还要更晚。而汤显祖见到的"三巴寺"，实际上应为圣保禄教堂（但也不是位于今日大三巴牌坊处的圣保禄教堂）。据说，那是一座"以木板和砖盖成的仓房型式"的建筑，其地在澳门城中心，与后建的教堂并非一处。再者，尽管汤显祖在一些剧作中，多有毁僧谤道之语，但对于佛学他还是颇有研究的，他曾宣示过"三教合一"的主张。在《牡丹亭》中，便故意把澳门天主教说成佛教，洋教堂变为寺庙，"圣保禄"译成"多宝寺"，将天主教士称为"僧人"和"住持"。

这次不平凡的旅行，使汤显祖成为中国古代著名文学家中即便不是唯一，起码也是最早到过澳门的人，而且，留下了四首纪游七绝，并把有关见闻写入了传世名著《牡丹亭》中，使之成为直接反映晚明万历年间澳门历史及社会生活的生动史料。

四首七绝中的一、二首，题为《听香山译者》。"香山"即"香山岙"，"译者"今称翻译，当时叫通事。由于"译者"为中国人，因此，诗人得以向他询问许多澳门的情况，进而写到作品之中。

其一云："占城十日过交栏，十二帆飞看溜还。握粟定留三佛国，采香长傍九洲山。"诗意是，葡商乘坐配备有十二张帆篷的快船（"洋舶"），由占城（今越南南部）出发，十日后即可以到达交栏（今印度尼西亚格兰岛）。他们先在南海古国三佛国的港口泊碇停留，备足粮粟，然后驶往马来半岛霹雳河口外的产香胜地九州山，采购各种香料。

其二云："花面蛮姬十五强，蔷薇露水拂朝妆。尽头西海新生月，口出东林倒挂香。"诗中说，娇媚如花、大约十五岁多一点的葡国女郎，鲜艳的衣裳上喷洒着蔷薇露水，娇丽的面容宛如西海上边刚升起来的月亮，口中有香气喷出，使人联想起张开尾羽放出香气的倒挂鸟。庄绰《鸡肋编》卷下："广南有绿羽丹觜禽，其大如雀，状类鹦鹉，栖集皆倒悬於枝上，土人呼为倒挂子。"应该说，在中国古代诗词中，这是描写婀娜多姿的西洋少女的首创。即便是咏赞本土的美艳如花的少女，像如此想象奇特的夸饰写法，亦属罕见。剧作家的文采飞扬，构思独特，于此可见一斑。

第三首为《香山验香所采香口号》："不绝如丝戏海龙，大鱼春涨吐芙蓉。千金一片浑闲事，愿得为云护九重。""香山验香所"应是朝廷设在澳门负责检验香料质地的一个专门机构。明朝宫廷对各种海外香料需求量颇大，因此，作为对外贸易集散地的澳门，就成了购求香料的中心场所，而检验香料质地更是一项经常性的皇家专营业务。"海龙"蜿蜒，不绝如缕，状写船舶之多；开舱卸货，宛如"大鱼"喷吐芙蓉；"千金一片"，则极言香料之珍稀、贵重。

第四首《香岙逢贾胡》："不住田园不树桑，琅珂衣锦下云樯。明珠海上传星气，白玉河边看月光。""贾胡"，指在澳门居留的葡国商人。他们穿着华丽的衣裳，佩戴着贵重的珠宝，不种庄田，不事农桑，专以海上贸易为生。一艘艘云樯高挂的商船，浮荡在波光潋滟的海面上，与闪烁着月色星辉的白玉明珠，交相辉映，到处都放射着珠光宝气。上述有些内容，《牡丹亭》中也有类似记载。在《谒遇》一出戏中，当钦差接宝官员苗舜宾应柳梦梅的请求，一一介绍过奇珍异宝后，柳（生）苗（净）二人有如下一段对话：

（生）禀问老大人，这宝来路多远？

（净）有远三万里的，至少也有一万多程。

（生）这般远，可是飞来，走来？

（净笑介）那有飞走而至之理！都因朝廷重价购求，自来贡献。

（生叹介）老大人，这宝物蠢尔无知，三万里之外，尚然无足而至；生员柳梦梅，满胸奇异，到长安三千里之近，倒无一人购取，有脚不能飞！

汤显祖生当明朝日益腐朽没落的时期，亲眼目睹了嘉靖皇帝服丹求仙、大兴土木，万历皇帝直接派遣亲信宦官开矿、征税，无情搜刮等种种荒淫无度的糜烂生活。通过描写宫廷不惜挖空国库去采购海外珠宝，曲折地揭露了封建帝王穷奢极欲、贪得无厌的行径，赋予这部爱情剧作以深刻的政治内容。几句问答，把封建朝廷爱"蠢尔无知"的珠玉如性命，却弃"满胸奇异"的人才如敝屣，进行巧妙的对比，"皮里阳秋"，意在言外，语中带刺。

四首七绝，与记入流传千古的杰作《牡丹亭》中的有关戏文，不独为澳门文学史增添了浓墨重彩，在整个中华剧苑诗坛上，留下了宝贵的篇章，也为祖国人民了解澳门这个孤悬海外的岛屿敞开一个窗口，为后世研究明代澳门经贸交通与文化史提供了珍贵的史料。

历史上的"三个唯一"

一

闲翻旧籍，见到清代闺秀诗人谢香堂的一首七绝：

倾城直欲作干城，忠孝由来出至情，
异代有人还继武，桃花马上请长缨。

这里彰扬了两位中国古代的女英雄，一位是北魏时的替父从军的花木兰，一位是明代末年驰驱南北、战功卓著的秦良玉。诗从木兰说起——倾城美色的佳人，出于忠孝至情，成为"国之干城"、赳赳武夫。"继武"，跟着前人的脚步继续前进。"武"，是步伐。"请长缨"，用《汉书·终军传》典故，意为立志报国，上马杀敌。这里说的"继武"与"请长缨"，指的都是秦良玉。

看到这里，我记起了身边接触到的两桩见闻：

头一桩见闻是，上世纪六十年代初到北京出差，下榻在宣武门外骡马市大街一个不太大的宾馆里。闲逛时，见到一条名叫"四川营"的胡同。经请教一位长者，得知名字的由来，是因为四川女将军秦良玉当年北上勤王时曾屯兵于此。后来，四川人士为了纪念这位巾帼英雄，在这里建立了四川会馆。馆额上书："蜀女界伟人秦良玉驻兵遗址"。

另一桩见闻，是前几年沈阳市组织重修地方志，征询我的意见。我建议要把明清之际的"浑河血战"写进去，发掘一下民族英雄秦良玉及其兄弟邦屏、民屏的英勇事迹。据《清太祖实录》、朝鲜《李朝实录》《明史记事本末》等史籍记载，明天启元年（1621年）三月，努尔哈赤率兵数万直逼沈阳，在城外浑河边上，意外遭遇秦良玉麾下的数千石砫土司兵，双方发生了一场激战。土司兵由秦邦屏、秦民屏指挥，他们骁勇强悍，身披坚甲，手持少数民族特有的刀剑长矛，连番击退八旗兵的步兵猛攻，后续的八旗骑兵上来，也纷纷落马。这时，已投降后金的原明朝将领李永芳利用沈阳城中的大墩台，架上大炮，重金买通一些明军中的炮手，居高临下，猛轰川兵，并派出骑兵从两翼围杀，秦邦屏和明将周敦吉等以下数千人殉难，其中石砫兵死伤过半。秦民屏身负重伤，突围脱险。与此同时，秦良玉在榆关(山海关)与后金兵展开了同样的激战。其子马祥麟眼睛中箭，犹"拔矢逐贼，斩获如故，敌惊退，军中誉之为赵子龙"。后金兵在南北两线，损伤都极为惨重。

明兵部尚书张鹤鸣为此上书奏报朝廷："浑河血战，首功数千，实石砫、酉阳二土司功。邦屏既没，良玉即遣使入都，制冬衣一千五百，分给残卒，而身督精兵三千抵榆关。上急公家难，下复私门仇，气甚壮。"（见《明史·秦良玉传》）

秦良玉，字贞素，明万历二年（1574年）出生于四川忠州。其父秦葵贡生出身，良玉自幼得以接受正规的儒学教育。二十二岁那年，嫁给了四川石砫（今石柱土家族自治县）土司马千乘为妻。后来，千乘遭到太监邱乘云的诬陷，冤死于云阳狱中。朝廷考虑到其妻良玉屡建功勋，战绩卓著，遂批准由她袭任其职。

万历二十七年，朝廷下令，让播州（今贵州遵义）土司杨应龙出兵抗击倭寇，杨抗命不从，乘机发动叛乱。朝廷集结重兵围剿。马千乘率兵三千随从官军出征，秦良玉又统领精悍士卒五百名，自备军粮马匹，前往贵州配合作战。她所率领的石砫兵，一律手持顶端呈钩状、矛尾有圆环的特制长矛，矛为白杆，时人称之为"白杆兵"。正月初二这天，军营置酒欢度春节。良玉预料到叛军有可能发动夜袭，提醒千乘加以戒备。深夜时分，杨应龙果然率部前来袭营。官军猝不及防，惊慌失措；唯独千乘夫妇领兵奋勇迎战，迅速将其击败，"为南川路战功第一"。

天启元年九月，四川永宁土司奢崇明叛乱。适逢秦良玉返回四川征兵，奢崇明欲与结援，派遣使者带上金帛前来联络。良玉斩其来使，率领胞弟民屏及兄子翼明、拱明，溯江西上，急趋重庆南坪关，阻断叛军归路。经过三年奋战，终于扫平叛乱，安定全川。

为维护国家统一，扑灭地方分裂势力，秦良玉多次做出卓越的贡献。

二

作为一位具有传奇色彩的女英雄，秦良玉在中国历史上创造了三个"唯一"。

——她是中国历史上唯一凭战功封侯、唯一由国家正式颁饷的女将军，也是"二十四史"中，皇帝后妃传、列女传之外，唯一单独载入正史、单独列传的女性英才。

当年花木兰女扮男装，替父从军，"万里赴戎机，关山度若飞。朔气传金柝，寒光照铁衣"。皇帝因她战功卓著，想要委以重任，但她力辞不就，终于回家孝敬父母。传说中的穆桂英，作为"杨门女将"中的杰出人物，出征保国，屡建战功；还有南宋时期的梁红玉，与丈夫韩世忠一起抗击金兵，力尽伤重，落马而死。她们都未获正式封侯。

著名学者胡适早在 1908 年就曾评论说："中国历史有个定鼎开基的黄帝，有个驱除胡虏的明太祖，有个孔子，有个岳飞，有个班超，有个玄奘，文学有李白、杜甫，女界有秦良玉、木兰，这都是我们国民天天所应该纪念着的。"把秦良玉和这些光耀千秋的伟人排列在一起，评价不可谓不高。

作为女性军事统帅、民族英雄、军事家，秦良玉戎马生涯四十余载，足迹遍及长城内外、大江南北。《明史》本传中说她"为人饶胆智，勇骑射，兼通词翰，仪度娴雅，而驭下严峻，每行军发令，戎伍肃然"，俨然有大将风度。她一生中，先后参与、领导了扫平播州之乱、出兵援辽、平定奢氏叛乱、勤王抗清、讨伐张献忠等诸多重大战役。直到晚年，仍然坚持高举抗清义帜，七十三岁高龄，还准备前往福建抗清，后以郑芝龙叛变，成行未果。两年后，病死于石砫大都督府。墓碑题文为："明上柱国 光禄大夫 镇守四川等处地方提督 汉土官兵总兵官 持镇东将军印 中军都督府左都督 太子太保 忠贞侯 贞素秦太君墓"。墓碑题文长达五十二个字，官衔多达八个，这在中国历史上，包括男性在内也是仅见的。

——她是中国历史上唯一获得皇帝赐诗旌表的女将军。

良玉曾三次从四川出发，驰驱数千里，奔赴北方抗清前线，参加战斗。第一次，在"浑河血战"、榆关大战中，良玉一家两代四口，洒血沙场，"负弩前驱"，长兄邦屏壮烈捐躯。第二次是崇祯二年，皇太极率后金兵攻到北京城下，其时，袁崇焕因被反间逮捕入狱，京城危如累卵。秦良玉再次奉命进京勤王，到达北京后，驻兵于今西城区四川营胡同，俨然"国之干城"，成为清军难以逾越的障碍。第三次是崇祯三年，清兵直逼北京城下，永平、滦州、迁安告急，朝廷诏令天下勤王。可是，各方将领拥兵自保，畏葸不前，唯独秦良玉踊跃响应，率领侄子翼明捐出家财济饷，昼夜兼程，再次驰援京师。

京师围解之后，崇祯皇帝在皇宫平台召见了这位战功煊赫的女将军，优诏褒奖。当即赋诗四首，并亲手书写以赠，旌表其功。

> 一、学就西川八阵图，鸳鸯袖里握兵符。
> 由来巾帼甘心受，何必将军是丈夫。
> 二、蜀锦征袍手剪成，桃花马上请长缨。
> 世间多少奇男子，谁肯沙场万里行！
> 三、露宿风餐誓不辞，饮将鲜血代胭脂。
> 凯歌马上清平曲，不是昭君出塞时。
> 四、凭将箕帚作鳌弧。一派欢声动地呼。
> 试看他年麟阁上，丹青先画美人图。

诗中"八阵图"，为三国时诸葛亮创设的一种阵法，布石阵，开八门，变化万端，据说可挡十万精兵。"箕帚"是扫除工具，指妇女操持家务。"鳌弧"指帅旗。用在女性身上，说她放下箕帚，举起帅旗慷慨出征。诗作原件，现藏于秦良玉大都督府内玉音楼。"麟阁"，汉朝供奉功臣的所在。

——秦、马两家，满门忠烈。这在中国边疆民族史上，也是独一无二的。

据《明史》《石砫厅志》《马氏家乘》《秦氏家乘》等史籍记载，除了秦良玉，她的丈夫马千乘忠于国家、忠于朝廷，被陷害冤死云阳狱中；她的哥哥秦邦屏、秦邦翰战死于辽东前线；弟弟秦民屏、儿子马祥麟身受重伤；在平定土司奢崇明的叛乱中，秦民屏又捐躯沙场，其子佐明、祚明皆重伤；在地方平暴中，良玉之子马祥麟、媳张凤仪相继殉难。因此，后人有"报朝廷，甘向沙场死，一门内，忠贞矢"的词句。陈攀凤诗云："兄为名将弟元戎，子效丹忱妇效忠；试问古来麟阁上，谁家似此尽英雄。"

三

除三个历史上"唯一"之外，还有一个"第一"——作为女性，纯粹以个人功业，而非由于美貌绝伦或者悲惨遭遇，引发后代诗人关注，竞相以文学作品赞美的，数量之多，分量之重，秦良玉也成了中国历史之最。

歌颂、赞美秦良玉的文学作品，连篇累牍。为数可观的说部、戏曲、影视作品之外，据不完全统计，仅诗歌就有一百四十余首。其中明代的四十二首，清代的三十一首，民国年间的二十九首，当代著名文学家的三十四首。另有忠州秦良玉祠庙、墓园、四川会馆、秦少保屯兵遗址、北京四川营遗址、万寿山门、巴县双忠祠等多处对联，达几十副。

诗词内容丰富，有借助歌颂秦良玉的辉煌功业、传奇人生而书写一己宏图壮志的。如革命烈士、"鉴湖女侠"秋瑾的《满江红》：

> 肮脏尘寰，问几个男儿英哲！算只有蛾眉队里，时闻豪杰。良玉勋名襟上泪，云英事业心头血。醉摩挲长剑作龙吟，声悲咽。　自由香，常思爇；家国恨，何时雪。劝吾侪今日，各宜努力。振拔须思安种类，繁华莫但夸衣袂。算弓鞋三寸太无为，宜改革。

秋词为争取女权与民族解放而大声疾呼。词中上片开头四句，讲蛾眉压倒须眉，领起全篇。接着，正面引出秦良玉的功业、勋名和理想、抱负。这里提到了明朝末年的著名女将沈云英。她文武全才，有胆有识，青年随父征战，父亲战死后，继承遗志，组织父亲旧部解危纾难。"云英事业心头血"，指此。下片讲对自由蘅香顶礼，衷心向往；对国恨家仇，刻刻不忘。奉劝姐妹们应该提振精神，关心种族复兴大业，改革陋习积弊，不要只沾沾于衣着打扮。

秋瑾女士还为以秦、沈为题材的清人杂剧《芝龛记》写了八首七绝，现摘录其中二首：

> 撑撑乾坤女土司，将军才调绝尘姿。
> 花刀帕首桃花马，不愧名称娘子师。

> 肉食朝臣尽素餐，精忠报国赖红颜。
> 状哉奇女谈军事，鼎足当年花木兰。

前一首说，女英雄能够独当一面。"撑撑"意为支撑。后一首说，满朝文武尸位素餐，真正救国尽忠的却是这两位女将。她们与花木兰一起，鼎足而三。"肉食"，指享有厚禄的官员，他们以食肉为常。典出《左传》："肉食者鄙，未能远谋。"

乾隆年间进士、四川丰都县知县、石柱厅直隶同知王荦绪在赞诗中写道：

> 桃花战马锦征裙，召对平台策大勋。
> 多少登坛飞将在，须眉都愧女将军。

乾隆年间进士、黔江知县翁若梅，拜谒秦夫人墓时，曾写过一首七律：

> 一腔热血长松楸，忠爱堂前目未收。
>
> 明季衣冠臣半妾，边陲节钺妇通侯。
>
> 合门尽足垂终古，末路犹能正首丘。
>
> 石柱勋名铜柱上，回龙何日拜山头。

首联“长松楸”，扣紧墓地。颔联上句“明季衣冠臣半妾”，讽刺明朝末年很多大臣寡廉鲜耻，没有骨气，奴颜婢膝，半数都成了“妾妇”；下句以秦良玉进行对照：一个女子，身在边陲，却能仗节挥钺出征，封侯掌印。颈联，说她满门忠烈，自己最后死在乡关，取“狐死首丘”之义。尾联“铜柱”，用东汉将军马援典故。当年马援征服交趾，在边界上竖立铜柱，以记边功。

清代诗人吴世贤，写过一首《秦夫人赞》：

> 万里烽烟落日惊，蚕丛愁听乱蛙鸣。
>
> 绣襦甲帐桃花马，知是夫人白杆兵。

“蚕丛”，蜀人的祖先，这里借指蜀地四川。

当代大文豪、秦良玉的异代同乡郭沫若，写了四首七绝，热情予以颂扬。其一云：

> 石柱擎天一女豪，提兵绝域事征辽。
>
> 同名愧杀当时左，只解屠民意气骄。

诗中巧妙地以当时挥师于北方抗清前线的同名“良玉”的两个将领相比。“当时左”，指勇于虐民、怯于作战、声名狼藉的左良玉。

青眼高歌

一

康熙年间，坐落在京城什刹海之滨的明珠太傅府邸里，有一座渌水亭。说是亭子，实际上，厅、堂、廊、庑，一应俱全，原是个很宽敞的去处。亭子前面，是澄波一碧的明湖，菡萏千枝，芳香四溢；身后坡陀蜿蜒，隔着一带花丛、竹坞，与相府的翠阁朱楼遥相对映，颇饶隽雅、萧疏的韵致。

纳兰性德十分喜欢它，风晨月夕，斜晖晚照中，他总要来这里勾留数刻，凭栏四望，披襟当风，把那久久郁塞于胸臆间的难剪难理的怅绪幽情，尽情地排遣开来。有时心情特好，还会即兴拈毫，浓涂艳抹地描绘一番眼前的景色：

> 墙依绣堞，云影周遭；门俯银塘，烟波淏漾。蛟潭雾尽，晴分太液池光；鹤渚秋清，翠写景山峰色。云兴霞蔚，芙蓉映碧叶田田；雁宿凫栖，杭稻动香风冉冉。

而那首《渌水亭》七绝，则是淡处着墨，更显得摇曳多姿：

> 野色湖光淡不分，碧云万顷变黄云。

分明一幅江村画，着个闲亭挂夕曛。

像历史上的兰亭、醉翁亭一样，此间也是一处以文会友、诗酒谈欢的所在。不过，比起前两座亭子，渌水亭的名气还没有那么大，命途也要乖蹇一些。随着纳兰公子的早逝，文人雅集即告终止，落下个"渌水亭边宾客散，乌衣巷口衰杨舞"的局面。加之，亭子坐落在"天临尺五"的帝京繁华之地，王侯第宅之中，直接受到政治变迁、园林易主的影响，不要说置酒高会、吟苑歌场再也见不到了，最后，竟连这座建筑本身也杳无踪影，不免引起过往行人的喟然慨叹。晚清诗人边袖石写过这样一首七绝：

　　鸡头池涸谁能记，渌水亭荒不可寻。
　　小立平桥一惆怅，西风凉透白鸥心。

寥寥二十八字，道尽了世事沧桑、园林兴废之感，今天读起来，也还觉得一股凄凉、惆怅的况味漫涌在心头。

不过，当日的渌水亭却有一段壶觞歌咏、诗酒风流的峥嵘岁月。公余之暇，纳兰性德总要陪同一些久享文誉且又情同知己的朋友在此间雅集，宾主一道饮酒赋诗，寻幽览胜，脱略形骸，"此间萧散绝，随意倒壶觞"（纳兰诗），为后世文坛留下了许多逸闻佳话。康熙十八年夏天那次"赏荷"宴集中，姜宸英、严绳孙、陈维崧等十几位著名诗人，狂歌醉咏，佳作迭出，宴会气氛极为热烈，正像朱彝尊在词中所描绘的：

　　不知何者是客，醉眼无不可，有底心性？研粉长笺，翻香小曲，比似江南风景，看来也胜。

连侍立一旁斟酒布菜的婢女，也深深受到环境和气氛的感染，眼饧耳热之余，情不自禁地脱口吟出清新自然的诗句：

> 一杯一杯又一杯，主人醉倒玉山颓。
> 主人大醉卷帘去，招入青山把客陪。

后来，乾隆朝的大诗人、性灵派的主帅袁枚发现了这首诗，予以很高评价，还把它收进《随园诗话》，使之得以广泛流传。

这次雅集之后，纳兰公子把那些与会者即兴吟哦的诗词全部汇集起来，编成一部《渌水亭宴集》，还仿效王羲之的做法，在前面冠上一篇《诗序》，以"宁拘五字七言，不论长篇短制，无取铺张学海，所期抒写性灵"为依归，在清代初年的诗坛上产生了积极的影响。

二

大批文人学士对于渌水亭主人，之所以那样向风慕义，倾心相与，固然和纳兰公子的文采风流、才华横溢有直接关系，但更主要的还是他那襟怀磊落、待人以诚的人格魅力，焕发出强大的吸引力。翻开纳兰性德的交游录，人们会发现一种特异的现象：一边是少年得志、锦冠绣服、神采飘逸的满族天潢贵胄；另一方面，却是一些年华老大、穷愁潦倒、郁郁不得志的汉族饱学之士，其间形成了巨大的反差。本来，阶级地位的悬殊，民族心理的隔阂，也包括年龄、阅历方面的差异，像一堵厚厚的高墙拦阻在他们中间。但是，这位"翩翩浊世之佳公子"却把它轻轻地跨越了。他把视线的焦点平移到那些寒士身上。他以自己独特的方式、叛逆的情怀，迸发出超越身份、蔑视门第的抗争与呐喊：

> 非关癖爱轻模样，冷处偏佳。别有根芽，不是人间宝贵花。谢娘别后谁能惜？飘泊天涯。寒月悲笳，万里西风瀚海沙。

如果不了解实情，任谁看了这首《采桑子》词，都不会相信它出自一位"鲜花着锦，烈火烹油"般的贵介公子的笔下。词的副题为"塞上咏雪花"，但读者一眼就能看出，实际上是词人的"夫子自道"——是他自我胸襟、志趣的写照。上片抒写他鄙视人间宝贵、不慕世俗荣利的衷情；下片说，此花漂泊在西风瀚海、寒月悲笳的天涯绝域，很少受到人们的爱怜和顾惜，言下之意透露出"高处不胜寒"、知音难觅的悲凉孤寂之感。

如果说，通过这种借喻方式，他只是曲折委婉地向外传递出个人的胸怀襟抱和价值观念；那么，下面这首《金缕曲》则是面对挚友顾贞观，不假雕饰地坦诚昭示了自己的人生鹄的：

> 德也狂生耳。偶然间、缁尘京国，乌衣门第。有酒惟浇赵州土，谁会成生此意。不信道、遂成知己。青眼高歌俱未老，向樽前、拭尽英雄泪。君不见，月如水。共君此夜须沉醉。且由他、蛾眉谣诼，古今同忌。身世悠悠何足问，冷笑置之而已。寻思起、从头翻悔。一日心期千劫在，后身缘、恐结他生里。然诺重，君须记。

这一年，纳兰性德二十二岁，刚刚获殿试二甲七名，赐进士出身，可说是"春风得意马蹄疾"，正在人生舞台上成功地旋转着。而所处环境、背景，更容易促成他跨俗凌虚，目无余子。当时，尚属满族军事贵族入主中华的初年，他们总是自觉不自觉地以征服者的面目出现，醉心武力，崇尚威权，骄横不可一世，吆五喝六，颐指气使，一般汉族文士在他们眼中，贱如鸡豚狗彘，动辄肆意加以凌辱。可是，纳兰公子却大异其趣，满不在乎皇亲贵胄、御前近侍的特殊身份，在和顾贞观这样一个沉居下僚的汉族文士交往中，竟以知音相许，以完全平等的态度、真诚炽热的感情，捧出一颗赤诚的心，不拘形迹地尽情倾吐其深沉的积郁，着实难能可贵。

词中不仅尽出肺腑，直抒胸臆，表达其不矜门第、唯求知己的渴望，发出相见恨晚的慨叹；并且，对贞观所遭受的世俗白眼和游辞无根的谗构，表示深切的同情和慰藉。

古人把对素所敬重的人垂青称为"青眼"。当年杜甫曾以"青眼高歌望吾子"的诗句，表达他对年少有为的王郎的期许。在这首词里，纳兰同样以"青眼高歌"四字移赠顾贞观，寄寓了他对知心朋友拳拳服膺的敬意和殷切的期望。

贞观号梁汾，江苏无锡人，才气纵横，却只当了一名位卑职小的典籍官，未获重用。但他对于仕途也并不怎么热心，因为在宦海漩涡面前，他一直是心存戒虑的。其题壁诗："落叶满天声似雨，乡关何事不成眠"，曾为江左诗文大家所激赏。贞观长纳兰十八岁，二人志趣相投，互相倾慕，一经接谈，遂成知己。纳兰有句云："知我者，梁汾耳"；贞观则说，"其敬我也，不啻如兄；而爱我也，不啻如弟"；他们"无一日不相忆，无一事不相体，无一念不相注"。他到纳兰家做客，常被引到楼上，然后撤去梯子，关起门来，作数日之欢谈，抚琴度曲，作赋吟诗，沉酣在忘我的气氛里。纳兰《偕梁汾过西郊别墅》诗中对此有所描述：

迟日三眠伴夕阳，一湾流水梦魂凉。

制成天海水涛曲，弹向东风总断肠。

公子辞世后，贞观悲恸欲绝，不久也就抱病还乡，隐居惠山脚下。

纳兰性德是一个醉心风雅、酷爱生活而薄于功名利禄的人。虽然出身于豪门望族，却不愿意交结达官贵人，尤其看不起那些趋炎附势的"热客"和饫甘餍肥、醉生梦死的纨绔子弟；相反，对于一些穷途失意、落拓京城而文品、人品俱佳的汉族诗人、雅士，则竭至诚，倾肺腑，以礼相待，遇有困厄，必全力周济，"生馆死殡，于资财无所计惜"。他在一首怀友词中，有"结遍兰襟，月浅灯深"之句，绝非虚饰之语。

在他的诗文集中，与朋友酬赠、送别、相忆、追怀之作甚多，无不披肝沥胆，发于至情。那些朋友，比他都年长许多，有的甚至可以称为父辈，却都敬重他，爱戴他。他们之间纯属道义之交，不受门第的约束，没有庸俗的捧场，多的是诗文的酬答，学问的切磋，品格方面的相互砥砺。

驰誉当日文坛的"江南三布衣"之一姜宸英，性格狷介狂放，洁直自持，不肯卑恭屈节，且又胸无城府，心直口快，常常出语伤人，因而仕途上历尽坎坷，"举头触讳，动足遭跌"，不为执政者所容，饱遭世俗的冷遇，最后连生计都成了问题。纳兰公子不仅在精神上多方安慰，与他诗酒往还，结为忘年之交；而且，在生活方面给予保证，专门为他安排了很好的住处。有关他们间的交往，姜宸英有过一段发自肺腑深情的追忆，活脱脱地刻画出两个人的鲜明个性："（纳兰）与人交，遇意所不欲，百方请之不可得谒。及其所乐就，虽以予之狂，终日叫号慢侮于其侧，而不予怪。盖知予之失志不偶，而嫉时愤俗特甚也。"

后来，宸英奔母丧归里，公子又捐资相助，并写下了感人至深的《金缕曲》，与他依依握别：

> 谁复留君住？叹人生、几番离合，便成迟暮。最忆西窗同剪烛，却话家山夜雨。不道只、暂时相聚。滚滚长江萧萧木，送遥天、白雁哀鸣去。黄叶下，秋如许。　日归因甚添愁绪。料强如、冷烟寒月，栖迟梵宇。一事伤心君落魄，两鬓飘萧未遇。有解忆、长安儿女。裘敝入门空太息，信古来、才命真相负。身世恨，共谁语！

上片一往情深地追忆他们西窗剪烛、雨夜倾谈的往事，抒写聚散无常的离别之苦；下片以温言软语加以慰藉，劝说他暂解离愁：回到家里，总比"栖迟梵宇"、面对"冷烟寒月"强得多；且有儿女绕膝，可以尽享天伦乐事。但关节点还是对其"落魄""未遇"的"身世恨"，表示深切的惋惜与同情。"才命真相负"，为一篇之诗眼。纳兰在赠梁汾词中，亦有"高才自古难通显"之句，与唐人李商隐诗"古来才命两相妨"同义。愤慨不平之鸣，溢于纸上。

三

在友朋交往中，纳兰公子最为世人所称道的，还是冒着政治风险营救吴兆骞一事。

著名诗人吴兆骞，苏州吴江人。自幼刻苦读书，擅长诗赋，被目为稀世才子，有"江左凤凰"之美誉。但因恃才傲物，性不谐俗，乡里之人多不喜欢与之接近。顺治十四年，清廷为打击江南地主阶级，借惩办科考舞弊而兴起一场著名的"丁酉科场案"。由于遭到仇家的诬陷，吴兆骞也列入了科场舞弊者名单，遂被流放到东北边陲的宁古塔。悉知内情的人无不为之感到冤枉，"一时送其出关之作遍天下"。著名诗人吴伟业的《悲歌行》，最为愤激沉痛，寄慨遥深：

> 人生千里与万里，黯然销魂别而已。
> 君独何为至于此？山非山兮水非水，
> 生非生兮死非死。……
> 日月倒行入海底，白昼相逢半人鬼。
> 噫嘻乎，悲哉！生男聪明慎勿喜，
> 仓颉夜哭良有以，受患只从读书始。
> 君不见，吴季子！

到康熙十五年，吴兆骞已经在穷边绝塞苦苦熬过了十八个年头。对于这位才高命蹇的挚友，顾贞观一直挂记在心头。他在与纳兰公子结为至交后不久，便提出了解救吴兆骞的请求。纳兰深深知道这件事背景的复杂——它不同于一般案件，涉及满汉关系和南北方汉族官员之间的矛盾，牵扯到清朝上层统治者对待汉族士子的政策问题。营救一个人会触及一连串敏感而严重的政治纷争，自然不能不慎重考虑。

尽管如此，他出于对吴兆骞的悲惨境遇的深切同情，又为顾贞观对朋友的灼灼真情所感动，还是诚恳地表示："此事三千六百日中，弟当以身任之。"因为考虑到这件事的困难程度，表示要以十年为期，设法把吴兆骞营救出来。但是，顾贞观救友心切，也顾及不得许多了，便率意提出"不情之请"，进行讨价还价："十年为期？总共他还能活多长时间！能不能在五年内实现？"

这可是出了个大难题。经过一番覃思苦虑，纳兰又以词代柬，向贞观表示了一个原则的却是十分果决的态度："绝塞生还吴季子，算眼前，此外皆闲事。"意思是，悠悠万事，唯此为大。除了营救吴兆骞，其他任何事情都排不上号。愿意为此承担一切风险，不惜任何代价。

孰料，就在筹划过程中，纳兰性德受任乾清门三等侍卫之职，这要经常随驾出巡，驰驱南北，很少有自己能够支配的时间；加之，爱妻染病，恸赋悼亡，更使他时时陷在深悲剧痛之中。但他还是拼力奔走，多方斡旋，以践履自己的然诺。在自己力所不及的情况下，又搬出"老太爷子"明珠太傅和当朝重臣、座师徐乾学的大驾来，取得了他们的参与和协助。终于经过五年的努力，最后通过纳款，使吴兆骞得以生还。

这在当时，可说是一桩绝无仅有的特例。受清初政策制约和种种矛盾交织的影响，凡是流放宁古塔的江南汉人，不仅没有生还的希望，即使死后以灵柩归葬，也是阻碍重重。难怪为欢庆吴兆骞赦归，文友们吟出"廿年词赋穷边老，万里冰霜匹马还""居人把袂呼长别，迁客惊心贺独还"的诗句，——这么多年，还没有第二个人活着回来啊。

这里还有一个带戏剧性的很有意味的插曲：

吴兆骞属于诗人气质，不谙世事，且又久居穷边塞外，不仅对牵扯此事的朝廷内部复杂矛盾并不十分清楚，甚至对顾贞观为营救他而煞费苦心，惨淡经营，也并不完全了解，贞观本人更是从未特意向他表白，市恩买好。两人后来以小事失和，甚至不相往来。纳兰公子察知后，与父亲商定，在当日贞观为营救友人向太傅求情的内斋设宴，以捅破实情，披露真相，促使他们重归于好。

这天，兆骞早早地来到了明珠府邸的内斋，拜见过太傅大人，又同公子纳兰天南海北地闲叙过一番诗词文赋。偶然抬起头来，他发现厅内两根抱柱上竟都贴有纸条，左边的写有"顾贞观为吴兆骞饮酒处"，右边柱子上写着"顾贞观为吴兆骞屈膝处"。一时其感诧异，忙向主人问询底里缘由。纳兰公子告诉他，那年贞观到太傅家，向老大人提出营救落难朋友的请求，太傅大人说："吴君素负才名，又与先生为莫逆之交，老夫愿意为此一效绵薄之力。只是，先生素不饮酒——这我知道，那么，今日您能不能为朋友尽饮一杯呢？"贞观听了，二话没说，举起酒杯，一饮而尽；并且，因为当朝的太傅亲口承诺愿意帮忙，他感激涕零，赶忙向大人坐处趋前一步，屈膝请安。

听到这里，吴兆骞犹如拨云见日，茅塞顿开，不禁感愧交加，两行热泪唰地涌了出来。纳兰公子当即请出贞观，安排二人在内斋相见。面对着充满欣慰之情的贞观，兆骞长跪不起，哽咽地说："君于我有生死骨肉之恩，而我却以口舌之争辜负殆尽，兆骞实在是不齿于人类了！"

两人相对唏嘘不已，自是情好逾初。

香 冢

　　我总觉得，她像一株冷艳的寒梅。

　　这也许是由于古人习惯以梅花来比拟心志高洁的佳人吧？再不就是受了唐人王建的诗句"天山路旁一株梅，年年花发黄云下"的感染，……实在说不清楚。反正一想起她来，我的脑海里就浮现出"暗香浮动""疏影横斜"的意象，渐渐地，这种意象竟活灵活现，袅袅婷婷地走过来了，"想佩环月夜归来，化作此花幽独"（姜白石词）。

　　这已经是第三次访问北京的陶然亭了。没有风，空际云幕低沉，是一种酿雪的天气。果然，走着走着，丝丝、片片的雪花，就漫空飘舞起来。水木明瑟的平湖、高阜，还有那弯弯的柳径，淡雅的兰畦，脱尽了昔日的青青翠影，冷森森、白光光地默对着游人。平时，这里就不怎么嚣烦，此刻更是清空寥寂了。拾级步上高高的台地，在山门内檐瞧了瞧已经有三百余年历史的金字匾额"陶然"二字，又匆匆浏览了两边的对联，记得还有一副"十朝名士闲中老，一角西山恨有情"的联语，来不及寻看了，赶忙朝那北向的门窗纵目望去，立刻，前方雪影中闪现出几幅"素以为绚"的清妙的册页。

　　令我万分惊异的是，那满布着衰草寒枝的土坡上，分明挺立着一枝傲雪的寒梅。我知道，这肯定是一种错觉——在幽燕大地上，怎么可能见到那"惨淡江南白玉妃"的踪影呢？揉了揉眼睛，再定下神来，细看上去，原来竟是没有飘落的枝间红叶，闪烁在雪虐风饕里。我知道，这次所要寻访的"香冢"，就在它的下面。于是，我匆匆地走下亭台，沿着铺雪的石径，很快就来到银装素裹的土阜旁边，一盔三尺孤坟累然展现在眼前。

关于香冢，一如墓主的身世、遭际，有各种各样的说法，扑朔迷离，令人如堕五里雾中。我是相信这样的传说的：此间就是香妃的埋骨之地。披着满身的雪花，我静静地伫立在石碣前，一个字一个字地咀嚼着那没有留下作者姓名的哀感顽艳的铭文，并且依照流布已久的传闻轶话，凭着我的理解加以诠释、印证。

> 浩浩愁，茫茫劫；短歌终，明月缺。郁郁佳城，中有碧血。碧亦有时尽，血亦有时灭。一缕香魂无断绝。是耶？非耶？化为蝴蝶。

起首的四个短句、十二个字，形象地概括了香妃这位充满悲剧性、传奇性的女性凄苦、劫难的一生，堪称是以简驭繁、片言撮要的范例。古人驱遣文字的功夫着实了得。你看，唐代诗人杜牧在《阿房宫赋》的开头，也是用了同样的字数和短句，就把秦始皇并吞六国之后、大兴土木、修建阿房的过程，交代得一清二楚。

传说，香妃是一位出生在西域的貌美超群的人间绝色，回眸一笑，唇红齿白，能令人心醉神迷；而且，心地善良，性情温柔，天真活泼。由于她生来便体有异香，因而名为"伊帕尔罕"（维吾尔语：香姑娘）。她的童年时代，在亲人的爱抚下，整天过着无忧无虑的甜美的生活。可是，绮梦不长，这样一位貌似天仙、天真可爱的美人儿，长大了之后，偏偏赶上浓愁浩浩、劫难茫茫的动乱年代，命运把她抛在一个动乱的地区、动乱的家族里，最后酿成一场"短歌终，明月缺"的悲惨结局。

　　她的丈夫霍集占是天山以南的维吾尔族地区当时称为"回部"的和卓木（教长或首领），当时参加了一场西部边疆的叛乱活动，把清朝派去的副都统、回部招抚使杀害了。乾隆皇帝派将军兆惠率兵讨伐。霍集占兵败逃亡，带着妻子、仆从三四百人遁入巴达克山，他本人被山民擒杀，香妃被清军劫获到大营里。

　　对于香妃的美艳绝伦，乾隆皇帝早有知闻，兆惠临行前，即有意暗示，在讨伐过程中，必须设法保护好香妃，并把她安全地带回京师。听到她已经被俘获的消息，皇帝又敕令沿途官吏悉心护视香妃的起居，万不可损蚀了她的玉颜姿色。进京"献俘"之日，乾隆皇帝一见倾心，惊为天人，立即下令，在宫内妥为安置。而后，又几次去看她，觉得她神光高洁，有一种凛然不可犯的气概，因此，没敢伸出指尖去触她一触，只嗅得缕缕异香扑进鼻管来。心说，好一个绝代天仙，好一个香草美人！今得相见，也算是百世奇缘，三生厚福。当即赏赐了大量的珠宝衣饰，并嘱咐宫女、太监：只要香妃提出要求，一切都予以满足。

　　为了讨得美人的欢心，乾隆爷不惜破费巨量资财，在今天的新华门那里，专门给她修建了一座伊斯兰式的豪华住宅，名曰宝月楼，里面一切设施，包括浴池、壁砖、衣镜、装饰画等等，以及生活起居、日常习惯，都和在西域的情形没有什么两样。还在宝月楼的对面，特意修建了一座清真寺；在皇城墙外，盖起"回部"市廛楼台，设置了"回回营"，辟出一条"回族街"设肆售货，演奏体现"回部"风情的乐曲，使香妃有身在家园的感觉。但是，乾隆皇帝到底失算了，这种浓郁的环境氛围，不仅没能慰藉香妃的思乡之情，反而更加撩拨起心灵深处的背井离乡的痛楚。

　　自从入宫以来，香妃一直是冷若冰霜，对于皇上的种种垂顾，全然不加理睬。就是万岁爷的圣驾到了，她该着做什么还是做什么，旁若无人一般，一任皇帝在那里怔怔地望着，她只是噘着嘴巴，垂着眼角，木然没有半点反应。皇帝叹了一口气，自言自语地说，朕和香妃，怎么就这般无缘！难道真是天仙下凡，可望而不可即吗？

皇帝走后，宫女们赶忙过来相劝说，后宫佳丽三千，哪个不翘首望幸！别说皇帝主动登门，就是有机会被瞧上一眼，也觉得无比荣幸。人活一世，草木一秋，女人一辈子图希着什么？还不是夫荣子贵，终身有个倚托！你若是肯于顺从皇上，说不定一年过后就生下一个王子，马上就会成为正式的皇帝后妃，风光一世，万古留名。你怎么就这么任性，这么倔强，这么想不开事呢？

限于所受到的封建道统的浸染，宫女们的思维脉络，大概也只能这么想、这么说、这么劝解，应该说并没有恶意；可是，在香妃听来，却比挨一顿臭骂还难受得多，觉得极不顺耳，极度反感，便冷冷地还了一句：各人有各人的追求，各人有各人的活法，我更看重的是个性的独立，人身的自由。话说到这个份儿上，她觉得胸间郁闷难舒，于是，便又"突突突"地冒出了一团烈火般的话语：人终究是人，两条腿是用来站立的，不能像牛马那样四脚着地爬行，不能听从人家任意摆布！我才不想窝窝囊囊委委屈屈地享受什么"荣华富贵"呢！

香妃生长在所谓"化外之邦"，处在一个与内地截然不同的生活环境里，那里没有受到那么多的封建礼教的污染，男女地位是平等的，关系是开放的。在她看来，爱情发自内在的情感，是最纯洁、最真诚的，掺不得假，勉强不得。她无论如何不能理解，三宫六院那么多如花似玉的女子，怎么全都泯灭了自己的意志，眼巴巴地盯着一个皇帝，得不到满足还哭哭啼啼。她不懂得这是怎么回事儿。

是呀，男人女人，皇帝宫女，不都是人吗？为什么女人就不能有自己的意愿、自己的爱的选择和追求？霍集占犯了事，由他自己去承担，那叫自作自受，犯不上要把妻子搭上。香妃是清白无辜的，香妃的人身是自由的，人格是独立的，她有权利选定自己的出路，安排自己的情感取向。"三军可夺帅，匹夫不可夺志也。"为什么要像对待牲口似的，不吃草硬按脑袋？为什么硬要逼着去顺从皇帝？——皇帝又怎么样？

香妃的话语不多，却使宫女们听起来如雷震耳。个性？独立？自由？女人，特别是打入深宫的女人，同这些是根本不沾边的。虽然她们不能理解，也并不认同，但是，从此之后，对香妃却添了几分敬重，不能不另眼相看。几天过去，她们又来解劝香妃：皇帝可不是好惹的，"金口玉牙，说啥是啥"，万一龙威震怒，可就活不成了；就算是舍不得杀了你，哪一天，高兴了，忍耐不住了，硬把你弄过去，动了真格的，小胳膊还能拧过大腿吗？香妃听了，冷笑一声，说，人活百岁，终有一死，我早就做了这一手准备，一旦把我逼急了，我就……说着，"嗖"的一声，从衣服下摆里抽出一把雪亮的匕首。这可把宫女们吓傻了，天哪，自刎也好，刺人也好，后果都是不堪想象的。

她们慌忙跑到皇后富察氏那里，不敢隐瞒，把这种种见闻一五一十地交代清楚。皇后也觉得事态严重，但又想不出什么办法。自从香妃过来之后，皇帝早已把她冷冷地甩在一边，不闻不问，尽管恨满心头，嘴上却绝对不敢露出半个"不"字。最后，倒是乾隆的母亲——皇太后钮祜禄氏，一锤定了音：设法除掉她！因为她了解自己的儿子，极端任性，当面一定劝他不转，莫如下个狠心，干脆来个"釜底抽薪"，也就断了他想望的念头。于是，趁乾隆皇帝到天坛祭天之时，安排两个太监，悄悄地在宝月楼把香妃绞死了。"郁郁佳城，中有碧血"。哀哉！

因为一切都是太后策划的，乾隆皇帝也不便发作，只是终日惨然寡欢，怔怔忡忡，失魂落魄一般。他现在唯一能做的，就是吩咐太监将香妃用上好棺木装殓起来，找个风景绝佳、环境幽静的地方埋葬下。于是，右安门内的南下洼——陶然亭北的土坡下，便有一座新坟掩映在荒烟蔓草里，给后世才人留下了无尽的遐思，缠夹不清的话题。"碧亦有时尽，血亦有时灭，一缕香魂无断绝。"如此而已。

　　雪已经停了，陶然亭公园内依旧见不到几个人影。我一时还无意离开，便在香冢周围随意地闲步。当时想到，香妃的一生是个悲剧；幸运的是，一暝之后，没有身名俱亡，得遇文坛知己，写下了凄怆怅惋的《瘗香铭》，使她像一盏幽幽的灯火，闪烁在封建专制王朝阴暗的夜空里。

东归史影

一

在新疆巴音郭楞蒙古族自治州采风，承东道主相告，二百多年前，蒙古族土尔扈特部在著名民族英雄渥巴锡率领下，历尽千辛万苦，从伏尔加河地区东归祖国，他们的后代的一支就住在这一带。这引起了我很大的兴趣。当即到蒙古族聚居的和硕、和静等邻近博斯腾湖地带，访问故老，考察遗迹，并在图书馆找到了乾隆帝亲撰的《土尔扈特全部归顺记》和《优恤土尔扈特部众记》两篇碑文，深深为土尔扈特部的爱国主义精神所感动。

土尔扈特部是厄鲁特蒙古四部之一，元代重臣翁罕的后裔。四部互不统属，各自为汗。由于不甘忍受准噶尔部的欺侮，十七世纪二十年代，土尔扈特部在其首领鄂尔勒克的率领下，自天山北路转移至伏尔加河下游地区游牧，逐渐发展成为一个汗国。其时在明朝末年，他们仍然同祖国保持着较为密切的联系，经常参加厄鲁特其他各部的共同行动。清朝建立之后，他们多次遣使进贡。从顺治三年（1646 年）起，历经康雍乾几代，互相往来不绝。1712 年，康熙帝派出使团前去探望他们，途经西伯利亚，两年之后到达了土尔扈特部。1756 年该部遣使进京，历时三载，向乾隆帝呈献了贡品、方物，表明他们对俄罗斯"附之，非降之也"的立场。而沙俄政府却不断加紧对其控制，同时扶植土尔扈特部中的亲俄势力，进行分化瓦解，力图隔断他们与故国的联系。沙皇先后发动对瑞典、土耳其的战争，都强迫娴于骑术的土尔扈特人为其前锋，结果，死伤惨重，"归来者十之一二"。

可怕的灭族之灾，使部落内的有识之士忧心如焚，亟思救亡图存之计。尤其难以容忍的，是沙俄实施宗教压迫，强制他们由喇嘛教改信东正教。在充满灾难的时日，他们对故国的怀念之情与日俱增。据史料记载，至迟在1767年年初，土尔扈特部首领渥巴锡就已经开始酝酿东归的大胆计划。渥巴锡是一位非常有作为的青年英雄，1761年，其父敦罗布喇什病逝，渥巴锡继承了汗位，是年十九岁。十年后率部东归，开创了震惊中外的伟业。

二

东归之路，极为艰难险阻。还在1771年1月（乾隆三十五年十二月）举事之前，就有内奸向沙俄当局告密，渥巴锡及时做出决策，妥善应对。在组织东归故国的整个进程中，他表现了杰出的智慧和领导才能。他把近十七万人的庞大队伍分为前、中、后三部分：妇女老弱安排在中间，两侧有士兵保护；舍楞等两名勇将率领精锐部队为开路先锋；他亲自率领部队殿后，阻击尾追的沙俄军队。进军伊始，便乘敌不备，先发制人，速战速决地袭击俄驻军兵营和全歼增援的部队。而后，经过十几天的急行军，摧毁了沿途的敌军要塞，掩护整个东归队伍以最快速度穿越冰封雪压的乌拉尔河，迅速挺进哈萨克草原，把尾追的俄军远远地抛在后面。

但沙俄当局并不就此罢休，急令奥伦堡总督和军团指挥出兵截击，并派出骑兵团穷追不舍，加上恶劣的自然条件，致使东归部队损失惨重，人口锐减。特别是奥琴峡谷之战，更为严峻与惊险。这个东进路上必经的险要山口，其时已被悍猛无比的哥萨克人控制。机智勇敢的渥巴锡临机制变，毅然决定派遣一支精锐部队迂回到山谷后面，与正面进袭的大部队相配合，前后夹击哥萨克守敌，获得辉煌战果。当东归队伍进入姆莫塔湖地带，又陷入哈萨克小帐与中帐的五万联军的重围，切断了前往准噶尔的通路。渥巴锡采取灵活机动的方针，派出使者进行谈判，同意送还一千名俘虏，从而争得了三天缓冲时间，迅速调整、部署兵力，在第三天深夜，渥巴锡亲率主力部队，奇袭哈萨克联军，成功地突出重围，向巴尔喀什湖继续挺进。

乾隆三十六年七月初八日，前锋部队在伊犁河流域的察林河畔与前来迎接的清军相遇，接着，清军总督伊昌阿会见了刚刚抵达的渥巴锡与舍楞，以及土尔扈特部的主力军和大队家属。至此，胜利完成了重返祖国的东归壮举。此时，全部只剩七万多人，六成以上牺牲在途中。按照清廷安排，伊犁会见二十天之后，渥巴锡一行即起程前往承德。九月初，在木兰围场觐见了乾隆皇帝，几天后又陪驾到了避暑山庄。全部王公贵胄都受到了优厚的赏赐，部众也都得到了应有的赈济与抚恤，体现了清政府的收抚政策。

乾隆皇帝欣喜之余，曾为诗以志其事："土尔扈特部，昔汗阿玉奇。今来渥巴锡，明背俄罗斯。向化非招致，颁恩应博施。舍楞逃复返，彼亦合无辞。""卫拉昔相忌，携孥往海滨。终焉怀故土，遂尔弃殊伦。弗受将为盗，俾安皆我民。从今蒙古类，无一不王臣。"

诗作艺术价值不高，但叙事、论理颇为翔实。土尔扈特汗阿玉奇是渥巴锡的曾祖（乾隆诗原注为祖父，误）。"向化"二句，意谓"土部"自动归附，朝廷应该广施恩惠。"卫拉"二句，指厄鲁特蒙古内部当年争衅不已，土尔扈特部被迫远出异国。"弗受"二句，是说如不接受叛而复返的舍楞，终将为盗滋事，莫若安顿下来使他们成为安分守己的百姓。这里体现了清廷的民族政策与安抚手段。

也正是出于安定大局的考虑，嗣后不久，即颁发官印，安排"土部"六个核心成员分任各地的盟长，彻底改变了统一立汗的体制。这是清政府为防止其独立所采取的"众建以分其势""指地安置，间隔而住"的重大策略。这样处理的结果，也使个别成员酝酿中的争权夺位的矛盾消解在萌芽状态。安置地点主要在新疆，一部分在布克赛里、精河一带，一部分在科布多、阿勒泰地区，一部分在博斯腾湖一带。

三

近年来，反映土尔扈特部东归的文艺作品出现不少，就中以歌剧《苍原》和电影《东归英雄传》的影响更大一些。它们在塑造渥巴锡英雄形象过程中，对于矛盾发展、情节设置、人物刻画等方面进行多方面的探索，获得了很大成功，但有些问题处理得未尽合适。这里探讨的不是历史题材能不能加工处理，而是如何处理得更合理、更真实。如所周知，艺术的真实，非即历史上的真实。写历史须实有其事，而创作则可以缀合、重组，在尊重基本史实的前提下，只要能表现真实历史的内涵，不必每一件都尽合榫卯。为了更好地认识和更深入地探寻历史的规律，也不妨变换视角和调整视点。

罗贯中在《三国演义》中，没有完全拘泥于历史事实，但也并非凭空架构，而是对历史题材有选择地加以取舍，通过艺术构思进行了成功的再创造。就此，鲁迅先生指出："据正史则难于抒写，杂虚词复易滋混淆"。应该承认，《三国演义》的作者正是面临着这种两难的境地。但罗贯中毕竟是出手不凡的巨擘，他妥善地解决了这个难题。显然，较之罗贯中，《苍原》与《东归英雄传》的编导艺术活动天地更大一些。三国人物故事久已流传，为人们所熟知，这就使创作构思受到某种预定的制约，即不能完全无视原有的人物、主线和重要情节。而土尔扈特部东归的经过，史料记载有限，世人知之甚少，这样，剧作家便有了更多的创造余地，尽可自如纵笔，而无须更多的顾忌。这原是有利条件，但也是一个容易掉进去的陷阱，弄得不好，就可能离开史实过远。这也是应该加以警惕的。

两千年的守望

一

从公元前 286 年伟大的思想家兼文学家庄子去世，到公元 1715 年（康熙五十四年）伟大的文学家兼思想家曹雪芹诞生，中间整整相隔了两千年。在这两千年时间长河的精神航道上，首尾两端，分别矗立着辉映中华文明以至整个世界文明的两座摩天灯塔——两位世界级的文化巨匠。他们分别以其哲学名著《南华经》（《庄子》）和文学名著《红楼梦》，卓立于世界民族文化之林。

曹雪芹生当所谓"康乾盛世"，距今不过三百年，而其活动范围，也只有南京、北京两地，可是，留存下来的文献资料却少得出奇，以致连本人的字、号、生年、卒年、有关行迹及住所、葬地，还有祖籍、生父、妻子等等，都存在着争议，这倒和两千多年前的庄子十分相像。而且，从已知的有限记载中得知，他的身世、出处、阅历，特别是思想追求、精神境界，也和庄子有许多相似之处——

同庄子为宋国没落贵族的后代一样，曹雪芹也出身于没落的贵族。他的祖上是一个百年望族，属于大官僚地主家庭，其曾祖父、祖父、父亲，三代世袭江宁织造达六十余年。曹家与清皇室的关系非常密切，雪芹的曾祖母为康熙的乳母，祖父当过康熙的侍读。雪芹出生于南京，十三岁之前，作为豪门公子，过着锦衣纨绔、饫甘餍肥的生活。而后，由于乃父因事受到株连，被革职抄家，家道中落，财产丧失殆尽，社会地位一落千丈；移居北京后，成为普通贫民，饱经沧桑巨变，备尝世态炎凉之酸苦，"寂寞西郊人到罕""故交零落散如云"。清人笔记中载："素放浪，至衣食不给""老而落魄，无衣食，寄食亲友家"。所居房舍，"土屋四间，斜向西南，筑石为壁，断枝为椽，垣堵不齐，户牖不全"，生活十分贫寒、困窘。

他与庄子一样，天分极高，自幼都曾受到过系统的传统文化教育，饱读诗书，胸藏锦绣；又都做过短时期的下层职员：庄子曾在蒙邑任漆园吏两三年时间，雪芹也曾做过内务府笔帖式，从事文墨、缮写差事，职位很低，只有年余，而后便进入右翼宗学，担任助教、夫役，时间也不太长。庄子凭借编织草鞋和渔钓以维持生活，雪芹则是以出售书画和扎绘风筝赚取收入；庄子熟悉并能亲自操作编织、刻竹、制漆等工艺生产，雪芹不仅擅长扎绘风筝，而且对金石、编织、织补、印染、雕刻、烹调与脱胎漆器等工艺美术也有研究。这样，他们便都有条件了解底层社会，同普通民众接触，包括一些拒不出仕的畸人、隐者，进而建立良好的关系。

除了长篇小说《红楼梦》，曹雪芹还留下一部《废艺斋集稿》，详细记载了金石、风筝、编织、印染、烹调、园林设计等工艺艺程。其中《南鹞北鸢考工志》自序中写道："是岁除夕，老于（残疾人于叔度，曾向曹雪芹学习扎糊风筝技艺）冒雪而来，鸭酒鲜蔬，满载驴背，喜极而告曰：'不想三五风筝，竟获重酬；所得共享之。'"反映了曹雪芹的平民意识与助残济困的高尚情怀。这使人想到庄子置身于百工居肆，乐于同支离疏、王骀等残疾人打交道，听他们倾诉惨淡人生的逸闻轶事。

曹雪芹厌恶八股文，绝意仕进，根本不去参加顺天乡试。他和庄子一样，都是以极度的清醒，自甘清贫，洁身自好，逍遥于政治泥淖之外，始终和统治者保持着严格的距离。乾隆年间，朝廷拟在紫光阁为功臣绘像，诏令地方大员物色画家。当时雪芹为寻访故地，回到南京，江南总督尹继善遂推荐他充当供奉，兼任画手，不料雪芹却未予接受。拒绝的原因，他没有直说，想来大概是：当年庄子为了追求人格的独立与心灵的自由，奉行"不为有国者所羁"的价值观，却楚王之聘，不做"牺牛"；我也不能去自投罗网。在那"犹如火宅，众苦充满，甚可怖畏"的龙楼凤阁中，做个笔墨奴才，给那些乌七八糟的什么"功臣"画影图形，既无趣，又可怕。

他们都是旧的传统礼教的叛逆者，反对儒家的仁义教条，厌弃"学而优则仕"的世俗观念，批判专制，警惕"异化"。要之，他们都是物质生活匮乏而精神极度富有的旷世奇才。

他们的思想都与现实社会环境极不协调，甚至尖锐对立；他们的言行举止，超越凡俗，脱离固有的社会价值、伦理观念的框范，而不为世人所认同与理解。这样，处世就不免孤独，而作品更有"都云作者痴，谁解其中味"的悲凉感。

"怅望千秋一洒泪，萧条异代不同时"（杜甫句）。庄子如果地下有知，当会掀髯笑慰：两千年的期待，终于又觅得一个异代知音。

二

曹雪芹在西单石虎胡同的右翼宗学担任教职（一说曹雪芹为敦惠伯家西宾，紧邻右翼宗学）时，结识了清朝宗室一些王孙公子，如敦氏兄弟与福彭等。初识时，曹雪芹三十岁，敦敏十六岁，敦诚仅十一岁。在漫长的冬夜，他们围坐在一起，这些公子哥儿听年长他们很多的曹公充满智慧、富有谐趣的清谈雅教，说古论今。较长一段接触中，他们亲炙了雪芹的高尚品格与渊博学识，都从心眼里敬服他。大约三年过后，曹公移居北京西郊，过着著书、卖画、挥毫、唱和的隐居生活。其间，除了敦氏兄弟仍然常相过从之外，当地还有一位张宜泉，与雪芹交往甚密，意气相投。他年长雪芹十多岁，功名无分，穷愁潦倒，靠着教几个村童度日。

二敦一张在题诗、赠诗、和诗中，留下了一些关于雪芹的十分可靠的珍贵文献资料。诗中真实地状写了雪芹贫寒困顿的隐逸生涯，超迈群伦的盖世才华和纵情不羁的自由心性。在这里，诗人运用"立象以尽意"的艺术手法，驱遣了"野浦""野鹤""野心"这三种颇能反映本质的意象。

"野浦冻云深，柴扉晚烟薄。山村不见人，夕阳寒欲落。"敦敏在这首《访曹雪芹不值》的小诗中，形象地描绘了雪芹居处的落寞、清幽、萧索，可说是凄神寒骨。前此，他还曾写诗《赠芹圃》，有句云："碧水青山曲径遐，薜萝门巷足烟霞。寻诗人去留僧舍，卖画钱来付酒家。""曲径遐""足烟霞"，描绘其环境清幽；"留僧舍"、卖画沽酒，记述其日常生活。敦诚在《赠曹雪芹》诗中，亦有"满径蓬蒿老不华，举家食粥酒常赊。衡门僻巷愁今雨，废馆颓楼梦旧家"之句。前两句，写居住环境荒凉、生活条件艰苦；后两句，写世态炎凉，繁华如梦。"今雨"用典，出自杜甫的《秋述》小序："寻常车马之客，旧雨来，今雨（新结交的朋友）不来"。杜甫居长安时，初被玄宗赏识，众人都主动上门结交，一时车马不绝，但他后来并没有做成什么官，于是，人们便对他疏远了。世态炎凉，人情冷暖，同样反映在曹雪芹境遇中，令诗人感喟无限。

说过了"野浦"，再讲"野鹤"。敦敏曾写过这样一首七律，题为《芹圃曹君　别来已一载余矣，偶过明君琳养石轩，隔院闻高谈声，疑是曹君，急就相访，惊喜意外，因呼酒话旧事，感成长句》。首联与尾联云："可知野鹤在鸡群，隔院惊呼意倍殷""忽漫相逢频把袂，年来聚散感浮云"。此前一年多时间，雪芹曾有金陵访旧之行，现在归来，与敦敏相遇于友人明琳的养石轩中。诗中状写了别后聚首、把袂言欢的情景。这里值得注意的是"野鹤在鸡群"之语，其意若曰：曹公品才出众，超凡独步，有如鹤立鸡群。典出东晋戴逵《竹林七贤论》："嵇绍入洛，或谓王戎曰：'昨于稠人中始见嵇绍，昂昂然若野鹤之在鸡群'"（亦见《晋书·嵇绍传》）。宋代诗人陈刚中也曾写过："高士常徇俗，无心欲违世。野鹤在鸡群，饮啄同敛翅。"大约就在这次聚会中，雅擅丹青的曹雪芹，乘着酒兴，画了突兀奇峭的石头，以寄托其胸中郁塞不平之气。敦敏当即以七绝题画："傲骨如君世已奇，嶙峋更见此支离。醉余奋扫如椽笔，写出胸中块垒时！"傲骨嶙峋、胸中块垒云云，活灵活现地道出了曹公的倨傲个性与愤激情怀。

与此紧密相关，是张宜泉诗中的"野心"之句。诗为七律，《题芹溪居士》："爱将笔墨逞风流，庐结西郊别样幽，门外山川供绘画，堂前花鸟入吟讴。羹调未羡青莲宠，苑召难忘立本羞。借问古来谁得似？野心应被白云留。"核心在后四句。著名红学家蔡义江对此有详尽而准确的解读——

"羹调"句写，曹雪芹并不羡慕李白那样受到皇帝的宠幸。李白号青莲居士，以文学为唐玄宗所赏识，玄宗曾亲自做菜给他吃，所谓"以七宝床赐食，亲手调羹"。

"苑召"句，写曹雪芹善画，但他不忘阎立本的遗诫，而不奉苑召。《旧唐书·阎立本传》载，唐太宗召阎立本画鸟，阎闻召奔走流汗，俯在池边挥笔作画，看看座客，觉得惭愧，回来即告诫儿子："勿习此末技。"

"野心"句：野心，谓不受封建礼法拘束的山野人之心。这句是说，曹雪芹鄙视富贵功名，只有山中的白云可以与他做伴。唐末，陈抟举进士不第，隐居华山云台观。入宋后，数召不出，作谢表，中有"数行丹诏，徒教彩凤衔来；一片野心，已被白云留住"之句，可见《唐才子传》。

穷愁困踬中，曹雪芹以坚韧不拔的毅力，十数年如一日，坚持创作《石头记》（《红楼梦》）。晚年因幼子夭亡，悲痛过度，忧伤成疾，于 1763 年（乾隆二十七年除夕）病逝。敦诚、敦敏、张宜泉等分别以诗悼之。

综观曹雪芹的一生，以贫穷潦倒、维持最低标准的生存状态为代价，换取人格上的自由独立，保持自我的尊严与高贵，不肯苟活以媚世；精神上，从容、潇洒，营造一种诗性的宽松、澹定的心态，祛除一切形器之累，从而获得一种超然物外的陶醉感与轻松感。这一切，都是与庄子相类似的。

三

鲁迅先生针对生民处于水火之境的艰难时世，说过一句痛彻骨髓的话："人生最苦痛的是梦醒了无路可以走。做梦的人是幸福的；倘没有看出可走的路，最要紧的是不要去惊醒他。"接着又说："假使寻不出路，我们所要的倒是梦。"曹雪芹和庄子都生活在社会危机严重、理想与现实对立、"艰于呼吸视听"的浊世，都是"无路可以走"的。这样，他们两人便都不约而同地选择了梦境，借以消解心中的块垒，寄托美好的愿望，展望理想的未来。

作为文人写梦的始祖，庄周托出一个虚幻、美妙的"蝴蝶梦"，将现实追求不到的自由，融入物我合一的理想梦境之中；而织梦、述梦、写梦的集大成者曹雪芹，则通过荣、宁二府中的"浮生一梦"，把审美意识中的心理积淀，连同诗化情感、悲剧体验、泣血生涯和盘托出，在卑鄙、龌龊的现实世界之上，搭建起一个以女儿为中心的悲凄、净洁、华美的理想世界。有人统计，《红楼梦》一书中共写了三十二个梦，其中最典型的是贾宝玉梦入太虚幻境的警幻情悟，预示其看破红尘、人生如梦的觉解。

《庄子》与《红楼梦》这两部传世杰作，归根结底，都可说是作者的"谬悠说""荒唐言""泣血哭""辛酸泪"。清末小说家刘鹗在《〈老残游记〉自叙》中说得好："《庄子》为蒙叟之哭泣""曹雪芹寄哭泣于《红楼梦》"。

在中国古典小说中，《红楼梦》应是引用《庄子》中典故、成语、词句最多的一部作品，作者信手拈来，触笔成妙；看着觉得眼熟，结果一翻，竟然分别出自《人间世》《大宗师》《胠箧》《秋水》《山木》《盗跖》《列御寇》等等篇章，令人惊叹作者学识的渊博。雪芹对于庄子其人其文极度倾慕，曾借助以"槛外人"和"畸人"自命的妙玉之口说："文是庄子的好。"同妙玉一样，小说中众多人物都喜欢《庄子》，特别是宝玉、黛玉这两位主人公，对于这部哲学经典，已经烂熟于心，能够随口道出，恰当地用来表述一己的人生境界、处世态度、思想观念、生活情趣。显然，作者称引《庄子》，绝非矜富炫博，装潢门面，而是为了彰显他的价值观、倾向性与人生态度，因为他们是同道者、知心人。

庄子是中国思想史上第一个提出争取和捍卫人的自由的思想家。高扬自由意志，追求个性解放，可说是《庄子》的一条红线，也是庄子思想影响后世的最重要的一个方面。而曹雪芹，则把自由的思想意志奉为金科玉律，当作终身信条，他正是通过贾宝玉这一典型人物的典型性格，来集中阐扬这种精神意旨的。就是说，《红楼梦》的哲学蕴涵，主要是隐含在人物形象之中。贾宝玉的坚决反对"仕途经济""八股科举""程朱理学"，无拘无束、我行我素、放纵不羁、自由任性的个性特征，以及他所赞赏的"无知无识、无贪无忌"

的赤子般的心境，还有他借龄官的嘴说出的对封建地主家族的控诉："你们家把好好的人弄了来，关在这牢坑里"，完全失去自由，等等。显然，其中都有庄子思想的影子。宝玉曾多次谈到死亡，他说："等我有一日化成了飞灰——飞灰还不好，灰还有形有迹，还有知识的。等我化成一股轻烟，风一吹就散了的时候，你们也管不得我，我也顾不得你们了，凭你们爱那里去，那里去就完了。"这也让人联想到庄子关于死亡的那番旷达、超迈的话语。看得出来，庄子思想是他（当然也包括黛玉）主要的精神支柱。

《红楼梦》中大家所熟知的《好了歌》及其解注，还有那句"可知世上万般，好便是了，了便是好。若不了，便不好；若要好，须是了"的警语和"太虚幻境"中"真假""有无"的对联，骨子里所反映的"万物齐一"，一切都具有相对性与流变性的观念，自然都和庄子的齐物论有一定的关联。

至于这两部天才杰作的叙述策略与话语方式，也同样有其相似之点：一个隐喻为"假语村言""荒唐、无稽之辞"；一个则明确地讲，"以谬悠之说、荒唐之言、无端崖之辞"出之，"其辞虽参差，而诡可观"也。

四

应该说，曹雪芹接受庄子的影响，主要是接受"一种理想人格的标本""游心于恬淡、超然之境"。正是这种精神原动力，使他们面对颠倒众生的"心为物役"、人性"异化"的残酷现实，能够解除名缰利锁的心神自扰，以其熠熠的诗性光辉，托载着思想洞见、人生感悟、生命体验，以净化灵魂，澡雪精神，生发智慧，提振人心。

看得出来，这种天才人物之间的吸收与接纳，递嬗与传承，是作用于内在，而且是创造性的，个性化的。从这个意义上说，师承也好，赓续也好，不会一体雷同，只能具有相对性。

为此，在肯定两人相同或相似这主导一面的同时，也应注意到他们在思想观念方面存在着一定的差异。比如，迥异于庄子的雪芹的佛禅情结、色空观念、虚无意识，广泛地浸染于作品之中；"家亡人散各奔腾""好一似食尽鸟投林，落了片白茫茫大地真干净"，是其最具代表性的经典表述。其成因是复杂的，大抵同他所遭遇的残酷的社会环境、天崩地坼般的家庭遽变，本人的文化背景、信仰观念，有着直接关系。

即此，也充分反映了天才人物的独创性与特殊性。这一特征决定了，他们之间绝对重复的现象是不存在的，根本不能"如法炮制"。就是说，只能有一，不能有二，他们在世间都已成了绝版——从辞世那天起，原版就毁掉了，永远也无法复制。

司马迁在《报任安书》中曾经慨乎其言："古者富贵而名磨灭，不可胜记，唯倜傥非常之人称焉。""倜傥非常"，卓异超凡之谓也。从世界的眼光和时代的高度来审视，庄子也好，曹雪芹也好，这两位文化巨匠的思想见地、艺术造诣、人格精神，都处于人类智慧的巅峰水准。两千年的期待，两千年的守望，两千年的传承，他们分别作为中华传统文化重要开山者和封建文化总结、批判、继承者，都以其毕生心血凝铸而成的旷世奇文，为中华民族奉献了辉煌的文化瑰宝，并为促进人类文明历史的共同发展做出了伟大的贡献。从而在浩瀚无垠的文化星空中，这一对双子星座，以其无可取代的独特地位，千秋万世，永远放射着耀眼清辉。

与邻为善

一

九岁那年春节期间，私塾放假，我随同母亲到外祖父家去，给老人家贺年拜寿。一进院，就见屋门上贴着一副洒金朱红墨迹对联，感到很有内涵，也很新鲜，和常见的"祈福呈祥"之类迥然不同，便默默地记诵下来：

　　结善邻同照乘宝，
　　正家风胜满籯金。

晚饭桌上，外祖父告诉我，这是一位"老学究"送过来的，当时还详细讲解了上下联里的典故。

我琢磨一下，便说："下联来自《三字经》：'人遗子，金满籯；我教子，惟一经。'"

外祖父点了点头，说：上联源于《左传》："亲仁善邻，国之宝也。""照乘宝"出自《史记》：战国时，魏王对齐王说，他有"径寸之珠，照车前后各十二乘"；下联暗用了北宋黄庭坚的诗句："藏书万卷可教子，遗金满籯常作灾"，后来被编写《三字经》的人把它引用过来。

区区一副十四字的对联，里面竟含有如此深厚的意蕴。连贯起来看，这里提出了两个重大的社会课题："结善邻"说的是建立良好的邻里关系；"正家风"强调了培养、教育子孙后代。纵观天下，遍览古今，人类自从形成以个体家庭为基本成分的生活群落，便存在着、延续着一种祖德家风问题。如果说，这属于纵向的传承；那么，这种生活群落，无论其为传统社会抑或现代社会，都会因地缘相邻而构成纵向的相依互动，亦即带有显著的认同感与感情联系的邻里关系。

这种邻里关系，作为人伦关系、社会关系、地缘关系的重要组成部分，在群体生活、群体组织中，一直发挥着重要的作用。其基本功能，可以相互支持、规范引导、社会管理三项概之。大则涉及生活其间的人群的生存方式与行为规范，小则影响到日常生活的正常运转。邻里关系是否正常、良好，不仅直接关乎社会的发展进步与生态平衡，而且对于人群精神素质、道德水平的滋育、涵养，会产生深远的影响。

反映在我们中华民族身上，这些方面可能表现得更为突出。华夏大地上，传统社会以农立国，民众以"力田为生之本"，对于土地怀有执着而深厚的情感，长期过着相对稳定的定居生活；加上儒家伦理文化的熏陶浸染，使国人相互间产生较强的亲和力与共容性。由此，以血缘关系结合的家庭家族和以地缘关系联系的社区邻里为经纬，形成了稳固的网状关系结构。家庭是社会的细胞，社区是社会的单元，而邻里、乡亲（古称乡党）则是家庭生活与社会生活之间的重要纽带。这样，具有群体的凝聚力、归属感、依存感的鲜明特征的邻里关系，就随之而不断加强，成为社会中一项重要的公共关系。几千年来，祖辈留传的"远亲不如近邻""千金买宅，万金买邻""邻里好，赛金宝""美不美，乡中水；亲不亲，故乡人，割不断的亲，离不开的邻"等大量民谣民谚，形象地表明了邻里在社会生活中的重要位置。

二

"亲仁善邻"，核心所在，是睦邻以仁。孔子曰："仁者，人也。"《说文解字》："仁，亲也，从人从二。"可见，仁乃人之所以为人之道，它是从人与人的社会关系中衍生出来的，反转过来，又成为妥善处理人际关系、修己安人的道德准绳。从这个意义上说，亲仁善邻，同样也是家之宝也。家国情怀，原本是浑然一体的。

前几年，习近平总书记视察沈阳市沈河区多福社区，在同居民座谈时，语重心长地说，社区建设光靠钱不行，要与邻为善，以邻为伴。而与邻为善、以邻为伴的理念，作为中华民族的传统美德、先进思想文化的宝贵精神财富，作为整个社会的共识与公义，凝聚民心、敦风励俗的正能量，自始就以一种品格、气质、风范的形态，融化在民族的血液中，沉淀到社会风习里，一代代地传承下来，而且，许多还以诗文形式记载在历代典籍之中。

《礼记》中有"五家为邻，五邻为里"之说。"四书"《孟子》中，有这样一段话："乡田同井，出入相友，守望相助，疾病相扶持，则百姓亲睦。"意思是：共处同一井田（古代一种土地制度：把土地划分为方块，其中有公田、有私田）的各家，平日出入，互相友爱；防守瞭望（防御盗贼），互相帮助；有了疾病，互相照顾，那么，百姓之间便亲爱和睦了。在这里，孟老夫子不仅为我们描绘了一幅乡邻和睦共处的温馨、友善图景，而且给出了以邻为伴、比邻相依的价值目标与道德义务要求，成为中华传统文化中关于邻里关系的经典论述。

至于那些状写邻里、乡亲间真情灼灼、友好交往、良性互动的古诗，更是不胜枚举。最是令人动心动容的，是诗圣杜甫的七言律诗《又呈吴郎》：

> 堂前扑枣任西邻，无食无儿一妇人。
>
> 不为困穷宁有此？只缘恐惧转须亲。
>
> 即防远客虽多事，便插疏篱却甚真。
>
> 已诉征求贫到骨，正思戎马泪盈巾。

诗人漂泊到四川夔府的第二年，住在瀼西的一所草堂里。房前栽有几棵枣树，秋来果实累累。西邻一位孤寡、贫寒的老妈妈常常过来打枣，诗人抱着无限同情的心情，并不加以干预。后来，他从瀼西迁到了东屯，便把这所草堂借给了一位姓吴的亲戚。这个"吴郎"为了防止外人过来"扑枣"，便在周围插上了篱笆。诗人发现了这件事，深感不妥，遂立即以诗代柬，加以劝阻。

唐诗中这类亲仁善邻的诗篇还有很多，诸如：

> 经过旧邻里，追逐好交亲，笑语销闲日，酣歌送老身。
>
> 一生欢乐事，亦不少于人。
>
> ——白居易
>
> 僻巷邻家少，茅檐喜并居。蒸梨常共灶，浇薤亦同渠。
>
> 传屐朝寻药，分灯夜读书。虽然在城市，还得似樵渔。
>
> ——于鹄
>
> 瀼溪中曲滨，其阳有闲园。邻里昔赠我，许之及子孙。
>
> 我尝有匮乏，邻里能相分；我尝有不安，邻里能相存。
>
> ——元结

惊鸿一断行，天远会无因。无因忽相会，感叹若有神。

我乡路三千，百里一主人。一宿独何恋，何况旧乡邻。

……

青萍寄流水，安得长相亲。明发更远道，山河重苦辛。

——鲍溶

诗人们从切身经历、实际体验出发，以纯情、质朴的笔触，逼真地再现了邻里间和睦相处、热诚交往、亲密无间的情景，书写了远游在外，与旧日邻人意外重逢，相依相恋，珍重惜别的心迹，看了铭感五内，不禁心向往之。

三

载诸史籍的还有一些动人心弦的逸闻佳话——

宋人《谈苑》记载：五代时，官居工部尚书的杨玢，自前蜀归后唐，其长安旧居多为邻里侵占。子弟欲诉诸官府，写好状纸找他支持，他却回函进行说服教育，上面题写了四句诗：

四邻侵我我从伊，毕竟须思未有时。

试上含元殿基望，秋风秋草正离离。

诗中说，四邻侵占我们的房产，那就让他们去侵占好了，毕竟应该想想当初未曾拥有这些房产之时——我们原本就没有嘛！如果你们还想不通，那就不妨到长安城里，站在唐代大明宫含元殿的殿基上望一望：当年是何等繁华富丽啊！而今却是秋风掠地，荒草离离。诗中教育子弟以历史眼光看待眼前的得失，认识盛衰无常，繁华易逝，拥有再多又能怎样？子弟们领会了杨大人的训示，打消了上告官府的念头。

说到杨姓尚书，我又想到《寓圃杂记》《两般秋雨盦随笔》等明清杂著中，关于礼部尚书杨翥厚德海量、善待邻里的记载。邻人筑墙，侵占了杨家的宅基地，有人愤愤不平，以告杨公。公作诗云：

> 余地无多莫较量，一条分作两家墙。
> 普天之下皆王土，再过些儿也无妨。

"普天之下皆王土"的典故，出自《诗经·小雅》，原文是"溥天之下，莫非王土"；后来，《左传》《孟子》都曾援引过。占地者读过了这首诗，深深愧服。

杨翥活了八十五岁，历仕明代宣德、正统、景泰三朝，官声民望甚好。做修撰时，邻家丢了一只鸡，便骂是"姓杨的"偷去了。家人气愤不过，报告了宰相大人。杨翥说：又不是我们一家姓杨，何必计较！还有一个邻居，每逢雨天，便将自家院子里的积水排放到杨家院中。家人心中不快，他却劝解说：总是晴天多，雨天少。杨翥在京城，骑驴代步。下朝回家，常常亲自为驴擦洗梳理，倍加爱护。邻人年近六十，方有子息，自然疼爱异常。但是，这个男孩患有惊悸症，一听到杨家毛驴叫唤就哭个不停。杨翥得知后，便卖掉驴子，步行上朝。杨家的祖坟墓碑，被村中淘气的孩子推倒。守墓人认为事关重大，破坏了风水，于是，气急败坏地跑到杨府报告。杨翥听了，首先问：孩子受伤没有？当得知孩子安然无事，便告诉来人：把碑扶起来就是了，不要难为孩子，以免吓着他。一件一件事，乡邻们看在眼里，极表敬服，当事人更是心怀感激。有一年，一伙流贼密谋抢劫杨家财产，众邻人闻讯后，主动组织起来，帮助守夜防盗。

关于院墙纠纷的排解，清代也有一桩典型事例。安徽《桐城县志》记载，康熙年间，文华殿大学士兼礼部尚书张英的家人，与叶姓邻居因住宅院墙发生了争执，互不相让。告到当地官府，由于牵涉到宰相大人，谁都不肯插手，唯恐招惹是非，以致纠纷越闹越大。张家便派人带上家书，到京城面呈张相爷。张英拆信一看，原来是请他说话，打压叶家，于是，随手作复，交给来人，让他从速带回老家。家里人急切中盼来回信，开缄展视，上面题写了四句诗：

千里家书只为墙，让他三尺又何妨。

长城万里今犹在，不见当年秦始皇。

不禁大失所望，但又不能不依，只好动手拆墙，往外让出三尺。村民见状，齐声赞誉说，到底是"宰相肚里能行船"啊。叶家更是深受感动，便也主动把围墙向后撤退三尺。由此，争端迅即平息，两家院墙之间，还空出一条巷子，方便了路人通行。"六尺巷"由此得名，并传为旷世美谈。

四

杨巘的诗，从正面讲述道理：引证古代名言"普天之下皆王土"，义正词严，极有说服力、感染力；而杨玢、张英的诗，则是从反面做文章，说，连美轮美奂的含元殿和威震四海的秦始皇，都早已灰飞烟灭，了无形迹，眼下的尺寸之地又有什么争头？痛切、冷隽，发人深省。

不同时空、不同语境下的三首诗，表现手法上虽然各有差异，但其寓意却彼此一致，不谋而合，都是着意于表达当事人亲仁善邻、与邻为善、以邻为伴的理念，宽容忍让，反求诸己，正确处理邻居间的矛盾、纷争。

邻里间的纠纷，诚然多为"鸡争鹅斗"之类的细事。但若认为无关大体，却是大谬而不然——它们往往都牵涉到社会公德、社区秩序、民风、家风等原则问题；而且，由于直接与民众利害相关，处在众目睽睽之下，如果当事者为官员，必定昭然若揭地映现出官民关系和执政者的形象。也许正是有鉴于此，三位日理万机的当朝宰相，并不以其事小而倨傲不理，而是认真对待，以妥善方式予以解决，从而收到良好的社会效果。

这里，最根本、最重要的还是秉持什么原则、从什么视角观察——是出以公心还是以权谋私，是顾全大局还是纠缠末节，是宽宏大量还是锱铢必较。三位当事人都是大权在握的所谓"朝廷命官"，莫说"摆平"那些乡里"草民"，即便是六品黄堂、七品知县，也可以随意玩弄于股掌之上。可是，他们并没有弄权施威，仗势欺人，而是严格地约束家人，首先从自己做起，主动退让，善待乡邻，"但存方寸地，留与子孙耕"，也给下级僚属做出了表率。

时光永是流逝，世事因时而异。那么，在二十一世纪的今天，我们应该如何对待这些分别产生于十世纪、十五世纪、十七世纪的逸闻佳话、懿言嘉行呢？换句话说，那些往古先贤的思想、修为，至今还有现实意义吗？

研究《周易》的朋友都懂得，"易"有双解：一为变易，一为不易（不变）。说的是通变致久，变化中包含着不变，不变中又蕴涵着变。反映到历史观上，有个事与理的关系问题。"理比事长久，因为事是具体的、个别的，而理则具有普遍性、规范性"；"可以说，无千年不变之事，有千年不变之理"（陈先达教授语）。

现代社会，随着生活节奏的加快、工作压力的加重，特别是城乡居住环境、住宅条件的改善，居民之间相互接触以及依赖、需求的状况相对减弱了，较之古代的传统社会，现实社区、邻里关系发生了明显的变化。这种情况提醒我们，应该研究、探索新的经验、新的做法，以适应新的形势要求。诸如，适当调整邻里的结构、规范与活动；借助通讯与交通设施加强联系；注意尊重邻居的人格、意愿、生活方式和生活习惯；尊重邻居的合法权益，等等。

但是，正确处理邻里关系、解决矛盾纠纷的基本准则，却是今古大体相同，并未发生根本性的改变。至今，邻里关系仍然是社区乃至社会人际关系中的重要组成部分，而且事关家风、民风、社会风气。对于邻里间的矛盾纠纷，仍然应该认真对待，从苗头抓起，避免矛盾激化。处理矛盾纠纷时，仍然需要秉承亲仁善邻、与邻为善的理念，讲宽容，讲谅解，讲团结，讲风格，讲友谊，重情感，做到利益面前多让步，困难面前多救助。既然如此，那么，往古先贤那些感人至深的范例，传诵不衰的诗文，自然在今天仍有值得学习、借鉴的现实意义。

今　编

守护着灵魂上路

一

踏上这片土地，我完全认同国际友人路易·艾黎的评语：长汀是中国最美的小城之一。在这里，我除了饱游饫看蕴含着典型的客家文化精髓的街衢、建筑，还有幸亲炙了瞿秋白烈士的遗泽，浸染于一种浓烈的人文氛围，在满是伤痛的沉甸甸的历史记忆中，体会其独特而凄美的人生况味。

秋白同志被捕后，囚禁于国民党第三十六师师部。这里，宋、元时期是汀州试院，读书士子的考场；数百年后倒成了一位中国大知识分子的精神炼狱。而今庭院萧疏，荒草离离，唯有两株黛色斑驳的古柏傲立在苍穹下，饱绽着生命的鲜活。它们可说是阅尽沧桑了，我想，假如树木的年轮与光盘的波纹有着同样的功能，那它一定会刻录下秋白烈士的隽雅音容。

囚室设在整座建筑的最里层，是一间长方形的木屋。推开那扇油漆早已剥落、吱呀作响的房门，当年的铁窗况味宛然重现。简陋的木板床，未加漆饰的办公桌，几支毛笔、一方石砚，刻刀、烟灰缸等都原封未动地摆放着。

环境与外界隔绝，时间也似乎凝滞了，一切都恍如隔世，一切却又好像发生在昨天。刹那间竟产生了幻觉：依稀觉得这里的临时

"主人"似乎刚刚离座，许是站在旁边的天井里吸烟吧？一眨眼，又仿佛瞥见那年轻、秀美的身姿，正端坐在昏黄的油灯下奋笔疾书。多么想，拂去岁月的烟尘，凑上前去，对这位内心澎湃着激情，用生命感受着大苦难，灵魂中承担着大悲悯的思想巨人，做一番近距离的探访和恣意的长谈啊！然而，覆盖了半个墙壁的绝笔诗、就义地、高耸云天的纪念碑等大量图片，在分明地提示着：哲人其萎，已经永远永远地离开我们了。

当中华民族陷于存亡绝续的艰危境地，他怀着"为大家辟一条光明之路"的宏愿，走出江南小巷，纵身投入到革命洪流中去。事业是群体的，但它的种种承担却须落实于个体，这就面临一个角色定位的个人抉择问题。当时，斗争环境错综复杂，处于幼年时期的党还不够成熟，而他，在冲破黑暗、创造光明的壮举中，显示出"春来第一燕"和普罗米修斯式的播火者的卓越才能，于是，便不期然而然地被推上了党的最高领导岗位。

就气质、才具与经验而言，他也许未必是最理想的领袖人选。这在他是有足够的自知之明的。但形格势禁，身不由己，最终还是负载着理想的浩茫，"犬代牛耕"，勉为其难。他没有为一己之私而消解庄严的历史使命感。结果，"千古文章未尽才"，演出了一场庄严壮伟的时代悲剧。

天井中，当年的石榴树还在。触景生情，不由得忆起秋白写于狱中的《卜算子·咏榴》："寂寞此人间，且喜身无主。眼底云烟过尽时，正我逍遥处。"身陷囹圄，远离革命队伍，不免感到孤独寂寞，所幸此身未受他人主宰，仍然保持着人格的独立，灵魂的圣洁。这样，当审讯、威逼、利诱、劝降等烟雾云霾纷纷过尽时，自己便可以在向往的归宿中自在逍遥了。"花落知春残，一任风和雨。信是明年春再来，应有香如故。"尽管这灿若春花的生命，在风刀雨箭般的暴力摧残下归于陨灭；但信念必胜，一如春天总会重来。

他坚信："假使他的生命溶化在大众里面，假使他天天在为这世界干些什么，那末，他总在生长，虽然生老病死仍旧是逃避不了，然而他的事业——大众的事业是不死的，他会领略到'永久的青年'。"

二

隔壁就是汀州宾馆。回到下榻处，我再次打开秋白烈士在生命的最后时刻留给我们的灵魂自白——《多余的话》，更真切地走进他的精神深处，体验那种灵海煎熬的心路历程。

秋白以"知我者谓我心忧，不知我者谓我何求"这句古诗作为开头语，揭橥了他的浓烈的忧患意识与担当精神，这是他长期以来耿耿不能去怀的最大情意结，也是中国知识精英的共同心态。

想到为之献身的党的事业前路曲折、教训惨重，他忧心忡忡；对于血火交迸中的中华民族的重重灾难，他深切反思。他以拳拳之心"担一份中国再生时代思想发展的责任"，感到有许多话要说，如鲠在喉，不吐不快；可是，处于铁窗中不宜公开暴露党内矛盾的特殊境况，又只能采取隐晦、曲折的叙述策略。

在语言的迷雾遮蔽下，低调里滚沸着情感的热流，闪烁着充满个性色彩的坚贞。他以承荷重任未能恪尽职责而深感内疚；也为自己身处困境，如同一匹羸弱的马负重爬坡，退既不能，进又力不胜任而痛心疾首。这样，心中就蓄积下巨大而深沉的痛苦。

至于一己的成败得失，他从来就未曾看重，当此直面死亡、退守内心之际，更是薄似春云，无足顾惜了。即使是历来为世人所无比珍视的身后声名，他也同样看得很轻，很淡。当然，这并不意味着他无视个人名誉。他说过，人爱惜自己的历史比鸟爱惜自己的羽毛更甚。只是，他反对盗名欺世，徒有虚声，主张令名、美誉必须构筑在真实的基础上。

他是我国无产阶级文学艺术当之无愧的奠基人，可是，却自谦为"半吊子文人"。这里没有矫情，只是不愿虚饰。他认为，价值只为心灵而存在。人，纵使能骗过一切，却永远无法欺蒙自己。一暝之后，倘被他人谬加涂饰，纵使是出于善意，也是一种伤害，更是一种悲哀。

真，是他的生命底色。他把生命的真实与历史的真实看得高于一切，重于一切，有时达到过于苛刻的程度。为着回归生命的本真，保持灵魂的净洁，不致怀着愧疚告别尘世，他"有不能自已的冲动和需要"，想要"说一些内心的话，彻底暴露内心的真相"。于是，以其独特的心灵体验和诉说方式，向世人托出了一个真实而完整的自我，对历史做出一份庄严的交代。这典型地反映出中国知识分子的本质特征，也是现时日渐式微的一种高尚品格，因而弥足珍重。

他的信仰是坚定的，从来没有说过一句否定革命斗争的话，但也不愿挺胸振臂做英烈状，有意地拔高自己。他要敞开严闭固锁的心扉，显现自己的本来面目。当生命途程濒临终点的时候，他以足够的勇气和真诚，根绝一切犹豫，把赤裸裸、血淋淋的自我放在显微镜下，进行毫不留情的剖析和审判。

他光明磊落，坦荡无私，在我们这个还不够健全的世界上，以一篇《多余的话》和一束"狱中诗"，亮相了自己未及完全脱壳的凡胎俗骨。在敌人与死神面前，他是一条铁骨铮铮的硬汉子；而当直面自己的真实内心时，他更是一个真正的强者，真正的勇士。

文人从政，在中国有着悠久传统。囿于自身的局限性，以及文人与政治不易协调的矛盾，颠扑倾覆者屡见不鲜。可是，又有谁能够像秋白烈士那样，至诚无伪地痛切反思，拷问灵魂，鞭答自我呢？

自省这一苦果，结蒂在残酷的枝头。敌人迫害，疾病磨折，都无法同这种灵魂的熬煎、内心的碾轧相比。

"君子坦荡荡"，映现出一种难以企及的人生境界。我想，一个如此勇于赤诚忏悔的人，内在必然存有一种坚定的信仰追求和沛然莫之能御的自信力与自制力，有一种把灵魂从虚饰的包裹中拯救出来的求真品格。对于当下充满欲望、浮躁、伪饰而不知忏悔、自省为何物的时代痼疾，这未始不是一剂针砭的药石。

三

　　一端是当年的汀州狱所，一端是罗汉岭前的刑场——往返于这段不寻常的路上，我反复思考着这样一个问题：迂回婉转的《多余的话》与显现着劲节罡风的慷慨捐躯，不也同样构成了相映生辉的两端吗？它们所形成的色彩鲜明的反差，恰恰代表了秋白烈士的两种格调、两种风范的丰满而完整的形象，展现出这位"文人政治家"的复杂个性与充满矛盾的内心世界。

　　人之不同，其异如面。有的单纯，有的驳杂；有的渊深莫测，有的一汪清浅。而在复杂、内向的人群中，许多人由于深藏固闭，人格面具遮蔽过严，他人是无法洞悉底里的。作为赋性深沉的时代精英，秋白可说是一个例外。

　　在毕命前夕，他即使不愿做惊风雨、泣鬼神的正义嘶吼，也完全可以选择"天地有大美而不言"的沉默。可是，他不，偏偏以稀世罕见的坦诚，毫不掩饰、一无顾忌地展露自我，和盘托出丰富的内心世界与多棱多面的个性特征——沉重的忧心与大割大舍大离大弃的超然，执着而坚定的信念与苦闷、困惑、无奈的情怀，高尚的品格与人性的弱点，夺目的光辉与潜伏的暗影……

　　犹如悬流、激湍是由水石相激而产生的，这种复杂而丰富的内心世界，也是主客观相互作用的产物。秋白烈士以文人身份登上政治舞台，不可避免地会遭遇到种种尖锐的内在冲突，诸如非自觉的积习与自觉的理智，一己之所长与整体需要，自我精神定向与社会责任，结构决定性与个人主体性之间所形成的内在矛盾，等等。

　　而他的出处、素养、个性、气质，更为这种矛盾冲突预伏下先决性因子。他是文人，却不单纯是传统的文人或现代知识分子，而是革命文化战士；他是政治家，却带有浓重的文人气质，迥异于登高一呼、叱咤风云的统帅式人物。这样，也就决定了他既能毫无保留地献身于革命事业，却又执着于批判精神、反思情结、忏悔意识、浪漫情怀等文人根性，烙印着现代知识精英的典型色彩。可以说，这是使他困扰终生的根本性矛盾。

　　长期以来，时代已经确认了那种义薄云天、气壮山河的豪情壮举，应该说，在这方面，他是做得足够完美的。不同之处在于，他还同时做了一番洞见肺腑的真情倾诉，并以充满理性光辉甚至惊世骇俗的话语，进行深沉的叩问和冷静的思考。——这就突破了既成的思维定式，有些不同凡响了。

　　特别是当他论及那些颇具风险性、挑战性的话题时，竟以十分浓重的艺术气质，注入了颇多的理想成分、感情色彩与个性特征，这样，就难免为"不知者"目为异端，最后遭到种种误读和批判。

　　其实，非此即彼、黑白绝对的思维逻辑，并不能真实认知事物的本质。"光明的究竟，我想决不是纯粹红光"（瞿秋白语）。《马赛曲》《国际歌》，英风豪迈中不也洋溢着动人心弦的悲壮与低回婉转的深情吗？从美学角度看，这丰富而复杂的人性，比起简单、纯粹来，更容易产生一种人格魅力和强大的张力，吸引人们去思索，去探究。

　　身为中国大变革时期的探索者、先行者，秋白烈士张扬了真正知识分子的人生境界，具有常说常新的人文价值和现实意义。我相信，即使再过去七十年以至七百年，他还会成为含蕴深厚的话题，令人回味无穷，盛说不衰。

同样，他的思想也具有一定的超前性。莫说当时，即使在几十年后的今天，那些关于灵魂、关于人生、关于生命价值的终极意义等世纪命题，仍然有着广阔的阐释论域和颇多的待发之覆，从而为现代思想史留下鲜活的印迹，足以抗拒时间的流逝，恒久地矗立于历史深处。

"哲人日已远，典型在夙昔。风檐展书读，古道照颜色。"民族英雄文天祥《正气歌》中的结句，可谓实获我心：前贤已经远离开我们，可是典范长存。在陋檐下展开史册来读，顿感他们的凛然正气辉映着我的面容。

四

数日勾留，我深切地感受到，革命老区长汀人民对于秋白烈士怀有极其深厚的感情，历数十年不变，父而子、子而孙地口耳相传，叙说着这座城、这条路、这一天、这个人的苍凉而壮丽的往事。在这里，我尝试着做一番复述：

历经了一场灵魂的煎熬，那郁塞于胸间的一腔积愫已全盘倾诉出来，现在，他才真正感到彻底地获得解脱，从而表现出一种从未有过的超然。

他早已超越于生死之外了。昨晚，当获知蒋介石的密令已到，刽子手即将行刑时，他面容显得异常平静。停了一会儿，他站起身来，示意来人走开，并说："人生有小休息，有大休息，今后我要大休息了。"然后就安然睡下，迅即发出均匀的呼吸声，"梦行小径中，夕阳明灭，寒流幽咽，如置仙境……"

晨曦悄悄地爬上了狱所的窗棂，屋里倏然明亮起来。他心中想着：这世界对于我们仍然是非常美丽的。一切新的、斗争的、勇敢的都在前进。当然，任何美好事物的争得，都须偿付足够的代价。为此，许多人踏上了不归之路。

这样，他，也就守护着灵魂上路了。

一袭中式黑色对襟衫、齐膝的白布短裤，长筒线袜、黑色布鞋，目光里映射着理想的幽深，香烟夹在指间，一副泰然自若的神情。尽管结核病已经很重了，几个月的心力交瘁更折磨得他十分虚弱，可是看上去仍是那么伟岸、洒脱。

走出大门时，他回头看了一眼空荡荡的院落，又向荷枪环伺的军人扫视了一下，嘴角微微地翘起，似乎想说：敌人的如意算盘——征服一个灵魂、砍倒一面旗帜、摧毁一种信仰，已经全然落空；得到的只是一具躯壳。可是，"如果没有灵魂的话，这个躯壳又有什么用处？"

途经中山公园，他见凉亭前已经摆好了四碟小菜和一瓮白酒，便独坐其间，自斟自饮，谈笑自若。他问行刑者："我的这个身躯还能由我支配吗？我愿意把它交给医学校的解剖室。"原来，就连这具躯壳，他也要奉献给人民。接着就是留影——定格了他最后的风采：背着双手，昂首直立，右腿斜出，安详、恬淡中，透露出豪爽而庄严的气概，一种悲壮、崇高的美。

路上，他以低沉、凝重的声音，用俄语唱着《国际歌》，呼喊着"中国革命胜利万岁""共产主义万岁"等口号。到了罗汉岭前，他环顾了一番山光林影，便盘膝坐在碧绿的草坪上，面对刽子手说："此地很好！"含笑饮弹，告别了这个世界。

此刻，"铁流二万五千里"的中国工农红军，正进行着一场震古烁今、名闻中外的伟大长征。而被迫离开革命集体的秋白同志，在这长仅千余米的人生最后之旅中，也同样经受着最严酷的生命与人格的考验。"咫尺应须论万里"，这是另一种形式的伟大长征。

死亡，是人生最后的也是最为严峻的试金石。他以一死完美了人格，成全了信仰，实现了超越个人有限性的追求。烈士的碧血、精魂，连同那凄婉的"独白"，激越的歌声，潇洒从容的身姿，在他短暂而壮丽的人生中，闪现着熠熠光华。

对于他，死亡不是终结，而是完成。

成功的失败者

悖论人生

张学良将军晚年时节，曾经对人说过：

> 人呀，失败成功不知道，了不起的人一样会有失败。我的一生是失败的。为什么？一事无成两鬓斑。

他的政治生涯是不同凡响的。尽管为时很短，满打满算不过十七八年，但却成就了惊天动地的伟业，被誉为千古功臣、民族英雄。古人说："偶然一曲亦千秋。"就此，我们可以说，他的人生是成功的。当然，如果从他的际遇的蹉跌、命运的惨酷，他的宏伟抱负未能得偿于什一来说，又不能不承认，他是一个成功的失败者。

他的人生道路曲折、复杂，生命历程充满了戏剧性、偶然性，带有鲜明的传奇色彩；他的身上充满了难于索解的谜团与悖论，存在着太大的因变参数，甚至蕴含着某种精神密码；他的一生始终被尊荣与耻辱、得志和失意、成功与失败纠缠着，红黑兼呈，大起大落，一会儿"鹰击长空"，一会儿又"鱼翔浅底"。1930年9月18日，他一纸和平通电，平息了中原大战，迎来了人生第一个辉煌，成为众人瞩目的焦点；然而，时过一年，同是在"九一八"这一天，面对日本关东军发动的侵略战争，他束手退让，背上了"不抵抗将军"的恶名，红筹股一路狂跌，变成了蓝筹股。辉煌之际，拥重权，据高位，享大名，一人之下，万人之上，意气膺扬；落魄时节，"走麦城"，蒙羞辱，遭痛骂，背负着"民族罪人"的十字架，为世人所不齿。

他的一生从始至终都与"矛盾"二字交织在一起，可说充满了悖论——

他自认是和平主义者，有志于悬壶济世、治病救人；但是，命运却偏偏扳了个道岔儿，厌恶打仗的人竟然当上了挥麾闯阵、驰骋疆场的上将军。他说：

> 我本来是不想当军人的，想要做一个自由职业者，画画呀，当医生呀什么的，随随便便，我要干什么就干什么。还有，我喜欢跟女人在一块堆儿玩，我想自自由由的。可是，老帅偏偏让我冲锋陷阵。

从政从军，就意味着放弃自我，服从组织，同自由随意搭不上边。挥师临阵，难免在战场上杀人，有时还会滥杀无辜，以达成其政治需要。1926年，名报人邵飘萍因著文抨击奉系军阀军纪太坏，即被他以"取缔宣传赤化"为名，绑赴北京天桥枪决。同年在内蒙古处理金佛事件中，盛怒之下，枪毙了大批官兵，落下了"嗜杀"之名。包括他断然处决的杨宇霆、常荫槐两位元老重臣，也是"有可杀之理，而没有必死之罪"的。

他对吸食鸦片原本是深恶痛绝的，主政之后，即发布《禁止军人吸食鸦片》令："查鸦片之害，烈于洪水猛兽，不惟戕身败家，并可弱种病国，尽人皆知，应视为厉阶，岂宜吸食！"孰料，时隔不久，他本人就因身遭厄运，忧患缠身，寻求慰藉，以致吸毒成瘾，形销骨立，几于不治。

他是一个"爱国狂"，对民族的解放、国家的统一梦寐以求；可是同时，又追求东三省的利益最大化，为保住东北军这个命根子，不惜牺牲整体利益。

他访问过日本，结交了一些日本朋友，与法西斯分子本庄繁私交不错；游历过欧洲，曾经对墨索里尼、希特勒推崇备至；可是，却怒斥军国主义，坚决拒绝受日本人的操纵，宣布东三省"易帜"，维护国家统一；直至多次强谏，要求变"剿共"为抗日，最后临潼逼蒋，誓死要为反法西斯战争献身。

他一生憧憬自由，放浪不羁，不愿受丝毫束缚；却身陷囹圄，失去人身自由，长达半个多世纪。而绝意拘禁他、发誓"决不放虎"的独裁者，恰恰是他多年矢志效忠、有大恩大德于彼的金兰结拜的"把兄"。

他热爱祖国，眷恋乡土，想望着落叶归根，直到弥留之际，还"乡梦不曾休"，神驰祖国大陆；却始终未能还乡一望，在晚年竟然定居海外，埋骨他乡。

……

其实，这也就是命运，亦即人的生命主体与其赖以生存的环境在相互作用中所形成的生存状态。

"本来是要驰向草原，没承想却闯入了马厩。"这种动机与效果、期望与现实恰相悖反的现象，在很大程度上，源于人性的复杂和机缘的有限。生活在现实中的各色人等，伟人也好，常人也好，都不可能一切随心所欲，为所欲为。清人胡大川《幻想诗》中有这样两句："天下诸缘如愿想，人间万事总先知。"既然叫"幻想"，就不可能成为现实。实际上，世间任何人的愿望、追求，都不能不受制于他人，都无法完全摆脱社会环境的影响。如同恩格斯所指出的：

许多预期的目的，在大多数场合都互相干扰，彼此冲突，或者是这些目的本身一开始就是实现不了的，或者是缺乏实现的手段的。这样，无数的单个愿望和单个行动的冲突，在历史领域内，造成了一种同没有意识的自然界中占统治地位的状况完全相似的状况。

环境四因素

"人是环境的产物"。在终极的意义上，或者从总体上说，个人的命运是由环境决定的，其中社会环境的作用尤其不容忽视。

就张学良来说，最关键的具有决定意义的社会环境，换句话说，与他关联最密切、影响他整个一生的客观对象，一为他的父亲"东北王"张作霖，一为他的顶头上司蒋介石，一为他的死对头日本侵略者，再就是最后"化敌为友"的共产党与红军。这四个方面决定了他一生的成败、休咎。荣辱、得失集于此，功过、是非、毁誉亦集于此。

父亲张作霖为他的起飞、发展，铺设下必要的基石，而且，给予他以巨大的、直接的影响。他说：

> 我是可以做些事，确比一般人容易，这不是我能力过人，是我的机遇好，人家走两步或数步的路，我一步就可以到达。这是我依借着我父亲的富贵权势。我为什么不凭借着这个，来献身于社会国家哪？这使我决心抛弃了那安享的公子哥儿生活，走上了为人群服务的途径。

他从小就生活在日本军国主义虎视眈眈、垂涎欲滴的东北地区，亲历"草根阶层"所遭受的践踏与蹂躏。他从小就痛恨那些气焰嚣张的日本军人,"晃着肩膀、耀武扬威"的鬼子顾问;对于出没沈阳街头、扮演着侵华别动队角色的日本浪人和"穿着浴衣,花枝招展地招摇过市"的东洋荡妇,厌恶至极,视为"社会的疥疮"、民族的耻辱。及长,国恨家仇集于一身,心底深深地埋下了反抗的种子;主政东北伊始,为了摆脱日本对东三省的控制,他无视田中内阁的蓄意阻挠,毅然实施东北"易帜",他以"我是中国人"这掷地作金石声的壮语,回绝日本特使许愿拥戴他做"满洲王"的诱惑。当他得知族弟张学成阴谋叛国,私通日本时,他大义灭亲,就地予以枪决。在推行强硬的反日政策的同时,他大力开发建设东北,修铁路,建海港,鼓励官民兴办煤矿、织厂、窑业,兴办东北大学,开发教育事业。可是,难以理解的是,"九一八"事变发生,国难当头之际,他却做出错误判断,抱有不切实际的幻想,不予抗抵,一再避让,致使东北大好河山沦于敌手。真是咄咄怪事!

对于蒋介石,他一贯忠心耿耿,唯命是从,"爱护介公,八年如一日"。从东北"易帜"到调停中原大战,为蒋介石和南京国民政府立下了汗马功劳;东三省沦陷,又被人认为代蒋受过,身被恶名;而后,日军进犯华北,热河失守,为平息全国愤怒浪潮,他又慨然答应蒋氏的要求,交出军权,下野出洋;旅欧归国后,他又把所接受的法西斯主义影响化作实际行动,积极拥戴蒋氏为最高领袖。可是,出人意料的是,时隔不久,还是这个张学良,竟然敢冒天下之大不韪,果断地实施兵谏,扣蒋十四天,逼他停止内战,一致抗日。用他自己的话说:"犯上已是罪当头,作乱原非愿所求。"这对许多人来说,也是难于索解的。

他同共产党、红军的关系,同样充满了曲折,充满了变数,充满了戏剧性。当时,工农红军在长征途中,受到国民党军队的围追堵截，招致严重削弱，初到地瘠民穷的陕北，处境艰难。按照张学良的初衷，他是想要"通过剿共的胜利，取得蒋之信任，从而扩充实力，以便有朝一日，能够打回老家去"。但是，实际接触之后，特别是从损兵折将的深刻教训中认识到，共产党是消灭不了的；他们的主张"不但深获我心，而且得到大多数东北军特别是青年军官的赞同，我开始想到，我们的政策失败了。为此，开始与中共及杨虎城接触，以谋求合作，团结抗日"。正所谓"不打不成交"，结果，由拼命追剿的急先锋一变而为患难相扶持的真诚朋友。最后，反戈一击，临潼兵变，强迫蒋介石"放下屠刀"，停止"剿共"计划，挽救了民族危机，帮助了中国革命。这一切同样也是始料所不及的。

这种命运的无常、历史的吊诡，"孰为为之？孰令听之？"它使人记起阿根廷著名文学家博尔赫斯那首题为《棋》的名诗：

> 棋子们并不知道，其实是棋手
> 伸舒手臂，主宰着自己的命运
> 棋子们并不知道，严苛的规则
> 在约束着自己的意志和退进
>
> 黑夜与白天组成另一个棋盘
> 牢牢把棋手囚禁在了中间
>
> 上帝操纵棋手，棋手摆布棋子
> 上帝背后，又有哪位神祇设下
> 尘埃，时光，梦境和苦痛的羁绊

在我国南北朝时期的哲学家范缜看来，人生的命运是偶然决定的。他同竟陵王萧子良有这样一段对话（译文）：

> 子良问：您不信因果关系，那么，世间之人，何以有的富贵，有的贫贱？
>
> 范缜答：人生譬如一棵树上的花朵，从同一根树枝上生发出来，都有一个花蒂。这些花被风一刮，纷纷落下，有的穿过窗帘，掉在褥垫之上；有的经过篱笆，落在了粪厕边。掉在褥垫上的，就像王子您；落在粪厕边的，就像我范缜。人的贵贱虽有不同，但因果报应却看不出究竟在哪里。

一切都充满了悖论，充满了未知数，似乎有一只看不见的手在背后拨弄着，似乎冥冥之中存在着一种决定人一生命运的神秘力量。

实际情况，难道真的是这样吗？

个性与命运

一切看似神秘莫测的事物，其实，它的背后总是有规律可循的。即以人的命运、人的种种作为以及结局、归宿来说，那个所谓的"冥冥之中背后看不见的手"，恰恰应该，也能够从自身上来寻找。

行为科学认为，作为个体的人，是生理、心理、社会三方面综合作用的产物，因而构成行为的因素，就包括生理、心理、社会文化三大要素。其中社会文化因素，一方面通过个人后天的习得构成行为的内在基础，另一方面，它又和自然环境一道成为行为主体的活动对象和范围，并处处制约着人的行为，从而也影响到人的命运。它在一个人身上的综合体现，是个性，包括个人的性格、情绪、气质、能力、兴趣等等，其中又以性格和气质为主导成分。

在这里，气质代表着一个人的情感活动的趋向、态势等心理特征，属于先天因素；而性格则是受一定思想、意识、信仰、世界观等后天因素的影响，在个人认识和实践活动中形成、发展起来的。二者形成合力，作为个性的主导成分，作为内在禀赋，作为区别于其他人的某种特征和属性的动态组合，制约着一个人的行为，影响着人生的外在遭遇——休咎、穷通、祸福、成败。正是从这个意义上，人们常说，个性就是命运。

气质如何，对于一个人的行为的影响是直接的。苏联心理学家达维多娃曾形象地描述了四种不同气质的人面对同一情景的不同表现：

> 他们一同去看戏，都迟到了。怎么办？多血质类型的人立刻想到：无论你怎样解释，检票员也不会放你入场，但进入楼厅容易，于是就跑到楼上去了；胆汁质的人耐心地向检票员说明，剧院里的钟快了，责任不在他身上，而且即使放他进去，也不会妨碍别人，检票员未予理睬；黏液质的人看到入场无望，便自我安慰地想，戏的开头总是不太精彩的，可以先在小卖部坐一会儿，等幕间休息时再设法进去；忧郁质的人则说：运气太不好了，偶尔看一次戏，就这么倒霉！于是怅怅而归。

事情虽小，可以喻大。它凸显了人生选择的脉络，以及今后发展的大体趋势。

那么，张学良该属于哪种类型呢？鉴于他生性活泼，好动，兴趣广泛，反应灵敏，喜欢与人交往，情绪易于冲动，情感、注意力容易转移，大致应是多血质吧？

年轻时期的张学良，性格特征极其鲜明，属于情绪型、外向型、独立型。正直、善良，果敢、豁达，率真、粗犷，人情味浓，重然诺，讲信义，勇于任事，敢作敢为。在他的身上，有一种磅礴喷涌的豪情、侠气在。那种胸无城府、无遮拦、无保留、"玻璃人"般的坦诚，有时像个小孩子。而另一面，则不免粗狂，孟浪，轻信，天真，思维简单，容易冲动，而且，我行我素，不计后果。

他说：

> 我从来不像人家，考虑将来这个事情怎么地，我不考虑，我就认为这个事我当做，我就做！……孔老夫子的"三思而后行"，对我一点用处也没有，我是"要干就干"，我是个莽撞的军人，从来就不用"考虑"这个字眼。

他有一种将生命置之度外的自我牺牲精神，为了得偿夙愿，绝不顾惜一切，包括财产、地位、权力、荣誉，直至宝贵的生命。他有一句口头禅："死有什么了不得？无非是搬个家罢了！"他崇拜英烈，看重名节，有着坚定的信念。

当被囚十年届满之日，种种迹象表明，如果他能按照蒋介石的要求，对发动西安事变低头认"罪"，违心地承认是上了共产党的当，就有获释的可能。但他坚持真理，不讲假话，绝不肯以出卖人格做政治交易。"我张学良从来不说谎，从不做对历史不负责任的事！""如果为了自由，无原则地接受三个条件，我还是张学良吗？"自由诚可贵，名节价更高。张学良渴望自由，却不肯牺牲名节而乞怜于蒋介石。结果，又被监禁了四十四年。

这使人想到了古希腊哲学家苏格拉底。由于触犯了雅典人的宗教、伦理观念，陪审法院要对他判刑。按照当时的法律，他可以向法官表白愿意接受一笔罚金，或者请求轻判，处以放逐。可是，他拒绝那样做，因为那样就意味着承认了自己有罪。这种坚定信念、刚直不阿的态度，被认为触犯了法院的尊严。许多陪审员被激怒了，纷纷投票判他以死刑。对此，苏格拉底有个表态发言，说：

> 我所缺的不是辞令，缺的是厚颜无耻和不肯说你们最爱听的话。你们或许喜欢我哭哭啼啼，说许多可怜话，做许多可怜状。我认为不值得我这样说、这样做，而在他人却是你们所惯闻习见的。

舍生取义、宁死不屈的个性，就这样决定了苏格拉底悲剧的命运。

这里，坚定的信念，闪光的个性，构成了人生的宝贵精神财富，成为人性中最具魅力的东西。纵观历史，"死而不亡"的不朽者，代不乏人，而后人对他们的记忆与称颂，除了辉煌的业绩，往往还包含着独具魅力的个性。大约长处与短处同样鲜明的人，其风格与个性便昭然可见。张学良是其中的一个显例。

"背着基督进孔庙"

张学良的多彩多姿、不同凡响的个性，是在其特殊的家庭环境、文化背景、人生阅历诸多因素的交融互汇、激荡冲突、揉搓塑抹中形成的。

他出身于一个富于传奇色彩的军阀家庭。父亲张作霖由一个落草剪径的"胡子头"，像变魔术一般迅速扩充实力，通过腾挪闪转、纵横捭阖，最后成为名副其实的"东北王"，直至登上北洋军阀最高元首的宝座。从青少年时期开始，张学良就把父亲奉为心中的偶像，看作是绿林豪杰、英雄好汉。他从乃父那里，不仅接过了权势、地位、财富和名誉，承袭了优越、舒适的生活环境，还有自尊自信、独断专行、争强好胜、勇于冒险的气质与性格。而活跃在他的周围、与他耳鬓厮磨的其他一些领兵头目，除了郭松龄等少数进步人士，也多是一些说干就干、目无王法、"指天誓日"、浑身充满匪气的草莽之徒。

晚年他曾说过，他一生中有两个长官，一个是他父亲，一个是蒋介石，这两个人对他一生的影响最大。如果说，蒋介石是导致他后半生成败、荣辱的关键角色；那么，他的父亲则是在他的早年个性形成的关键阶段起到了主导作用。他父亲的一番话，使他刻骨铭心，终生不忘：

> 你要想当军人，就要把脑袋拉下来拴在裤腰带上。虽然不一定被打死，但也许被长官处死。要干，要当军人，你就要把"死"字扔开。所以，在我脑子里，一直没有这个"死"字。

家庭环境之外，文化背景对于一个人性格的形成，也是至关重要的。它主要表现为一定文化环境影响下的价值观念、道德规范、思维方式与行为模式。瑞士心理学家荣格有一句十分精辟的话：一切文化都会沉淀为人格。从六岁起，张学良就被送进家塾，系统学习儒家经典，先后就教于东北地区享有盛誉的崔明耀、金梁、白永贞等硕学宿儒。中国古代博大精深的传统文化，包括孝悌忠信礼义廉耻等传统美德和"三纲五常"等封建伦理道德，自小就深深地印在他的脑海里，对他的文化人格的塑造影响深远。当年郭松龄起兵反奉，曾以拥戴少帅为号召，敦请他"取老帅而代之"，重整东北政局；而他的回答则是："惟良对于朋友之义尚不能背，安肯见利忘义，背叛予父！""良虽万死，不敢承命，致成千秋忤逆之名"。说明这些传统的伦理观念在他的头脑中还是十分牢固的。

当他进入青年时代，资产阶级民主革命正在蓬勃兴起，中西文化、新旧思潮激烈冲击、碰撞，因而，他在接受传统教育的同时，又被西方文化投射进来的耀眼强光所吸引。先是师从奉天督军署一位科长学习英语，并参加基督教青年会活动，后又结识了郭松龄、阎宝航、王卓然等新派人物，还有几位外籍朋友，逐渐地对西方文化发生了浓厚兴趣。随着视野的开阔、阅历的增长，他性格中的另一面，热情开朗，爱好广泛，诚于交友，豪放旷达，开始形成；社交能力增强，对新生事物充满了好奇心。他后来回忆说：

> 处事接物，但凭一己之小聪明和良心直觉。关于中国之礼教殊少承受，热情豪放，浪漫狂爽，怨事急躁，有勇无义。此种熏陶，如今思来，恐受之西方师友者为多也。

人生阅历对于性格的形成也至关重要。由于父亲的荫庇，他年未弱冠，即出掌军旅，由少校、上校而少将、中将、上将，由混成旅旅长、镇威军第二梯队司令而第二十七师师长，由第三军军长而京榆驻军司令，直到继承父业当上了东北最高首脑，最后出任全国陆海空军副总司令，成为一人之下、万人之上、名副其实的副统帅。一路上，春风得意，高步入云，权力与威望与日俱增。因此，在他的身上少了必要的磨炼与颠折，而多了些张狂与傲悍。他未曾亲历父辈创业阶段披荆斩棘、筚路蓝缕的艰难困苦，不知世路崎岖，人生多舛；不像其他那些起身民间，饱经战乱，通过自我奋斗而层级递进的军阀那样，老谋深算，渊深莫测，善于收敛自己的意志和欲望去适应现实，屈从权势。

他少年得志，涉世未深，缺乏老成练达、圆滑狡狯的肆应能力；加上深受西方习尚的濡染，看待事物比较简单，经常表现出欧美式的英雄主义和热情豪放、浪漫轻狂的骑士风度；又兼从他父亲那里，只是继承下来江湖义气，雄豪气概，而把那种投机取巧、狡黠奸诈、厚颜无耻、反复无常的流氓习气滤除了；少了些"匪气"，而多了些"稚气"；少了些沉潜，而多了些浮躁。从处世做人方面讲，清除这些负面的渣滓，无疑是积极的；但要适应当时危机四伏、诡谲莫测的社会政治环境，就力难胜任了。

其实，对于自己性格、能力上的短长，少帅还是比较清醒的。他说：

> 这一切的获得可说未费吹灰之力，当时我还年轻，什么也不知道，迎面飞来的权力，我只是双手把它接住而已……
>
> 但是，也有致命弱点，未及弱冠，出掌军旅，虽数遭大变，但凭一己独断孤行，或有成功，或能度过。未足而立之年，即负方面，独掌大权，此真古人云："少年登科，大不幸者也。"

张学良的思想观念十分驳杂，而且随着客观环境的变化，经常处于此消彼长、翻腾动荡之中。在他身上，既有忠君孝亲、维护正统、看重名节的儒家文化传统的影响；又有拿得起放得下、旷怀达观、脱略世事、淡泊名利、看破人生的老庄、佛禅思想的影子。既有流行于民间和传统戏曲中的绿林豪侠精神，"滴水之恩，涌泉相报"，"宁可人负我，决不我负人"，侠肝义胆，"哥们义气"；又有个人本位、崇力尚争、个性解放，蔑视权威的现代西方文化特征。这种中西交汇、今古杂糅、亦新亦旧、半土半洋的思想文化结构，使他经常处于依违两难、变幻无常之间，带来了文化人格上的分裂与冲撞，让矛盾和悖论伴随着整个一生。

他的老朋友王卓然有这样一段评论：

> 张学良理想非常之高，他的济世救人的怀抱，有似佛门弟子；他的牺牲自我，服务他人的心愿，竟是一个真诚的耶稣信徒；同时，他的谦退达观，看破世事人情，对一切名利毫不在意的态度，又极像老庄之流。这些，可能都和他接受的复杂教育有关。

一荻夫人说得更是生动形象：

> 汉卿是三教九流，背着基督进孔庙。一说话就常说出儒家的思想；可是，在对待生死问题上，又类似于庄禅。

其实，就他来说，儒家传统、庄禅思想也好，西方观念、三民主义、社会主义也好，还有什么法西斯主义、国家主义，他都没有进行过精深、系统的研究，以他的浮躁的性格、多变的气质，许多只是接触一些皮相；有一些东西，不过像是精神上的"晚礼服"，偶尔穿上出入某种沙龙，属于装点门面、逢场作戏性质，一时兴之所至，过后便不复记起。至于遭到幽禁之后，红尘了悟，云淡风轻，先是信奉佛教，后来又皈依基督教，说是精神上的寄托，未为不可；至于哲学层面的信仰、皈依，恐怕也未必然。

当然，再复杂的事物也必有其本质特征，也就是所谓"事物的规定性"。同样，张学良的思想观念无论怎样驳杂，如何变幻不定，其本质特征还是鲜明而坚定的，那就是深沉博大的爱国主义精神。作为思想上的主旋律，他终其一生，坚守不渝，并且不断有所升华。

从东北"易帜"到西安兵谏，无一不源于民族大义，系乎国运安危；尤其是捉蒋、放蒋一举，体现得至为充分。

他说，把蒋介石扣留在西安，"是为了争取停止内战，一致抗日，假如我们拖延不决，不把他尽快送回南京，中国将出现比今天更大的内乱，那我张学良真就成了万世不赦的罪人。如果是这样，我一定要自杀，以谢国人。"他的夫人赵一荻说："他爱的不是哪一党、哪一派，他所爱的就是国家和同胞，因而，任何对国家有益的事，他都心甘情愿地牺牲自己去做。"他自己也说："我是一个爱国狂。"

这样，问号就来了：既然如此，为什么他还会施行"不抵抗政策"，置东三省沦陷于不顾？应该承认，由于个性的缺陷与认识能力的限制，他的爱国主义带有一定的局限性。他与人为善，轻信，幼稚，常常从良好愿望出发，"以君子之心度小人之腹"，林林总总、变化万端的人和事，在他的眼中往往被理想化、简单化、程式化了。比如，他没有认清日本人的本质，始终抱着不切实际的幻想，这是他的一个重大失误。他把忠于蒋氏个人与忠于祖国画等号，认为要对抗日寇就必须谋求统一，而要统一就必须唯蒋之"马首是瞻"。他的挚友何柱国对他有过中肯的批评：

（少帅）受封建传统的影响太深，他统率东北军的思想基础是伦理上的忠孝，是绿林中的侠义；对蒋介石的"四维八德"，曾国藩的"忠孝就是爱国"，也都听得进。

再就是，对于日本军国主义的本质，他也同样缺乏清醒的认识，且又过分迷信国联，为"九国公约"和"门户开放"政策中的一些漂亮言辞所迷惑，因而做出了"日本绝不敢这么猖狂地扩张"的错误判断。

诚然，他为民族大义所表现出的一往无前、勇于牺牲的精神是值得赞许的；但是，有时流露出一种江湖义气与个人英雄主义，浪漫、狂热、莽撞、冲动，这一切，都构成了他的命运悲剧。

在《卧床静省》一文中，他本人曾就此做过痛切的剖析：

> 幼年生活优裕，少年即握有权势，钱财任意挥耗，人事如意支配，到处受人欢迎，长达十余年，因之不能充分了解人间善恶……性情急躁，任意而为，经验阅历不足，学识缺乏，因之把事情判断错误，把人观察错误，有时过于天真，有时过于任情，致使把事情处置错误。

如果……

人生道路的选择是一次性的，只有现场直播，而没有彩排、预演。"三生石上旧精魂"，原是文人笔下的寄托和幻想。同样，历史就是历史，它是既成事实，不存在推倒重来的可能。当然，如果换一个思路，或者调整一下角度，比如从研究历史、探索规律出发，倒也不妨做出种种悬拟，设计一个应然而未必然的另一种版本。

鉴于张学良的一生命运、成败休咎，都与蒋介石密切相关，我们假设：若是张学良走另一条路子，当他父亲所希望的"东北王"——现代版的李世民，拥兵自重，割据一方，那么，东北"易帜"和中原大战的调停，也就不会发生，接下来，东北军主力也就不会参与南下平叛了。那么，日本关东军还敢不敢对东三省贸然动手呢？动手是必然的，无非是拖延一些时日而已。在这种情势下，张学良自然就等同于其他一些军阀，既不会被任命为全国陆海空军副总司令，也不会唯蒋之命是听了；即使仍然发生"九一八"事变，他也不会背上"不抵抗将军"的恶名,以致"自悔自责之深,心情之沉重,令他昼夜难安"了。而且,由于失去了蒋介石的倚重,也就不再具备发动那一"外为国家民族,内可平慰东北军民"的西安兵谏的客观条件,自然也就不会带来日后五十四载的铁窗生涯了。这样的张学良,人生价值,生命意义,又将如何?

实际上,《美国之音》记者已经做了一番假设,曾经问过张学良本人:"如果这半个世纪您没有被软禁,能自由地在政治上发挥,统率您的军队,您觉得会对整个中国产生什么贡献呢?"

他的答复是:

> 此事难说。我当然很痛苦,我恨日本军阀,一生主要就是抗日,心中最难过的就是抗日战争我没能参加。我请求过几次,蒋委员长没答应,我想这也是上帝的意思。假如我参加中日战争,我这人也许早就没有了。非我自夸,我从来不把死生放在心里。假如让我参战,我早就没有了。

一切都是未知数,当然"此事难说",回答得可谓绝妙。

不过,有一点可以断定:若是真的重新改写,走前面说的那条路子,那么,他的人生道路决不会如此曲折复杂,如此充满矛盾、充满悖论,充满神秘色彩,如此七色斑斓,多彩多姿,惊天动地、名垂万古。那样一来,闲潭静水,波澜不兴,他还会有现在这样的人格魅力、命运张力、生命活力吗?也许正是为此,寿登期颐的老将军在回答记者提问时,才说:

> 回忆近一个世纪的人生历程,我对1936年发动的事变无悔,如果再走一遍人生路,还会做西安事变之事。

海外史学家唐德刚先生是这样评论的：

如果没有西安事变，张学良什么也不是。蒋介石把他一关，关出了个中国的哈姆雷特。爱国的人很多，多少人还牺牲了生命，但张学良成了爱国的代表，名垂千古。……张学良政治生涯中最后一记杀手锏的西安事变，简直扭转了中国历史，也改写了世界历史。只此一项，已足千古，其它各项就不必多提了。

因蜜寻花

高尔基有一句名言："艺术家创造艺术的真实，像蜜蜂酿蜜一样；蜜蜂是从各种花里一点一滴地采集最必要的成分的。"

典型化的东西，无疑比生活原型更集中、更完美、更动人，但是，"美物者贵依其本"，——人们在欣赏文学作品的同时，往往对其据以产生的生活原型也特别感兴趣，正如人们不仅食蜜还要赏花一样。看过《红楼梦》之后，读者都还愿意了解一下曹雪芹的身世及其有关传说；山东阳谷县的狮子楼、景阳冈等遗迹，并没有因为有了《水浒传》而无人问津，相反地，地以文传，它们倒是变得更有吸引力了。

一

正是这个道理，使我怀着浓烈的兴趣，在绍兴寻访了鲁迅先生笔下的风物人情。因为先生一生中三分之一以上时间是在绍兴度过的，许多小说、散文都以这里为背景。

过了轩亭口，走进东昌坊口的都亭桥、覆盆桥一带，有一种似曾相识的感觉。那颇具地方特色的河网、拱桥、黑漆门、石板道，遍布街头巷尾的酒家、茶肆、寺庙庵堂，穿梭般往来的乌篷船、白篷船，以及圆顶、卷边，别具一格的黑毡帽和生动有趣的方言、"炼话"，耳目所及，都觉得十分熟悉，十分亲切，尽管我到这里来还是第一次。

穿过两扇黑漆石库门，走进了一座江南特有的那种深宅大院，眼前现出一幢中式的二层楼房，石板台阶，白色花格门窗，前后都有石板铺就的天井。1881 年 9 月 25 日，鲁迅先生就诞生在这里。岁月奄忽，时移世异，于今，从深邃的庭院中已经难以看出这位旷代哲人成长的足迹，但是，我还是久久地驻足其间，情怀依依，流连忘返。

庭院后面，有一个约为两三亩的菜园，便是先生称之为"儿时乐园"的百草园。现在，"碧绿的菜畦，光滑的石井栏，高大的皂荚树"还在，那堵先生小时候常去捕捉蟋蟀的泥土短墙也大致保持着当年的旧貌。我凝神摹想着——

夏日，那个机灵、好动，被称为"胡羊尾巴"的少年鲁迅，怎样攀上爬下，摘取紫红的桑葚和覆盆子，哪一处的土墙因为拔取何首乌而坍毁下来。

大雪天，他如何同闰土一起，扫开一块雪地，支起大竹筛子捕鸟，怎样从筛子下面把白脸颊的张飞鸟抓出来，装进麻布口袋里。

长得又矮又胖的长妈妈，坐在哪个地方给他讲述太平军的故事，那条很大的赤练蛇，还有美女蛇，是从哪个方向"沙沙沙"地爬过来的，那蓬乱的草丛还会不会藏有老和尚的飞蜈蚣。

……

一切都默然了。带着无从索解的遗憾，我在百草园中往复徘徊。

在《朝花夕拾》中，鲁迅先生以中年怀抱追忆了童年的般般往事，再现了当年生动逼真的生活图景，使我们看清了在接受传统文化的陶冶的同时，儿童生命固有的活力，任情适性的纯真，以及人的生命的本性，如何在成文的教本和不成文的风俗的包围之下，遭到肆意的摧残。

离开百草园，向东走出三百多步，穿过一道南北跨河的石桥，从一扇朝北的黑漆竹丝门，进入了"三味书屋"。这个"三味"，有人引述宋人李淑的《邯郸书目》加以解释："诗书，味之太羹，史为折俎，子为醯醢，是为书之三味"，并以书屋里挂着的对联为证："至乐无声唯孝悌，太羹有味是诗书"；也有人认为，"味"即吟咏玩味，"三味"就是反复寻绎的意思。我也没有去细加研索，只是细心地看那幅代替中堂的《松鹿图》，还有先生用过的刻着"早"字的书桌，和后来在文章中提到过的已有百余年寿命的蜡梅树。

二

出东昌坊口北行不远，便是坐西朝东的长庆寺。这里的当家和尚龙祖，曾给少年鲁迅留下了极为深刻的印象。直到生命的最后一年，先生还写了一篇题为《我的第一个师父》的散文，热情地赞扬了这个"瘦长的身子，瘦长的脸，高颧细眼"、不守清规的龙师父，生动地描绘了他的叛逆性格和生活情状，有力地揭穿了那些"佛门弟子""道学先生"的虚伪本质。

土谷祠在长庆寺的斜对面。这里，过去除了农历四月十四土地神生日领受一些香火外，平时总是冷冷清清的，于是，便成了一些无家可归的游民、乞丐的栖身之地。据导游员介绍，当时有个叫"谢阿桂"的，原本住在戴家的一间房子里，由于名声不好，被房主赶了出去，只好住进了土谷祠。他经常在外面打短工，帮人家推磨、舂米。却又不好好干活，沾染了一些流氓习气，后来变成了半工半偷、游手好闲的人。谢阿桂也做些旧货生意，有时还替一些破落户子弟代卖几件古董。一天晚上，他悄悄地来到鲁迅家里偷东西，被人发现了，由于在这里做过短工，门径熟悉，翻墙跑掉了。

　　谢阿桂有个邻居，名叫戴阿贞，住在土谷祠隔壁的穆神庙里。原以打更为业，后因吸食鸦片成瘾，穷困潦倒，也干些偷窃勾当。两人可说是"难兄难弟"。新中国成立前夕，许广平先生来土谷祠参观，听了人们的介绍，无限感慨地说，似乎在这里"更亲切地找到了阿Q的所在，仿佛此中有人，呼之欲出"。我现时的感觉，也正是这样。

　　中午，我们特意安排在鲁迅小说《孔乙己》中描写过的颇具古风的咸亨酒店用饭。酒店坐落在东昌坊口西首路北，至今还保持着一百多年前的旧格局：两间门面，屋檐下悬挂着一块写有店号的牌匾，柜台的青龙牌上直书"太白遗风"四个大字，店堂内挂一幅醉后狂吟的李太白的画像，曲尺形的大柜台，朴拙的陶制酒坛，铁皮制作的温酒爨筒……这一切，使我忆起了孔乙己及其所处的时代。

　　据说，这类小酒店的主顾，当时多是锡箔工人、搬运工人、船工、车夫一类"短衣帮"，穿长衫的读书人是很少光顾的，只有"三味书屋"的塾师寿镜吾先生例外。但是，他也总要避着学生，一进店门，伙计们便主动招呼："二老爷，里面坐。"马上给他温好半斤老酒，放在桌上，他便随手摸出八个铜板偿付，再买一个铜板的茴香豆。

　　听着导游的讲解，我急着问道："那么，孔乙己的生活原型究竟有没有呢？"

　　"有的。鲁迅有个邻居，人称'孟夫子'，很喜欢喝酒。早年在周氏私塾中帮助抄写文牍，后来穷途末路，衣食无着。一次，溜到书房里去偷书，被人抓获打残了腿，只能用蒲包垫着，坐在地上，靠两手支撑着身子向前挪动。他常对人说：'窃书不能算偷。'鲁迅就是以他为模特儿，并杂取多种人的特征，塑造了孔乙己这个艺术形象。"

三

我们也学着绍兴人的习惯，在曲尺形的柜台旁，买了一爨筒绍兴老酒，外加一盘茴香豆、一盘豆腐干，坐下来慢慢地吃着，谈着。绍兴老酒为全国八大名酒之一，已有两千多年历史了，从唐代起，就被列为贡品。当地朋友介绍，这种酒色、香、味俱佳，而且，有特殊的滋补功能。它不怕放，越陈越红，越陈越香，越陈越醇。陆游诗中"莫笑农家腊酒浑""一杯放手已醺然"，说的都是这种绍兴老酒。

这就更增添了我的兴致，尽管平时滴酒不沾唇，此刻，我也喝了小半碗。带着微醺，乜着双眼，注意观察店内的其他顾客。许多人都戴着黑毡帽，和鲁迅先生笔下的"紫红的圆脸，头戴一顶小毡帽"的农民外形相似，但闰土、阿Q那种打短工的，再也见不到了。

这时，邻桌一个中年汉子，见我们四下张望，以为要买东西，便主动过来搭话。原来，他是到市外贸公司联系"绍兴腐乳"出口生意的。说着，便送过来几块红色和淡黄色的"绍兴腐乳"，请我们品尝。我尝了一块，说："早就听说过这种绍兴特产，果真是醇香可口。"

他听了更加得意，眼里闪着亮光，口若悬河地滔滔地讲了起来："这种腐乳是用清澄甘洌、含有矿物质的鉴湖水，以绍兴老酒做辅料做成的。当年曾经在巴拿马赛会上夺得奖章。现在，除了畅销国内市场，还销往东南亚、日本和美国。"俨然以大老板的身份出现。

我想象不出来，如果鲁迅先生生活在今天，那么，活在他笔下的又将是一些怎样的角色呢？

无尽的哀思

一

半个多世纪倏忽而过，中学的执教生涯在记忆中早已淡如春云，唯有一件小事却至今难以忘怀。

我讲授的第一课是老舍先生的《我热爱新北京》。教导主任是我的老校友，事先郑重其事地嘱咐说：上好第一课至关重要，要投入足够的精力做好准备。直到上课前，他还叮嘱我：稳住架，不要慌；切记按时结束，绝对不要"压堂"。说着，从腕上摘下了手表，放到我的粉笔盒里。

走进教室，我扫视了一下全场，几十名学生坐得整整齐齐，静穆无声，最后一排坐着语文教研室的几位同事。简单地做了自我介绍，我便很快地进入正文。除了按照教案认真讲解课文之外，我还对作者的生平、北京的历史作了重点阐释。尽管其时我还没有到过首都北京，对老舍先生更是素昧平生，但我讲得还是绘声绘色，自认生动感人。

说起新北京，自然需要联系到龙须沟，因为我事先看了老舍先生的剧本，发挥得更是淋漓尽致。我还把剧中人程疯子的快板大段大段地背了出来："给诸位，道大喜，人民政府了不起。了不起，修臭沟，上手儿先给咱们穷人修。请诸位，想周全，东单、西四、鼓楼前，还有那，先农坛，五坛、八庙、颐和园。要讲修，都得修，为什么先管龙须沟？都只为，这儿脏，这儿臭，人民政府看着心里真难受……"

我说，老舍先生生在北京，长在北京，写了一辈子北京，他对北京的感情极为深挚。他在 1936 年写过一篇《想北平》的散文，说："真愿成为诗人，把一切好听好看的字都浸在自己的心血里，像杜鹃似的啼出北平的俊伟。"十五年后，他又写了这篇《我热爱新北京》，将新中国成立前后的北京加以对比，一个"新"字道尽了北京的沧桑巨变，也写出了作家对新中国的首都的炽烈深情。

我就这样，漫散着讲述了我的观感、体会，完全模糊了时间观念，更忘记了看上一眼粉笔盒里的手表，以致外面响起了下一节课的上课铃声，我还在那里滔滔不绝地讲啊，讲。结果，回去后受到教导主任批评，多亏几位同事充分肯定我的授课效果，算是解了围。

过后，家住北京的朱老师告诉我，老舍先生的住所在灯市西口，属东城区，并不在南城。原来，我从课文中"南城有条龙须沟""我亲自去看过"，想当然地认为作者必定住在它的附近，结果犯了常识性错误。从此我就产生了一定要去灯市西口看看老舍住所的愿望。

二

后来，我终于有机会到了北京，可是，由于种种原因的限制，一直未能如愿，但先生故居的影像，在我的心目中却是活灵活现地矗立着。我想象这所宅院一定很大。因为老舍写于二十世纪三十年代末的一篇散文中，曾经谈到，他的理想家庭，要有七间小平房：有客厅，里面摆放小桌和几张很舒服宽松的椅子，有一间书房，两间卧室，放上极大极软的床，有一间客房、一间厨房、一个厕所；

还要在院里摆上金鱼缸，挂起蝈蝈笼，还要有足够打太极拳的场所。

我猜想，先生的宅院里，一定种植很多花草果木。因为他实在是太喜欢花了，几乎每篇文章里都要谈到。他把养花当作生活中的一种乐趣，说："我不知道花草们受我的照顾，感谢我不感谢；我可得感谢它们。在我工作的时候，我总是写了几十个字，就到院中去看看，浇浇这棵，搬搬那盆，然后回到屋中再写一点，然后再出去，如此循环，有益身心，胜于吃药。"

斯人已殁，风范长存，瞻谒先生故居成了我的一个情结。从新闻报道中得知，早在1997年，老舍夫人率子女即已将故居捐献给国家，并由北京市投资进行了修缮，正式对外开放。这样，我终于选定一个风日晴和的日子，顺着王府井大街南行，找到了灯市口西街，前行不远，再向右手一拐，就进入了丰富胡同。两侧的山墙都是水泥罩面，地面也都有柏油铺路，干净确是干净，只是怕已泯没了当年的旧观。

据《燕都游览志》记载，灯市口一带"衢中列市棋置，数行相对，俱高楼，夜则燃灯于上，望如星衢"，市廛中"凡珠宝玉器以逮日用微物，无不悉具"。此间，明清时期由于是著名的灯市，夜间观灯，日里卖灯，因此最为繁华热闹。现在这一带，高楼栉比，繁华依旧，只是灯市不见了，已为滚滚的车流和潮涌的人流所代替。好在丰富胡同这条小巷还十分僻静，来往行人不多。

三

老舍故居在小巷西侧，是一个典型的四合院，像它当年的主人一样，朴素得很。进得门来，有一面不大的照壁，整个院落整洁、雅致，但比我想象的要小一些。先生在日，院中种满了花草。虽然名贵的不多，但东风吹过，照样开得云霞灿烂。天井中，先生手植的两棵柿树，如今依旧绿叶纷披，只是树下再也见不到主人那慈祥可爱的身影了。

故居共有十九间房屋，展室中陈列出万余件藏品，包括十九卷《老舍文集》以及书画、衣物、生活器具和先生各个时期的图书资料。主房照原样保留了先生的卧室、书房和客厅，床上散放着先生当日摆弄过的扑克牌。各种陈设都是极为简朴的，没有任何豪华、奢侈的用具。书房里摆着一个大理石面的书桌，上面存放着文房四宝。客厅不大，却也非常朴素、典雅，展板上陈列了先生在此接待包括周总理在内的许多知名人士的照片。这使我想起了刘禹锡《陋室铭》中的警句："山不在高，有仙则名；水不在深，有龙则灵。斯是陋室，惟吾德馨。"

也正是在这个小院里，先生给我们留下了那么多珍贵无比的文学遗产。共和国成立后两个多月，先生就从香港回到了首都北京。从1950年搬到这里，直到1966年8月23日含冤谢世，再没有迁出过。十六年间，他在这里写出了《龙须沟》《方珍珠》《茶馆》《西望长安》《神拳》《正红旗下》等二十多部剧本、小说以及曲艺、散文、诗歌等脍炙人口的作品。

在中国现代文学史上，有"鲁、郭、茅、巴、老、曹"之说。作为当之无愧的"人民艺术家"，老舍先生的艺术深深植根于人民大众之中，他的作品融平民意识、现代意识、地方色彩和执着的文人气质于一体，那种具有悲剧性的幽默风格，尤其为中外读者所深爱。

不知不觉，几个小时过去了，马上就要闭馆。在即将离开小院时，我站在两棵柿树中间，请人为我留了影。而后，还依依不舍地在树下盘桓，一面亲切地手抚着光滑的树干，一面默默地记诵着《诗经·甘棠》篇的名句："蔽芾甘棠，勿剪勿伐，召伯所茇。"同样，我们所有前来瞻谒老舍故居的观众，也会永怀先生的遗爱的。

在京期间，为了寻访先生的"终焉之地"，我曾专门跑到德胜门的西边，去找太平湖的那个偏僻的小公园，可是，已经满目皆非了。先生当日沉身的后湖填平了，成为地铁的机务段，外面套上了一列围墙。

我忽然想到，先生于 1938 年曾经说过："在我入墓的那一天，我愿有人赠我一块短碑，刻上：文艺界尽责的小卒睡在这里。"为了祖国，为了人民，先生是真正"尽责"了，可说是"鞠躬尽瘁，死而后已"；可是，我们却未能为他立下一块短碑，因为不知他的骨灰撒落何处。

归途上，满怀抑郁的心情，不禁对着高高的德胜门慨然浩叹："彼苍者天，曷其有极！"当然，就逝者本人来说，这也许无关宏旨，——千秋自有丰碑在，他早已活在世代人民的心中。但对于活着的人们，每当想起来都是锥心刺骨，心头涌起无尽的哀思。

万里归心托暮云

　　那是一个响晴的六月天，瓦蓝瓦蓝的天宇上，这里那里游动着羊群、棉絮般的雪白的云彩，它们飘浮到了头顶上，仿佛伸出臂膀就可以抓住几朵似的。游客们的兴致很浓。从阿里山开出的公交客运汽车，一路上21号省道，大家便一唱百和地齐声唱起了"高山青，涧水蓝，阿里山的姑娘美如水呀，阿里山的少年壮如山哎……"一路上，歌声伴着笑语，一直喧腾到此行的终点站——"塔塔加游客中心"。

　　"塔塔加"，系当地少数民族原住民的语言，意为辽阔、平坦的草原区。原来，此间恰好位于阿里山与玉山之间的一处平川地带，海拔2400多米。当晚休息在这里，明晨，大家就要直抵玉山登山口，准备攀登这座东亚第一高峰了。

　　玉山位居台湾本岛中央高山地带，主峰3952米，每逢冬季，山头覆盖着皑皑白雪，莹光四射，洁白如玉，因而得名。主峰之外，四围还有东、西、南、北诸峰，呈"十"字形排列，构成雄伟的玉山群峰，素有"台湾屋脊"之称。整个玉山景区，不仅山川壮美，气势磅礴，拥有断崖、峡谷、峭壁、飞瀑、雪景、云海、林涛、花山等自然奇观，而且，这里的稀有野生动物和原始林相，随着地形、地质、气候的递变而呈多状态、多形貌，成为台湾地区最为丰富、完整的生态资源。

　　游憩区四周分布着许多诱人的景点。按说，万里间关，此行匪易，完全应该从容信步，仔细游观，听听导游员关于各种生态景观如数家珍的讲解，从而增长一些鲜活的知识。可是，由于我的心里只是装着玉山绝顶，急于瞻望矗立其上的于右任先生铜像，其他便只好忍痛割爱了。

　　中国国民党元老于右任先生，既是一位著名的政治家，又是才气纵横的书法家和诗人。1879 年，他出生于陕西省三原县，二十五岁中举，后来加入同盟会，追随孙中山先生反对帝制。辛亥革命后，曾任职南京临时政府，而后长期担任监察院院长。先生一生热爱祖国，风范长存。1949 年后，以古稀之年，别妇抛雏，孤身羁留台湾，始终思念亲友，思念故乡，思念大陆，热切期望祖国统一，叶落归根，写出过许多强烈抒发思乡之痛的诗词，可说是语语悲苦，字字酸辛。

　　初到台湾不久，于老曾写过一首《鸡鸣曲》："神州鸡鸣，基隆可听。伊人隔岸，如何不应？沧海月明风雨过，子欲歌之我当和。遮莫千重与万重，一叶渔艇冲烟波。"他还写过《题故山别母图》二首，有"珍重画图传一别，故山长望白云深""梦中游子无穷泪，二十年来陟屺心"之句。他忆念旧日师友："破碎河山容再造，凋零师友记同游。中山陵树年年老，扫墓于郎已白头。"读来令人心酸气噎。甚至当他到友人家赏菊，心中也会掀起无限波澜："篱间尽是中原种，要我赏之赠我看。我本关西莳菊者，海天万里一凭栏。"其他如"夜夜梦中原，白首泪频滴""垂垂白发悲游子，隐隐青山见故乡""无情岁月迷归梦，有泪山川作卧游""海上无风又无雨，高吟容易见神州"，等等，举不胜举。

　　老人病重期间，在日记中写有"我百年后，愿葬于玉山或阿里山树木多的高处，可以时时望见大陆。我之故乡是中国大陆"的遗言。并把这一遗言凝结为血泪交迸、激情喷涌的诗篇，记在 1962 年 1 月

24 日的日记上，这就是那首流传广远的《望大陆》诗："葬我于高山之上兮，望我大陆；大陆不可见兮，只有痛哭！葬我于高山之上兮，望我故乡；故乡不可见兮，永不能忘！天苍苍，野茫茫；山之上，国有殇！"

诗中强烈抒发渴望回归大陆的心情和对故乡对亲友痛彻骨髓的思念，表达了对有生之年不能目睹海峡两岸统一的失望情绪；以及四顾苍茫，回归无日的深悲剧痛。"国有殇"，借用屈原《九歌》中"国殇"一词，表达自己以身许国的爱国情怀。全诗以"骚体"出之，既反映了先生对爱国诗人屈原的倾慕，更获得了古人所说的"长歌可以当泣，远望可以当归"的最佳表现形式。它浓缩了海峡两岸人民共有的情怀，道出了无数他乡游子的心声。

老人于 1964 年 11 月 10 日在台北病逝，享年八十五岁。国民党当局将他安葬在观音山上。鉴于老人生前有"百年之后，愿葬于玉山高处，可以时时望见大陆"的遗言，台湾一些民众团体发起募捐，为他塑造面对着大陆的半身铜像，安放在玉山主峰之巅。三十多年来，无数登山者都要在铜像前面留影，它已成为人们美好回忆的组成部分，更是台湾人民盼望祖国早日统一的一种象征。

夏日山乡的气候多变，恰如孩儿的脸那样，刚刚还喜笑颜开，不一会儿就陡然变相，涕泗涟涟。早起推窗远望，天际阴云四合，我们草草地用过早餐，便赶忙整装出发，沿着一条名为楠梓仙林道的柏油马路前行，路旁的毛地黄开得正闹，长长的茎上结着成串的花朵，在绵绵的细雨中临风摇曳，楚楚生姿。我们也无心赏景，不到一个小时就匆匆地赶到了玉山登山口。

然后，便沿着楠梓仙溪的溪谷，在蜿蜒的步道上曲折前行，山路渐行渐高。下一站是排云山庄，里程标示是 8.5 公里。气温在逐渐下降，两旁棕褐色的岩石，形态狰狞，森然可怖；但上面开遍了玉山龙胆、玉山石竹、高山沙参等这一带所独有的花卉，花形大小不一，却都十分艳丽。特别是那种玉山杜鹃，花朵洁白、硕大，罩满了远山近谷，把茫茫大野装点得如同仙山阆苑一般。经过一处狭窄而陡峭的断崖之后，便踏上了一段碎石铺就的上坡路，大约提升了几百米。一打听，此地海拔已经接近 3400 米了。空气比较稀薄，呼吸感到不畅。我们一个个已经汗流浃背，剧烈地喘息着。而旁边却是一列峭壁，挂天挂地地矗立着，真怕它会在大风雷雨中突然倒塌下来，于是，赶忙躲到前面去休息。

中午过后，我们终于来到了排云山庄——这攀登玉山极顶的最后基地。这里距离极顶，据说只有 2.4 公里。晚间，要在这里住宿。稍事休息之后，体力有所恢复，天色也晴明了许多，我便选一处开阔地，向那神秘而圣洁的玉山遥遥地眺望。峰顶此刻正笼罩着迷雾，白云弥漫了山巅，瞬息间又飞瀑一般地流泻着，果真是风马云车，变幻莫测；下部却黝黑一片，显然是覆盖着大片的森林。强风掠过，林涛掀起层层巨浪，漫山漫谷，发出隆隆的响声，令人心神为之震怖。

晚饭后，阶前闲步，与台湾一位报社记者闲谈，他也是于右任老人的书法和诗词的热爱者，我们一起背诵了老人许多脍炙人口的名章隽句，也正是从他那里得知一个令我震惊、令我失望、令我气闷的信息——玉山峰顶的于右任铜像，早在四年前，当局即以清除"政治图腾"为由强行拆除，实际上，前此已连续多次遭到分裂分子破坏。拆除后，在基座上放置一方刻有"玉山主峰"字样的石块。

连一座铜像竟也不容，足见其政治的怯懦与精神之虚弱；反之，一座铜像竟有如此巨大之威力，也着实令人振奋。从前读《三国演义》，看到第一百零四回《见木像魏都督丧胆》中"死诸葛吓走活仲达"的故事，原以为是罗贯中编的笑话，想不到竟于今日重见！可惜客中无酒，不然，真堪浮一大白。

只是，从一听到这个讯息，向玉山之巅冲刺的兴致就再也提不起来了，而那耸天拔地的青峰，似乎已经在我的面前轰然颓倒。"玉山颓"或"玉山倒"，语出《世说新语》，原是形容人酒醉将欲倾倒之态。我这里"顺手牵羊"，借用这个现成的词语，不过是想说明此刻的一种心态，一种感觉。

是夜，排云山庄里通宵下着大雨，在海拔3400米的高程上，伴着孤灯寒雨，一时百感中来，把笔题写了三首七绝：

> 日暮途遥瞩望深，临风洒涕惨归心。
> 可怜耄耋龙钟叟，一曲悲歌哭碧岑。
>
> 老觉人间万事非，乡园能望不能归。
> "鸡鸣故国天将晓"[1]，独立空山泪染衣。
>
> 一像何劳动斧斤？皤然一老胜三军。
> 金刀难断江河水，万里归心托暮云。

诗题《玉山感怀》，也算是对老先生的一百二十一年冥诞的一份纪念吧。

---

① 于右任诗句。

兄 弟 情

上

凉山彝族自治州所属的广大区域，是以彝族为主体，彝、汉、藏、回、蒙古等十几个民族，经过几千年的奋斗，共同开发拓展出来的。

彝族在旧时史籍中称作"夷人""倮族"，而彝民自称为"诺苏"。新中国成立以后，根据广大彝族民众的意愿，以鼎彝之"彝"作为统一的民族名称。多种学科的材料证明，彝族先民是以自西北而南下的古羌人部落为基础，在西南的川滇交接带的金沙江两岸，融合了当地众多的土著部落而逐步形成的。凉山彝族的直系祖先，按照彝族民间普遍传说，则为古侯、曲涅两个原始部落，大约在西汉时期即由今云南昭通一带陆续迁入大、小凉山。自唐代以迄明清，黔西、滇东北的彝民又有过数次大规模的迁入。

这里的汉族居民大多数迁自内地，或为封建王朝屯垦戍边，或自发地到这里来落脚谋生，最早的已有两千多年的历史。这是一个典型的农耕族群，他们以土地为核心，建造了区别于其他民族的社会经济形态。

在漫长的岁月中，彝族人民创造了灿烂的民族文化，并且，小心翼翼地接受其他民族一些生产技术与管理方式；同时，以血缘家支联盟为依托，注意加强内部的凝聚力，抵御着外来文化的冲击。

但是，由于地处青藏高原、云贵高原和四川盆地汇接地带，又不能不受到来自北部和西部草原牧业文化的熏陶、东部巴蜀文化的哺育，以及东北部江汉流域稻田耕作文化的辐射，因而表现出多源、共生的特点。

大小凉山是一个早已闻名于世的特殊的民族文化区域，是本世纪初以来中外人类学、民族学、历史学研究的一个热点。其原因，就在于此间虽然处在人口稠密、历史文化悠久的东亚中部的内陆，与素称"天府之国"的人文荟萃的成都平原近在咫尺，却在漫长的历史进程中，由于情况复杂的地理、人文环境等因素，形成了相当特殊的民族社会经济的发展样式，产生了一套以低需求适应低生产的社会文化机制。

而建立在生产水平低下和地理环境分散、封闭的基础之上的血缘组织——"家支"，以及"家支"之间的械斗，又使财富积累和扩大再生产受到严重影响，统一的政权组织无由建立。这样一来，凉山的社会发展就只能在原地上打转，结果形成了世界史上绝无仅有的凉山奴隶社会的"两千年一贯制"。

如果说，中华民族就整体来讲，是戴着半封建、半殖民地的镣铐，迈着沉重的脚步，叩开二十世纪大门的；那么，凉山彝家则是背负着奴隶制的枷锁，从长夜漫漫的历史隧洞中缓慢地走出来，比之整个中华民族，其步履无疑是更为沉重，也更加艰难。

彝族的创世史诗《勒俄特依》中说，彝族和汉族的先人本是居木武吾的两个儿子，彝族儿子名叫武吾格自，挽起蒿草做地界，住在高山上；汉族儿子武吾拉业，垒起石块做地界，住在湖水边。那时候，水牛、黄牛并着走，耕作时在一起，休息时各走各。那时候，彝人也说汉话，汉人也留彝髻，彝汉兄弟亲如手足，共同为开发八百里凉山抛洒汗水。这动人的神话传说，反映了两族人民的亲密关系和美好愿望。

但是，由于历代反动统治者实行民族歧视、民族压迫和民族隔离的政策，不断地对彝区进行剿灭、征服；而凉山彝寨的奴隶主为了维护其专制统治，转移斗争视线，又人为地制造民族矛盾，宣扬"石头不能当枕头，汉人不能搭朋友"，彝汉两族的冲突也是经常的，带来了无边的历史性灾难。

当然，这种冲突和对立，在我国两千年的彝、汉民族史上，毕竟只是一股支流；而主流则是两族劳动人民共同的生产劳动、抗暴御侮，并肩保卫、建设祖国的西南边疆。

《西昌县志》记载，辛亥革命前夜，西昌地方官府横征暴敛，鱼肉人民。知县章庆以推行新政为名，增加苛捐杂税。贫民割一背草，只售二三十文，要按十抽五；每碗茶原售三文，加厘捐后要售四文。弄得物价飞涨，民不聊生。当时，正值清政府邮传部大臣盛宣怀出卖筑路利益给外国银行团，原籍西昌的同盟会会员王西平和刘次平、朱用平（世称"三平先生"），发动群众响应成都的"保路运动"，开展抗捐、抗粮和反对教会势力的斗争，得到当地民团的支持。

团总张耀堂联合了安宁河两岸五千多彝、汉民众，趁着西昌清军外调，城防空虚，杀进城来。他们以捕获所谓"暴民"名义，伪将几名群众捆绑起来，由民团押送入城，邀功请赏，从而顺利地叫开了城门，攻占了县署，揪出知县章庆，立即斩首。知府王典章迫于形势，伪装支持民众，以温言软语将民团和起义群众骗出城池，然后立即紧闭四门，暗地纠结各地武装星夜驰援，并勾结教会势力，向义军大举进攻。起义失败后，王、刘、张三位组织者，连同义军一千余人惨遭杀害。但彝、汉等各族人民的反抗斗争迄未停止，一直到推翻清王朝的统治。

我们发现，在古代汉族官员中，彝家似乎对诸葛亮有特殊的好感，漫步山乡，常常听到一些彝族老人称之为"孔明先生"。蜀汉建兴年间，南中诸郡（今云南、贵州西部和四川西南一带）相继发生叛乱，为了安定后方，以图中原，诸葛亮亲率大军南征。出发前，曾任越嶲（辖今凉山一带）太守、熟悉南中情况的马谡相送数十里外，一再建言："攻心为上，攻城为下；心战为上，兵战为下。愿早服南人之心，以收长治久安之效。"诸葛亮听了深以为然，南征中始终坚持这一战略方针。

　　阿卓哈布先生讲给我们说，当时，诸葛亮从成都出发，经过今宜宾的屏山、雷波的马湖，于卑水（今昭觉）与叛将高定决战，收复了越嶲郡；然后"五月渡泸（金沙江）"，在今云南曲靖一带俘获了孟获。为了使这位深为"夷、汉所服"的彝族英雄心悦诚服，真心归顺，孔明先生引他观看了汉兵的营阵，问道："此军何如？"孟获说："原本不知你们的虚实，所以打了败仗。今天看过营阵，觉得也不过如此。若是放我回去，整兵再战，我看，打败你们也不难。"诸葛亮果然把他放还。就这样，两军再战，七擒七纵。最后，孟获恳挚地说："公，天威也。南人不复反矣！"南中平定后，孟获升任蜀汉中央政权御史中丞，专司朝廷官吏监察工作。

　　当地群众传说，孟获当了"官上官"之后，刚正不阿。三个月里查出三十三个赃官劣吏和十三个贤臣良将。这天，他颇为得意地问询诸葛丞相："我这监察御史干得如何？"没料到诸葛亮竟摇了摇头，说："不怎么样。"因为知道赃官中就有诸葛亮的朋友，孟获心想：这可坏了事了。但他还抱着一线希望，坚持建言："朝廷必须赏罚严明，不能徇私舞弊。"诸葛亮拊掌大笑，说："我说你'干得不怎么样'，是因为你漏掉了一个贤臣。"孟获忙问："是谁？"诸葛亮指着孟获说："就是你呀！"孟获一听，当即笑弯了腰。

　　关于诸葛亮，还有一个"馒头祭江"的传说：蜀军与孟获交战，连战连捷，孟获只得渡过泸水逃回云南。蜀军欲乘木筏追击，不料，每到江心，就被波涛吞没。当地人告诉诸葛亮，必须用人头祭祷江神。这可难住了足智多谋的孔明先生。有的将领主张抓几个"蛮人"杀了祭江，诸葛亮坚决反对无故杀人，情急之下，便想出一个通融的办法。他找来厨师，让他们把牛羊肉剁成肉泥，然后用面粉把肉馅包上，做成人头模样，投入泸水祭江。这样，江涛便平静下来，蜀军顺利过去。

后来，当地人也跟着改变了这种陋俗，不再用人头祭江，改用这种代用品；渐渐地又推广到家庭的餐桌上，作为食用。由于它开始是代替"蛮人"之头的，所以称为"蛮头"，以后改为"馒头"。

凉山一带，诸葛亮遗迹甚多，现有四处"诸葛城"、三处"孔明寨"；据说现在的登相营、小相岭都与诸葛丞相曾率兵过此有关。云南嵩明县城郊还有一个高台遗址，传说是诸葛亮与孟获订盟结好的所在。也有一种说法，冕宁县彝海附近的孔明寨，即当年诸葛亮"七擒孟获"的战场。

下

彝海是一个群山环绕中的淡水湖泊，在冕宁城北近五十公里处，坐落在海拔两千二百八十米的羊坪山上。阳光拂照下，清冽澄明、没有污染的湖水，四周倒映着层峦叠翠，现出浓淡不同的青青翠色。站在山顶上俯瞰，宛如一颗镶嵌在山峦中光华闪烁的绿宝石。湖边古木参差，虬根裸露，有的枝干横逸斜出，照影水上，状似蛟龙盘曲，平添了几分苍茫而荒古的气氛。

湖的一侧是一片开阔的草地，漫坡布满了野花芳草，暖风晴日下，鸟鸣虫噪，蝶舞蜂喧，为荒古、静谧的湖山胜境平添了几许生意。

草坪前面不远处，便是气势恢宏的反映"彝海结盟"场面的群体雕塑，由刘伯承、聂荣臻、小叶丹和一位彝族群众四人组成。旁边，一座状似迎风招展的红旗的大理石碑，巍然屹立，望去使人永世缅怀中国工农红军冲风搏浪、浩荡前行的英雄气概。

1935 年 5 月，红军长征途中通过彝族聚居区时，刘伯承与果基小叶丹在这里举行了著名的彝海结盟仪式，歃血为盟，结为兄弟。

刘伯承紧紧握着小叶丹的手，深情地说，我也是四川人，曾在川军做过事，深知国民党的腐败和旧军队的反动，才毅然参加了工农红军。红军愿意与彝族同胞一道，共同去打国民党反动军队，帮助彝家过好日子。

小叶丹告诉刘伯承："我们这里生活很苦，这是外边的人体会不到的。汉人还能耕田种土，住在平原川坝，而我们，稍微平坦一点的地都被汉族财主霸占了，长年挤在深山，过着挨饿受冻的日子。"说到这里，小叶丹洒下了悲凉的泪水。

于是，两人跪在蓝天白云之下，各自端着一碗湖水，里面滴上了刚刚宰杀的大公鸡的鲜血，共同发誓："上有天，下有地，今日我们结拜为兄弟，若有翻悔，如同此鸡！"说罢，仰头将血水滴过的"盟酒"一饮而尽。次日清晨，红军先遣队在小叶丹的护送下，顺利通过了彝区。几天后，传来了中国工农红军胜利到达安顺场的喜讯。

坐落在当地的红军长征纪念馆的同志介绍说，这年四月底，红军巧渡金沙江天险，进入凉山地区的会理县。部队进行短暂的休整，上层领导在城东北郊一个铁匠铺里举行了中央政治局扩大会议，史称"会理会议"。会上，决定红军继续北上，穿过彝族地区，抢渡大渡河，在川西北实现与第四方面军会合。接着，红军击溃了会理、西昌外围的敌军，进抵泸沽。

到大渡河有两条路：一条是大路，从泸沽东面穿过小相岭，经越西城到大树堡，渡大渡河，直逼雅安；另一条是崎岖的羊肠小路，从泸沽往北，经冕宁县城，穿越拖乌高山彝族聚居区，到达大渡河边的安顺场。

当时，蒋介石认为，彝族聚居区一向被视为禁区，红军为及时赶到大渡河，必定避开彝区、隘路，选择越西大道行军，于是加派重兵堵截。结果，红军先遣部队听取冕宁地下党组织的报告，经军委同意，走了羊肠小路。同时，派出一个团，径行大路，取道越西，担任佯攻，以迷惑、钳制和吸引敌人的兵力。

当时，彝族地区尚处在奴隶制阶段，"家支"林立，各有自卫的武装；而由于反动统治者的民族压迫，造成彝、汉之间严重对立，成见颇深，特别对经常"剿伐"、劫掠他们的汉人军阀痛恨至极。现在，要穿过彝区北上，显然是困难重重的。

看着展览板上红军长征路线图，我蓦然联想到太平天国翼王石达开的西南远征路线。

清同治二年（1863年）春，石达开率领数万大军，也是在渡过金沙江后，取道会理、西昌，直抵冕宁，决定从小路赶往安顺场，抢渡大渡河的。事前，为了减少进军阻力，曾以重金向"番族"土司王应元馈礼买路。四川总督骆秉章闻讯后，立即调兵遣将，赶赴大渡河防守；同时，施用计谋收买王应元，答应"破贼之后，所有资财，悉听收取"；并买通彝族土司岭承恩等，使他们配合行动。结果，导致了石达开进退失据，腹背受敌，落进了清军事先设计好的陷阱，全军覆亡。

七十二年后，红军又选择了这条崎岖小路，蒋介石自是大喜过望，叫嚷要让"朱、毛做第二个石达开"，梦想历史重演。可是，"大渡河水险，我非石达开。一举强渡胜，三军大步来"（聂荣臻诗）伴和着大渡河掀天雪浪和震耳涛声的，是红军的旌旗照影和将士欢颜。

时届中午，作家、诗人们拣了一块干爽的地方，架材烧起了马铃薯和"砣砣肉"，同当地彝家男女青年一道，伴着欢快的歌声，开始了丰盛的午餐。我们一边喝着彝家自酿的泡水酒，一边就着刚才的话题，展开了热烈的讨论。

彝族著名青年诗人吉狄马加说："彝海结盟"是五千年中华史册上民族团结、军民团结的典范，是凉山彝族人民对中国革命做出的应有贡献，也是刘伯承元帅为中国革命事业立下的汗马功劳。可是，刘帅个人却异常谦虚，功成不居。在《刘伯承回忆录》中，对此，只记载了百十个字：红军"经西昌、泸沽，进入彝族同胞聚居的地方。我们坚定地执行了毛主席规定的民族政策，与沽基族首领结盟修好；并使老伍族中立；对受蒋介石特务支持利用，不断袭击我们的罗洪族，则反复说明我们是帮助少数民族求解放的。就这样依仗党的民族政策，顺利地通过了彝族地区，赶到安顺场渡口"。

应该说，刘帅讲得尽管不多，但却恰恰抓住了问题的实质。红军与太平军，同样都在五月，同样一条行军路线，同样数量的军队，同样的经过彝区，同样的面对围追堵截，最后又到同样的渡口，结果却截然相反。"翼王悲剧地，红军胜利场"（陆定一语）。红军出奇制胜的法宝是正确的民族政策。《中国工农红军布告》中讲了解放弱小民族、彝汉民族平等、尊重彝家风俗、不动一丝一粟、设立彝人政府、彝族管理彝族等重大事项。靠着这最强大的武器，旷古未有的仁义之师自然无往而不胜。

采风团团长、作家邓友梅于上个世纪五十年代初，曾以中央工作团成员身份，较长时期生活在彝族地区，对凉山一带的历史了如指掌。他说，当年红军走后，反动武装和恶霸势力卷土重来，白色恐怖笼罩了冕宁，彝汉人民再度处于水深火热之中。我们邓家的那个败类——邓秀廷，当上了冕宁代理县长，以土豪劣绅为基础组织了"善后委员会",枪杀了红色政权的副主席萧佩雄和抗捐军大队长李发明等数十人,血腥镇压地下党人和欢迎过红军的民众。彝族同胞面对乌云滚滚的黑暗统治,更加激起了对红军的怀念。他们聚集在彝海边,跳起了锅庄舞,深情地唱着《盼红军》:

> 清清的海水流不尽啊,
> 红军一去已数春啊,
> 也不啊,捎个信。
> 彝家盼红军啊,
> 三天三夜啊,说不尽!
> ……
> 彝家受尽千年苦啊,
> 彝家有苦无处倾。
> 一心啊,盼红军,
> 盼你呀,回来救彝人!

小叶丹这位彝族英雄,在彝海结盟之后。建立了第一支少数民族地方红色武装的红军果基支队,长达五年坚持与国民党反动势力做斗争;誓死捍卫红军授予他的"中国夷(彝)民红军沽鸡(果基)支队"旗帜;1942 年 6 月,遭到反动武装伏击,不幸牺牲。新中国六十周年大庆,被授予为共和国成立做出突出贡献的英雄模范人物。

云　影

从小我就喜欢凝望碧空的云朵，像清代大诗人袁枚说的："爱替青天管闲事，今朝几朵白云生？"尤其是七八月间的巧云，如诗如画如梦如幻，对我有极大的吸引力，我能连续几个小时眺望云空而不觉厌倦。虽然眺者自眺，飞者自飞，霄壤悬隔互不搭界，但在久久的深情谛视中，通过艺术的、精神的感应，往往彼此间能够取得某种默契。

我习惯于把望中的流云霞彩同接触到的各种事物作类比式联想。比如，当我读了女作家萧红的传记和作品，了解其行藏、身世后，便自然地把这个地上的人与天上的云联系起来——

看到片云当空不动，我会想到一个解事颇早的小女孩，没有母爱，没有伙伴，每天孤寂地坐在祖父的后花园里，双手支颐，凝望着碧空。

而当一抹流云掉头不顾地疾驰着逸向远方，我想，这宛如一个青年女子冲出封建家庭的樊笼，逃婚出走，开始其痛苦、顽强的奋斗生涯。

有时，两片浮游的云朵亲昵地叠合在一起，而后又各不相干地飘走，我会想到两个叛逆的灵魂的契合，——他们在荆天棘地中偶然遇合，结伴跋涉，相濡以沫，后来却分道扬镳，天各一方。

当发现一缕云霞渐渐地融化在青空中，悄然泯没与消逝时，我便抑制不住悲怀，深情悼惜这位多思的才女。她，颠沛流离，忧病相煎，一缕香魂飘散在遥远的浅水湾，……这时，会立即忆起她的挚友聂绀弩的诗句："何人绘得萧红影，望断青天一缕霞！"

正是这种深深的忆念，和出于对作品的热爱而希望了解其生活原型，即所谓"因蜜寻花"的心理，催动着我在观赏巧云的最佳时节——八月中旬，来到这神驰已久的呼兰，追寻六十年前女作家的青涩岁月。

呵，呼兰河，这条流淌过血泪的河，充溢着欢乐的河，依然夹带着两岸泥土的芬芳，奔腾不息，跳搏着诱人的生命之波。穿过大桥，满目青翠中，一条宽阔的马路把我引入了县城。东二道街、十字路口、茶庄、药店，一切都似曾相识，一切又都大大地变了样。

但是，可能因为期望值过高，当我踏进萧红故居，却未免有些失望。寥寥几幅灰暗模糊的照片，一些作家用过的旧物，疏疏落落地摆在五间正房里。原有的两千平方米的后花园，这印满了萧红的履痕、泪痕和梦痕的旧游地，如今已盖上了一列民宅。更为遗憾的是，留下百万字作品的著名女作家，陈列室中竟没有收藏一页手稿、一行手迹。

联想到坐落在圣彼得堡的普希金就读过的皇村学校，虽然经过一百七八十年的沧桑变化，包括战乱与兵燹，但是，普希金当年的作业簿和创作诗稿，依然完好无损地保存在那里。相形之下，深感我们在搜集、保存作家的手稿、遗物方面没有完全尽到责任。

当然，也可以顺着另一条思路考虑：这位叛逆的女性的前尘梦影原本不在家里。在她自己看来，这块土地沦于敌手之前，"家"就已经化为乌有了。她像白云一样飘逝着，她的世界在天之涯地之角。"昔人已乘白云去，此地空余黄鹤楼"，如此而已。

云，是萧红作品中的风景线。手稿没有，何不去读窗外的云？

"白云犹是汉时秋"。仰望云天，同女作家当年描述的没有什么两样，天空依旧蓝悠悠的，又高又远。大团大团的白云，像雪山，像羊群，像棉堆，像撒了花的白银似的。我想，如果赶上傍晚，也一定能看到那变化俄顷，令人目不暇接的"火烧云"。

记得沈从文先生说过，云有地方性，各地的云颜色、形状各异，性格、风度不同。在浪迹天涯的十年间，萧红走遍大半个中国，而且，曾远涉东瀛。她不会看不到沈先生盛赞不已的青岛上空的彩云，肯定领略过那种云的"青春的嘘息"和轻快感、温柔感、音乐感；她也该注意到关中一带抓一把下来似乎可以团成窝窝头的朵朵黄云。透明、绮丽的南国浮云，素朴、单纯，仿佛用高山雪水洗涤过的热带晴云，樱花雨一般的东京湾上空的绮云，——这些恐怕都能引发女作家的奇思玄想。然而，她全没有记在笔下。

当豪爽的江湖行、亢奋的浪游热宣告结束，"发着颤响、飘着光带"的胸境和"用钢戟向晴空一挥似的笔触"，渐次消磨，而难堪的寂寞、孤独与失落感袭来的时候，她便像《战争与和平》中曾是战斗主力的安德烈公爵，受伤倒在地下，深情地望着高远的苍穹，随着飘飞的白云，回到梦里家园去寻求慰藉，慢慢地咀嚼着童年的记忆——这人生旅途中受用不尽的财富。

对萧红来说，尽管童年生涯极为枯燥、寂寞，家园并无温馨可言，甚至经常感到扦格不入；但是，"人情恋故乡"，就像一首诗中描述的："满纸深情悲仆妇，十年断梦绕呼兰。"一颗远悬的乡心，痴情缱绻，离开得越远，回音便越响。于是，"一篇叙事诗，一幅多彩的风土画，一串凄婉的歌谣"，便在"永久的憧憬与追求"中孕育诞生了。

时代造就了萧红。难能可贵的是，她不仅在"五四"新文化运动影响下，冲破了封建枷锁，离家出走，成为中国北方的一个勇敢的娜拉；而且，由于亲炙了反帝反封建的民主主义精神和得到一批革命作家及其作品的滋养，同时也接触了世界近代以来人文主义思潮和人道主义、个性主义的文化觉醒意识，她在文学创作伊始，就显示了崭新的精神世界，以稚嫩的歌喉唱出了时代的强音和民众的愿望。

对于乡园，她没有沉浸在一般层次上的眷恋、遐想与梦幻之中，而是超越了"五四"新文学的美学思索，在现实主义、个性主义、人道主义交叠的文化视点上，力透纸背地写出了北方人民的对于生的坚强，对于死的挣扎，深入地开掘其关于国民性的哲理反思和病态社会的无情清算。她以女性作者特有的细致的观察和越轨的笔致，以充分的感性化、个性化的认知方式，通过散化情节、淡化戏剧性、浓化情致韵味的艺术手法，揭露帝国主义、封建势力造成的弥天灾难，展示病态人生、病态社会心理的形成，以引起人们疗救的注意。

作为一个植根于现实土壤的现代文化追求者和思想先驱，她始终以其深邃的思考和"另一个世界"的眼光，审视着这块古老而沉寂的大地，呼唤着"别样人生"，期待着黎明的曙色。而且，为这一永久的憧憬和追求，付出了沉重的代价。

同那些跨越时代的文坛巨匠相比，萧红算不上长河巨擘。她的生命短暂，而且身世坎坷，迭遭不幸。她失去的不少，而所得却可能更多；她像冷月闲花一样悄然陨落，却长期活在后世读者的心里；她似乎一无所有，却在文学史上留下了一串坚实、清晰的脚印，树立了一座高耸的丰碑。她是不幸的，但也可以说，她是很幸运的。

像萧红一样，呼兰河既没有长江的波澜浩荡，也不像黄河那样奔腾汹涌，呼兰县城更是普通至极的一个北方城镇。但是，地以人传，河以文传，由于这里诞生了一位著名女作家，它们已被镌刻在文学碑林上，因此名闻遐迩。这里的小桥流水、窄巷长街，都一一注入了生命的汁液，鲜活起来，充溢着灵性，吸引着无数中外游客。

而前来探访的客子、学人，也必然要对照萧红的作品去按图索骥，溯本寻源。这样，人文与自然相辅相成，历史和现实交相互映，就益发强化了景观的魅力。

流光似水。如今，那被女作家诅咒过的岁月，远逝了；那没有人的尊严和独立人格的牛马般的生活，一去不复返了；女作家及其作品中的主人公血泪交迸的"生死场"，已经照彻了灿烂的阳光。

十字街头拐弯处，当年萧红读书的小学校还在。微风摇曳中，几棵饱经风霜的老榆树似在发出岁月的絮语。下课铃声响起，一群闪着澄澈、亲切的目光的活泼可爱的女孩子，野马般地拥向了操场，有的竟至和来访的客人撞了个满怀，随之而喧腾起一阵响亮的笑声。

我蓦然想起，《呼兰河传》中老胡家的团圆媳妇，不也是这般年纪、这样天真吗？可是，只因为她太大方了，走起路来飞快，头天到婆家吃饭就吃三碗，一点也不知害羞，硬是被活活地"管教"死了。

从"两眼下视黄泉，看天就是傲慢，满脸装出死相，说话就是放肆"的死寂无声的黑暗年代，到能够在阳光照彻的新天地里自由地纵情谈笑，这条路竟足足走了上百年！

如果萧红有幸活到今天，故地重游，看看呼兰河畔翻天覆地的变化，听劫后余生的王大姐讲讲她的苦尽甘来，再赏鉴一番故乡的"火烧云"，也许会用她那珠玑般的文字，写出一部《呼兰河新传》哩！

袁阔成民舍说书

一

这已经是半个世纪之前的往事了。

1965 年 8 月底，报社接到市委通知，抽调我到营口县大石桥镇东窑村参加农村社会主义教育运动（通称"四清"）。听说，这里是市委书记陈一光同志的联系点。

入村之后，我惊喜地发现，袁阔成先生也在我们这个工作组。原来，陈书记不仅特别关心袁阔成的政治进步——两个月前，他光荣地成了一位共产党员，而且，对于他的评书艺术备极欣赏，多次鼓励他多说新书，说好新书，为全市文艺队伍树立一个榜样。在工作组全体成员见面会上，组长老李介绍过袁先生之后，又向我交代：在开展"四清"工作中，接受实际锻炼，提高思想政治觉悟（前此，我曾几次提出入党申请）；同时，帮助袁阔成收集、整理一些农村素材，充实、丰富其评书艺术资源。说，这是陈书记的意见。

尽管我也从事文学创作，但离曲艺专业很远，怎么竟荷蒙市委主要领导"钦点"，分派这样一项任务呢？会后，袁先生告诉我，那次向市委汇报赴矿山、海防演出时，他谈了下一步说新书的打算：要投身农业第一线，进一步深入群众，体验生活；同时，抓紧阅读一些新出版的优秀长篇（记得"四清"期间，他的床头曾放有一部解放军出版社印行的《欧阳海之歌》)。陈书记表示支持，还说要找个人帮助整理素材、研索思路。啊！原来如此。

工作队下分六个组，我们这组五个人，包括袁阔成和我——两人同睡一铺炕，同吃农家"派饭"，一同下地干活。除了参加生产劳动，就是串门入户，访贫问苦，向社员了解村里情况。工作队纪律十分严明，突出强调队员必须和社员同吃同住同劳动，绝对不许搞特殊化。当时农家饭菜，多是大白菜、小豆腐、高粱米粥。稍微有点差异的，是经领导特批，农家大嫂专门给袁阔成随锅烙上一块玉米面饼，为的是增加一点热量，饭后好给大家说书。怎么称呼呢？他是市曲艺团团长，"四清"规定一律不叫官衔；叫"老袁"吧？他还没到"不惑"之年，并不老；直呼其名，又显得不太尊重。于是，社员们便叫他"老阔"，亲切、得体，老少咸宜，应该说是很妙的。

到后的第三天，午饭轮到了一户铁路工人家庭，房间较为宽敞。撂下了饭碗，收拾过炕桌，就发现窗前、门外挤满了人，有的老头、妇女还上了炕。地面留出空场来，供"老阔"摆架势。房东大嫂依据看到的说书场景，事先摆上个木桌，后面放上一把椅子，倒了一杯茶水，还找出一把折扇，只待说书人"咔嚓"一声打开扇子，便会开讲。可是，"老阔"却全是另一套架势，他亲自动手，把桌椅连同茶杯、扇子挪开，随口说道：咱们庄户院，一切简办。其实，即便是在城市剧场，他早已革除了这一套。听说，他在演艺界创造了"三个第一"：第一个让评书走出小茶馆，进入社会大舞台；第一个脱掉传统的长袍大褂，换上中山装；第一个撤掉场桌、折扇、醒木，改坐着说为空手站着说。

这天说的是《肖飞买药》，故事改编自《烈火金刚》第二十一、二十二两回。"五一"反扫荡，隐蔽在小李庄的八路军一批伤病员，急需消毒、疗伤药品，可是，要买药就得进城，日本鬼子监守着城中据点，怎么办？上级经过审慎研究，决定派遣县大队侦察员肖飞前往执行任务。一路上，他先后制伏了特务队长何志武和几个小特务，最后又智斗日本宪兵头子川岛一郎，巧夺脚踏车、摩托车，胜利地闯关越卡，终于把我军急需的药品弄到手中。通过"老阔"的精彩表演，肖飞这一勇敢机智的八路军侦察员英雄形象活灵活现。

在尔后的六七个月，总得超过上百次吧，"老阔"都像这样，午饭后或晚上，随地打场，即兴演出；有时还到瘫痪、孤寡老人家里去献艺。演出的绝大部分都是新书，而《肖飞买药》《江姐上船》《许云峰赴宴》《舌战小炉匠》等最受欢迎，可说是百听不厌。一位见过世面的退休老工人说，故事还在其次，就是爱看"老阔"扮演的英雄形象，一身正气，大义凛然。那天，"老阔"刚刚说完《江姐上船》，老奶奶就合掌念佛，说：江姐、许云峰、杨子荣、肖飞是救苦救难的"四大菩萨"现身的。还有一次，我和"老阔"一道，扛着锄头进菜园子铲菜，发现小记工员正在那里模仿着他，说肖飞把烟头捽在狗特务的脸上，"刺啦"一下就烫出一个泡来，狗特务一哆嗦，烟头又顺着脖梗子往下滑，滚到胸脯上，疼得直打激灵。小记工员又学着"老阔"的腔调，问道："没想到吧，何志武？"对方唔拉了一句，心想："我想这干啥？碰上你肖飞，这不倒霉吗？"一举手，一投足，做派、声调，活脱脱的一个小袁阔成。逗得大家笑个前仰后合。一位老大嫂说："师傅到了，快快跪下，叩头！"

二

"古有柳敬亭，今有袁阔成"之誉，在我国评书界传播已久。关于柳敬亭，明末清初著名学者黄宗羲在其本传中记载：当日柳敬亭拜莫后光为师，师傅告诉他：说书应能勾画出故事中人物的性格、情态。于是，敬亭退而凝神定气，简练揣摩，经过一个月的刻苦磨炼，前来拜见，师傅说："你说的书，能够使人欢娱喜悦，大笑不止了。"又过了一个月，师傅听过，说："你说的书，能够令人感慨悲叹，痛哭流涕了。"再回去，又苦练了一个月，师傅赞叹："这回行了，已经达到还没有开口，哀乐之情就先表现出来，使听众不能自已的精妙程度。"这里讲了评书表演的三个层次、三重境界。

如何能够撄攫人心，使人喜，使人悲，使人听了无法控制自己的感情？其间，固然需要生动曲折的故事情节，但历史存在，向来都是依人不依事，人是一切的出发点与落脚点，功夫应该下在人物的塑造上。也就是莫后光所说的，"应能勾画出故事中人物的性格、情态"。

我曾反复地琢磨过，村里民众对于袁阔成的一些评书段子，之所以听了还想听，要说是缘于故事情节，那早已谙熟于心了，而且，有的也并非特别曲折、复杂。那么，吸引力究竟何在呢？结合我的切身体验，觉得核心在于他刻画的英雄人物智勇双全，充满了人格魅力。记得金圣叹说过，《水浒传》"只是看不厌，无非为他把一百零八个人性格都写了出来"，"一样人，便还他一样说法"，所谓"各有派头，各有光景，各有家数，各有身份"。

熟悉情况的人都知道，袁阔成不仅表演上出神入化，同时还是出色的作者。可以说，每个精彩的书段中，都饱含着他的深邃的思考和独到的匠心。他善于借鉴、吸收长篇小说的成功经验，一改受中国戏曲影响的传统评书主要是交代故事情节的做法，高度重视细节刻画和心理描写，既细致入微，又合情入理。评书《许云峰赴宴》中，为了刻画这位英雄人物的沉着镇定、处变不惊的气质和心态——当然也是表现他正在精心思考应敌之策，评书中摹写了他的眼中所见："休息室布置得很别致，地下铺着地毯，周围摆着几张沙发，对面有一架老鹰牌的大座钟，一人多高，钟砣'嘎噔嘎噔'地来回摆动，东西两侧有二米见方的两个水晶鱼缸，里边是清冷冷的水，绿莹莹的草，百十条热带鱼，在里面游来荡去。……他坐在一只沙发上，若无其事地抬起左腿搭在右腿上面，伸出双手，扯平了长衫的衣襟儿，轻轻地往膝盖上一搭，双手自然地放在胸前，两只眼睛悠闲自得地看着缸里的游鱼。"与此形成鲜明对照的，是写肖飞登上川岛一郎的跨斗摩托车，"头闸拱，二闸拽，三闸没有四闸快"；咕嘟嘟，离开药房，冲出东门，再一次经过日军岗哨时，鬼子一瞧肖飞来了，心说：你看怎么样，我就知道是自己人嘛，有急事，把自行车扔在家里，骑摩托来了。肖飞到了眼前，鬼子大喊一声："乔子开！（日语，意为立正）"肖飞一听，什么？饺子给？燕窝席也没工夫吃了。二者一静一动，一庄一谐，弛张有致。前者写的是激烈交锋的前奏，"万木无声待雨来"，使听众产生悬念与期待；后者属于闲笔，信手拈来，触处生春，令人忍俊不禁。

一次，我和"老阔"坐着大板车往镁矿职工食堂送菜。路上，我们唠起小说写作有全知视角与限知视角之别，如果是第一人称，当你不在场时，叙述视角就会受到限制。他说，评书的好处，都是全知视角，但在内容方面，有交代故事情节的叙述和描摹故事中人的言行、心理的表述之分。我问：这一叙一表，二者哪个更难？他说，相对地看，表述的要求更高、更全面。难在人物的声口话语、做派行为与心理活动，都必须充分体现个性化。

我说："你说的评书段子，人物林林总总，八路军将士、知识分子、扛大活的、摆小摊的、大特务、狗腿子、恶霸地主、管账先生……即便同属革命队伍，团政委，大队长，小战士，也是'人之不同，其异如面'。到了你的嘴里，个个特征鲜明，绝不雷同。为了体现个性化，你在表演中像相声大师侯宝林那样，描情拟态，绘声绘色，惟妙惟肖，不仅模仿人的各种动作，令人拍案叫绝；就连开汽车，哪怕是一个挂挡的微小动作也不放过，一听就能分辨出是大型客车、载重货车还是小轿车，简直是'绝了'。"

袁先生说的人物、事件，高度形似中又略带夸张，但能掌握分寸。既真实可信，又凸显特点，画龙点睛。对于古代经典小说，学习、借鉴中，他有所扬弃、取舍。比如，"水浒""三国"中都有过度夸张、渲染以致脱离常态的情况，像鲁智深倒拔垂杨柳、武松空拳打虎、周瑜因气致死，等等，袁先生都尽量加以避免。

借用前面"全知""限知"的说法，我对袁先生评书艺术的研判，应该属于"限知"范畴，局限性很大。就时间而言，我只是在上世纪六十年代中叶、先生青年时期，有过一段接触，而对中老年时段的大量代表性作品涉猎不多；就书目讲，这一阶段他主要是说新书，加上限于当时条件，说的多为小段（当然大都是被称为极品的小段），这样，我所亲炙的大部头传统书目就很少了。

三

除了袁先生高超的演艺，我觉得最值得看重，或者说最能反映先生本质特征的，还是他的高风亮节，艺品艺德。闲谈中，他给我讲了说新书和撤掉场面桌的往事。

1948 年，他刚满十九岁，在山海关茶社说《雍正剑侠图》。正赶上解放大军入关，他也参加演出接待。当时，军管会一位负责人在同他谈话中，肯定了他的热情、才干，鼓励他再上层楼，并建议他读些新时代的小说，尝试着说新书。这样，他就说起了赵树理的《小二黑结婚》，开创了评书说现实题材的先河。1950 年 3 月，评书《小二黑结婚》在中央广播电台播出，此后便一发而不可收，《灵泉洞》《吕梁英雄传》《新儿女英雄传》《红旗谱》《烈火金刚》《敌后武工队》《创业史》《艳阳天》等几十部，相继播出。

1958 年他在营口市曲艺团，以《舌战小炉匠》荣获全国曲艺优秀奖。演出归来，他便走出市区，深入工矿、农村、部队。一天，他在海防前线慰问守岛战士，行走在崎岖不平的石路上，看到小战士吃力地背着表演用的桌椅，汗流浃背，不由得感到心疼；当他走进会场，面对战士们一双双充满渴望与期待的眼睛，恨不能置身其间，把自己的全部评书家当和盘托出。可是，眼前却被一台木桌隔离开了，而且，还要安然坐下。于是，毅然决定，撤掉桌椅，自己要站在战士中间，面对面地表演。这样，一下子就消除了同战士的距离，从而取得了从艺以来最佳的演出效果。也正是从此开始，他断然革新了评书几百年传承下来的"以坐相示人、高台教化的半身艺术"，转而为"手、眼、身、法、步全部亮开的全身艺术"。

这里，说的是撤掉场面桌的过程，而我心领神会的却是一位青年艺术家与工农兵心贴心的动人心曲。在我们相处的二百多天中，可以说，每天我都感受到他对农民父老兄弟的灼灼爱意、脉脉深情，以及一种天然的亲和力。作为一名共产党员，他宛如鼓足了前进动力的风帆，浑身注满了政治热情与生命活力，决心要倾尽一己之所长，为人民大众说书献艺。由于从心眼里喜欢，庄户院的诸姑伯叔，常常不依不饶，说上一段，还得再说，有的还喊起口号："好不好？""好！""再来一个，要不要？""要！"立刻腾起响震屋瓦的掌声。这时候，他感到最为开心。他特别看重听众的反应，经常和我讨论，如何抓住听众、特别是抓住年轻人的耳朵，让他们听得进，受感染。而对自己，则谦卑自抑，处处从严要求。其时，他在评书界的首席地位已经确立，可说是誉满神州；但他从不以"权威"自居。当听到有人赞颂时，他总是那句话："不要瞎吹乱捧啊！吹捧不好。"

　　他是"艺以化人""寓教于乐"的忠实维护者，十分反感"听书只图个热闹，只是乐呵乐呵"的说法。我曾听他愤激地指斥（这种情况很少见）："图个热闹——怎么可以这么讲呢？我们不能忘了艺术的价值。"他一贯主张评书是严肃的艺术，提倡高雅，反对粗俗。他尤其重视艺风、艺德，强调"人有人格，艺有艺格"。我注意到，他每次登场，都很重视仪容。即便是在地里干活，休息时应社员请求临时打场，自然来不及换装，但也总要从衣袋里掏出小梳子，拢一拢头发，迅速进入"端乎其形，肃乎其容"状态。这里反映出，对于祖国的传统艺术，人民的文艺事业，秉持一种敬畏的心理。

　　这种内化于心的追求、志趣，支配着、激励着他刻苦钻研、奋力学习。诚然，他的卓越成就的取得，确同"袁氏三杰"的家学渊源、祖传技艺有直接关系，但根本之点还在于他自身的努力。在农村这段时间，他的体力、精力都处在最佳状态。除了像一般工作队员那样干活、开会、同干部社员谈心，还要拿出很多时间说书表演，付出几倍于他人的汗水与心血，但他从不抱怨，而且多次谈到直接同农民交朋友的收获；当然，个别时候也说过，读书完全放弃了。过后，在几次会面中，他都谈到开卷受益、读书有得的体会。一次，他说，京戏《打渔杀家》是一出"水浒戏"，萧恩就是阮小五嘛！我说，不过，《水浒传》里可没有记载。他说，类似情况不少，比如《黄鹤楼》和《单刀赴会》，内容大体相同，都是"三国戏"。二者都取材于元人杂剧，但是，罗贯中只选用了后者，所以，《黄鹤楼》不见于《三国演义》。

　　说到他的学习借鉴，精钻细研，记得有篇文章里讲，他擅长往传统书段里加事添彩。比如，曹操杀孔融，是由御史大夫郗虑（他和孔融有仇口）告密引起的，这在《三国演义》第四十回里有记载，但很简单——郗虑所告发的秘事，无非是孔融背后发泄不满，说曹公坏话，并且和祢衡有交情。过去，袁先生也是这么照着说的，但总觉得没能击中要害，于是，就考虑往里加些内容。加什么呢？加了郗虑对曹操说："您还记得您在破袁绍的时候，公子曹丕收了袁绍的儿子袁熙的夫人甄氏，孔融曾经给您写过一封信，信上说到了武王伐纣把纣王的宠妃妲己赐给了自己的弟弟周公旦吗？"可别看轻这句话，其中可暗藏机锋。孔融的真实用意，是说，武王把妲己赐给了周公，其实是他自己看上了妲己。但是，由于妲己毁掉了纣王江山，被目为"不祥之物"，如果武王自己纳了妲己，传出去影响不好，所以，便在名义上把妲己赐给了周公，其实是暗地里留给自己。因为只要把妲己收进自己家里，那人家家里什么事，外人就过问不得了。一言以蔽之，孔融是说：现在您破了袁绍，把甄氏赐给了公子曹丕，其实是您自己把甄氏纳了。这可就扎到曹操心窝上了，坚定其除孔的决心。而这种加事添彩，又并非随意而为，大都有根有据。孔融写信一事，见于《后汉书》本传。只是那里并没说是郗虑讲的；袁先生根据情节发展需要，把它放到郗虑身上了。

四

不知不觉间，六个多月就过去了。工作队总结座谈中，我说，最大的收获是接受实际教育，获得政治思想上的进步。1965 年 12 月 18 日，我在这里光荣地加入了共产党。其间，听遍了袁先生说的《红岩》《烈火金刚》《林海雪原》《暴风骤雨》《赤胆忠心》《敌后武工队》《野火春风斗古城》等新书中的著名段子，既饱饫了精神滋养、艺术享受，更充分接受了革命传统教育，也从他那高尚的情操、品格、艺德中，认知了一位艺术家所应遵循的正确道路。这对于一个志在献身文学的青年，是至为珍贵的偏得。如果说有遗憾，就是"帮助整理素材、研索思路"这项使命落空了。主要是我缺乏应有的主动性；

而他也实在太紧张忙累了，几乎所有业余时间都用来说段子，很难找到倾谈机会。其实，即便时间允许，要给一位艺术臻于至境的名家以"帮助"，又谈何容易！当时我曾表示，回去后想法加以弥补，比如，认真写几篇报道，大力彰扬袁阔成同群众打成一片，充满政治热情，说新书，讲艺德，以及刻苦钻研、精益求精的事迹。没有料到的是，回到市里，我就调离了新闻单位，进入市委机关。不久，"文化大革命"就开始了。而批判"三家村"，新闻单位首当其冲。结果，我又被揪回原单位接受批判。这样，那些报道的构思与设想便付之东流了。

与袁阔成再次见面，是在三个月之后。那天午前九点钟，机关造反派通知我，返回原"四清"单位接受社员批判。上了东窑大队前来接人的拖拉机，一看，"老阔"竟在上面，还有工作队长老李，和进驻其他小队的两名队员。人并不齐，许是临时没有找到吧？我冲着"老阔"扑哧一笑，抱拳问道："袁兄，别来无恙乎？"他眨了眨眼睛，"哼"了一下，再不作声。这时，我才注意到，副驾驶座上挤着一男一女。

到了大队部，拖拉机就"突、突、突"地开走了。村里喧闹得很厉害，大喇叭震天响，像是两派在辩论，鏖战方酣。这对年轻男女，像是小学教员。把我们安置在一间闲屋里，他们说去向造反司令交差。屋里没有桌凳，只有几袋水泥和一堆木屑。我们五人站在那里，也不知"司令"何许人也，只好静静地等待着。已经过午了，也不见人来，门却上了锁。我说："坐以待毙吧。""老阔"便问："往哪坐啊？"逗得大家哄然腾笑起来。就这样，又静等了几个小时。眼看天色已晚，肚子饿得咕咕直叫。不知是谁说了一句："咱们干脆跑吧。"原来，后墙上有个方形窗口，上面塞着几片草袋。用手一拉，全部落下。这样，"越狱"行动就开始了。把几袋水泥搬过来垫脚，五人陆续钻出。为了不致被人发现，我们避开大路，穿过收割后的农田，绕到火车站。待到返回市区，已经万家灯火了。

过后，将近三年时间，我在第二纺织厂参加劳动，"老阔"进了市宣传队歌舞连，见面机会不多。粉碎"四人帮"后，一次集会时意外邂逅，当即合影留念，并在当晚做了一次长谈，得偿多年渴想。不久，我便调入省城，而他也进京了。虽然天各一方，晤谈机缘不再，但其潇洒音容，豪迈气度，特别是卓越、超拔的评书艺术，总能从广播、电视里不断地接收到，使我感到十分亲切与欣慰。

日昨，新闻中突然传来袁阔成先生仙逝的噩耗，不禁惊心泪目，怅憾久之。痛惜我国曲艺界摧折一位大师级巨擘，也为自己失去一位相知相重的老朋友感到无尽哀伤。怀着深长的怅惋和久铭心版的崇敬之情，草成上述追忆文字，以告慰于先生的在天之灵。

中秋友叙

此番宁夏之行，围绕着西夏学和岩画的探究，我重点考察了王陵与贺兰山，还有古塔、城垣和河套、古渠，看了一些展览，翻检了有关文献。预期的目的已经达到，明天就要离开银川了。

塞上的秋光明艳撩人。金黄的稻海敞开丰满的胸怀，静静地等待着收获；高远的云空瓦蓝瓦蓝的，阳光显得分外柔和、明亮；路旁，高高的白杨林轻摇着叶片，像是小儿女们在喁喁窃语。今天正值中秋佳节，应自治区政府马主席邀请，出席了在机关食堂设的便宴。十年前，我们同期分别任职省、区的宣传部部长，说来也是老朋友了。

一见面，马主席就说："听说老兄已经回归了创作与学术本行，这次孤军深入宁夏，不知收获如何？"我说："做学问、写东西，都是单打独干，拉队伍没必要。要说收获嘛，用得上那句成语：'如入宝山，美不胜收。'"

听我说对西夏学很感兴趣，他让秘书找出来一个条幅，说："这是西夏学著名专家李范文先生的作品。"打开装帧精美的卷轴，赫然现出四个西夏文的擘窠大字，撇、捺、横、折兼备，笔画似曾相识，却一个也不认识。幸好下面缀有汉字释文，原是"高山景行"四字，故典出自《诗经·小雅》。三国时曹丕文章中有"高山景行，私所慕仰"的话。谢过了马主席，我告诉他，同李教授早已相识，我们在沈阳的学术研讨会上见过面，这次到银川来，前后又访谈两次，亲聆雅教，受惠良多。

说着，宾主就入座了。宁夏素以酒多、酒美驰名内外，桌前摆放了几种，什么"昊都液""西夏酒"，名目不少，菜肴也是十分丰盛的，节日的气氛很浓。大家吃着唠着，沉浸在一种家庭式的融洽氛围里。

老朋友多年不见，自然有许多话要说，不过，两人共同关心的还是西部地区如何发掘人才、留住人才、培养人才的问题。宾主正议论得起劲儿，马主席突然向在座的政府秘书长问道："李范文先生的住房条件改善了没有？——前两年我到他家去过。做研究工作需要有个安静的环境、舒适的条件。"秘书长说，李先生还是住在那套旧房里，一百平方米左右，条件很一般。

省区市这一级的主要负责人，每天要处理的重大事项很多很多；能够比较熟悉这类从事古文字研究、与现实不怎么搭界的专家学者，也属难能可贵。我这么想，也就顺口说了出来。马主席谦虚地解释说："李先生毕竟不是一般人物。"

这当然也是实情。

说起李先生，自然离不开西夏这个话题。十一至十三世纪，中国古老的党项民族在天野苍茫的贺兰山麓，建立起与宋、辽、金鼎足而立的封建性民族国家政权。国号大夏，定都于兴庆府（今宁夏银川市），其疆域"东尽黄河，西界玉门，南接萧关，北控大漠"，因为地处祖国疆域的西北部，故史称西夏。在其立国的一百九十年间，经济上充分发挥其固有的畜牧业优势，文化上与中原汉民族及其他少数民族相互吸收，密切交流，既体现了共性，又有其独具特色。南宋理宗宝庆三年（1227年）为蒙古军所灭，灿烂的文化受到摧残，大批典籍、文书流入异域，本土所留甚少。后来官修正史，于宋、辽、金之外，独遗西夏。而西夏文字又结构复杂，难学难认，向有"天书""绝学"之称，从而使西夏王国的历史成为一道难解之谜。

　　1972 年年初，周恩来总理视察中国历史博物馆，问及"现在有多少人懂西夏文？"当得知只有一两位老先生时，他语重心长地嘱托，一定要培养人研习这种文字，绝不能让它失传。

　　李先生的主要贡献也就在西夏史，特别是西夏文字的研究方面。此前，世界上尚未正式出版一部西夏文字典。李先生积二十五年之功，穷搜苦索，经过对西夏王陵六年的发掘与研究，对三千二百七十块残碑逐一进行考释，制作了近百公斤的三万多张卡片，积累了大量的原始资料，在编写出《西夏陵墓出土残碑粹编》等一批学术专著的基础上，编纂出长达一百五十万字的《夏汉字典》，从字形、字音、字义和语法等方面，对六千个西夏文字作了全方位的诠释，并用汉、英两种文字释义，集古今中外研究西夏文字之大成。在世界范围内引起了轰动，这是目前世界上正式出版的第一部体例完备的西夏文字字典。此外，他还著有《西夏通史》和系统研究西夏语音、语法、词汇的《西夏语比较研究》《同音研究》和《宋代西北方音》等专著。《夏汉字典》和《西夏通史》分别摘取第四、第五届吴玉章人文科学优秀奖和一等奖桂冠，本人也荣获国家级有突出贡献的专家称号。与此同时，他还安排大量时间，培养西夏学高级教学和研究人才。继宁夏建立西夏学基地之后，他四处奔波，先后与陕西师范大学、北京大学、复旦大学、南京大学等建立了共同培养西夏学博士生的协议。

　　席间，我说，我们敬重李先生，说他是"国宝"，不仅在于他的这些卓著的成就，最令人感奋的还是他那忠于国家、献身理想的人格风范，那种不达目的绝不罢休的执着追求和拼搏精神。为了西夏与宁夏，他可说是献出了一切。

　　李范文 1932 年出生于陕西省西乡县，是农村私塾先生的儿子。十八岁就加入了中国共产党。二十岁考入中央民族学院少数民族语文系安多藏语专业，以学业优秀被推举为校学生会主席。"反右"期间，学校让他带头揭发业师费孝通先生的"三反"言行，他没有服从，结果被划为右派。1959年研究生毕业后，被分配到中国科学院民族研究所工作。

还在读书期间，他就立下了研究西夏文的志向。当时在院图书馆看到一本西夏文文献，对此产生了浓厚兴趣，编织了绮丽的"西夏梦"，因而到民族所不久，就毅然提出到西夏王国的故地宁夏从事研究工作的要求。对他的放弃留在北京的机会，要到令人望而生畏的穷边朔漠的举措，亲友全都反对，妻子更是无法接受，一气之下，与他离了婚。当时所遇到的物质困难不难想见，

两年后，西夏王陵开始挖掘，这个痴迷西夏学的青年人就背起行囊，锐身投入。七年间极度艰难的山上生活，让他差点丢掉性命。一米七八的壮汉，体重最后不到百斤，严重贫血。第二任妻子把家里为四个孩子养的十四只下蛋的母鸡全部宰杀了，给他补充营养。而他正是凭借这一考古实践，积累下坚实的学术功底。其间，曾多次外出考察，鉴于西夏文属于汉藏语系藏缅语族羌语支，举凡西藏、川西、陇南、西康等地，他都涉足其间。仅是对西夏移民就进行五次田野调查。1987年1月，他冒着零下三十五摄氏度的酷寒，前往列宁格勒东方研究所特藏阅览室，用了三个星期，阅览了发掘于西夏十二监军司之一黑水城的全部西夏文献。为他的刻苦敬业所震撼，南方有些著名高校曾延聘他前往教学，带博士生；到日本去访学，很多学者竭力拉他就地留下。他一律不为所动，斩钉截铁地说："银川是我的第二故乡。我活着是宁夏的人，死了是宁夏的鬼。那里再怎么穷、怎么困难，我也不会离开。"

几十年来，李先生把所有积蓄都投入于学术研究，而舍不得给自己置办新衣，唯一的一件西装外套，还是二十多年前出国时做的，

平时舍不得穿，只有在参加公务活动时穿一穿。李范文舍不得抽出时间看病，也没时间理发，总想把更多的时间用在学术研究上。针对有些人说他太苦太累了，他的回答是："我很幸福。在我看来，幸福不是拥有多少名利财富，而是能为心中的梦想、为祖国奋斗不息。"

"这一代学人，历史是不会忘记的。"马主席深情地补充了一句。

这时，他才注意到，宾主只顾说话了，酒、菜都没有下去多少，便热情地端起酒杯来和我的对碰一下，"来，老朋友！见一次面不容易，咱们把它干了！"半杯红葡萄酒进肚，顿觉热气喷发，我拣了几样菜大口地吃着。他却像突然想起什么事来，眼睛盯着秘书长，郑重地说："给李教授调房子，别忘了。"秘书长笑着说："放心，明天我就办。"

小岗素描

一

那次见面接谈，您留给我的印象十分深刻，至今仍牢记不忘。

那是新世纪开篇的第八个年头，中国作家访问团专程前往你们那里，参加"纪念小岗村率先实行农业大包干三十周年座谈会"。顾名思义，"访问"者，实地交流、体验、采访也。

会议的规模不算大，二三十人围坐在一起。座谈之前，宾主作了简单介绍。这样，我才把"严宏昌"这个响亮的名字和您本人对上了号。当时，咱们恰巧坐在对面。您宁静地听着大家的发言。我呢，却是"定睛观人"——神情专注地端详着您。依我原来揣测，作为农村改革的先行者，小岗村"大包干"带头人，您肯定是一位久历风霜、满脸"沧桑感"的老同志了；实际上，您还处在中年，共和国的同龄人，这年还不到六十岁，看去精壮、干练、劲头十足，一副英气勃发的姿态。

您可能不知道，作家与画家有相似之点，面对采访对象，都是习惯于运用"成像"功夫。那天，我在脑子里暗暗地给您画了幅素描：红里透黑、微微发亮的脸膛上，挂着祥和的微笑，鼻梁与颧骨略显突出，透露着机敏，刚毅，成熟，稳健；眼睛眯缝着，一副气定神闲、波澜不惊的神态，看上去颇似北方庄田里一穗饱满的红高粱。

观察着，想象着，我已经完全沉浸在过往的岁月里。三十年前的那个冬夜，在一户地处偏僻的破旧茅屋里，作为拼上身家性命的扛旗人，您勇敢牵头，同村里另外十七位"当家主事的"一起，在那份担负着巨大政治风险与繁重责任的承诺书（当地俗称"生死状"）上，神情紧张地签上了名字，按下了各自的"红手印"。

这次秘密会议的直接成果，是产生了一份七十几个字的保证书：

> 我们分田到户，每户户主签字盖章，每户保证完成每户的全年上交的公粮。不在（再）向国家伸手要钱要粮。如不成，我们干部作（坐）牢剐（杀）头也干（甘）心，大家社员也保证把我们的小孩养活到十八岁。

会上郑重强调，"我们分田到户，瞒上不瞒下，不准向外面任何人透露。"

有担当，有勇决，有托孤，有叮嘱，着实是一副大气凛然的悲壮格局。

签下这份充满悲凉气氛的庄严契约之后，"分田到户——大包干"就正式开始了，从此，拉开了我国农村改革的序幕——催生了家庭联产承包责任制，并最终上升为我国农村的基本经营制度，彻底打破"一大二公"的人民公社体制，解放了农村生产力。

二

会后，在与您交谈中，我说："小岗村距离凤阳县城只有二十公里，这里到滁州也不过两小时的车程。应该说是当年朱元璋为首的淮西集团的兴王之地。地方志上说，此地人素以'习武好乱，意气逼人，雄心易逞'昭彰于世。那么，您这十八勇士，创辟新途，甘冒风险，敢于造反的精神，无论从气魄上，抱负上，都是超迈前人，永载史册的。"

您听了，质朴地笑着摇头，说："哪里是什么勇士？造反更谈不到，不过是饿肚子逼出来的。至今我还清晰地记得，上任生产队长第一天，六十多岁的老社员关廷柱扯着我的袖子说：'宏昌啊，我们小岗就看你这两下子了。哪怕你就给我们一天弄两顿菜稀饭，叫我们不用出去要饭，我们就满意了。我想喝一碗洋面浆子，想了十年，我都没喝上嘴啊！'话语不多，千斤重量，这是动力，也是鞭策。"

您还谈了切身的经历：六十年代读高中一年级时，您像往常一样回家去带粮食，可是，却发现父母和弟弟、妹妹都不在家。邻居说："你家粒米皆无，大人带着孩子到滁县那边要饭去了。"听了，您坐在门前石头埂上哭了一场。第二天，便也跟着村里人外出讨饭，从此告别了校园。这种要饭的生活持续到了七十年代。您认识到，"大锅饭"是饿肚子的根源。当时，一个村的农民一起出工，一起收工，一起吃饭。因为干多干少一个样，干好干坏一个样，社员出勤不出力，生产积极性和劳动效率极为低下。

"这就叫形势逼人啊！在那个环境下，每个村都可能成为小岗村，我只是刚好站在了这个节点上。"顿了顿，您又补上一句："当然，这辈子也算没有白活，总还干下了一件值得自豪的事。"

看来，勇气也好，胆量也好，纯然来自一种高尚的责任感。"穷则思变，要干，要革命"，这可说是中国农民两千年来的永恒主题。在这方面，您是意志坚定而又足够自觉、充满自信的。

您说，分田到户后，村民的劳动积极性被完全激发了出来。出工再也不用吹哨子，村民争先恐后地向熟悉的生产队借牛、借犁，就连村里犄角旮旯儿的荒地都被开垦了出来种花生、栽红薯。1979年，小岗村实现了大丰收，当年收获粮食十三万三千斤，相当于1955年到1970年粮食产量的总和；人均收入四百元，是上年二十二元的十八倍。不仅村民吃饱了肚子，还一举还清了多年累积的集体贷款，卖给了国家三十五头猪。

可是，"没有不透风的墙"，私下分田到户的秘密到底还是泄露出去了，上级来人干预。您据理分辩，说："我一个农民，交售了粮食，对国家有贡献，就是光荣的。难道年年吃返销粮、伸手要补贴、躺在政府身上，反而光辉、荣耀？"不过，最后还是被免去队长职务，还险些以"反革命罪"论处。

这事惊动了安徽省委书记万里同志，1980年春节刚过，就专程前来小岗村调研。他对您说："如果再有人说你是现行反革命，你问他可有好办法，能把农业生产搞上去？他如果不能，我帮你打这官司。"并现场做出承诺，小岗村分田到户再干五年。紧接着，小平同志在一次讲话中公开肯定了"大包干"。1982年，中央"一号文件"正式出台，明确包产到户、包干到户都是社会主义集体经济的生产责任制。

"潮平两岸阔，风正一帆悬。"一路上，大道朝天，阳光似锦。您说："我爱人那天花了一百元钱，买了一挂鞭炮，噼里啪啦地放个没完，然后，趴在地上磕头，大哭，哭了又笑。"

三

叙谈间，我把目光扫向村中笔直的友谊大道，还有新楼、路灯、葡萄架、蘑菇棚，为到处都在掀起建设新农村的热浪而由衷地兴奋。您的神情却显得格外凝重，甚至有些惶然。与那些终老荒村的闭塞村民不同，您的眼界十分开阔，因而清醒地意识到，作为"全国十大名村"之一，小岗村同一些闯在前面的先进村相比，近些年的脚步毕竟还是缓慢了。在纪念"大包干"三十周年的日子里，您说过一句掷地作金石声的话："纪念改革的最好形式，就是继续深化改革。"这话说得在理。早在八十多年前，伟大导师列宁就曾说过："庆祝伟大革命的纪念日，最好办法是把注意力集中在还没有解决的革命任务上。"为此，他特别提醒人们要关注新事物。在这方面，您和小岗人是自觉的，敏感的。

你们现在十分注重研究外部世界的新事物。深知老一辈人文化低，底子薄，视界不宽，便有意识地把子女送出去学习；积极鼓励外出打工见过世面的青年回村创业；同时，从高等院校引进大批科技人才。只是去年一年，三个"大学生创业园"就吸引了来自全国各地的三十三名大学生，带动本村农民培植良种葡萄、双孢蘑菇，发展现代农业和旅游观光业，创办科技事业。科技这第一生产力的发展，又带来了变革生产关系与经营方式的需求，于是，你们又适时地提出：打破旧体制、建立新体制，重新踏上集体合作之路，向着全面建设小康新村的宏伟目标迈进。

如果说，三十年前的敢为天下先，靠的是勇气；那么，三十年后的今天，与时俱进，变革图新，靠的就是智慧了。是的，我从您的飞扬的目光中，看到了小岗人朴素而高扬的智慧。

素描至此，意犹未尽，率成《小岗行吟》七绝十首：

一

丝丝翠柳弄清柔，油路清溪傍小楼。
直恐老来诗兴减，淡烟疏雨下濠州。

二

东风伴我帝乡行，村鼓田歌别有情。
风片雨丝芳草路，菜花黄里过清明。

三

开路旌旗据上方，冲篱破锁谱新章。

朱皇跃马成何事，花鼓从头说凤阳。

四

德被生民首重农，家家鼓腹乐年丰。

敢拼性命开生路，拓展阳关一径通。

五

漫道年华水样流，丰功早已著千秋。

一从小岗燃星火，烈炬燎原耀九州。

六

卅载风烟似电驰，荒村古陌展新姿。

精描巧绘鹅溪锦，改革原来是画师！

七

迢遥应恨我来迟，十八先锋鬓有丝。

江北江南春正好，老梧待发凤凰枝。

八

创业科研重担挑，青衿学子志冲霄。

葡萄香菌连天架，荡我诗心涌巨潮。

九

万事由来重肇端，至今艳说大包干。

盘空鹰隼无停翼，制胜重攀百尺竿。

十

秋菊春兰各擅场，求新通变费端详。

风云坛坫无常主，小岗村前路正长。

"小岗村前路正长"，发展正未有穷期，未来风光自无可限量也。

霜林红叶

一

秋深时节，我又一次来到了辽东著名风景区天桥沟。一进山门，就感到弥望的金色秋光醉人心魄，仿佛置身于金碧交辉的缅甸的佛刹之中，整个身心笼罩在一种圣洁、肃穆的氛围里。此刻，夕阳的猩唇刚好吻合在天际的峰峦上，一炉晚霞的赤焰喷射着万缕金光，为远处的丛林勾画出参差错落的剪影。山岭上，沟壑边，径路旁，枫之夭夭，其叶灼灼。穿行其间，觉得头上浮荡着红云，全身披上了霞彩，一时竟分不清是醉叶的烽燧点燃了高耸的云天，还是黄昏夕照映红了千林万树。

我禁不住激情的飞越，热烈地赞美着这秋山红叶的人间佳景。而陪同我闲步的风景区总管老王，倒是见惯不惊，表现得十分平静。他眯缝着细眼睛，有一搭没一搭地附和着："是哩，是哩。"当然，那种得意的心境还是可以感受到的。由颇堪入画的现实美景，我又想到了长期在这里定居、朝夕寝馈其间，并把这些迷人的风景通过镜头广泛传播开去的摄影家韩忠老人。

前面就是他的住所，三间石头砌就的小平房，坐落在向阳山坡上。窗前那株老人手植的丹枫，红叶翩翩，临风摇曳；房门两侧，大丽花娇娆地绽出硕大的花朵；一畦白菜、萝卜铺展开青翠的嫩叶，等待着主人采摘。我看天色还没黑下来，便提议进屋去看看老人。还没等我的话落音，老王就陡然震动一下，声调里有些呜咽：

"别去啦，老人过世了。"

过世了？这简直像一声晴天霹雳，震得我半晌说不出话来。虽然他已届八十高龄，但身体一向健朗，没听说患过什么病啊。老王告诉我，那天上午，老人还曾登上莲花峰，拍摄了四山的红叶。夜间，心脏病突然发作，没有抢救过来。这几天，他就像丢了魂儿似的，茶饭无心，闭上眼睛就做噩梦，耳边总觉得韩老在呼唤。

"可惜呀，可惜呀，太可惜了！"老王心情沉重地说，"天桥沟风景区能有今天，韩老是功不可没的。"

"真是万万没有想到。我晚来了一步，没能和老人见上一面，也是很遗憾的。"我接上说。霎时，脑际便浮现出他那矍铄的身影——高大的身材，背部有些微驼，肩头总是挎着一架带有长镜头的照相机，手里还拿着一副三角架；一头蓬松、粗糙的灰白乱发，一圈布满唇髭和下颏的花白胡须，配上红润的脸膛和几块褐色的老人斑，苍老中充溢着一种粗犷、豪壮之气。山间简单而平静的生活，再加上艺术家所特有的专注，使他养成一副安详、平和的心态，丝毫不现峻急的神色和衰飒的情态。

二

老人原在辽宁电影制片厂工作，离休之后，偶尔到此间旅游，便被这四时迭变的旖旎风光迷恋住了，此后，每年几次都从沈阳赶到这里来拍片。到了1995年，他索性在天桥沟安了家，揽明月入怀，与山灵为伴，在"红叶晚萧萧"中登临啸傲，欢度晚年。为着记录天桥沟壮美的丰姿，也为了向外地游人介绍此间的秀美风光，老人把生命的最后二十年奉献给了这片山山水水。一年四季，晴雨晦明，天天都在山林里转悠，在各种光线下，从各个角度，拍摄风景照片数千幅。

十年前，正是他拍摄的一组风光照片把我吸引到天桥沟来的。接触的时间多了，我们渐渐地成了知心朋友，坐在一起，说审美，谈艺术，交流对开发、建设天桥沟的看法，共同语言很多。那天，他兴致特别浓烈，非得拉我到他家去喝酒，我以"素不善饮"为辞。他说："那你就坐在一旁，嚼花生、吃栗子——炒干果，是我老伴的绝活。"

话题是从我的问询挑起的："这么大岁数啦，还爬山越岭，四下拍照，不累吗？"韩老说："从小我就喜欢自然风光。开始到这里来，是流连风景的。一来二去，就着迷了，明月清风，鸟鸣花放，奇石幽谷，白雪丹枫。这样，就爱而不知其苦，只觉乐在其中，最后便定居下来。村里给我园田菜地，保证丰衣足食。我从年轻时候接受儒家思想熏陶，到老了还奉行'滴水之恩，当以涌泉相报'的信条。可是，一介书生，肩不能挑，手不能提，村里任何事都帮不上忙。只会一着——照相。这样，就发挥一技之长，为天桥沟做了一点鼓吹、传扬的工作，也算是对村里乡亲、对山水自然的一点回报吧。"

三

自此以后，我每次来到天桥沟，他都陪伴着四处游观，带着浓郁的感情为我讲说各个景点的特点，描形拟态，如数家珍。使我每来一次，都会有新的感悟，新的发现。

他曾在一篇文章里写道：

我的照相机是我的眼睛，是爱的显像仪，是我生命的组成部分。在多半个世纪里，她陪伴着我走南闯北，无数次登临祖国的名山大川，记录下数不清的美景。然而，在这些倾注全部爱心的作品中，我更垂青于辽宁天桥沟的景色。那层峦叠嶂，怪石嶙峋，古木纵横，曲水潺潺，朝晖夕阴、气象万千的种种奇观，不啻鬼斧神工，使我的心灵的窗子倏然敞开了。

老人以摄影艺术为生命存在方式，此外，不知其他，不问其他。风景区领导曾经建议他到外地举办摄影作品展览，然后，通过市场运作，使其广为流传，并增加一些收入。因为是宣传天桥沟，办展览，老人答应了；但拿照片卖钱，他不赞同，说："艺术是我心目中的圣女，并非谋生的手段。"

在一般人心目中，照相不同于绘画，那要容易得多，没有什么高深的艺术可言，只要取好景，选好角度，"咔嚓"一按，作品就出来了；即便是认识到其中有艺术技巧可循，也只是着眼于技术装备，诸如高价购置电子闪光装置、高速自动聚焦镜头、新型感光材料等等。看得出来，这方面的认识误区还真是不小。

韩老说，摄影表面上看，是运用器材进行产品制作，实际情况是，这种审美创造，不仅在物，而且在心，是心与物的结合体，是心灵借助物象来表现摄影者的情趣、意向、追求。诚然，摄影者是在为客观对象造影，但实际上，每时每刻，作为主体，他都要参与其中，进行有目的的创造。即便是拍摄的是一砖一石、一草一木，里面也都渗透着摄影者的情感。

由此我领悟到，美的欣赏，美的创造，原是意象的情趣化。就是说，它片刻也脱离不开主体心灵的介入。就韩老来说，作为艺术实践，摄影的过程正是艺术美的发现、捕捉与创造的过程。当外物的形态完全契合了他内心的设想，客体对象与其主观期待高度融合，实现了光、影、色最佳结合，于是，他就捕捉住这电光石火般的瞬间，神速地按下快门，随之脸上也相应地绽放出满足感、愉悦感、幸福感。其间，有寻觅，有搜索，有发现，有等待，焦灼中夹着快慰，劳累里饱尝欢欣。

四

韩忠老人对艺术的"之死靡它"的执着追求和献身天桥沟的忘我精神，使我想到了国外的一位令人敬仰的老人。为了破解秘鲁的"纳斯卡线条"这一神秘的文化疑团，德国女学者玛利亚·雷彻，放弃了繁华都市生活和优裕的教学职业，只身跑到南美洲这片荒无人烟的沙漠里，以全副身心投入到解读"纳斯卡线条"、保护"纳斯卡线条"的神圣事业之中。她终身未嫁，在那里一住就是六十年。

她的生活简单而充实，素食粗衣，住在一间当地民众提供的土坯房里，每天早早起来，戴上一顶草帽，背上那台老式的照相机，骑着一辆破旧的自行车，在纳斯卡地区往复默默地勘查，拍摄地图，清理地面，探明、修复了上万条线条和各种动植物、人形、几何形图像。为了不致因为修路、旅游造成人为的破坏，她走遍了秘鲁全境，奔波、游说，耗尽了心血。随着年龄一年年增大，她的身体也渐渐衰弱了，但还坚持实地测察，有时累得寸步难行，就躺在线条旁边歇歇脚。后来完全走不动了，眼睛也看不见东西了，还请助手背着她到处转悠。就这样，把整个生命都献给了"纳斯卡线条"。最后完成一部学术著作：《沙漠的神秘》。她用所得稿费雇了四个警卫人员，日夜守望着这片浩渺的荒漠。当地的民众和政府特别尊重和敬佩她，称她为纳斯卡的保护神，在她生前，就为她塑造了一尊雕像。

老人以九十五岁高龄去世。人们说：她是为"纳斯卡线条"而存活的。在她生命终结之时，纳斯卡小镇万人空巷为她送行，把她安葬在附近的沙丘上。

韩忠老人的功业及其影响，固然无法与玛利亚·雷彻女士相比，但其美丽的心灵与献身的精神，同样足以名标史册，光照人间，同样活得有声有色，有光有热，放射出生命的七彩火花。

天桥沟风景区已经决定把韩忠老人的住宅辟为永久性的纪念馆，展出他的摄影作品；并在旁边的山坡上修建他的墓地。把这作为一处景点供游人缅怀、凭吊。

生前，韩忠老人用照相机为天桥沟留下了珍贵的艺术精品；死后，他的高贵品格和感人的劳绩，还将如丹枫红叶，为他的第二故乡点燃一炬光辉的火把，朝朝暮暮，朗照着万千游人的心扉。

留下片片绿荫

一

卧云山的民众，自发地为退休林业工程师朱序弼老人立了一尊铜像。

这则消息，我是 2010 年 8 月 22 日，在西安飞往榆林的客机上，浏览当天的报纸发现的。当即决定，暂先不去参加在市内举行的诗词创作研讨会，直接赶往卧云山植物园去拜会朱序弼老人。

给伟人、名人塑像，随处可见，不过绝大多数都是已经作古的；而为身旁一位健在的普通人树立一尊铜像，这倒是新鲜事。当然，农民是最讲求实际的，他们肯定不会是刻意"作秀"。

铜像立在卧云山植物园的一处开阔场地上。和善、憨厚的老技师，戴着一顶陈旧的布帽；映着午后的阳光，古铜色脸上的皱纹更是沟壑纵横，眼睛眯缝着，一副久经烈日风沙磨蚀的典型的普通农民形象。他左手握着一段结果枝条，右手挂着一根木杖，似乎刚刚察看过心爱的林木，略微地歇歇脚，又像是打点好行装，正要出门远行。塑像底座前面铸有"绿圣朱序弼"五个大字。

从前有"文圣""武圣""诗圣""书圣"的尊称，还有"茶圣""棋圣""药圣"之说。"大约百工技艺，俱有至极，造其极者谓之圣。"这是古人的说法。那么，"绿圣"的含义呢？承旁边一位正在干活的青年农工点拨："栽树种草嘛！留下绿荫嘛！手杖上刻着呢——"这时我才注意到，原来手杖上还刻有四个字："移步生绿"。

听说我来自"东三省"，青年人夸张地说："啊，你们那里，一搂粗的大树，海海的，遥山遍野。"身在林木稀缺的黄土高原，语气中透露出对于浓荫密林的向往。说着，他主动提出要带我去见"朱工"。

除了年数大一些，实在看不出"朱工"——这位名扬中外的林业专家，和普通农民有什么区别。一样的衣着，一样的做派，一样的肤色，一样的话语，平凡到一眨眼工夫消失在普通劳动人群里，你再也难以辨认。

老人话语不多，更没有任何客套，听说我远道而来要看他的植物园，立刻增长了精神，平时总像是睁不开的眼睛唰地亮了起来，手杖也由挂着略微地举了起来，径直引我先去看那生气蓬勃的苗圃。呀！方方片片，沟畦分明，好大的气派！十多年来，从这里移进移出的苗木，已经绿化了三千多亩荒沙。绿色的生命循环往复，生生不息。

与绿遍山原的青葱世界形成鲜明的对照，眼前一片娇红，令人心神振奋。一棵棵绿叶纷披的细茎顶端，挑出来朵朵六瓣红英，像迎风摆动的小旗。原来这就是名闻遐迩的山丹丹。"山丹丹的那个开花哟红艳艳……"那首高亢的陕北民歌，此刻仿佛在耳边响起。朱工说，这种多年生草花，极盛期在六七月，现在稍稍有些过时，不过还能看出它的生长特性：每过一年就增开一朵，从每株开几朵花便可推知其生长年份。我细看了一下，就中两三朵的居多，少量的开出四朵、五朵。

山丹丹花原本开遍了陕北的川原丘壑；后来，由于干旱少雨和过度采摘，人们已经很难见到它的踪影了。为了寻找它们的踪迹，朱工无数次登山越谷，最后在佳县和神木发现了少量野生品种，他如获至宝，小心翼翼地将它们移植过来。经过八年来的抢救、驯化，栽培试验终于成功。老人日夜盘算着，如何让它们结出更多种子，再经过大面积人工繁育，最后广泛投入城市绿化。

两天来，我跟随着老人穿行于森然密布的花木丛中，尽兴地观赏着他的那些鲜活、灵动的创造物，同时，也很自然地把目光扫向他那极度寻常却又带有某种"神性与魔力"的双手——这是他的所有作品的生命源头。手，哪个人没有呢？不同的是，有的用于创造，有的用于享乐；有的造福社会、他人，有的却专事搜刮、掠夺。这本身就是一部言说不尽的大书。朱工的手，看上去青筋暴突，粗糙不堪，膨大的关节，破损的指甲，干裂得满是豁口。他的手似乎从来就未曾洗净过——泥浆、汗水、粪尿，粗活、脏活、累活。粗粝中却又透着精巧，一粒种子、一株幼苗、一段枝条，经过他出神入化的拨弄，顿时拥有了灵性，迸发出生机；棵棵树木、片片浓荫连接起来，构成一道亮丽的风景线。这倒应了日本电视剧《阿信的故事》中那两句歌词："青春走到白头，成功只靠一双手"。

我从朱工那双手，又联想到法国伟大雕塑家罗丹的手。这位"近代雕塑艺术之父"，在冥顽不灵的黏土、石膏、青铜、大理石上，通过卓越的双手，把梦想与激情化作可以触摸到的实体，以创新精神与生命活力演绎人类的苦乐、悲欢，实现灵魂与肉体的艺术对接。罗丹已经习惯了"在干活中获得自在""获得内心平静、灵肉升华"。他说："不干活，我只是一个可怜虫。"

同罗丹一样，朱序弼也是以生命创造生命，以生命酬答生命，以生命补偿生命。如果说，罗丹每时每刻，都是在一张张面孔上荡漾着他的创造之舟；那么，朱序弼则是在一片片枝叶上闪烁着自己的生命灵光。在他所倾心的绿色王国里，一株株树木沐浴着雨露、阳光，吸吮着浓情蜜意，光鲜、恣肆地膨胀着，日复一日地长粗长壮，把缥缈的云空托举得更高更远。老人把这看作是最宝贵的酬劳，从中获取了美妙无比的成功喜悦。而他自己，正在一年年地蜷缩着，日渐软弱无力，以致需要扶杖而行；仿佛大部分"生命之水"都已化作草浆木液，自身已经迹近干涸了。可是，对于这一点，他却全不在乎，甚至压根儿就没有考虑过。

二

在创办卧云山植物园之前，朱工曾先后创办过青云寺植物园和黑龙潭山地林木园。于今，黑龙潭四围一改童山濯濯的旧貌，十个山头全部绿化，满眼都是雾蒙蒙、莽苍苍的青松翠柏。多年不见的猫头鹰露面了，喜鹊、山雉也接踵而至，紧跟着又传来百灵、画眉、金翅鸟、叫天子的清音鸣啭。新华社 1992 年一则电讯称，这个山地林木园是我国一百一十四个植物园中唯一的一所民办园林，已成为国内注册的一个保存绿色树木资源的基因库。人们说，这里的一草一木都饱含着朱工的心血，渗透着他的辛勤汗水。

在半个多世纪里，他从实践中摸索出一套高超的育苗、嫁接技术，亲手收集、引进、培育、推广了两千多个植物品种，取得二十八项科研成果，发表论文和科普文章二百多篇，荣膺全国绿化奖章，被科技界誉为"复苏植物生命的人"。他的动人事迹吸引了中外无数专家学者。国内各地前来考察、取经的团队络绎不绝；丛林、花木中还留下了美、英、法、德、瑞典、比利时、西班牙、厄瓜多尔等十多个国家几十位专家的身影。日本亚洲学会的桥本濑毅夫妇参观后题词："地球的再生，从这里开始。"东京大学安富步先生撰写的《东大授业》教科书中，以近万字篇幅和大量图片介绍了朱序弼的成功之路。

面对那些宏伟的工程，再扫视一番朱工的年迈多病的孱弱身躯，我真想发出一声浮士德的呼唤：“这太美好了！请你停一停。”然而，他是绝不会停歇的。他并非像浮士德那样特别着意于“尘世生涯的痕迹”，也不想“享受现在这个神圣的瞬间”，他只是要奔向下一站，不断地踏上新的行程。就在人们沉浸在黑龙潭林木园硕果累累的欢乐时刻，朱工却在一个星花寥落的清晨，背起行囊悄然上路了，“挥一挥衣袖，不带走一丝云彩”。人们记得，当时他留下这样一句话：“我的目标是创建十个八个民办植物园。”

榆林地区坐落在陕西最北端，四围与甘、宁、内蒙古、晋接壤，地处毛乌素沙漠边缘。由于流沙的强势进逼，1949 年前榆林城曾三度南迁。那天同朱老聊天，我说，陕北的风沙肆虐，早就写到唐诗里了：“北风卷尘沙，左右不相识。飒飒吹万里，昏昏同一色。”还有一首：“眼见风来沙旋移，经年不省草生时。莫言塞北无春到，总有春来何处知！”他听了说：你是摇笔杆的，说话能搬出本本作证；我是全凭实际感受，一从娘肚里钻出头来，就和风沙撞个满怀。趴在窑洞里，倒是安稳；跨出房门一步，就全身裹在黄风里，沙飞石走，辨不清上下左右、南北东西。

他没满十岁就外出当佣工，当小羊倌，整天与林草相依相伴，结下了终生不解的深厚情缘。他熟悉各种草木的习性，童年伊始，就立下志向：长大了，要种无边的树，栽海海的草，改变那周边的环境。他说，什么事都有学问，庄稼院的学问是实打实凿的，一切都要动真格的，说了就干，一干到底。证之以朱工自身，正是这样，他始终只走一条路——跟着共产党；只念一本经——草木经；只做一个梦——绿染黄沙。一辈子未曾改变过主意，未曾打过退堂鼓。

号称“荒沙克星”的沙地柏，耐寒、耐旱，再生能力极强，是防风固沙、保持水土的理想树种。可是，现存的丛棵大多是天然生长的，而且，日渐萎缩，濒临灭绝。朱序弼从 1955 年就盯上了它，当时他刚好进了榆林防沙造林局。为了使沙地柏按照他的设想生长，先后进行了主枝扦插、侧枝扦插、种子繁育、培植直立树型四个阶段的实验，历经上百次失败，终于在 1995 年全面获得成功。四十载的甘苦辛劳，真是一言难尽；如果作家柳青还在，足够他写出另一部《创业史》了。

创业就要不断地闯关夺隘。1984 年春天，就在人们欢呼沙地柏扦插育苗实验成功之际，朱工却在琢磨着怎样通过种子繁育进行大面积的推广。最大的障碍，是种子难采啊！沙地柏十籽九空，要经过三年才能成熟。恰在这时，他应邀到内蒙古一个林场指导育苗。一天，偶然发现沙地柏枝头有一群小鸟在啄食树籽，他顿时眼前一亮：应该到鸟粪里寻找残存的籽实。于是，拨开繁枝密叶，小心翼翼地寻捡出一粒鸟粪，放在手里一搓，果然露出一颗饱满的沙地柏种子。此后，他连续多日寻找、收集，居然"从鸟粪蛋里抠出"一市斤优质种子。第二年试种成功，开创了种子繁育沙地柏的先河。这使人想起法国微生物学家巴斯德的那句名言："在观察的领域中，机遇只偏爱那种有准备的头脑"。由于朱序弼日夜思谋着种子繁育这一课题，因而获得了灵感的光顾，正所谓"得之在俄顷，积之在平日"。

年年月月，他就是这样，整天在空旷的沙荒上，做那篇种树种草的大文章。他很少与人交往，也没见过他主动向谁诉说衷曲。许多人认为，这种生活实在是寂寞，枯燥。他却有其独到的见解：枯燥、寂寞，属于闲散人的专利，他这个大忙人可没有那种"福分"。无论是历年手种的，抑或是边远的"移民"，无论是插条的还是嫁接，每一株苗木，老人都说得出它们的来历与特征。他说，树通人性，像人一样，也都懂得情感，知道好歹，重情重义。你头天晚上给它浇上水，施足了肥，第二天清早一看，格外地精神、水灵；你若是不好好对待它，它见你也就蔫头耷脑，爱答不理的。整天和这些活泼可爱的小精灵们头碰头、脸对脸，你说还会感到枯寂吗？

三

写到这里，我想从陕北作家陈江鹏为朱工作的传记中摘取两段：

创办植物园中，朱序弼生活环境的艰苦令人难以置信，他所需求的简单得实在不能再简单，可说是一个当代的苦行僧。他穿着一套烟头烧开许多小洞的褪了色的中山装，随身携带一个上世纪六七十年代的黑色人造革包，上面打着不同颜色的小块补丁。里面装有他心爱的林业技术书籍，装着他平生最爱吃的'镇川干炉'麦面烧饼，还有方便面，加上几个梨。每天晚上，他总是不住地咳嗽，不啃几口梨就无法入睡。

老朱四十八岁那年，参军的大儿子不幸夭亡，第二年，长期相依为命的老伴又病故了。接连不断的沉重打击，折磨得他患了重病，多少天昏昏入睡。稍微清醒之后，就觉得妻儿的音容笑貌不停地在眼前晃动着。他感到一阵阵揪心般的痛楚，一阵阵刻骨铭心的内疚：他整天总是忙他的林草，忙他的课题研究，顾不上照看妻子，甚至陪她上医院诊病的工夫也没有；而爱子忙于训练，来信常说想念爸爸，他却从未到部队去看望过。他觉得这一辈子最对不起的就是老婆、孩子。他勉强挣扎着从炕上爬起来，走路东倒西歪地，连脚跟也站不稳。他两眼直直的，呆若木鸡，精神有些崩溃了。他跌跌撞撞地摸到了苗圃，慢慢地转悠，或是蹲在地上，嘴里咕哝着，念念有词，人们说他在和苗木对话。是呀，他就是在和苗木谈心，他觉得自己亲手培育、亲手嫁接的苗木，就像亲生的儿女一般，是他生命的重要组成和寄托。只有面对他们，他才感到平添了一线生机，增长了生命的情趣。他仿佛觉得苗木这个巨大的磁场，向他发出信息、发出召唤——坚强起来，不能倒下去！

一起生活了二十多年的续弦老伴李增兰，说得更是形象、风趣：

"我们老朱一满不顾自己，不顾家，回家跟住店一样，炕头还没坐热，尻子一拍就走。他满脑袋装的就是他的林，他的草，他的植物园。你看看我们这个家，小得像个猪窝、羊圈，屁股大的一块脚地，来了人站没个站处，坐没个坐处。单位盖新楼分新房，我们老朱就是不要。我说，你要下来给娃娃们住。他说，咱不占公家那份便宜。老朱现在出名了，可他一辈子受的痛苦、遭的磨难，比普通人多得多。'不受磨，不成佛'，兴许有这个理儿。"

老伴这番话，乍一听，像是在抱怨、批评，可骨子里"一满"是赞誉，是自豪。

还有一件事，老伴没有说到：作为知名专家，朱工退休之后，接到过多处高薪延聘，都被他一一谢绝了。他专门看中了这类不给任何报酬的活干，一干就是十几年。除了这几处植物园、灌木园，他还在毛乌素大沙漠中创办了第一个珍稀濒危花木园，建成了高质量的保存绿色树木资源和珍稀花木的基因库，全都是尽义务。过春节时，当地一位老先生送给朱老一副对联："视草木如金银，视金银如草木"。可说是对这位超凡脱俗的林业工程师最好的生命诠释。

我们再听听朱工自己怎么说：

"生活没等格，钱还有个够？你得了五六万，还想五六十万，得了五六十万，还想得五六百万。我们都这把年纪了，说不定哪天就走了，要那么多钱做什么！过去人们说：'六十不种树，七十不盖房'。为人不能只顾自己呀！人的名望，树的荫凉。我就是要给后人留下一片绿荫！"

他不会说大话，也不习惯那些豪言壮语，朝朝暮暮，从容自得，只是默默地做着奉献，一点一滴地实践着"留下一片绿荫"的生命承诺。但是，他又绝不是那种仅仅盯着自己脚面的目光短浅之人。他的立足点很高，从不为浮言、虚誉所左右，即使是怀疑、非议，他也是一笑置之，觉得没有什么大不了的——山丹丹不是照常开花，樟子松不是照样生长吗？他已经脱开谋生空间，远离现实功利的层面，而进入澄明之境，徜徉在宏阔的精神境界里。用他老伴的话说，就是"成佛"了。

他无意成名，更不愿出名，对于自己所做的事，始终看得很平常，像日出日落、草木发芽、庄稼拔节一样自然，不过是尽了一分力量，或者说出于天性；却在时代的宏大背景上，把自己的身影刻进树木的年轮，为陕北大地树起一座葱茏蓊郁、逶迤绵延的绿色丰碑。

朱序弼出生于1932年，2012年在他八十寿辰之际，我曾驰函祝贺，祝他健康长寿，祝他继续创造辉煌的业绩。可是，四年之后，他却因积劳成疾，永远离开了衷心热爱、全力奉献的"造绿"事业，而为陕北大地留下了片片绿荫。

我的启蒙老师

一

谈到我的读书经历，许多朋友都不解：以我的年岁，以我所处的少年时代，怎么能够读了那么多年私塾？

是呀！本来，早在光绪三十一年（1905 年），科举制废除，新学堂兴起，传统蒙学教育即告终止，私塾这种办学形式就取消了；特别是辛亥革命军兴，所到之处，一般都以县政府名义贴出布告，明令禁止设立家塾，并派出督察员逐村检查。可是，在我们这荒寒僻野之地，却是延至四十年代，仍然没有任何禁令。至于什么教育督察员，莫说前来检查，即便是这个名头，也没有听说过。一言以蔽之：环境、条件使然。

我的故乡处在一个紧邻芦苇荡的荒村里。当时的环境是兵荒马乱，土匪横行，日本"皇军"和伪保安队，在别处可以横行无忌，大摇大摆地进进出出，唯独在这一带不敢露面，结果，这里便成了一处"化外"天地。加之，居住分散、户数较少，学校自是难以兴办。说到条件，就要提到我那位绰号"魔怔"的族叔了。他有一个男孩，小名唤作嘎子，生性顽皮，活泼好动，三天两头招惹是非。"魔怔"叔自己没有耐心，也没有精力加以管教，便想延聘一位老学究来进行管教。于是，就请到了有"关东才子"之誉的刘璧亭先生。他是"魔怔"叔早年的朋友，国学功底深厚，做过府、县方志的总纂。只因不肯仰承日本人的鼻息、耻与靦颜事敌的伪满雇员为伍，便提前告老还家了。

而我，由于得到"魔怔"叔的垂爱，他出面说服我的父亲，让我一同上学。——其实，在我父亲来说，是"欲渡河而船来"，正中下怀，求之不得。这样，我便"借光"进入了私塾。母亲说：这回好了，小马驹戴上了笼头。从此，我们这两个无拘无束、疯淘疯炸的顽童，便从"百草园"来到了"三味书屋"。其时为1941年春，当时我刚满六岁，嘎子哥大我一岁。

私塾设在"魔怔"叔家的东厢房。这天，我们早早就赶到了，嘎子哥穿了一条红长衫，我穿的是绿长衫，见面后他就要用墨笔给我画"关老爷"脸谱，理由是：画上的关公穿绿袍。拗他不过，只好听从摆布。幸好，"魔怔"叔陪着老先生进屋了。一照面，首先我就吓了一跳：我的妈呀，这个老先生怎么这么黑呀！黑脸庞，黑胡须，黑棉袍，戴着一顶黑礼帽。高高的个子往那里一站，简直就是一座黑塔。

"魔怔"叔引我到厨房洗净了脸盘，便开始举行"拜师仪式"：首先是，两个蒙童向东墙上的至圣先师像行三鞠躬礼；然后拜见先生，把"魔怔"叔事先为我们准备好的礼物（《红楼梦》里称之为"贽见礼"），双手奉上；最后，两个蒙童拱手互拜，便算了事。

接着，是先生给我们"开笔"。听说我们在家都曾练习过写字，他点了点头，随手在半张宣纸上，工工整整地写下了"文章得失不由天"七个大字，再让我们各自在一张纸上摹写一遍。这样做的用意，我体会，是为了掌握蒙童写字的基础情况，便于以后"按头制帽"，有的放矢。

先生见我们每人都认得许多字，而且，在家都背诵过《三字经》《百家姓》，便从《千字文》开讲。他说：《三字经》中有两句："宋齐继，梁陈承"，讲了南朝的四个朝代，《千字文》就是这个梁朝的周兴嗣作的。梁武帝找人从晋代"书圣"王羲之的字帖中，选出一千个不重样的字，交给文学侍从周兴嗣，让他把这些字组合起来，四字一句，合辙押韵，构成一篇完整的文章。这可是个硬头货，要拿出真本事的。"王命不可违"呀！周兴嗣苦战了一个通宵，《千字文》斐然成章。梁武帝诵读一遍，连声夸赞："绝妙好词。"周兴嗣却熬得须发皆白。

先生说，可不要小瞧这一千个字，它从天文地理讲到人情世事，读懂了它，会对中国传统文化有个基本的概念。

当时，外面的学校都要诵读伪满康德皇帝《即位诏书》《回銮训民诏书》和《国民训》，刘老先生却不理会这一套。反正"天高皇帝远"，没有人管束他。几个月过后，接下来，就给我们讲授"四书"，从《论语》开始，依次地把《孟子》《大学》《中庸》讲授下去。

这里还有一个插曲。先生进门的当天，就跟来一个"游学的"（专门负责供应文房四宝和各种常用书籍的）。我和嘎子哥买足了纸张、笔墨；待到要选购书籍时，自然要请示先生。先生逐册翻看书商带来的书本，发现全都是安东诚文信书局印行的，便对"游学的"说："你请回。我这里有事要办。""游学的"说："先生忙，我明天再来拜访。"老先生说："明天也不要来了，你请回！——送客！"

书商走后，老先生对"魔怔"叔说：安东（现为丹东）的这家诚文信书局，声誉不好。日本鬼子侵占东北之后，书局掌柜的为了向敌伪献媚取宠，以求得支持，承印了许多种"满洲国皇历"、教科书、教育挂图和"诏书""国民训"等，卖力宣传"王道乐土""日满亲善""共存共荣"一类货色。最恶劣的是，出版《三字经》时，竟在"廿二史，全在兹"两句话前面，加上了"九一八，满洲兴；康德帝，都新京"十二个字，后面改为"廿四史，全在兹"，受到各界人士的唾骂。不仅此也，他们还偷印上海、天津商务印书馆、中华书局、尚古山房等出版的流行小说和图片。由于它受到日本人的庇护，又兼坐落在

"满洲国"内，那些出版单位恨得牙痒痒的，也莫可奈何。

老先生说，我们无拳无勇，没法和它对阵，唯一一条，就是不进它的货，抵制它。买书不愁，用不了几天，还会有别的书商上门送货。果真，第二天，老先生就从镇上把要用的书都带了回来。

书都是线装、木版的，文中没有标点符号。先生事前用蘸了朱砂的毛笔，在我们两人的书上圈点一过，每一断句都画个"圈"，其他则在下面加个"点"。先生告诉我们，这种在经书上断句的工作，古人称作"离经"，意思是离析经理，使章句断开，也就是《三字经》里说的"明句读（读音为'逗'）"。"句读"相当于现代的标点符号。古人写文章是不用标点符号的，他们认为，文章一经断句，文气就割裂了，文意就僵滞了。但在诵读过程中，又必须"详训诂，明句读"，不然无法理解文章的内容。有时，一个标点点错了，意思就完全反了。先生说，断句的基本准则，可用八个字来概括："语绝为句，语顿为读"，语气结束了，算作"句"，用圈（句号）来标记；语气没有结束，但需要停顿一下，叫作"读"，用点（逗号）来标记。

尽管面对的是两个小孩子，但老先生却是十分讲究师道尊严，所谓"端乎其形，肃乎其容"。加之他面目黧黑，神情严肃，令人望而生畏。其实，他为人正直、豪爽，大气凛然，却又饶有风趣。他喜欢通过一些笑话、故事，向学生讲述道理。当我们读到《大学》的"知止而后有定，定而后能静，静而后能安，安而后能虑，虑而后能得"的时候，他给我们讲了一个两位教书先生"找得"的故事——

一位先生把这段书读成"知止而后有定定，而后能静静，而后能安安，而后能虑虑，而后能得"，发觉少了一个"得"字。一天，他去拜访另一位塾师，发现书桌上放着一张纸块，上面写个"得"字。忙问："此字何来？"那位塾师说，从《大学》书上剪下来的。原来，他把这段书读成了"知止而后有，定定而后能，静静而后能，安安而后能，虑虑而后能"，末了多了一个"得"字，就把它剪了下来，放在桌上。来访的塾师听了十分高兴，说，原来我遍寻不得的那个"得"字，跑到了这里。说着，就把字块带走，回去后，贴在《大学》的那段书上。两人各有所获，皆大欢喜。

二

老先生多次向我们重复这样一段话："讽诵之际，务令专心一志，口诵心惟。字字句句，绸绎反复，抑扬其音节，宽虚其心意；久则义礼浃洽，聪明日开矣。"他并未说明此语的出处。后来读书渐多，知道原来是阳明先生的论述。

当然，话是那么说，对于两个七八岁的孩子来说，面对那些传诵两三千年的皇皇古籍，要真的做到"义礼浃洽"，却又谈何容易！即便是经过先生讲解，也还是不懂的居多。于是，求知若渴的我，就一句一句地请教。比如读到《论语》，我就问：夫子说的"四十而不惑"，应该怎么理解？老先生说，人到了四十岁，就会洞明世事，也能够认清自己了，何事做得，何事做不得，何事办得到，何事办不到，都能心中有数；再过一些年就是"五十而知天命"，便又进入一个新的境域。

有时当我问得过于频繁，他就会说，不妨先背下来，现在不懂的，随着世事渐明，阅历转深，会逐渐理解的。西方哲人说："最崇高的乐趣，是理解带来的欢乐。"可是那时，我却经常处于模糊、朦胧状态，所谓"猪八戒吃人参果——食而不知其味"，根本谈不上享受这种欢乐。

读书生活十分紧张，不仅白天上课，晚上还要自习，温习当天的课业，以增强理解，巩固记忆。那时，家里都点豆油灯，"魔怔"叔特意买来一盏汽灯挂在课室，十分明亮。没有时钟，便燃香作记。

一般复习三排香的功课，大约等于两个小时。

早饭后上课，第一件事，便是背诵头一天布置的课业，然后由先生讲授新书。私塾的读书程序，与现今的学习方法不尽相同，它不是在充分理解的基础上再作记忆，而是先由先生逐字逐句地串讲一遍，扫除了读音障碍之后，学生就一遍遍地反复诵读，直到能够背下来的程度，也就是：先背诵，再理解。"魔怔"叔说得很形象："这种做法，和入室窃贼偷东西类似，先把偷到的财物一股脑儿抱回家去，待到消停下来，再打开包袱，一样样地细看。"这么做的道理在于，十二三岁之前，人的记忆能力是最发达的，而后，随着理解能力的增强，记忆能力便逐渐减退。因而，必须趁着记忆的黄金阶段，把需要终生牢记的内容记下来。前人把这种强记的功力，称作"童子功"。

"魔怔"叔曾经给我念过一首诗："读书切戒在慌忙，涵泳工夫兴味长。未晓不妨权放过，切身须要急思量。"他说，这是南宋大学者陆九渊写的。"未晓不妨权放过"，意为不懂的无须死抠硬拼，不妨暂且跳过。这句话很扎眼，似乎与通常的读书方法有悖，一般都是主张抓住不放，究根问底。实际上，他着眼在"涵泳"二字，强调不要慌里慌张，应该细嚼慢咽，从容消化，这样才能抓住要领，读出兴味。

"魔怔"叔还有一种见解：传道、解惑和知识技能的传授，有不同的方法。比如，学数学，要一步步地来，不能跨越，初等的没学习，中等、高等的就接受不了；学珠算，也要先学加减，后学乘除，一个台阶一个台阶地上。而一些人情道理，经史诗文，许多情况下，是依靠感悟、凭借琢磨，可以随着年龄、阅历的增长，逐步地加深理解。宋代文学家苏辙有两句诗："早岁读书无甚解，晚年省事有奇功。"大致意思是：早年读书未曾深刻理解的地方，到了晚年，随着学识的积累、阅历的增加，对于客观事物的深入省察，却能发挥奇特的功效。有的学者把这说成是"记忆之沉潜"。

说到涵泳，说到体悟，旧时有句成语，叫作"熟读成诵"。一句一句、一遍一遍地把诗文吞进口腔里，然后再拖着一种固定的腔调，大声地背诵出来。今天看来，这种方法实在是太拙笨了；不过，拙笨的功夫常常能够带来神奇的效果。在旧时的举业中，可以说，人人走的都是这条路子。

不过，儿时的记忆力再强，背诵这一关也是不好过的。一年到头，朝朝如是。到时候，先生端坐在炕上，我要背对着他站在地下。按照事先布置的课业，听到一声"起诵"，便左右摇晃着身子，朗声地背诵起来。遇有错讹，先生就用手拍一下桌面，简要地提示两个字，意思是从这里开始重背。背过一遍之后，还要打乱书中的次序，随意挑出几段来背。若是没有做到烂熟于心，这种场面确实是难以应付。

我很喜欢背诵《诗经》。"蒹葭苍苍，白露为霜。所谓伊人，在水一方。溯洄从之，道阻且长；溯游从之，宛在水中央。"整齐协韵，诗意盎然，重章叠句，朗朗上口，颇富节奏感和音乐感。诵读本身就是一种欣赏，一种享受。可是，这类诗章也最容易"串笼子"，要做到"倒背如流"，准确无误，就须下笨功夫反复诵读，拼力硬记。好在木版的《诗经》字大，每次背诵七页八页，倒也觉得负担不重，可以照玩不误；后来，逐渐增加到十页、十五页；特别是因为我淘气，先生为了用课业压住我，竟然用订书的细锥子来扎，一次带起多少页来就背诵多少。这可苦了我也，心中暗暗抱怨不止。

我原以为，只有这位"黑先生"（平常称他"刘先生"，赌气以后就改口叫他"黑先生"，但也止于背后去叫），才会这样整治生徒；后来，读了国学大师钱穆的《八十忆双亲》的文章，方知"天下塾师一般黑"。钱先生是这样记述的："翌日上学，日读生字二十，忽增为三十。余幸能强记不忘，又增为四十。如是递增，日读生字至七八十，皆勉强记之。"塾师到底还有办法，增加课业压不住，就以钱穆离座小便为由，"重击手心十掌"，"自是，不敢离座小便，溺裤中尽湿"。

我的手心也挨过打，但老师不是用手掌，而是用板子，榆木制做，不甚厚，一尺多长。听人说，木板经尿液浸过，再用热炕猛烙，便会变得酥碎。我和嘎子哥就趁先生外出，如法炮制，可是，木板依旧十分结实。

先生是一位造诣很深的书法家。他很重视书法教学，从第二年开始，隔上三五天，就安排一次。记得他曾经讲过，学书不仅有实用价值，而且，也有益于对艺术的欣赏。这两方面不能截然分开，比如，接到一封字体秀美、渊雅的书信，在了解信中内容的同时，也往往为它的优美的书艺所陶醉。

学写楷书，本来应该严格按照摹书与临书的次序进行。就是，先要把"仿影"铺在薄纸下面，一笔一笔地描红，熟练了之后，再进入临帖阶段。由于我们都具备了一定的书写基础，先生就从临帖教起。事先，他给我们写好了两张楷书的范字，记得是这样几句古文："幼怀贞敏，早悟三空之心，长契神情，先苞四忍之性。""江山之外，第见风帆沙鸟、烟云竹树而已。"嘱咐我们，不要忙着动笔，先要用心琢磨，反复审视——他把这称作"读帖"，待到谙熟于心，再比照着范字，在旁边认真临写。他说，临帖与摹帖不同，摹帖是简单的模仿，临帖是在借鉴的基础上进行自我创作，必须做到眼摹、心悟、手追。练习书法的诀窍在于心悟，读帖是实现心悟的必由之路。

我们在临帖上下过很大工夫。先是"对临"，就是对着字帖临写。对临以形为主，先生强调掌握运笔技巧，注意用笔的起止、转折、顿挫，以及章法、结构。然后实行"背临"，就是脱离字帖，根据自己的记忆和理解去临写。背临以意为主，届时尽力追忆读帖时留下的印象，加上自己的理解与领悟。尔后，他又从书局为我们选购了一些古人的碑帖范本，供我们临摹、欣赏。他说，先一后众，博观约取，学书、写诗、作文，都应该这样做。

当年，鲁迅先生对于"中国历来教育儿童的方法"，曾经给予高度的评价："中国人要作家，要文豪，但也要真正的学究。倘有人作一部历史，将中国历来教育儿童的方法，用书，做一明确的记录，给人明白我们的古人以至我们，是怎样的被熏陶下来的，则其功德，当不在禹下。"可是，我们的老先生，却未必认识到如此高度。他曾对着"魔怔"叔，自嘲是"三家村里的孩子王"，并且随口吟出清代文人郭臣尧的《村学》打油诗：

> 一阵乌鸦噪晚风，诸生齐放好喉咙。
> 赵钱孙李周吴郑，天地玄黄宇宙洪。
> 三字经完翻鉴略，千家诗毕念神童。
> 就中有个聪明者，一日三行读大中。

颔联上句来自《百家姓》，下句源于《千字文》；颈联《鉴略》《神童（诗）》"均为旧时童蒙读物；尾联"大""中"指"四书"中的《大学》《中庸》。

三

塾斋的窗前有一棵三丈多高的大树，交柯叠杈，翠影扶疏，劲挺的枝条上缀满了纷披的叶片，平展展地对生着，到了傍晚，每对叶片都封合起来。夏至后，满树绽出粉红色的花絮，毛茸茸的，像翩飞的蝶阵，飘动的云霞，映红了半边天宇，把清寂的塾斋装点得烂漫中不乏雅致。深秋以后，叶片便全部脱落，花蒂处结成了黄褐色的荚角。在我的想象中，那一只只荚角就是接引花仙回归梦境的金船，看着它们临风荡漾，心中总是涌动着几分追念，几分怅惘。

"魔怔"叔说，这种树的学名叫作"合欢"，由于开的花像马铃上的红缨，所以，人们又称它马缨花。炎热天气，老先生、"魔怔"叔经常坐在下面纳凉。有时，我父亲农活间歇，也会荷锄过来凑趣。

那天，面对清幽、飘逸的花影缤纷的美景，"魔怔"叔说，晚清李慈铭的《越缦堂日记》里特意提到它，说"花细如缉绒所成""茸艳幽绮，其叶朝敷夕敛，又名夜合花"。

老先生说，蒲松龄的《聊斋志异》，有一篇里也提到过"门前一树马缨花"。

我父亲说是《王桂庵》。

老先生称赞说："你的记性真好。"

父亲说："因为这个风流才子王桂庵，也是我们祖籍河北大名人氏，很可能是敝同宗，所以就记住了。"

马缨花树上没有挂着马铃，塾斋房檐下却摆动着一串风铃。在马缨花的掩映中，微风拂动，风铃便发出叮叮咚咚的清脆的声响，日日夜夜，伴和着琅琅书声，令人悠然意远。

那天，刘老先生提到了私塾课业安排。他说，只读不作，终身郁塞。作文就是表达情意，发抒思想，这都有赖于思考。从一定意义上说，说话也是在作文，它是先于读书的。儿童如果一味地强记、硬背，而不注意训练表达、思考的能力，头脑里的古书，横堆竖放，越积越多，就会把思路堵塞得死死的，像《孟子·尽心》篇所说的："山径之蹊间，介然用之而成路；为间不用，则茅塞之矣。"小孩子也是有思路的，应该及时引导他们，通过作文进行表达情意、思索问题的训练。

"魔怔"叔对他的这种说法，极表赞同。最后，两位共同商定，在"四书"、《诗经》之后，接着，依次讲授《史记》《左传》《庄子》，以及《古文观止》和《古唐诗合解》，强调要把其中的名篇一一背诵下来，而后就练习作文和对句、写诗。

老先生很强调对句。他说，对句最能显示中国诗文的特点，有助于分别平仄声、虚实字，丰富语藏，扩展思路，这是诗文写作的基本功。作为辅助教材和工具书，他找出来明末清初李渔的《笠翁对韵》。这样，书窗里就不时地传出"天对地，雨对风，大陆对长空。山花对海树，赤日对苍穹。雷隐隐，雾蒙蒙，日下对天中"的诵读声。

为了加深这方面的理解，老先生还讲了一个故事：

咸丰年间，有两个举子，一为直隶籍，一为东北籍，赴京赶考，同宿棚舍。直隶生员出了一副对联的上联："密云不雨，虽有玉田难丰润"，用了密云、玉田、丰润三县名字；要求东北生员也以东三省三个县名嵌入，对出下联。东北生员对曰："长春永驻，何须延寿亦康平。"吉林的长春、龙江的延寿、辽宁的康平，与直隶三县恰相对衬，十分工丽。

老先生讲，对句，要分清虚字、实字。一句诗里多用实字，显得凝重，但过多则会流于沉闷；多用虚字，显得飘逸，过多则流于浮滑。唐代诗人在这方面处理得最好。

于是，他就从眼前景色入手，以"马缨花"为题，让我和嘎子哥找出一种植物来作对。我想了想，答说："狗尾草。"嘎子哥说："猪耳菜。"老先生满意地说："对得很好，基本要求都达到了。"说着，他又拿起放在桌子上的新买的牛蒡茶，随口问了一句：

"你们说说看：用'牛蒡茶'三个字来对，行不行？'蒡'，读音如棒。"

嘎子哥说："可以。"

我说："恐怕不行，因为上句的'花'是平声，和它相对的应该是仄声，而'茶'是平声字。"老先生点了点头。

逐渐熟练了，基本上掌握了对句的规律，老先生又从古诗中找出一些成句，让我们来对。一次，正值外面下雪，他便出了个"急雪舞回风"的下联，让我们以答卷形式，对出上联。我面对着窗前场景，构想了一会，便在卷纸上写下了"衰桐存败叶"五个字。

先生看了，用毛笔作批："如把'存'改成'摇'，变成'衰桐摇败叶'，就堪称恰对了，但亦未尽善也。"然后，翻开《杜诗镜铨》，指着《对雪》这首五律让我看，与"急雪舞回风"相对的原句，是"乱云低薄暮"。先生说，古人作诗，讲究层次，杜甫先写黄昏时的乱云浮动，次写回旋的风中飞转的急雪，暗示诗人怀着一腔愁绪，已经独坐斗室，对雪多时。

后来，又这样对过多次。觉得通过对比中的学习，更容易领略诗中三昧和看到自己的差距。我和嘎子哥跟随老先生到十几里外的马场远足。站在号称南北通衢的驿路上，看着车马行人匆匆来往，先生随口出了一副上联：

车马长驱，过桥便是天涯路；

叫我和嘎子哥对出下联。我们想了一会儿，各对出一句，老先生听过，一直在晃脑袋。过了一会儿，他把我对出的那一句加以调整、改造，成为：

轮蹄远去，挥手都成域外人。

先生问道："你们看，怎么样？"
我们都说"好"。

先生说，就平仄相协和词性对仗来要求，这个下联完全合乎规格；但是，不妥之处也很明显：这里的"轮蹄"与上联的"车马"相互对仗而词义相同；而且，整个上下联的含义也大体一致，上联说的是出门远行，下联仍是重复或者延伸这个意思，这叫"一顺边"，也就是古人说的"合掌对"——人的两只手，长短、大小、形状全都一样，合在一起，没有区别。作诗、拟联出现这种现象，是个忌讳。至于《笠翁对韵》中的例句，那是着意于讲授对句的规矩、方法，而并非作咏诗、对句的示范。如果实际拟联时，就这么"天对地、雨对风"地弄下去，那岂不成了三家村的"冬烘先生"！要设法从另一面去做文章，比如，讲归来重见就比较好了。于是，他把下联改为：

　　襜帷暂驻，睹面浑疑梦里身。

解释说：两个分句，前者采自《滕王阁序》，后者暗用杜甫诗句"相对如梦寐"。

转眼，一年时间过去了，记得那天正值元宵节。我坐在塾斋里温习功课，忽听得远处响起了锣鼓声，料想高跷队（俗称"高脚子"）快要进村了。见老先生已经回到卧室休息，我便悄悄地溜出门外。不料，到底还是把他惊动了。只听得一声喝令："过来！"我只好转身走进卧室，见他正与"魔怔"叔横躺在炕上，面对面，共枕着一个三尺长的枕头，中间摆放着一套烟具，锃亮的铜烟盘里，放着一个小巧的烟灯，闪动着青幽幽的火苗。"魔怔"叔拿着一根银签子，从精致的银盒里，挑出一块鸦片烟膏，在烟灯上烧得嗞嗞作响，立刻有一种特殊的香味散发出来。他把烟泡用银签子递送到老先生的烟枪上，然后又给自己如法炮制一个。这样，两人便先后凑在烟灯底下，面对面地畅快地吸食着。由于博役（私塾佣工）不在，唤我来给他们沏茶。我因急于去看高跷，忙中出错，过门时把茶壶嘴撞破了，一时吓得呆若木鸡。先生并未加以斥责，只是说了一句："放下吧。"

这时，外面锣鼓响得更欢，想是已经进了院里。我刚要抽身溜走，却听见先生喊我"对句"。我便规规矩矩地站在地下。他随口说出上联：

歌鼓喧阗，窗外脚高高脚脚；

让我也用眼前情事对出下联。

寒风吹打着外面的窗纸，伴和着满挂在合欢树上的荚角和茅檐下的风铃，沙沙沙，唰唰唰，叮零零，齐声作响。我站在窗下，早已憋出满头热汗，正愁着找不出恰当的对句，忽见"魔怔"叔用银签子拨动一下烟灯，又把头部往枕头边上挪了挪。不知他是偶然动作，还是有意提示，反正促使我灵窍顿开，对出了下句：

云烟吐纳，灯前头枕枕头头。

"魔怔"叔与塾师齐声赞道："对得好，对得好！"

且不说当时那种得意劲儿，真是笔墨难以形容，只讲这种临时应答的对句训练，使我日后从事诗词创作，获益颇深。

"少年子弟江湖老"。六七十年过去了，无论我走到哪里，那繁英满树的马缨花，那屋檐下空灵、清脆的风铃声，仿佛时时飘动在眼前，回响在耳际。马缨——风铃，风铃——马缨，永远守候着我的童心。

捉 鹰 客

一

小时候，我家院子里有座西厢房，靠南面那两间，一年四季总是空闲着。那年春节过后，我跟随母亲从外祖父家串亲回来，一进院，瞥见一个陌生的男人，挑着满满的两桶水，走进了这座空房子。父亲告诉我，这是靳叔叔，刚从很远很远的山东老家搬迁过来。

靳叔叔大约四十多岁，个头不高，黑黑脸膛上长着半圈黄胡子，说起话来蛮声蛮气，平时眼睛总是眨个不停，看上去觉得有些滑稽。

渐渐地我发现了，原来他是个聋子，你若是有什么事想告诉他，必须大声叫喊。同他说话很费劲，可是，出于好奇心的驱使，我还总想接近他，和他唠上几句嗑儿——多么聋我也不怕，我能够喊叫，我的嗓门尖，喉咙响。怎奈他是一个大忙人，一天到晚没有闲的时候，撂下耙子就是扫帚，院里院外，收拾得干干净净。

他平素没有多少话语，闷怀怀的，人缘却很好。左邻右舍的婶子大娘们，看他"光杆子"一个，日子过得怪清苦的，便试探着给他提媒，要把邻村一个智力稍有缺陷的女人介绍给他。

"我是一个残废人，"他说，"家里又穷得叮当响，耗子溜进门来，都要掉下几滴眼泪。只要人家不嫌弃，我没有任何挑拣。"这样，没过上半个月，这门婚事就做成了。于是，西厢房里便又添了一个长头发的女人。

新娘比新郎年轻，手大、脚大、脸盘大，个头也比他高，外表上看，眉眼倒也顺顺当当；整天笑嘻嘻的，好像心里没有半点愁事。我们便称她为"笑婶"。

"笑婶"特别喜欢戴花，无论是真花假花，山花野花，红花紫花，见着了就往头上插，十朵二十朵，叠叠层层，满头花枝摇曳；然后，就对着镜子，前后左右地照。却不懂得坐下来唠唠家常嗑儿，和丈夫说句体己话。办喜事那天，深更半夜里，聋子新郎一遍又一遍地，催促着新娘脱衣服，可是，新娘却只是"呵呵呵"地笑着，硬是不动弹。她越是在那里傻笑，新郎便越是恼火，最后，竟至蛮声蛮气地大吼起来："你要脱裤啊！你怎么就不脱裤呢？"自此，"脱裤啊，脱裤啊"，成了屯里的一个笑料。

这个"笑婶"确是有些"缺心眼儿"。妈妈看她不会做针线活，便将一件年轻时穿过的带大襟的棉袄送给她。不料，她却将前后两面颠倒过来穿反了，结果，费了很大劲也系不上纽扣，逗得人们在一旁窃笑。有时，在大门外，还会围上一群孩子、大人，抓住"笑婶"的一些话柄来耍笑她。每逢见到这种情景，妈妈都要喊我回家，不但不让我跟着掺和，连看热闹都不许。

妈妈没有上过学，说不出来"尊重别人也就是尊重自己"和"己所不欲，勿施于人""恻隐之心，人皆有之"那番书本上的大道理，却极富同情心，总是设身处地，将人心比己心；而且，能从实际出发，讲出一条颇有些辩证色彩的"理论"：太阳爷不会总在一家头顶上红，三十年风水轮流转；上辈子聪明伶俐的，下辈人难免痴茶呆傻，现在你们笑人家，将来人家笑你们。

妈妈很看重这类问题，总是严词厉色地告诫我。她说，这样地取笑别人，是丧失人格，很不道德的。痴茶呆傻，本身没有罪过；

何况，残疾人有了种种生理缺陷，不能像正常人一样自由地活动，已经很痛苦了，如果我们再取笑他们，他们的心理会受到更大的伤害，甚至还会产生生不如死的念头。所以说，取笑残疾人，等于用刀子扎人家的心，这是非常残忍的行为。妈妈还说，我们可以反过来想一想，也就是将心比心，假如有一天，自己也变成了残疾人，行动发生障碍，或者痴茶呆傻，不能自理，在这种情况下，如果也有人去取笑你，那你是不是也会很气恼、很伤心、很绝望啊！

二

与"笑婶"整天嘻嘻哈哈形成鲜明的对比，靳叔叔却总是显得心事重重，终日里愁肠百结，紧皱着眉头。

俗话说，人不可貌相，海水不可斗量。逐渐地村里人发现，这是一个很有本事的汉子。村里有不少打鱼摸虾的，却没听说过谁能捉鳖，靳叔叔却是一个捉鳖的能手。一到地里活可以腾出手来，他就拎着一支棍子，带上一个网兜，光着脚板，在沙岗下面的池沼边上来回转悠，目不转睛地盯着水面。我好奇地跟着去看，他也并不往回撵我，只是做个手掌捂住嘴巴的姿势，我懂得，那是示意不要说话。

我便悄悄地跟在他的身后，照他那样定睛地盯着水面，也没有发现任何变化，他却从小小的水泡上，察觉到了老鳖的踪迹。而后，弯身捡起一块拳头大小的石头，轻轻地往水里一投，那个刚要露头的家伙，便赶忙缩紧脑袋，沉下水底，并且猛劲地往沙子里卧，再就一动不动了。——这些都是事后听靳叔叔说的。

这时，只见他不慌不忙，挽起裤脚，慢慢地走进水里，站在冒水泡的地方，一面用脚丫子往复地踩着，一面拿木棍试探，当察觉到下面有东西了，便弯下腰杆去摸，总是手到擒来，有时，竟能接连抓出两个老鳖，统统放进网兜里。然后，他又回到水边沙滩上来回转悠了。一天过去，总能带回家去十斤八斤，第二天，一起送到集镇上的中药铺去。

秋风刮起来了。靳叔叔凑足了钱，从市集上买回来几张网片，然后连缀起来，分别固定在一些细竹竿上。我猜想，他肯定又要有新的举动了，便定定地跟在他的身后，等着瞧热闹。那年，我虚龄六岁。

气温骤然下降，地面铺了很厚的清霜，早晨有些寒凉。我听见靳叔叔在窗外喊了一声："抓鹰去！"便赶忙步出屋外，见他扛着缝在竹竿上的几片立网，手里还提着一只冠子血红、"扑棱扑棱"夯翅的大公鸡，出门一直向东，直奔村外的一片林莽走去。

我们来到一块林间的隙地，把竹竿立网架设起来，看去宛如四面围墙。在网壁的里边，插了一个木橛，把大公鸡拴在上面。然后，他就拉我走开，躲在远远的地方，悄悄地抽着老旱烟。大约两锅旱烟过去，就见一只老鹰从半空中盘旋而下，几次试探着要把公鸡叼走，却由于有绳子扯着，没有达到目的，它就左冲右突，飞上飞下，终于触到了立网上，滑子一动，立网齐刷刷地扑倒在地，老鹰被严严实实地罩了起来。

"这是一只黄鹰，你看它的个头多么大！"说着，靳叔叔便从网里把它取出，用绳子紧紧地勒住了双翅，叫我把它拴在远处的树丛里。他看了看大公鸡，说，受了伤，不耐事，咱们趁便再抓一个。于是，便又把立网架了起来。

回到拴鹰的场所，我发现它有两根毛羽折断了（也许是猛劲勒断的），心痛地大声说，毛羽一断，明天到集上就不容易出手了。不料，靳叔叔却龇着牙狞笑着，说："明天！我还能让它活到明天？"话音刚落，他一抬腿，就把黄鹰踢个翻白，再也不动弹了。一时我竟惊呆了，见他没有好气，也没敢问个究竟。

沉闷了好一会儿，他才又说了一句："看来老鹰也知道，落在我手里，没个好。"这话是一语双关的，因为后一次架网，战果不佳，足足守候了一个半时辰，也未见老鹰的踪影，我们只好怅然返回。

三

转眼间，又到了"猫冬"时节。一天傍晚，不知他从哪里弄来了一些炒熟的驴肉，还有一瓶烧酒，硬拉上我父亲到他的屋里小酌，——这里面自然带有酬谢房东的意思。母亲看他家没做晚饭，就让我给送过去一大盘菜饺子。靳叔叔便拉我也坐了下来。

这天晚上，显然他是喝过量了，平素寡言少语的他，此刻，却说起来没完，说着说着，竟落下了眼泪。我们这才了解到有关他的身世，听到了一桩发生在三年前的惨痛往事——

靳叔叔一家，祖居山东省临沂县，父一辈子一辈，薪火相传，已经不知道多少代了。到了他出生之后，赶上了从城里搬来的"土霸王"赫连福。从此，开启了他们父子的终生厄运。

赫连福心黑手辣，欺男霸女，横行乡里，无恶不作。靳叔叔形容他，是"三角眼，吊梢眉，眼睛一眨巴一个坏点子"。一只鹰，一条"狗"，加上这个赫连福，被称为"村中三害"。"狗"是两条腿的，指他的狗腿子，是个有名的打手；鹰，据说是从俄罗斯买进来的，勾勾着嘴，圆瞪着眼，翅膀一张三尺挂零，整天怒气冲冲的，凶神恶煞一般。

鹰，是赫连福的爱物，整天不离身旁，走到哪里带到哪里，以致邻舍的老大妈们早晨揭开鸡窝时，总要唠叨两句："小鸡小鸡细留神，小心碰上赫家人。"这当然无济于事，年复一年，被这只老鹰叼走的鸡，毛血淋漓，无计其数。眼看着自己精心喂养的大母鸡被老鹰叼走，老大妈心疼得都要流出血来，却只能忍气吞声，既不敢怒，更不敢言。如果有谁敢于说出半个"不"字，狗腿子便会立刻闯进门来，敲锅砸灶，闹得倾家荡产。

靳叔叔的父亲，从年轻时就在赫家当长工，已经在这座黑漆大门里，熬过四十个春秋了。这年秋后，他起了一个大早，赶着牛车去给东家拉秫秸，路上坡坎很多，不慎翻了车，右腿被砸伤了。伙伴们把他背回家去，刚刚躺下，赫连福就打发人来，叫他过去。他拄着拐杖，一瘸一颠地进了门，赫连福便恶狠狠地吼着："真是个窝囊废！你跌伤了，倒没有啥；这大忙季节，叫我到哪里去雇人？"

老人越听越觉得不是滋味，气得"回敬"了一句："怎能说，砸坏了腿还没有啥呢？"赫连福冷笑一声，说："有啥没啥，与我没关系。找你来，是让你收拾收拾，赶紧回家歇着去！"就这样，苦奔苦曳了半辈子的老长工，一句话就被辞退了。

老人回到家里，没吃又没烧，三天两头揭不开锅。这天早晨，喝了一碗高粱面糊糊，就一瘸一拐地下地去拾柴火。也是"冤家路窄"，合该出事，刚走出大门口，就和"村中三害"碰上了头。——赫连福摇摇晃晃地从东面走了过来，一只胳膊上挎着文明棍，另一只手臂上架着那只外国的老鹰，身后紧跟着那个打手。见到场院里有几只鸡正在低头啄食，赫连福便止住脚步，把鹰撒开。只听"嗖"的一声，那老鹰便闯入了鸡群，对着那只肥大的母鸡，开始搏击。靳爷爷一见被捉的正是自家那只下蛋最多的母鸡，一时，"怒从心上起，恨自胆中生"，照着老鹰就是一耙子。

靳叔叔说，当时老人想的是："撕了龙袍也是死，打了太子也是死"，反正是一码事。一不做二不休，干脆揍死这个鬼东西，也算给村中除去一害。说来也巧，耙子一抢出去，不偏不倚，正好打穿了老鹰的天灵盖，翅膀一扑棱，就玩完了。

　　这可闯下了弥天大祸。老人被赫连福和打手劈头盖脸地揍了一顿，最后又被带回去关押起来。靳叔叔当时在外村扛活，听说家里出了事，连夜赶了回来，托人说情，争取和解。赫连福对来人说：若要放人回去，必须应下三个条件：第一件，这只鹰是神物，要为它举行隆重葬礼，出殡那天，他们父子二人，要给它披麻戴孝；第二件，要像对待他家的老太爷一样，葬在坟茔地里；第三件，犯案的本人干不动活了，要由他的儿子献工三年，赔偿损失。

　　靳叔叔一听，立刻就火冒三丈，觉得实在是欺人太甚；但一想到遭受苦刑的老父亲，也便忍着怒气答应下来。可是，当去接父亲回家时，老人却死活不肯挪动地方，说是干脆死在他赫家就算了，也省得受这份窝囊气。结果，伤势本来就重，已经奄奄一息，加上又气又恼，第三天就一命呜呼了。靳叔叔急火攻心，两耳嗡嗡作响，当时便什么也听不见了。草草地埋葬了父亲，趁着夜静更深，索性一跑了之，隐姓埋名，下了关东。

　　这时候，我才知道，他原本姓葛，人称"葛三"，"靳"是母家的姓氏。

　　后来，临沂解放了，他便捆起了行李卷，只身回去了。过了几天，和他"搭伙"（乡下把同居叫搭伙）的"笑婶"也不知去向。我家的西厢房重新空了下来，依旧寂然无声。

　　一天，母亲打扫西厢房，无意中在墙角缝隙，发现了一个小口袋，里面装有四块银圆。料想是靳叔叔唯恐"笑婶"胡乱花钱，私自藏起来的，过后却忘记了，没有在离开时带走。当天晚上，母亲同全家人商量，想什么办法给靳叔叔捎回去。父亲说："只听说他是山东临沂的，地方大着呢，人海茫茫，到哪儿去找啊？"

　　可是，母亲并不死心，为了打听靳叔叔的下落，几乎问遍了屯里的人。人人都说：找那干啥？到街上割二斤肉，打一瓶酒，吃掉算了！即便是老靳仍然在世，恐怕连他自己也忘光了。

母亲却不这么想。她说："人家血汗挣下的钱，我们迷着黑心眼子给花了，于良心有愧。"

尔后，过去了几十年，对此，她仍然耿耿在念，不能自释。钱，始终放在大柜底下，任何人都没有动过。

感　念

　　一年一度的法兰克福国际书展，金秋十月应时召开，2008 年刚好是第六十届。由于我的散文集《北方的梦》被译成英文与阿拉伯文，这次，有关部门也安排我到场。

　　这天，我正在中国展馆，低着头看书，突然听人喊了一声："王先生，王叔叔！"抬头一看，是位中年女士，觉得面熟，细一端详才认出来："你是雅萍啊！"

　　我们已经近二十年没有见面了。她的父亲是我在沈阳的大学同学，供职于财税部门。旧事依稀，如烟似梦。那时，雅萍还在大学读书，我曾在她家见过面，标致，漂亮，我夸她像"清水芙蓉"。她爸爸顺杆儿爬上，当即托我给物色个对象。雅萍撒娇地双手蒙上爸爸的眼睛，说："你又喝多了！"毕业后，她被分配到出版社当编辑。后来，听说出国了，同一个留学德国的青年结婚。由于妈妈去世早，爸爸后来也不在了，她便很少回国，我们便再也没有联系过……

　　听我介绍了来意，她说，王叔，咱们出去吃饭，慢慢地向您汇报。

　　对于法兰克福，雅萍也不算太熟，她住在德国南部城市慕尼黑，这次是专程赶来看中国大陆和台湾书展的。好在德语精通，找中餐馆，特别顺利。坐定之后，我们点了水饺和几样菜，边吃边谈。

　　雅萍跟随丈夫到了德国，先是做过一段华人家庭教师，后来到一家出版社供职。丈夫一直做律师，女儿、儿子都在读中学。

"人生的悲剧性，在于年轻时期盲目性大，常常感情用事，像没头苍蝇似的乱闯；待到阅历日深，情感稳定下来，却又像浅水浮花，波澜不兴，再也没有当年闯关夺隘、异想天开的锐气了。"她的这番话，听起来，显然蕴含着过来人的领悟。

这时的雅萍，仿佛又回到二十年前的青春岁月，下意识地用右手梳理了一下头发，细眯着一双漂亮的眼睛，像是自言自语地说：

"读大学时，我特别崇拜一位老师，他叫赵今，南京大学的高才生，后来又在复旦读了哲学博士。学问棒，文笔好，谈吐风雅，表达能力强，修长的身材，架着一副宽边眼镜，风度翩翩，很招同学们喜欢。我虽然就读中文系，但十分爱好哲学。您知道，中学生喜欢哪门课程，往往和老师讲得出色有关联，大学生也不例外。当时我读了一些西方哲学著作，最喜欢的是罗素的《西方哲学史》和《西方的智慧》。我常常就一些哲学问题向赵老师请教。记得我曾问过：为什么叔本华和尼采都讨厌女人？尼采强烈地反对男女平等，鼓吹要把妇女当作奴隶对待。是封建意识使然，还是出自一种自觉的价值判断？对我每次的问询，赵老师都耐心地予以解答。两年过去，我记了很厚的一本。接下来，我又大着胆子给他写信，除了探讨学问，还曾请他谈谈个人、家庭情况。赵老师说，他有个幸福、和谐的家庭，女儿很聪明，中学快毕业了；妻子聪慧、大方，是典型的东方式的贤妻良母，在一所中学当教导主任。说到他自己，记得有这样一番话：'我原本是学习中国古代哲学的，西方哲学是后来补的课。也许是由于整天同孔孟老庄打交道的缘故吧，写起文章来，也是老古板，年届不惑，老气横秋。我在同龄人中，属于保守、持重的那种类型。'"

我看她嗓子有些嘶哑，便递给她一杯茶水。她点头称谢，轻轻地呷了一口，又继续说下去：

"我那时还是年轻，缺乏理智，没有深思熟虑，任凭一时感情冲动，相信一条心丝足以把所有的门拨开，竟然一厢情愿地暗恋着他。整天盼着同他见面，可是，待到课堂上相见了，却又心在狂跳，眼在期待，经常走神儿，根本听不清楚他都讲些什么，往往是听着听着，便进入一种迷茫状态，坠入虚幻的童话王国里，连续多少夜晚失眠。可是，又没个人可以诉说，我不敢告诉爸爸；心里实在憋得难受，放学后，我便搭乘大巴到郊区的姑妈家去。姑妈在我小时候，就特别怜爱我，见我去了，喜出望外。上下打量了一通儿，说：'宝贝儿累瘦了。功课太紧吧？'马上挽起袖子，炖鸡、烙饼，做了各种好吃的款待我。可是，我却一点也没有胃口，眼睛盯着喷香的肉菜，泪珠儿不听话，竟滴滴滚落下来。姑妈惊呆了，硬是用话来套拢。我吞吞吐吐、模模糊糊，告诉她几句。一听说是有妇之夫，姑妈断然表示反对。我说，你可以不支持我，但绝不能向我爸爸告密，当'甫志高'！

"赵老师已经有所警觉，我几次写信，他也不做答复。但是，一直挂念着我。担心我的身心健康和学业受到影响，便在一个星期日找我谈话。我原想，一不做二不休，索性当面挑明了，打开窗子说亮话；但当看到他的端庄肃穆的神态，给人一种凛然不可侵犯的感觉，我便连一个'爱'字也说不出口了。只是说，老师是我终生崇拜的人，我愿在老师的直接引导下，走上人生的幸福之路。老师说，偶像崇拜，是靠不住的，何况你还年轻，远没有成熟，处于一种盲目状态！你还不晓得幸福之星挂在哪一棵树梢上，也不懂得怎样走上自己幸福的征途。现在，你的唯一使命就是狠下心来读书上进，走出虚幻，走出迷茫，走出自己绘制的海市蜃楼。须知，这里没有停车的位置；要怀抱着远大理想上路，总会踏出自己的满地风光。听得出来，他的每句话，都是作正面引导，又句句有针对性。

"过了一会儿，我嗫嚅地说，我正在苦恋着一位长者。老师问：长者？他没有家室吗？我说：有了。他说：这可是胡来！凡属这类情况，十个有十个——要记住，我说的是十个有十个，而不是十个有九个——必然落个悲剧下场。接着，老师给我讲了他的表妹的遭遇：哈工大毕业后，她分配到一个科研单位，半年过去，爱上了她的所长。所长大她二十岁，已经是两个孩子的爸爸了。这些她都知道，但由于涉世未深，天真烂漫，盲目崇拜名人，不懂得世间的复杂事态，更不知如何驾驭情感这匹烈马，结果，一经陷入，便难以拔出腿来。而所长是一位知名度很高的党外专家，又是全国人大代表，单位的学术带头人。他清正自持，爱惜羽毛，洁身自好，更不肯仳离原配，结果空自苦了我那个纯真的表妹。现在，已经三十七八岁了，仍然独身。许多亲属都给她介绍男朋友，她却觉得哪个也不是意中人，或者严词峻拒，或者婉言谢绝，最后一无所成。'曾经沧海难为水，除却巫山不是云'，是挂在她嘴边的两句诗。这个教训是无比深刻的。在这场大错铸成中，板子应该打谁呢？小妹她有爱的权利，要说错，是在对象选择上；所长当然负有一定责任，姑念其属于被动受过——'楚人无罪，怀璧其罪'，最终尚能善于自处，可加原谅。只是，我那可怜的小表妹，却因一念之差，酿成了终生的悔憾。

"说到这里，老师问我一句：'那个长者，他持什么态度？'我说，冰冰的，冷冷的，不愿意理睬我，拒人于千里之外。老师问：'那你理解他的苦心吗？'我说：我理解不了，心头只是恨怨。老师一听，笑了。我心说，人家是'黄连炖苦胆——苦上加苦'，你可倒好，还在一旁轻松地笑！我立刻把嘴噘了起来。老师接下来给我讲了农民运动杰出领导者彭湃的一则逸事：1929 年 8 月，他和杨殷在上海龙华刑场就义，激昂慷慨，气贯长虹。他将宝贵的生命献给了人民解放事业，献给了工农劳苦大众。可是，在被押解游街示众时，一路上观者如堵，当时不少群众受反动宣传蒙蔽，不知他是一位革命者，更不知他为谁而死。看热闹的人群中不时爆发出讪笑声，他们既不同情，更不理解。彭湃同志感慨之下，口占了一首诗：'急雨渡江东，狂风入大海。生死总为君，可怜君不解（"解"读为"改"）！'当然，这只是暂时的，过后，人们便完全理解了。同样，对于你所说的那位长者，日后你也肯定会理解的，知道他这样做完全是为你着想。当你从迷梦中醒来，进入清醒状态，特别是选择到真正理想的感情客体，过上幸福美满的家庭生活之后，回思既往，你会无限感念这位'不通情理'的长者，你会给他下一个正确的结论：'这是一个正派的人，是一个以德报德、对人负责、令人终生感佩的人。'

"老师还说，其实，是否理解，倒不重要；关键在于你必须迅速走出他的阴影，从迷恋状态中解脱出来。盲目地死抱住一个虚幻而永远无法把握的目标，空耗精力还在其次，最大的负面影响，是会形成一种既定的观念。因为人是有记忆的，人是在过去的经验中继续积累新的经验的，过去的痴情爱恋，可能为未来的情感生活罩上一层阴霾与暗影。'唯一'的爱，这种最真挚、最投入，纯然以感情作基础的爱的破解，很有可能使一个人一生中再次、多次的爱都相应地贬值，甚至变得不屑一顾。我的表妹就正是这样。这种后果是不堪设想的。所以，你必须毅然决然尽快地挣脱出来。我愿意赠送你四句话：宜急莫缓，快快收缆，迟之一日，悔之已晚。

"分手时，老师说：'我一百个相信，像你这样纯真、聪慧、正直的青年才女，肯定能够获得美满的爱情、过上真正的幸福生活的。'"

雅萍正要接着说下去，突然，手机铃声大作。她看了看，说："是我的先生。"一阵欢快的对话，虽然里面不时地夹杂几句德语，但我大致听得出来，先生是问：什么时候"打驾回府"，他好到火车站去接她。

放下手机，雅萍带着微笑，说："被他给打断了，对不起。王叔，我再接着向您汇报："这次师生谈话之后，我倍感痛苦，一个人悄悄地躲在公园的僻静地方，号啕大哭一场。好多天，茶饭无心，颓靡不振，但是，逐渐地头脑觉得清醒了一些。恰巧，这时又收到了姑妈的一封信。里面是一首字迹工整的诗：《聪明的萍儿，你好糊涂》。姑妈退休前，是高中语文教师，旧体诗词写得很好，这一首却是白话的新诗，读来明白晓畅，朗朗上口，至今我还能够一字不差地背诵出来：

　　绿了／黄了／红了——果实日渐成熟／明确代替了模糊／加减变作了乘除／姑姑我看得出／姑姑是神／你瞒不住／你刚刚经历一场／冲破岩层的感情喷突／不／你正陷入痛苦的魔窟／萍儿／你不要嗔怪姑姑／原谅我搞一次破坏性的短路／那是萤光／虹影／水月／露珠／看着还在／扑去却无／诚然／其间确有情感的大厦／真诚的船坞／但绝非理想的归宿／因为／一个是安琪儿——自由天使／一个却是戴着礼法荆冠／锁着家庭镣铐的刑徒／一个是健翮凌空的小鸟／一个是积年困锁的碌碡／也许还不如刑徒／刑徒没有礼法的重负／也许还不如碌碡／碌碡没有观念的束缚／聪明的萍儿／你好糊涂／世间唯有情难诉／只怕你为情所累／误入迷途／贪恋短暂欢娱／酿成终生痛苦／姑姑盼望你幸福／日夜馨香默祝

"我真是净遇见'贵人'了。姑姑对我也是这么关心！我这个老公便是经她引荐搭桥，我们相识、相知、相爱的。"

"后来，你和赵教授通过信吗？"我问。

"通信很少。但我奉他为人生的导师，终生谨记他的教诲，不忘他的恩泽。出国之后，几乎断了联系，只是'中心藏之'。前年他六十大寿，我寄去一张亲手制作的贺卡，上面只写了两个字：感念。"

雅萍结过了账，一看时间还早，便又陪我到了六号展馆。我们在台湾展台，一边翻看着图书，一边随便谈些共同关心的国内国际的事。她说，已经和丈夫商定了，待到女儿考取大学，两人便领着儿子回国；困难在于儿子的汉语基础太差，现在每天都帮他突击补课。

说着，她从展台上拿起一部三卷本的《白话左传》，翻了翻，顺手买下，请我带给她的老师。她说："这类著作，赵老师也许能感兴趣。千里送鹅毛，礼轻情意重啊！"

夜　话

　　这是一件平凡的小事，牵涉到三个同样平凡的小人物。只是由于它连接了四十个春秋，又像历史长河中的一朵浪花，翻动着情感的波澜，闪耀出人性的光彩，才使它无论从当事人或者读者的角度来看，都还具有传述的价值。

　　事情要从几位散文作家到边防某部采风说起。

　　我们来到这里，半个月过去了。"人间有味是清欢"。生活在大城市，经常苦于纷繁的俗务和杂沓的应酬，剥啄的叩门声，清脆的电话响，镇日间不绝于耳；回到家里，又会淹没在饭馆的卡拉OK、小贩的沿街叫卖、广告车的往复喧腾的噪音狂潮里。现在，它们总算被一股脑地抛掷在千里之外，称得上是"轮蹄不到红尘远，一枕烟波梦也清"了。

　　绵延无尽的一带连山，像凌空壁立的屏风一般，遮蔽了长风，也遮蔽了人们的视野，使这一原本就甚为偏僻的小镇，更显得与世隔绝了。山的阳面，是一处莽莽苍苍的林茂粮丰、水草肥美的原野，一道清澈的山溪，傍着一条新近筑成的沙石路，笔直地伸向远方，把这片绿锦缎般的茫茫碧野齐崭崭地切割成两半。左面，丛林掩映中的营房大院被一列长长的红砖墙包围起来；右边，翠苇森森，簇拥着一潭清澈的湖水，朝朝暮暮，镜子般地面对着万里晴空，没有波澜，没有污染，给人一种亲切、自然、澄净、安详的感觉。而辰星、入夜响彻营房内外的嘹亮的号角却在明确地提示人们，这里生活着一个朝气蓬勃的战斗集体，这里的自然同样是人化的自然。

此刻，我们刚刚从湖畔游泳归来，一起聚在院里的凉亭下聊天。忽然一辆军用卡车开进院里，"嘎"的一声停了下来，一位五十岁上下的中年妇女从驾驶室里钻出，向司机道过谢后，便径直走了过来。她那修长的身姿，文静的气质，一副透着几丝忧郁的眼神，引起了文友们的注目，大家同时都起身让座。直到这时，我才意识到这位客人是专程前来与我会面的。

三天前，我曾接到一封寄自山西朔州的快信，署名姜敬好。信写得很简单，开板就说："我总算找到了您，哎，天涯苦觅，已经很多很多年了！"她要马上启程前来，叮嘱我一定要等见上一面再离开这里。

文友们就着信的内容作了种种猜测。有的认为，她是我的一个失散了多年的亲属；而素有"关东才女"之誉的白凌则歪着小脑壳，煞有介事地说：看来，她是老兄的早年女友，旧影依依，前情未忘，所以才不惮山长水远，要来这天之涯地之角，重温宿梦，畅叙离情。不管大家怎么说，我自己却心中有数，觉得这不过是一场误会。

此时，大家已经悄然散去，凉亭里只留下我们两个人。听说我已经收读了信件，她眼睛唰地一亮，笑着解释："都怪我太匆忙，急着把信发出，就是怕拖延了日期您收不到。结果，话也没说明白，让您丈二和尚摸不着头脑。"

我心里嘀咕，莫说当时，就是现在，我也还是处于蒙昧状态，便说："从信址得知，您是晋北人，我呢，世居辽河之滨，我们过去既无一面之识，又从来没有过任何联系。恐怕是搞错了。这种误会，十五年前我经历过一次，那时我在省委机关工作。当时收到一封由天津《散文》月刊编辑部转来的信，寄信人是南方某城市的一位女教师。1937年她的胞兄与一家人失散，四十余年杳无踪影。一天，她看到《散文》上一篇文章的作者署名，竟与其胞兄的完全相同，欣喜之余，就给编辑部写信，请求帮助与作者联系。作者是我，编辑部就把信转过来了。结果，竟是一场由同名同姓造成的误会。"

停了一下，我接上说，生活中这类巧合致误的事原是很多的，不足为怪，只是千里迢迢，历尽艰辛赶来，却扑个空，未免太亏了您。看着她那瘦削的身躯和由于连日奔波而略显疲倦的神色，我竟有些过意不去了。尽管我也知道，过错并非由我造成。

敬好一改开始时的激动，现在却异常平静，不动声色地听着，看得出她是在仔细地端详着我。这时才莞尔一笑，还是那么娴静："没有错。怎么会错呢？"像是向对方申明，又似在自言自语。说着，从提包里珍重地取出一张四寸大的黑白照片，双手递了过来。接过一看，竟是四十年前我和一位名叫颜亦尊的上司的合影，不由得"啊"了一声："快告诉我，老颜现在在哪里？"

不料，这一追问竟惹得她伤心地啜泣起来。"在哪里？在哪里？我也不知道他在哪里……"以问作答，她继续呜咽着，直到白凌跑过来招呼我们吃晚饭。

小白像发现了外星人的秘密一般，惊奇诡异地观察着眼前这一男一女，心里在证实着她预先织就的那张"罗曼蒂克之网"。而我，一边走着一边也在琢磨：她是老颜的什么人呢？当然不是妻子——老颜的妻子我熟悉，姓何，矮个，年纪也比她大。可是，那种深情，那张照片……

席间，客人总算恢复了常态，几个青年文友围拢过来，开着善意、亲切、谑而不虐的玩笑，她都大方、得体地应酬着。白凌知道我晚饭后还要接受附近一家报社的记者采访，便说，"晚上，大姐住在我那里。你们都暂告休息。"背朝着客人，向我扮了一个鬼脸。

　　由于闷葫芦还没有揭开，我显得心事重重，晚上的"记者问"也没有答好。记者以为是疲倦所致，提议明天再谈。我正巴不得颁下这道赦令，便匆匆离开，径直跑到白凌的房间。显然，她们已经谈了许多，而且，有一点可以确定，就是我已经从"罗曼蒂克之网"中被解脱出来。小白也不再耍怪态了，惊世骇俗的悲喜剧告吹，"大导演"英雄没了用武之地，像个泄了气的皮球似的，斜倚着墙，歪在床上。这边，我和敬好开始了竟夜之谈。

　　敬好说："1957年'反右'，老颜可能有些言论。"

　　"情况是这样，"我插嘴说："他大学毕业后，先是在中学教书，后来调进机关来办县报。我的经历与他相似。那时，机关里工农干部占绝大多数，大学生是凤毛麟角，我们都酷爱文学，气味相投，共同语言比较多。喜欢在一起谈论晏几道、李清照的词，欣赏中外的名曲，读些反映现实社会问题的小说，而颇不满于报社主编的不学无术却妒贤嫉能、妄自尊大。

　　"老颜当时是副主编，笔头子硬，小有名气，主编怕他取而代之，便到处制造舆论，说他的坏话。其实，老颜一身清正，也没有什么把柄可抓的，无非是'小资产阶级情调十足''目无组织，骄傲自负'等等。可是，说归说，工作却又离不开他。不久'反右'就开始了，这位主编总算找到了发难的机会，于是，首先起来揭发老颜的'反党言论'。"

　　现已回到原来的话头，我请敬好接着讲。敬好说："还是您讲，您是当事人，最有发言权。"

　　于是，我便接着讲下去：我记得，有天晚上，主编特意把我找到家里，先是夸我年少有才，具备发展前途，接着，把话锋一转，色厉词严地告诫说："你眼前正面临着严峻的考验，如果不同颜亦尊撕开面皮，划清界限，彻底揭发他的问题，后果将不堪设想。"一片"山雨欲来"的紧张气势。

果然,第二天就召开了批斗大会。几个"右派分子"面对着群众,站在长条板凳上。会议由主编主持,他扫视了一下会场,看我躲在后面,便轻轻地摆了摆手,示意到前排就座,我只好硬着头皮在前面找个空隙坐下。会议开始后,主持人首先领着大家喊了一通口号,叫作"杀威风""打态度",然后,就喝令颜亦尊交代反党罪行。老颜昂头说道:"我十六岁就投身革命,拎着脑袋找共产党,怎么现在变成反党了?笑话!"

主编弄得很尴尬,便以凌厉的目光盯住我,点名叫我起来揭发:大右派颜亦尊是怎样腐蚀青年的,他都放过什么毒。我从来没有见过这种阵势,慌忙站起,嗫嚅地说,老颜只是爱好文学,我们常在一起讨论李清照、欧阳修……主编厉声喝道:"谁让你讲这些?要揭发反党言论,反党的言行!"我摇了摇头,说"我没听到什么"。会议卡了壳,泄了气,便不了了之地散了。

"后来呢?"敬妤紧着问了一句。

我说,欲加之罪,何患无辞,他们给老颜拼凑了一些"反党"言行,并以态度恶劣,抗拒运动,给他定性为"极右",以后就不知下落了。当年冬天,我也被下放农村改造锻炼,两年后做了异地安排。

小白看敬妤有些倦怠,便下地将毛巾用冷水浸过,递给她擦了脸,又给我续了杯茶水。敬妤建议到外面散散步,走着谈。白凌立刻拍手响应。我看了看表,这时刚好是十二点一刻。

营房大门上了锁,三人便在宽阔的教练场上,踏着清凉的月光闲步着。月色浸润着整个大地,远山近树,旷野平畴,千般万象都涂上一层银灰色。天空没有一片云,清泠泠的,透明而洁净,令人感到无限的高远。近处的虫吟,远地的蛙鼓,一迭连声地喧嚣着,军营的夏夜却益发显得宁静。

敬好接上前面的话题，低沉地说："老颜被投入内地一所监狱里关押起来，妻子老何怕连累了孩子，加上组织出面反复动员，不得不与丈夫办了离婚手续，然后就带领孩子，隐姓埋名，投奔山东老家去了。

"出狱之后，老颜觉得往事不堪回首，不愿意返回原籍，便被就地安置在我所在的县文化馆。我们经常一块下乡，很谈得来，对他的满腹经纶，我更佩服得五体投地。那时，我还没有处对象，馆内同志便加以撮合，于是，就走到了一起。

"婚后，我经常听到老颜念叨您。记得'文化大革命'开始时，他的境况已经相当艰难了，还曾和我说过：'人世沧桑，如今也不知道这位老弟落到了哪一步。当年，他不肯昧着良心说话，结果受了很重的牵累，我一直铭感于心，却无法表达。今生今世，怕是无缘相见了。'"

老颜的话，实在令人感动。现在反思，当时我的表现是很软弱的，无非是说了一句真话。可是，没有想到，他竟如此珍视，终生不忘。

此时此刻，我对他就更加怀念了。当下忙着追问："老颜也在朔州吗？现在景况如何？"

由于背着月光，看不清敬好的面容，只听她轻轻叹息一声，凄然地说："唐山大地震时，他正在那里参加一个会，被活活地压死在楼板底下。转眼间，又过去了二十年。当时，我拉扯着一个未满十岁的孩子，无依无靠，只好转到山西的哥哥那里，在矿上教小学。现在，孩子大学毕了业，也成家立业、娶妻生子了，新近我办了退休手续，过上了含饴弄孙的清闲日子。按说，可以告慰于地下亡灵了。

"可是，从他去世以后，心中就老是记挂着这件事。作为未亡人，我应该实践他的遗愿，想办法与您见上一面，说上几句感念的话。为此，我苦苦地寻觅着。心想，幽冥、人世，阴阳永隔，永生永世再没有见面机会，倒也死了那股肠子；可是，两个大活人，都在一个太阳底下，山不转水转，早不见晚见，怎么就无缘相会呢？

"亲友们都劝我丢掉这个念头，可我就是不死心。往各地发出过许多封信，有的如石沉大海，有的回函说'查无此人'。总之，失望连着失望，后来真的有些绝望了。"

走着走着，敬好突然问道："听过没有，老颜唱法国的名歌《天鹅》？"

我说："听过不知多少遍，现在曲调还有印象，只是歌词全都忘记了。"

她说："我把天鹅当作我们的幻影，一想念他，我就唱上一遍。"

现在，她又月下怀人，情不自禁地轻轻地哼了起来，当唱到"伴侣啊永眠在梦乡，／只听得水波轻轻歌唱，／天鹅她垂头眼泪汪汪，／她在月亮下独自彷徨"时，竟泣不成声了。

这种浓情挚意，令我和小白都深深为之感动。我们都苦于找不出什么话语来安慰她，便陪着她回房间去。

灯下，三个人又默坐了一会儿，敬好如梦初醒，从提包里翻出一张边防某部接待客人的名单，上面赫然印有我的名字。

原来，我们到边防某部后，部队首长曾经设宴招待，当时提供过一个名单。记得有位接待科长曾与我热情交谈，问询过一些情况。

敬好说："那是我的亲侄，入伍之前多次听我讲过您和老颜的事。这次，多亏他牵线搭桥，传递了信息。"

我说，其实我的散文集上就印着我的简历。

她淡然一笑，说，山野之人看不到呵。

外面，天色大明了。小白回到屋里，不知什么时候在床上悄然睡去。我简单地向敬好介绍了个人和家庭的情况。

她很欣慰，揉了揉眼睛，长舒了一口气，说："人也见了，话也说了，心也安了。有一年我上五台山，遇到一位八十多岁的老婆婆，沿着台阶，从山下一步一步往上爬，一直爬到山顶上，礼了佛，进了香，双膝都磨破了，心却特别安然。她告诉大家，这个愿总算还了，回到家里就能安心睡觉了。——我现在也是这种心境。"

吃过早饭后，她的侄子、前面说过的那位接待科长，带车前来接她。大家怀着依依惜别的心情，依次同她紧握过双手。我请司机开车走在前面，然后，同小白一起，陪着敬好沿着那条沙石路，又步行了很长一段路程。分手时，我的眼睛已经湿润了，模糊了，以致根本没有看清楚敬好是怎样登车上路的，直到汽车腾起的滚滚烟尘在视野中消失了，才憬然醒悟到人已经走远了。

碗花糕

一

小时候，一年到头，最欢乐的日子要算是旧历除夕了。

除夕是亲人欢聚的日子。行人在外，再远也要赶回家去过个团圆年。而且，不分穷家富家，到了这个晚上，都要尽其所能痛痛快快地吃上一顿。母亲常说："打一千，骂一万，丢不下三十晚上这顿饭。"老老少少，任谁都必须熬过夜半，送走了旧年、吃过了年饭之后再去睡觉。

我的大哥在外做瓦工，一年难得回家几次，但是，旧历年、中秋节却绝无例外地必然赶回来。到家后，第一件事是先给水缸满满地挑上几担水，然后再抢起斧头，劈上一小垛劈柴。到了除夕之夜，先帮嫂嫂剁好饺馅，然后就盘腿上炕，陪着祖母和父亲、母亲玩纸牌。剩下的置办夜餐的活，就由嫂嫂全包了。

一家人欢欢乐乐地说着笑着。《笑林广记》上的故事，本是寥寥数语，虽说是笑话，但"包袱"不多，笑料有限。可是，到了父亲嘴里，敷陈演绎，踵事增华，就说起来有味、听起来有趣了。原来，自幼他曾跟"说书的"练习过这一招儿。他逗大家笑得前仰后合，自己却顾自在一旁"吧嗒、吧嗒"地抽着老旱烟。

我是个"自由民"，屋里屋外乱跑，片刻也停不下来。但在多数情况下，是听从嫂嫂的调遣。在我的心目中，她就是戏台上头戴花翎、横刀立马的大元帅。此刻，她正忙着擀面皮、包饺子，两手沾满了面粉，便让我把摆放饺子的盖帘拿过来。一会儿又喊着："小弟，递给我一碗水！"我也乐得跑前跑后，两手不闲。

到了亥时正点，也就是所谓"一夜连双岁，五更分二年"的时刻，哥哥领着我到外面去放鞭炮，这边饺子也包得差不多了。我们回屋一看，嫂嫂正在往锅里下饺子。估摸着已经煮熟了，母亲便在屋里大声地问上一句："煮挣了没有？"嫂嫂一定回答："挣了。"母亲听了，格外高兴，她要的就是这一句话。——"挣了"，意味着赚钱，意味着发财。如果说"煮破了"，那就不吉利了。

热腾腾的一大盘饺子端了上来，全家人一边吃一边说笑着。突然，我喊："我的饺子里有一个钱。"嫂嫂的眼睛笑成了一道缝，甜甜地说："恭喜，恭喜！我小弟的命就是好！"旧俗，谁能在大年夜里吃到铜钱，就会长年有福，一顺百顺。哥哥笑说，怎么偏偏小弟就能吃到铜钱？这里面一定有说道，咱们得检查一下。说着，就夹起了我的饺子，一看，上面有一溜花边儿，其他饺子都没有。原来，铜钱是嫂嫂悄悄放在里面的，花边也是她捏的，最后，又由她盛到了我的碗里。谜底揭开了，逗得满场哄然腾笑起来。

父母膝下原有一女三男，早几年，姐姐和二哥相继去世。大哥、大嫂都长我二十岁，他们成婚时，我才一岁多。嫂嫂姓孟，是本屯的姑娘，哥哥常年在外，她就经常把我抱到她的屋里去睡。她特别喜欢我，再忙再累也忘不了逗我玩，还给我缝制了许多衣裳。其时，母亲已经年过四十了，乐得清净，便听凭我整天泡在嫂嫂的屋里胡闹。后来，嫂嫂自己生了个小女孩，也还是照样地疼我爱我亲我抱我。有时我跑过去，正赶上她给小女儿哺乳，便把我也拉到她的胸前，我们就一左一右地吸吮起来。

　　但我印象最深刻的，还是嫂嫂蒸的"碗花糕"。她有个舅爷，在京城某王府的膳房里混过两年手艺，别的没学会，但做一种蒸糕却是出色当行。一次，嫂嫂说她要"露一手"，不过，得准备一个大号的瓷碗。乡下僻塞，买不着，最后，还是她回家把舅爷传下来的浅花瓷碗捧了过来。

　　一个面团是嫂嫂事先和好的，经过发酵，再加上一些黄豆面，搅拌两个鸡蛋和一点点白糖，上锅蒸好。吃起来又甜又香，外暄里嫩。家中每人分尝一块，其余的全都由我吃了。

　　蒸糕做法看上去很简单，可是，母亲说，剂量配比、水分、火候都有讲究。嫂嫂也不答言，只在一旁甜甜地浅笑着。除了做蒸糕，平素这个浅花瓷碗总是嫂嫂专用。她喜欢盛上多半碗饭，把菜夹到上面，然后，往地当央一站，一边端着碗吃饭，一边和家人谈笑着。

二

　　关于嫂嫂的相貌、模样，我至今也说不清楚。在孩子的心目中，似乎没有俊丑的区分，只有"笑面"或者"愁面"的感觉。小时候，我的祖母还在世，她给我的印象，是终朝每日愁眉不展，似乎从来也没见到过笑容；而我的嫂嫂却生成了一张笑脸，两道眉毛弯弯的，一双水灵灵的大眼睛总带着甜丝丝的盈盈笑意。

　　不管我遇到怎样不快活的事，比如，心爱的小鸡雏被大狸猫捕吃了，赶庙会母亲拿不出钱来为我买彩塑的小泥人，只要看到嫂嫂那一双笑眼，便一天云彩全散了，即使正在哭闹着，只要嫂嫂把我抱起来，立刻就会破涕为笑。这时，嫂嫂便爱抚地轻轻地捏着我的鼻子，念叨着："一会儿哭，一会儿笑，小鸡鸡，没人要，娶不上媳妇，瞎胡闹。"

　　待我长到四五岁时，嫂嫂就常常引逗我做些惹人发笑的事。记得一个大年三十晚上，嫂嫂叫我到西院去，向堂嫂借枕头。堂嫂问："谁让你来借的？"我说："我嫂。"结果，在一片哄然笑闹中被二嫂"骂"了出来。二嫂隔着小山墙，对我嫂嫂笑骂道："你这个闲 ×，等我给你撕烂了。"我嫂嫂又回骂了一句什么，于是，两个院落里便伴随着一阵阵爆竹的震响，腾起了"叽叽嘎嘎"的笑声。原来，旧俗：三十晚上到谁家去借枕头，等于要和人家的媳妇睡觉。这都是嫂嫂出于喜爱，让我出洋相，有意地捉弄我，拿我开心。

　　还有一年除夕，她正在床头案板上切着菜，忽然一迭连声地喊叫着："小弟，小弟！快把荤油罐给我搬过来。"我便趔趔趄趄地从厨房把油罐搬到她的面前。只见嫂嫂拍手打掌地大笑起来，我却呆望着她，不知是怎么回事。过后，母亲告诉我，乡间习俗，谁要想早日"动婚"，就在年三十晚上搬动一下荤油坛子。

　　嫂嫂虽然没有读过书，但十分通晓事体，记忆力也非常好。父亲讲过的故事、唱过的"子弟书"，我小时在家里"发蒙"读的《三字经》《百家姓》，她听过几遍后，便能牢牢地记下来。我特别贪玩，家里靠近一个大沙岗，整天跑到那里去玩耍。早晨，父亲布置下两页书，我早就忘记背诵了，她便带上书跑到沙岗上催我快看，发现我浑身上下满是泥沙，便让我就地把衣服脱下，光着身子坐在树荫下攻读，她就跑到沙岗下面的水塘边，把脏衣服全部洗干净，然后晾在青草上。

　　我小时候又顽皮，又淘气，一天到晚总是惹是生非。每当闯下祸端父亲要惩治时，总是嫂嫂出面为我讲情。这年春节的前一天，我们几个小伙伴随着大人到土地庙去给"土地爷"进香上供，供桌设在外面，大人有事先回去，留下我们在一旁看守着，防止供果被猪狗扒吃了，挨过两个时辰之后，再将供品端回家去，分给我们享用。

所谓"心到佛知，上供人吃"。

可是，两个时辰是很难熬的，于是，我们又免不了起歪作祸。家人走了以后，我们便悄悄地从怀里摸出几个偷偷带去的"二踢脚"（一种爆竹），分别插在神龛前的香炉上，然后用香火一点燃，只听"嘛——啪"一阵轰响，小庙里面便被炸得烟尘四散，一塌糊涂。我们却若无其事地站在一旁，欣赏着自己的"杰作"。

自以为神不知鬼不觉，哪晓得，早被邻人发现了，告到了我的父亲那里。我却一无所知，坦然地溜回家去。看到嫂嫂等在门前，先是一愣，刚要向她炫耀我们的"战绩"，她却小声告诉我：一切都"露馅"了，见到父亲二话别说，立刻跪下，叩头认错。我依计而行，她则"爹长爹短"地叫个不停，赔着笑脸，又是装烟，又是递茶，父亲渐渐地消了气，叹说了一句："长大了，你能赶上嫂嫂一半，也就行了。"算是结案。

我家养了一头大黄牛，哥哥春节回家度假时，常常领着我逗它玩耍。他头上顶着一个花围巾，在大黄牛面前逗引着，大黄牛便跳起来用犄角去顶，尾巴翘得老高老高，吸引了许多人围着观看。这年秋天，我跟着母亲、嫂嫂到棉田去摘棉花，顺便也把大黄牛赶到地边去放牧。忽然发现它跑到地里来嚼棉桃，我便跑过去扬起双臂轰赶。当时，我不过三四岁，胸前只系着一个花兜肚，没有穿衣服。大黄牛看我跑过来，以为又是在逗引它，便挺起了双角去顶我，结果，牛角挂在兜肚上，我被挑起四五尺高，然后抛落在地上，肚皮上划出了两道血印子，周围的人都吓得目瞪口呆，母亲和嫂嫂"呜呜"地哭了起来。

事后，村里人都说，我捡了一条小命。晚上，嫂嫂给我做了"碗花糕"，然后，叫我睡在她的身边，夜半悄悄地给我"叫魂"，说是白天吓得灵魂出窍了。

三

每当我惹事添乱，母亲就说："人作（读如昨）有祸，天作有雨。"果然，乐极生悲，祸从天降了。

在我五岁这年，中秋节刚过，回家休假的哥哥突然染上了疟疾，几天下来也不见好转。父亲从镇上请来一位安姓的中医，把过脉之后，说怕是已经转成了伤寒，于是，开出了一个药方，父亲随他去取了药，当天晚上哥哥就服下了，夜半出了一身透汗。

清人沈复在《浮生六记》中，记载其父病疟返里，寒索火，热索冰，竟转伤寒，病势日重，后来延请名医诊治，幸得康复。而我的哥哥遇到的却是一个"杀人不用刀"的庸医，由于错下了药，结果，第二天就死去了。人们都说，这种病即使不看医生，几天过后也会逐渐痊复的。父亲逢人就讲："人间难觅后悔药，我真是悔青了肠子。"

他根本不相信，那么健壮的一个小伙子，眼看着生命就完结了。在床上停放了两整天，他和嫂嫂不合眼地枯守着，希望能看到哥哥长舒一口气，苏醒过来。最后，由于天气还热，实在放不住了，只好入殓，父亲却双手捶打着棺材，破死命地叫喊；我也呼着号着，不许扣上棺盖，不让钉上铆钉。尔后又连续几天，父亲都在深夜里到坟头去转悠，幻想能听到哥哥在坟墓里的呼救声。由于悲伤过度，母亲和嫂嫂双双地病倒了，东屋卧着一个，西屋卧着一个，屋子里死一般的静寂。原来雍雍乐乐、笑语欢腾的场面再也见不到了。我像是一个团团乱转的卷地蓬蒿，突然失去了家园，失去了根基。

冬去春来，天气还没有完全变暖，嫂嫂便换了一身月白色的衣服，衬着一副瘦弱的身躯和没有血色的面孔，似乎一下子苍老了许多，其实，这时她不过二十五六岁。父亲正筹划着送我到私塾里读书。

嫂嫂一连几天，起早睡晚，忙着给我缝制新衣，还做了两次"碗花蒸"。不知为什么，吃起来总觉着味道不及过去了。母亲看她一天天瘦削下来，说是太劳累了，劝她停下来歇歇。她说，等小弟再大一点，娶了媳妇，我们家就好了。

一天晚上，坐在豆油灯下，父亲问她下步有什么打算。她明确地表示，守着两位老人，守着小弟弟，带着女儿过一辈子，哪里也不去。

父亲说："我知道你说的是真心话，没有掺半句假。可是……"

嫂嫂不让父亲说下去，呜咽着说："我不想听这个'可是'。"

父亲说，你的一片心情我们都领了。无奈，你还年轻，总要有个归宿。如果有个儿子，你的意见也不是不可以考虑；可是，只守着一个女儿，孤苦伶仃的，这怎么能行呢？

嫂嫂说："等小弟长大了，结了婚，生了儿子，我抱过来一个，不也是一样吗？"

父亲听了长叹一声："咳，真像'杨家将'的下场，七狼八虎，死的死，亡的亡，只剩下一个无拳无勇的杨六郎，谁知将来又能怎样呢？"

嫂嫂呜呜地哭个不停，翻来覆去，重复着一句话："爹、妈！就把我当作你们的女儿吧。"嫂嫂又反复亲我，问"小弟放不放嫂嫂走"？我一面摇晃着脑袋，一面号啕大哭。父亲、母亲也伤心地落下了眼泪。这场没有结果的谈话，暂时就这样收场了。

但是，嫂嫂的归宿问题，终竟成了两位老人的一块心病。一天夜间，父亲又和母亲说起了这件事。他们说，论起她的贤惠，可说是百里挑一，亲闺女也做不到这样。可是，总不能看着二十几岁的人这样守着我们。我们不能干那种伤天害理的事，我们于心难忍啊！

第二天，父亲去了嫂嫂的娘家，随后，又把嫂嫂叫过去了，同她母亲一道，软一阵硬一阵，再次做她的思想工作。终归是"胳膊拧不过大腿"，嫂嫂勉强地同意改嫁了。两个月后，嫁到二十里外的郭泡屯。

我们那一带的风俗，寡妇改嫁，叫"出水"，一般都悄没声的，不举行婚礼，也不坐娶亲轿，而是由娘家的姐妹或者嫂嫂陪伴着，送上事先等在村头的婆家的大车，往往都是由新郎亲自赶车来接。那一天，为了怕我伤心，嫂嫂是趁着我上学，悄悄地溜出大门的。

午间回家，发现嫂嫂不在了，我问母亲，母亲也不吱声，只是默默地揭开锅，说是嫂嫂留给我的，原来是一块碗花糕，盛在浅花瓷碗里。我知道，这是最后一次吃这种蒸糕了，泪水唰唰地流下，无论如何也不能下咽。

每年，嫂嫂都要回娘家一两次。一进门，就让她的侄子跑来送信，叫父亲、母亲带我过去。因为旧俗，妇女改嫁后再不能登原来婆家的门，所谓"嫁出的媳妇泼出的水"。见面后，嫂嫂先是上下打量我，说"又长高了""比上次瘦了"，坐在炕沿上，把我夹在两腿中间，亲亲热热地同父母亲拉着话，像女儿见到爹妈一样，说起来就没完，什么都想问，什么都想告诉。送走了父亲、母亲，还要留我住上两天，赶上私塾开学，早晨直接送我到校，晚上再接回家去。

后来，我进县城、省城读书，又长期在外工作，再也难以见上嫂嫂一面了。听说，过门后，她又添了三个孩子，男人大她十几岁，常年哮喘，干不了重活，全副担子落在她的肩上，缝衣，做饭，喂猪，拉扯孩子，侍弄园子，有时还要到大田里搭上一把，整天忙得"脚打后脑勺子"。由于生计困难，过分操心、劳累，她身体一直不好，头发过早地熬白，腰也直不起来了。可是，在我的梦境中、记忆里，嫂嫂依旧还是那么年轻，俊俏的脸庞上，两道眉毛弯弯的，一双水灵灵的大眼睛总带着甜丝丝的盈盈笑意……

又过了两年，我回乡探亲，母亲黯然地说，嫂嫂去世了。我感到万分地难过，连续几天睡不好觉，心窝里堵得慌。觉得从她那里得到的太多太多，而我却丝毫没有回报，真是对不起这位母亲一般地爱我、怜我的高尚女性。引用韩愈《祭十二郎文》中的话，正是"汝病吾不知时，汝殁吾不知日，生不能相养以共居，殁不能抚汝以尽哀，殓不凭其棺，窆不临其穴""彼苍者天，曷其有极！"

一次，我向母亲偶然问起嫂嫂留下的浅花瓷碗，母亲说："你走后，我和你父亲加倍地感到孤单，越发想念她了，想念过去那段一家团聚的日子。见物如见人。经常把碗端起来看看，可是，你父亲手哆嗦了，碗又太重……"

就这样，我再也见不到我的嫂嫂，再也见不到那个浅花瓷碗了。

绿窗人去远

我念过八年私塾，读过的、收藏的旧书不少，"文革"中"破四旧"的飓风骤起，我把它们装在三个纸箱里，藏在小木楼顶棚上，直到下放归来，才把它们搬回地面。屈指一算，已经八个年头过去了。

这天，我把那些线装书一本一本地放到太阳底下晾晒。其中的"四书"（《大学》《中庸》《论语》《孟子》）是用一条布带打着"十"字花捆起来的，解开一看，每页的书角全都用蜡液熨过，使得那些因为翻检频繁、边角有些打卷儿的书页，变得十分平整了。我记起来了，这都出自小好姐当年的手泽。

那是1948年的秋天，小好姐看我早就读了《诗经》《左传》等一大批新书，"四书"已经放在一边不用了，便把这一摞旧书收在一起，带回她的房间里。多少天以后，重新归位的"四书"，已经面目一新了。此后，这套书我再也没有翻检过。因为过了旧历年，我就进入镇上的补习班，半年后便考取了县城的中学。

现在，翻看着这一册册的线装书，有如旧梦重温，说不出味道是酸是甜，情绪是悲是喜，也许是几分欣慰又夹杂着丝丝的怅惘吧。

翻着翻着，我突然发现《论语》上卷里夹着一张写在带格的彩纸上的字条。铅笔字，不怎么熟练，有些歪歪扭扭，却写得十分认真。三十几个字，都是竖着写的（标点是我加的，改了两个错别字）："我要走了，也许以后我们再也不能见面了。嘱咐一句话：你太淘气，闹了几次危险了。"

尽管过去没有见过小妤姐的字，但我知道肯定是她写的，不会是别人。

小妤姐是谁？她是我的塾师刘璧亭先生的小女儿。

要看她待我的那种真诚，那份情意，简直像我的亲姐姐一样，其实，我们之间没有任何亲属关系。在我整个就读私塾期间，除了"嘎子"这个铁哥们，还有一个"课外指导"，就是小妤。

她小小年纪便遭遇到惨痛的不幸。八岁那年，在警察署长家充任家庭教师的母亲，因为遭到东家的奸污而含愤跳进了辽河。嫁到邻县的姐姐把小妤接了过去。待到刘先生在我们村里安顿下来，她又从姐姐那里回到父亲身旁。父亲受"女子无才便是德"的封建思想影响，不让她念书识字。可是，由于她赋性聪敏，又兼较长时期在私塾这种文化环境里熏陶，也懂得许多文化知识。她认识许多字，而且会背《名贤集》《神童诗》中的不少诗句。

可能和从小就失去母爱有关系，她的性格有些内向，比较孤僻，平素很少和邻居的孩子们交往，但与我却很合得来，用现在的话讲，共同语言比较多。我虽然小她四岁，个子却和她一般高，生就一副"孩子王"的英雄气概，又兼天资颖悟，课业拔尖，因此，很受她的青睐。每天，我到塾斋都很早，趁老先生还在吃饭，她就过来和我闲谈，还常常偷偷地拿出一些花生米和糖块给我吃。一次，悄悄地告诉我，父亲昨天晚上犯了烟瘾，早晨起来就没有好气，让我背书时多加小心。

背书，都要站在地下，背对着老先生，面向着北墙上的孔夫子像。有几次，我从侧面的门帘缝隙，看到小妤姐隐在门外的身影。我知道，她是在偷偷地听我背书，生怕我出现差错，招致斥责。我那时特别贪玩，在复习功课时，经常从炕席上拆下一些苇篾，弯作弹弓，去弹射"嘎子哥"，以致时间一长，屁股底下便破出一个大窟窿。她便悄悄地把牛皮纸抹上糨糊加以粘补，有时，还趁我们放学回家，把苇席调换一个方向。这样，我也就可以继续干那种拆折苇篾、弹射别人的淘气勾当了。多少天以后，屁股底下又出现了漏洞，小好姐便再次地耐心粘补，看不到有丝毫的厌烦情绪。遇到夜黑天，伸手不见五指，路上绝少行人，我念完三排香的"夜书"回家时，她总是拎起门后的一条木棒，往前护送一程，然后，自己再独自回去。

有一次，我们坐在一起闲谈，说起了她的名字。她说："父亲已经四十多岁了，才有了我，因此，开头我的大名叫作'晚芳'，后来，他又根据一句什么诗，给我改成了'野芳'。"

"不论'晚芳'还是'野芳'，名字都很典雅。"那时，我已经读过了《千家诗》《古文观止》，便告诉她："'野芳'的来历是宋代大诗人欧阳修的诗句：'曾共洛阳花下住，野芳虽晚不须嗟'。他在一篇文章里还写过：'野芳发而幽香，佳木秀而繁荫'。"

小好姐听了，高兴得跳起来，称赞我说："你知道的真多！"

过大年前后，私塾临时停学几天，我便常常跟着小好姐到前村去看戏。戏台距离地面有四五尺高，用木板搭成，坐北朝南，台下挤满了看客，周边都是卖各种小吃的。到了那里，小好姐总是先去给我买个大麻花或带窟窿的烧饼，然后，我就一边吃着一边观看。这天，我们看到了最精彩的节目。台上跑着一只金钱豹，神气活灵活现，简直和真的一样，一蹿，一闪，一跳，一滚，博得了满场的掌声。

还有一个武生，出场时，先是威风抖擞地亮个俊相，然后把一支钢叉朝着戏台上方飞掷过去，不偏不倚，端端正正，恰好扎在戏台的柱子上。亏得他功夫到家，扎得准，不然，稍稍出了偏差，飞叉就会掷到台下，扎在看客的脑袋上。尽管没有出现事故，台下的人群早已慌作一团，吓得一个劲儿地"妈呀——妈呀"地乱叫，过了好一会儿，才想起来拍巴掌喝彩。这时，武生却已踅回台后去了。

我还瞪着一双眼睛，定定地等着看他的新招法，小妤姐却不容分说，拉起我的胳膊就往外走，嘴里一迭连声地叨咕着："白给咱八百吊钱，也不看了——太危险。"

在家里闲不住，我们便去村子东头看高跷秧歌。广场上的人，围得里三层外三层，唢呐翻着样儿吹，铙钹、锣鼓敲得震天价响。钻到里面一看，扮武丑的"头跷"刚好转到我们的身边。见他头戴着一顶黑尖帽，勾了个三花脸，嘴角旁留着个倒"八"字胡，手里摇着一条马鞭，左翻右摆，闪腰踮步，跳着各种秧歌的舞步。后面紧跟着大队人马，认得出来的有许仙、白蛇、孙悟空、猪八戒一类人物。最有趣的是那个丑婆，身穿一套花衣红裤，耳朵上缀着两只红辣椒，手里攥着一把棒槌，嘴上还叼着一个烟管很长的大烟袋，搔首弄姿，忸怩作态，洋相百出。当她发现许仙和白娘娘正在眉目传情、亲亲热热地翩翩对舞时，便忙不迭地跳过去，抢起棒槌捣乱，一而再再而三地加以干涉。我已经看得入神，张着大嘴呵呵地笑，小妤姐却把嘴巴凑到我的耳边，嘟囔了一句："你看这个老妖婆，烦透了人！"

这里，顺便说说小妤姐的字条上写的"淘气闹了几次危险"的事。

一次，我站在秫秸垛上与隔院的孩子打土坷垃仗，脚下一出溜，不慎滑进了两个秫秸垛的夹缝里。秫秸的茬子尖尖的，像锋利的枪刺一般，把我全身的皮肤划出了十几处伤口，这样，人们还说："真幸运，多亏没有扎着眼睛。"最尴尬的是，处在两个柴垛的夹缝中，左右动弹不得，往哪面靠都有尖刺顶着，而且，根本无法出来。最后，还是由我父亲和东邻的二哥帮忙，把秫秸一捆一捆地倒腾开，才算解救出来。

最危险的那一次，我在《碗花糕》一文中写了，是被牛犄角挑起四五尺高，然后抛落在地上，肚皮划出了两道血印子，周围的人都吓得目瞪口呆。事后，人们都说我捡了一条小命。听到我讲述这些情节，小妤姐一会儿焦急，一会儿惊悸，喃喃地说："简直把人吓死了，你可不能再这么闹下去。"过了一会儿，又补充一句："我父亲讲过，多难之人，必有厚福。你是一个命大、有福的人。"

她就是这样对我一片真情，时时处处关心着，照应着我。只是，由于我当时年龄小，不懂得感情上的事，对她没有过任何的回报，甚至连一句感激的话都没有表露过。

就在这次交谈之后不久，有一天深夜，我从睡梦中醒转过来，听到母亲和父亲在说话。母亲说：小妤这孩子真挺好，人不大，特别懂事。对咱们的孩子也是一片真心。父亲接上说："老先生和他'魔怔'叔也有心把小妤嫁过来，好上结好，友情加上亲情。可是，我始终没有点头。我不吐口的原因，是他们二人的命相不对。咱们的孩子属猪，亥属水；小妤属羊，未属土，土克水，所以说'水土无常运，猪羊不到头'。命相不对，早晚遭罪。"两人轻叹一声，便再也无话了。

看来，在那个年代，儿女们的婚事，在老一辈人心目中，除了命相，其他条件都居次要地位。从那以后，好像就再也没有同小妤姐谈过话。一天早上入塾，发现我的书桌里整整齐齐地放着全套"四书"，书页全部用蜡液熨平了。

不久，私塾就停办了。刘师结束教务，黯然返回故里，由我父亲赶着牛车，送他们父女回到几十里外的东莲花泡村。

少小轻离别，也不懂得说上几句惜别的话语。我只是站在村头，目送着他们远去，渐渐地，车上父女的背影模糊了；渐渐地，整个牛车也踪影全无了。此刻，我并没有想到，这是同老先生和小妤姐的最后一面。进城读书后，追思曩昔，写了一些小诗，其中有一首写到了小妤姐："秋水映长天，黄花似昔妍。绿窗人去远，相见待何年？"

母　爱

一

　　时光风驰电掣般逝去，数十年间读过的无量数的书籍、文章，许许多多都已如轻烟薄雾悠然淡忘了。可是，唯独有一篇散文作品却像刀镌斧削一样深深地刻印在脑海里，那就是冰心早年回忆母亲逝世情景的散文《南归》。

　　《南归——贡献给母亲在天之灵》是一篇长达两万字的叙事散文。作者以浓烈的抒情语言、至情至性的文字，抒写失去母亲的深悲剧痛，追忆了母亲病故前前后后的点滴细节。呈现在读者面前的是一颗无比纯真、满怀悲恻的女儿的心，母爱情深跃然纸上。文中许多感人至深的语句，令人终生难忘：

　　　　有谁经过这样的痛苦？你的最爱的人，抱着最苦恼的病，要在最短的时间内从你的腕上臂中消逝；同时你要佯欢诡笑的在旁边伴着，守着，听着，看着，一分一秒的爱惜恐惧着这同在的光阴！这样的生活，能使青年人老，老年人死，在天堂的人下了地狱！世间有这样痛苦的人呵！

　　　　……

　　　　完了，过去这一生中这一段慈爱，一段恩情，从此告了结束。

从此宇宙中有补不尽的缺憾，心灵上有填不满的空虚。只有自家料理着回肠，思想又思想，解慰又解慰。我受尽了爱怜，如今正是自己爱怜他人的时候。我当永远勉励着以母亲之心为心。

长期以来，我一直把这些滴滴含泪、字字凝血的文字奉为人间绝响；没有想到，最近竟又发现一部文字功力或许未足比拟，但其真情实感确是可以继踵前尘的锥心泣血之作，这就是刘文艳的散文作品《爱的诉说》。

在上卷《侍疾日记》里，作者通过床头陪侍与思念、牵挂身患绝症的母亲，抒写对母亲的深沉挚爱，以及无时或释、长期梗塞心头的失母之痛；下卷是叙事散文《我的妈妈》，运用大量生动感人的实际事例，从方方面面描写母亲平凡而高尚的一生，实际是一篇以深情为笔、挚爱为墨，讴歌母亲完美人格、高尚品德的赞歌。

二

文字朴质无华，剔除雕饰，可是，通读一过，却能令人震慑心魄，不忍释手。原因在于它并非一般的抒情、叙事文字，而是一个女儿和着血泪、发乎至情，以深沉的爱与痛连同真切的生命体验书写出来的母亲的哀歌与颂歌。文中通过大量翔实而生动的细节、场面、故事的描写和情文双至的娓娓叙述，鲜活灵动地再现了一位品格高尚、宽厚善良、豁达质朴，尝尽生活的艰辛，也铸就坚强的性格的母亲的鲜活形象。在《我的妈妈》中，有一段专门记述了母亲的那双手：

夏天，她的手总是油黑油黑的，白天在地里干活，晚上还要莳弄家里的园子，施肥灌水打农药，还要烧火做饭，喂猪喂鸡，片刻不得消闲。冬天，她的手粗粗糙糙，长满了肉刺，手指也裂开了许多口子，手掌上长出厚厚的老茧。长年累月的勤苦劳作和艰辛的生活，使得那双润滑细腻、柔软丰满的手，渐渐地失去了原有的光泽和美丽，变得越来越粗糙了。她就是这样，几十年如一日，用那柔弱的双肩和永不消闲的双手，支撑起一个温馨和谐、充满亲情与爱意的大家庭。我每当看到和想起这种景象，心里都非常难过，简直像针扎般地疼痛。我曾握住妈妈的手，深情地问："不疼吗？"妈妈总是笑着摇摇头，说："不疼，一切都习惯了。"

文中说：

在我的记忆中，妈妈一天到晚，总是屋里屋外忙着干活。她没有参加过任何娱乐活动，她不会搓麻将、打扑克，也不会唱歌、跳舞、扭秧歌，她把一切时间，一切聪明、才智，都投入到干活中，寄托在全家生计维持、子女健康成长上。她心灵手巧，干净利落，而且任劳任怨，从不说苦叫累，多大的困难她都用那柔弱的双肩担起来。她不抱怨任何人，对爸爸和奶奶也没有发过牢骚。我就没见过她愁眉苦脸。她相信："快乐的秘方是感恩，乐心助人总能寻得快乐。"

文中记述：

妈妈是村里贤淑孝顺的楷模。她常说，不用远道求佛，佛就在自己家中。她孝顺婆母，把老人的针线活全都包下。家里细粮少，奶奶不愿吃玉米面饼子，妈妈就把小米稀粥里的米饭捞给奶奶吃，然后带领我们姊妹喝点米汤就玉米饼子。奶奶是腊月初四的生日，从我记事起，每年这一天，妈妈都张罗给奶奶祝寿，亲戚、朋友、邻居、晚辈全都到场。亲友带来的细粮、糕点悉数都归奶奶所有，不许任何人动。

妈妈去世后，嫂子说经常梦见婆母，她曾流着眼泪对我说，特别想念妈妈，心里老是放不下。她们婆媳之间之所以有如此深厚的感情，其间有妈妈对待婆母的示范作用，也因为她生前对儿媳像对待亲生女儿一样关心，而且总是高看一眼，多关照一分。妈妈患病后，要到上海诊断，还想着嫂子没有坐过飞机，专门让她同去。每次我给妈妈买衣服，妈妈都说：我老了，穿什么都行，你嫂子年轻，多给她买几件。

妈妈温柔敦厚，与人为善，从不挑剔别人，从不说他人的"不是"。她常说，有句老话说得好："自恨枝无叶，莫怨太阳偏。"这样，她成了亲人的依靠，好友的知音，乡亲们的贴心人。由于她公正、厚道，邻里间发生什么纠纷，都愿意听从她的劝解。

妈妈无论做了多少好事，既不想让人知道，更不肯大肆张扬。她的一条做人准则，是不让别人承担感情债。更不要说对待儿女了——母爱本来就是无私的，发自内心的。妈妈到我家来，手总是不闲着，不知道帮我做了多少事。可是，当我流露出感激心情时，她却满含歉意地说："我年龄大了，帮不了你什么忙。不像人家那些有能耐的父母，能在工作上帮你一把，照应一下，这一辈子也没让你们借上什么光。"

三

《侍疾日记》里说："冰心先生在《我的母亲》一文中，写道：'这位把自己纯洁无私的母爱，'慈怜温柔'地施与她儿女们的母亲，乃是世界上最好的母亲中最好的一个。不但我如此想，我的许多朋友也如此说。'这句话我也可以借用过来，说：我的母亲也是最好的母亲中最好的一个。"这样，也就不难想象，当接受过如此最好母亲的恩泽的儿女，一旦失去了她的怜爱，她的庇荫，其痛苦、忧伤、寂寞，该是何等惨重啊！

从发现挚爱的母亲身患绝症到离开人世将近一年的时光中，作为女儿，她眼睁睁地看着柔弱的母亲如何被病魔一点一点地吞噬着生命，而自己却无能为力，最后又眼睁睁地看着母亲在极度的病痛中撒手人寰，这又该是多么无奈、何等伤恸、怎样悲哀的事情啊！

这种无奈是多重的：不仅是面对疾病与死亡束手无策，任由病魔疯狂肆虐；而且还有医疗方案的无奈抉择——究竟要不要、能不能做手术？特别是心灵上的挂牵，更使身为女儿的她心悬两地，痛苦不堪：作为国家公务员和厅局级领导干部，她承担着繁重的工作任务，不可能日夜守候在病床前，而心里又无时无刻不在挂念着慈母的病情。日记里有这样一段记述：

> 我要离开妈妈返回沈阳，妈妈把我送出了大门外。在上车的那一刻，我看到了她在流泪，我感到她很悲伤，也很留恋，我的泪水立刻唰唰地流出，模糊了我的眼睛，无奈地与妈妈摆了摆手，说："妈妈，你回去吧！"车转过胡同，离开了她远送的目光，我再也忍不住，在车上失声痛哭。记得陈寅恪先生写过"暮年相见非容易，应作生离死别看"的诗句。我同母亲的告别，竟然也有这种味道。"梦里依稀慈母泪"，人生痛苦是别离。哎！别母之痛、失母之痛、思母之痛，真是痛上加痛，痛何如哉！

说到伤情，日记中记载：

　　我陪妈妈去了兴城海滨旅游景区，这里有来自全国各地的兴高采烈的人群，可是，我心情却非同往昔，此刻十分沉重，身患绝症的妈妈，还能来几次呢？明年此际，妈妈，你还能到这里来看看大海吗？

　　起风了，海风吹起了她的花白头发，那一刻，我觉得妈妈确是有些憔悴了。怕妈妈太累，过了一会儿，我们便和她一起离开了海边。妈妈又回头望了望蔚蓝的大海，然后把目光收敛回来。大海洪潮涌动，万古依然，可是，人事却是瞬息生变。这将是妈妈与大海的最后诀别。

　　外面下雨了，点点滴滴，如泣如诉，似乎也在伴着我们，诉说着家里的不幸。看着躺在床上的妈妈，听着那淅淅沥沥的雨声，真的是感到凄凄惨惨戚戚，怎一个愁字了得！……晚上，我和妈妈睡在一张床上，外面的雨声依旧，我的心在颤抖。妈妈没有声响，静静的，不知道她在想什么。但愿妈妈不要为这雨声而倍加伤感。

　　母亲终于走上了不归之路，此刻儿女的悲哀，已经弥天漫地。人生世上，谁能抛开母爱？谁不愿庭前有慈颜常在，菽水承欢？可是，丧母之恸还是降临在头上。

日记里写道：

　　母亲活着时，总怕给我们添麻烦，卧病中更是如此。可是，妈妈呀！我们多么希望你能再多活上一些时日呀！哪怕就是这样让我们整天牵挂着、企盼着也好啊。世上，如果连牵挂、连企盼也没有了的话，那还有什么指望、什么依靠，生活还有什么意思啊？

就这样，无奈，忧伤，哀愁，痛苦，纷纷聚集女儿衷怀，使她椎心把笔，泣血成篇，完成了对于母爱深沉内涵的诠释。这种真实的情感世界，给出了无须笔墨雕琢的本然，真正是用生命之火烛照着，点燃着。听作者说，她的这本日记上，前前后后，洒满了泪痕。放在桌前，却实在不敢重读——重读就是追忆，那就立刻重新返回那种伤情无限的氛围里，只有心悸，只有流泪，只有悲怆。

四

据作者说，这部作品的诞生，纯属偶然，原初只是带有纪念性质的逐日感怀、记事，并没有想到要拿出去发表。是一些亲友、同志翻看后，觉得有传播价值，因而提出公开出版的建议。由于作者具有很好的文学素养，叙述中注重形象、细节，使用的又基本上属于文学语言，这样，一个个哀恸感人的画面透出的信息与情感，就颇具震撼心灵的力度，结果，"无心插柳柳成荫"，成就了这部颇富审美价值的散文佳作。

当然，最根本的还在于深沉、厚重的母爱内涵，在于真切的生命体验。鲁迅先生有一句名言："创作总根于爱"。从水管里流出的是水，从血管里流出的才是血。这也是鲁迅先生说的。这些敲金戛玉的警策论断，揭示了文学生成、创作心理的普遍规律，它们都在《爱的诉说》一书中得到了充分印证。作者以爱为文学母题和价值尺度，用爱心来激活文心，点化良知，升华生命，诠释出生命的价值和人生的要义。她把写作过程同时看作"做人、立心"的过程，时时反躬自勉：如何践行"以母亲之心为心""成为一个母亲那样平凡而高尚的人"？

我们常说，要多一份爱心，要让世界充满爱，期望能像阳光普照那样，爱洒人间。而母爱正是一切爱的根基，一切爱的始发点、立足点。冰心老人说得好："'母亲的爱'打千百转身，在世上幻出人和人，人和万物种种一切的互助和同情。这如火如荼的爱力，使这疲缓的人世，一步一步的移向光明！"无须置疑，一个不知孝亲、反哺为何物，连父亲母亲都不爱的人，不可能设想，他会爱人民，爱社会，爱国家，爱人类！

当然，要孝亲，要反哺，还需趁早。古人曾经慨叹："树欲静而风不止，子欲养而亲不待！"我们应该在还来得及的时候，为父母尽早地奉献自己的一份孝心。

人当少壮之时，胸怀远大，志在四方，专注于建功立业、追求人生价值的实现（这无疑是对的），总觉得孝亲、反哺来日方长；可是，想没想过：年迈的双亲能不能够等候到那一天的到来呢？单就这一点来说，这部作品对我们也有启发价值。

鹈鲽幽怀

　　一到溱湖景区，真有一番意外的惊喜。因为在商潮沸反盈天、旅游热一浪高过一浪的今日，想要找一处风光如此旖旎而又宁谧、净洁的所在，着实不易。

　　此间地处江苏中部里下河水网地带，她的人文依托是姜堰市的溱潼古镇。夏历三月，林非先生、卞毓方和我，惬意的三人行，就是在这里展开的。时间不长，仅仅三天，而忘归之意已潜滋暗长。可知佛经中"浮屠不三宿桑下"之说，良有以也。

　　一只画舫，载着我们作逍遥游。霎时，那千顷碧波荡漾的溱湖，便摊开了她的全部浩瀚，连同岸边的远村、近树、麋鹿苑、水禽园，一股脑地收进了我那不盈寸的双眼。在距离产生的魅力下，四围的阳春烟景似乎掩映着无穷的奥秘，静候着游人去探掘；而我此刻，则心随目远，要从情与境的交萦互染中，领略般般逸趣。那情景，有如摊开长长的画卷，赏鉴着清丽的宋人山水；又像是阅读拉美现代派的小说，沉浸在那种虚无缥缈、若即若离的氛围中，而无关乎情节的疏密。

　　湖中看不到网箱之类的养殖设施，也没有机船行驶，这自然有利于保持水质净洁。尽管暂时会减少些许收入，却将获巨益于长远。且不说，此间风光之秀美雄冠四方，单就环保这一点，也足以傲世骄人。偌大一个湖面，竟能无须经过处理即可提供直接饮用水源，试问今日之域中，谁堪比并？当然，在我豪纵地放言之时，也悬着一份挂念——经济、旅游大开发之后，生态环境还能一如既往吗？

"会船"，是溱湖中一项独特的景观。会者，聚也。清明节，附近各地船只齐聚湖中比赛。这一活动，盖有年矣，现已列入"全国十大民间艺术节"。平日也能看到表演性的竞赛。看，现在湖中就有几只篙子船驶来，上面环立着身强力壮水性好的小伙子，不，全由女性撑篙的彩船也过来了。男子着装或为姜黄，或为靛蓝、雪白，女将则一袭红衣，个个长篙在手，英气勃勃。当两船或多船相会时，扬锣人手中的大锣"哐呛"一响，比赛便告开始，追头啃尾，竞进不停，鼓声杂着血脉偾张的呐喊，恬静的湖面瞬时变成一座喧腾笑闹、气势恢宏的生命舞台。

如果说，水是自然景观的精灵，那么，人文景观的精灵便是情。少了情感的滋润，再秀美的自然风景，再深厚的人文积淀，都会显得无精打采，像一个人切断血脉，失去了精气神一样。"无情有景不精神，有景无诗俗了人"。这原是一则通例。西湖不是有个断桥吗？无独有偶，溱湖有个鹊桥，它们都是情之所钟，爱之所注。溱潼八景之一"花影清潭"，与西湖十景中的"雷峰夕照"恰相对应。西湖边上的雷峰塔下压着一个白蛇娘娘，而溱潼古镇的茶花影里，掩映着一双不能同生宁愿同死的痴情爱侣。

为了亲炙"花影清潭"的芳泽，我们便舍舟登陆，踏上溱潼古镇，去看那株已有千岁高龄的茶花树和树下同时开凿的古井。想是由于充沛的水源滋润，古树长势极好，丝毫未现龙钟老态。花期刚刚过去，绿油油的繁枝密叶间，还有几点猩红伶俜摇曳着。

正是应了"兴尽悲来"那句古话，会船比赛所燃起的炽烈心潮，像淬火似的，突然被这凄凉哀婉的爱情纠葛所冷却。相传，溱潼镇上当年住着一个秦员外，老年得子，视同掌上明珠。一日，公子午倦抛书，来到村前的湖中垂钓，不慎落入水中，被一采莲姑娘救起，于是，两人便在藕花深处荡舟嬉戏。姑娘生长贫家，未曾读书进学，却是绝顶聪明，懂得许多世事，使公子深为赞服。碧眼秋波，一来二去，彼此逐渐产生了感情，便私自订下终身。哪知，这个秦员外门阀观念极重，以不是门当户对为由，硬是棒打鸳鸯。公子拼死相争，决意非村姑不娶。为着对付他，员外想出一个偷梁换柱的调包计。伴着会亲的喧腾锣鼓，公子心头涌起阵阵的狂喜，以为尽管好事多磨，有情人终于成了眷属；岂料盖头一揭，却是一个素昧平生的娇小姐。他愤然逃出镇外，悄悄来到采莲姑娘家中。两人伤心绝望，抱头痛哭一场，然后相拥着跳进湖中殉情。洞房竟然成了丧门，员外悔愧交并，遂把两人合葬在墙外的花树丛中。不久，坟边长出一棵连理交柯的茶花树，年年春至，一树红焰烧灼天际，人们说它是公子和姑娘的精魂。

关于"花影清潭"，还有另外一个版本。说古时有个青年僧人与一村姑相爱，经常在井边幽会，后被家族长辈撞见，痛加责骂，村姑不堪羞辱，愤然投井自尽。第二年，井边长出了一棵茶花树，和尚认定是村姑的化身，便日夜守护在井边，浇水灌溉；而自己则眠食俱废，最后枯瘠而死，化作了翩翩彩蝶，日夜在花间飞舞盘旋。有人凭栏俯视井底，曾经见到里面晃荡着一对青年男女的倩影。清乾隆年间进士孙乔年有诗云："满庭花卉一灵泉，碧水清澄镜面圆。月下阶前僧去后，闲听窗外水涓涓。"

爱情是美好的。然而，世间万事万物中，凡是美好的东西，都是最易遭受摧折，又是最禁不起摧折的。如果说，传说中的这两对青年男女的美满爱情，摧折于旧时代吃人的封建礼教；那么，现实的童话"鱼鸟之恋"，则摧折于人们暂时还无法抗拒的自然的魔力。

"这是一曲热爱生命、珍视青春的赞歌。"当地编写的《三水文萃》

记载着：溧湖的南边有个梁徐镇，梁徐镇有个东塘村，东塘村有个患了白血病的姑娘陈霞，陈霞有个男朋友叫沈新华，同样患着白血病。就是这一双患了绝症的情侣，演绎了一段凄绝惨惋的旷古奇缘，人们艳称为"鱼鸟之恋"。

当时，他们分别住在苏州的第一医院与第四医院。在进行造血干细胞移植的前夕，沈新华给已经进行过这项手术治疗的陈霞写了一封信，说，自从跌进苦难的深渊，一直饱受疾病的摧残，能够熬到今天已经不易，今后还将面对怎样的命运更是吉凶莫卜。他渴望通过心灵交流增进彼此理解，汲取生存的动力。陈霞刚刚做过骨髓移植，身体极度衰弱，接信后无力伏案作复，便在电话中谈了个人的印象和感受，说她很欣赏这个充满希望和理想，坚强、乐观的青年，也喜欢这种诚挚的倾诉；相信通过同病相怜的交流，会使双方进入一个全新的精神境界。

此后，他们便频繁交往，几乎每天都要通话或者写信，有时在电话里对唱共同喜爱的歌曲，这边唱一句，那面接一句，常常是唱着唱着，就泪水交流。这种心灵的对接、情感的契合，生发出一种具有无限感召力的精神寄托。新华术后，陈霞去看他，并在所赠书籍的扉页上题词："羚羊和狮子是强者，只要我们一起奔跑，就能到达辉煌的目标。"他们谈到，如果能够活下来，一定要合力创建"爱心网站"，呼吁全社会都来为救治白血病患者奉献爱心；万一哪个人先"走"了，活下来的清明节时要去坟头祭奠，并代对方照顾好父母。两人分手时，还双双跪在夕阳的余晖里，邀苍天作证。

陈霞逐渐恢复了健康，可是新华却一病不起，在一个冬天的夜晚，匆匆地走完了生命的历程。此前，他曾给陈霞写过一封长信，信里讲了一个"鱼鸟之恋"的童话："……虽然鱼无法离开水面而同鸟一起飞翔，但鸟飞过的影子是鱼活下去的理由；鱼希望鸟越飞越高，只祈求鸟还记得在静静的湖底有一条濒临死亡的鱼在为它祝福。鱼希望鸟能再次飞过湖面，或作短暂的停留，鱼会在湖底睁大眼睛，流下眼泪，而鸟却永远不会知道。"人之将死，其言也善，令人不忍卒读。其实，活着的人更不轻松，她要以病弱之躯同时承受双倍的痛苦，续写那凄绝哀艳的爱情遗篇。

听着这个真实的故事，我把目光投向一碧如洗的晴空和静静的溧湖，上下搜寻那一对鹣鲽相亲的精灵的幻影。我相信，他们此刻不会离我们很远。

哀婉中，我写下了五首咏怀绝句：

> 烟花三月下溧潼，怅对山茶浴晚风。
> 枝上秾华心上血，千年无改尚猩红。

> 痴蝶娇花未了情，萦心爱恋起无明。
> 凄清难忘溧潼景，一曲悲歌逐浪生。

> 为生为死两由之，阔海高天任骋驰。
> 鹣鲽幽怀何处见？垂杨尽日袅情丝。

> 天孙涕落雨如丝，银汉迢迢暗度迟。
> 千古鹊桥同一慨，两情难得久长时！

> 盈盈一水漫相思，牛女飞星会有时。
> 修到神仙还恋此，人间何苦笑情痴！